Lewis Rowell

INTRODUCCION A LA FILOSOFIA
DE LA MUSICA

Serie: CLA • DE • MA
Música/Estética

INTRODUCCION A LA FILOSOFIA DE LA MUSICA

Antecedentes históricos y problemas estéticos

por

Lewis Rowell

Título del original inglés:
Thinking about Music
© *by* The University of Massachusets Press, Amherst, 1983

Traducción: Miguel Wald

Diseño de cubierta: Marc Valls

Segunda edición, noviembre de 1996, Barcelona

Derechos para todas las ediciones en castellano

© *by* Editorial Gedisa, S.A.
Muntaner, 460, entlo., 1.ª
Tel. 201 60 00
08006 - Barcelona, España

ISBN: 84-7432-267-7
Depósito legal: B-31.576/1996

Impreso en Limpergraf
C/ del Río, 17 - Ripollet

Impreso en España
Printed in Spain

Queda prohibida la reproducción total o parcial por cualquier medio de impresión, en forma idéntica, extractada o modificada, en castellano o cualquier otro idioma.

Para Unni

ÍNDICE

Prefacio..................................... 11

1. **Introducción: Términos y temas**............. 13
   Proposiciones básicas......................... 17

2. **Meditaciones sobre un minué**................ 20
   Preguntas sobre la cosa en sí................. 20
   Preguntas de valor............................ 24
   Preguntas relativas al observador............. 26
   Preguntas sobre el contexto de la pieza....... 27

3. **La música como arte y como artefacto**....... 30
   Clasificación de las artes.................... 30
   Características comuenes de las artes......... 34
   Diferencias................................... 38

4. **Dionisos y Apolo**........................... 46
   Armonía....................................... 49
   Belleza....................................... 52
   Mimesis....................................... 55
   El carácter (ethos)........................... 57
   Forma, sustancia y percepción................. 60

5. **El mito de la música**....................... 64
   El mito de la persona......................... 69
   Poder... 75

	Transitoriedad	79
	Armonía	83
	Instrumentos	85
6.	**La tradición europea hasta el año 1600**	88
	La Edad Media	92
	Hacia el mundo moderno	102
7.	**La síntesis romántica**	117
	Los filósofos románticos	124
8.	**Percepción**	129
	Formas de percepción	130
	Separación	135
	El objeto fenoménico	139
	Significado	143
9.	**Los valores**	148
	Valores tonales	150
	Valores texturales	155
	Valores dinámicos	158
	Valores temporales	163
	Valores estructurales	169
	Grupo de valores	174
	Valores penetrantes	178
	Evaluación	179
	Guías para la excelencia en la música: una propuesta	181
10.	**Estética comparativa: India y Japón**	184
	Observaciones preliminares	185
	Preferencias culturales	187
	El lenguaje de la estética japonesa	191
	La teoría del **rasa**	194
	La teoría hindú del sonido (Nāda)	199
11.	**Cloto y Atropo**	202
	El individuo y la sociedad	203
	Intercambio de roles	209
	Material	211
	Organización	219
	Perspectiva y retrospectiva	236

Prefacio

Este libro es para aquellos lectores cuya curiosidad acerca de la música es insaciable, para los "estudiantes de música" en el sentido más amplio de la expresión. En esta categoría incluyo tanto a aquellos cuyos intereses música les son más humanísticos que técnicos cuanto a quienes se están preparando para encarar carreras musicales. *Introducción a la filosofía de la música* no se dirige específicamente a musicólogos y filósofos, aunque espero que unos y otros puedan hallar aquí algo de su interés. Sólo sugiero que el lector se provea de un conjunto de experiencias musicales tan diverso como le sea posible, ya sea adquirido frecuentando conciertos, poseyendo una colección de discos, o bien participando con la interpretación aficionada de música o la práctica profesional.

En un sistema de clasificación de biblioteca, se puede archivar esta obra con el encabezamiento de "Música - Estética, historia y problemas de la", ya que tal sería la descripción apropiada. En la antigua tradición de la literatura filosófica, se la podría denominar una exhortación o una isagoge, pero no un manual. No delineo *una* filosofía o *una* estética sino más bien un camino hacia semejante filosofía. En distintos lugares se podrán detectar opiniones personales pero he evitado cuidadosamente cualquier intento de persuadir al lector para que las comparta. Y me apena decir que aún no he tomado decisión alguna con respecto a una gran cantidad de problemas importantes. Las respuestas podrán llegar a su debido tiempo, pero mi preocupación inmediata estriba en las preguntas.

Las secciones de exposición son bastante breves y en muy pocos casos están acompañadas por argumentos. Mi objetivo ha sido construir un marco sistemático de pensamiento para guiar la investigación personal del lector. El enfoque es, con frecuencia, taxonómico, lo cual revela mi preferencia por la comprensión de ideas complejas visualizándolas como racimos, tapices intelectuales a deshilar en sus fibras componentes.

Las listas resultantes se ofrecen como programa para la reflexión, para que los lectores las prueben contra sus propias actitudes, creencias, experiencias y valores. No espero indulgencia sino un arduo debate, y me sentiría muy desilusionado si algún lector no hallara un punto en el que pudiéramos disentir.

Introducción a la filosofía de la música fue concebido como libro de texto y aún pienso en él como tal, quizás en el sentido de que la mayor parte de las obras de exposición son textos, en general para cursos que no existen o que son tan escasos en cantidad que el mercado de libros de textos los pasa por alto. Lo empleo como texto en un curso para estudiantes de la Universidad de Indiana ("Música e ideas") y puede resultar útil en otros cursos similares.

Su compaginación no requiere mayor comentario. Hay tres capítulos preliminares que se refieren al campo de la investigación y preparan para el conjunto de capítulos históricos (4° al 7°). Después de un par de capítulos dedicados a varios "problemas" estéticos (percepción, separación, significado, valores, etcétera), los dos capítulos finales presentan alternativas importantes a las actitudes, convicciones y valores tradicionales que informan el repertorio común y frecuente de conciertos en Occidente.

La mayor parte del libro es, de hecho, etnocéntrica, en el sentido de que asume los valores de la civilización occidental, pero no lo hace (al menos así lo espero) de manera engañosa ni ofensiva.

Se deben reconocer muchas deudas intelectuales y personales. De las muchas obras incluidas en la bibliografía, mi pensamiento se vio guiado, en particular, por los escritos de Monroe C. Beardsley, Wladislaw Tatarkiewicz y Paul Weiss; los dos primeros, por su profundidad histórica y el último, por su enfoque sugestivo y distinto respecto de la filosofía del arte. La influencia que los tres han ejercido sobre este libro ha sido profunda y supera en mucho a las también abundantes referencias a sus obras.

Reconozco además, con suma gratitud, las contribuciones de muchos amigos: J. T. Fraser, que fue y sigue siendo mi guía en el estudio del tiempo; Vernon Kliewer, por su actitud diligente y amistosa; Jon Kramer, por una revisión penetrante; Richard Martin y todo el equipo de producción de la prensa de la Universidad de Massachussetts, por su aliento y pericia en la preparación del manuscrito para su publicación; Prem Lata Sharma y Prithwish Neogy, por su guía en las artes de la India; Ruth Solie, por una lectura simpática y muchas valiosas sugerencias; Ric Trimillos, cuya generosidad en el proyecto hizo posible el manuscrito original; Allen Trubitt, por su apoyo constante en los momentos de mayor necesidad; Jim Tyler y Walter Maurer, que me proporcionaron elementos; Larry Wallen, por su extraordinaria colaboración con su tiempo y su amistad, y mis diez originales conejillos de Indias, en especial Bob Gjerdingen.

1 Introducción: Términos y temas

Siempre es bueno ser claro acerca de lo que se está hablando y en filosofía resulta indispensable. Los tres primeros capítulos de este libro están escritos para establecer el marco de referencia para una investigación; la primera tarea consiste en presentar mi comprensión de lo que se incluye en los dominios de la música, la filosofía, el arte y la estética; este primer capítulo concluye con una serie de propuestas básicas, temas que se verán con frecuencia a lo largo del libro. El segundo capítulo es una exploración de amplio espectro sobre los tipos de preguntas que se puede plantear el filósofo con respecto a la música. El tercer capítulo busca definir el lugar de la música entre las artes. Después de estos preliminares, largos pero necesarios, el libro examina la historia de las ideas acerca de la música.

Sugiero evitar por ahora la peligrosa tarea de definir a la música. Sé que ello puede ocasionar problemas, pero una definición (como la palabra lo indica) tiene una forma de establecer límites en torno de la palabra-objetivo, y parece conveniente permitirle a nuestro tema un campo tan amplio como sea posible. Quedará claro que la palabra *música*, como se la suele usar, se puede referir a sonidos, a una hoja de papel, a un concepto formal abstracto, a una conducta social colectiva o a un modelo coordinado simple de impulsos neuroquímicos en el cerebro. Puede ser un producto o un proceso. Una definición que pueda satisfacer a la mayor parte de los integrantes de la civilización occidental puede fracasar instantáneamente al aplicarse a la música no occidental o a la música compuesta en los últimos veinte años. Por ahora, dejemos que *música* signifique cualquier cosa de las que habitualmente se entiende por esa palabra.

La definición literal de la palabra *filosofía* es familiar: del griego *philo* (amor) y *sophia* (conocimiento, sabiduría). Un filósofo es, entonces, un buscador de conocimiento, una persona que ama ejercitar su curiosidad intelectual. La filosofía no lleva a respuestas definidas (cuando lo hace, los resultados se convierten en parte de lo que llamamos *ciencia*), porque por lo general toca temas que no pueden ser probados por medio de una demostración. Bertrand Russell afirma con elocuencia el valor de la filosofía:

> No se debe estudiar filosofía para obtener respuestas definidas para sus preguntas, ya que por lo común no se pueden hallar respuestas concretas que resulten ciertas, sino que se la debe estudiar por las propias pregun-

tas ya que éstas amplían nuestra concepción de lo posible, enriquecen nuestra imaginación intelectual y disminuyen la seguridad dogmática que cierra la mente contra la especulación; ...[1]

Quisiera sugerir cuatro requisitos para la filosofía, aunque seguramente hay mucho más: una mente curiosa (sin una mente inquisitiva, la investigacion filosófica es tediosa e inútil), una mente abierta (demostrada por la disposición a suspender el juicio y considerar alternativas), el hábito del pensamiento disciplinado y el autoconocimiento (la conciencia de las propias convicciones, valores, prejuicios y defectos). La actividad mental y el lenguaje son los *medios* de la filosofía, aunque la actividad mental obviamente incluye aquello que no se puede expresar por medio del lenguaje (en especial en la creación y percepción de la música), el lenguaje sigue siendo la principal forma de comunicación que poseemos. Esto crea problemas especiales cuando se lo aplica a los lenguajes no discursivos y simbólicos de las artes.

Demostramos conocimientos mediante varias formas de comprensión y sólo algunas de ellas incluyen al lenguaje.

He aquí algunas de las formas en que se puede obtener y/o demostrar conocimiento musical: por medio de la experiencia directa (con el fenómeno de la música en sí), por imitación a través de la praxis artística o de la *poiesis*; mediante la reconstrucción mental (durante o después de una experiencia artística); en la conducta (comprar una entrada para presenciar concierto, elegir una profesión); con una definición lingüística; expresando una analogía o una metáfora; dando un ejemplo; por medio de la dialéctica (argumento de ida y vuelta, como entre Sócrates y un discípulo); construyendo un silogismo (la forma más ajustada de razonamiento lógico, basada en premisas máximas y mínimas y que lleva ineluctablemente a una conclusión que —si las premisas son correctas— se comprueba como verdadera).

Los filósofos actuales dudan en definir a las tareas de la filosofía en términos de sus ramas tradicionales, pero todavía tiene valor la consideración de estos dominios.

metafísica: lo que está "más allá de la naturaleza", el estudio de las esencias, incluyendo la cosmología especulativa. La música tiene una larga historia de asociación con esta disciplina.

teología: literalmente, el estudio de Dios, generalmente interpretada de un modo más amplio en la actualidad como filosofía de la religión.

ontología: la filosofía del ser (materia, existencia).

epistemología: la filosofía del conocimiento, cómo podemos conocer la realidad.

política: idealmente, la filosofía del bienestar público.

ética: que trata sobre la filosofía del bien y la moral.

lógica: que trata sobre la verdad.

estética: que trata sobre la belleza (aunque, como se verá, no todas las

---

[1] Bertrand Russell, *The Problems of Philosophy*, pág. 161.

cuestiones estéticas plantean el problema de la belleza). *Calología* es, la palabra que precisamente significa preocupación por la belleza; la *poética* es la subrama de la estética que versa sobre la creación artística.

La palabra "estética" viene del griego y significa "percibir, conocer, aprehender con los sentidos", de modo que su aplicación apropiada es a la filosofía de la percepción artística.

Se suele reconocer que la filosofía del arte en general (y de la música en particular) se encuentra entre las ramas más resbaladizas de la filosofía. Por eso hay más razones aún para desarrollar la terminología con cuidado, aplicarla de manera coherente y encaminar la atención adecuada a los problemas técnicos del lenguaje.

Dado que el arte es la rama estética más importante, muchos escritores pretenden tratar a los filósofos del arte y a la estética como si fueran disciplinas idénticas. No es mi caso. A pesar de la amplia y evidente superposición existente entre ambos campos, creo que vale la pena conservar la distinción. El filósofo que se dirige a las artes considera muchas preguntas que se encuentran fuera de la esfera de la estética; de manera similar, muchas preguntas estéticas nada tienen que ver con las obras de arte. La mayor parte de las músicas del mundo no son músicas artísticas (al menos según algunas definiciones), pero las preguntas estéticas se aplican a toda la música. La sección siguiente intentará aclarar parte de la confusión, aunque se invita a los lectores (como siempre) a que decidan por sí mismos.

Es difícil formular una definición del arte que satisfaga a todo el mundo, pero se podría comenzar por considerar con cautela una elaborada por Sylvia Angus: "El arte es la estructuración controlada de un medio o un material para comunicar la visión personal de la experiencia del artista de una forma tan vívida y conmovedora como sea posible".[2]

Inclusive esta breve definición presenta muchos problemas polémicos. Uno de ellos es si el arte es comunicación y, de serlo, cómo y qué comunica. Otro es si el arte puede conmover, producir emoción. Un tercer problema consiste en saber si el arte está estructurado cuidadosamente y, si lo está, quién lo hace. Una pregunta en especial engañosa es qué significa en esta definición la palabra *experiencia*.

Es probable que la mayor parte de la gente esté de acuerdo con la mayor parte de los siguientes puntos:

1. Se debe tratar a una obra de arte como a un objeto, una cosa, aunque aparezca como proceso.
2. Está separada, de algún modo, del mundo diario de los objetos y las experiencias.
3. Es ejecutada. ¡No se da por casualidad! Requiere un agente humano y un acto distintivo de creación. El hermoso árbol que crece en el

---

[2] Sylvia Angus, "It's Pretty, but Is It Art?", *Saturday Review of Literature,* 2 de setiembre de 1967, pág 15.

jardín de una casa no es una obra de arte, pero un árbol enano japonés sí lo es.
4. Exige un medio o un material sensible: sonido, pintura sobre lienzo, palabras, el cuerpo humano.
5. Es única y no se la puede repetir de la misma forma exacta (aunque, por supuesto, se la puede reproducir en cantidad).
6. Tiene excelencia y puede agradar.
7. Es creada por la experiencia humana y se la debe percibir de alguna manera por medio del sentido (o sentidos) al cual (o a los cuales) se dirige.
8. Tiene unidad y parece completa, a menos que se encuentre deteriorada o que sea abandonada por su realizador a mitad de camino.
9. Fue creada como respuesta a una idea guía, a una visión de la totalidad. El proceso, aunque parcialmente inconsciente, no es casual ni azaroso.

Con estas afirmaciones como fondo (se esté de acuerdo con todas o sólo con algunas de ellas), considérense las siguientes definiciones de Paul Weiss: "Una obra de arte es creada por material resistente que se conforma en una nueva clase de espacio, de tiempo o de forma de ser... La creación es guiada por una idea, dirigida a un proyecto cautivante. En el curso de este acto se expresan emociones de raíces profundas..."[3] y: "Una obra de arte es sensible, concreta, está empotrada en un medio. No hay sustituto para la experiencia de enfrentarla. Ninguna discusión sobre una obra de arte... logrará capturar su sabor distintivo y su ser esencial".[4]

Aunque semejantes criterios efectivamente proporcionan una base para decir que un objeto dado es o no es una obra de arte, pocas veces tiene sentido decirlo. Parece más conveniente determinar si algo es buen arte (o inclusive más), pero entonces se ingresa en el peligroso mundo de los valores, que es el contexto ineludible para todas las discusiones acerca del arte. Hipócrates lo decía mejor: "La vida es corta, el arte es largo, la oportunidad es huidiza, la experiencia engañosa y el juicio difícil".[5]

No vale la pena hacer distingos sobre los dominios precisos de la estética y la filosofía del arte; en realidad, es mínima la controversia acerca del significado del adejtivo *estético:* un objeto estético es aquel que se puede percibir con deleite, con gusto, hasta con emoción; puede ser un árbol, una hoja, una lata de sopa de tomates o una sinfonía de Beethoven. La experiencia estética es el acto de percibir, tan vívidamente descrito en un famoso pasaje de Berenson:

---

[3] Paul Weiss, *The World of Art,* pág. 10.
[4] Paul Weiss, *Nine Basic Arts,* pág. 8.
[5] *Aphorisms* 1.1. El autor se refiere, por supuesto, al arte de curar, pero muchos autores posteriores han citado o parafraseado este dicho en contextos estéticos (Séneca, Chaucer, Browning y Goethe, entre otros). Véase el capítulo 3º por los alcances de la palabra griega *techne* (arte).

En el arte visual, el momento esté-tico es ese instante fugaz, tan breve que casi no tiene tiempo, en que el espectador se encuentra en unidad con la obra de arte que está mirando o con la realidad de cualquier clase que el propio espectador ve en términos de arte, como forma y color. Deja de ser su yo ordinario y el cuadro, edificio, estatua, paisaje o realidad estética ya no se encuentra fuera de él mismo. Ambos se convierten en una entidad; el tiempo y el espacio son abolidos y el espectador es poseído por un reconocimiento. Cuando recupera su conciencia ordinaria, es como si se lo hubiera iniciado en misterios iluminadores, exaltantes, formativos. En breve, el momento estético es un momento de visión mística.[6]

Leyendo el fragmento recién citado, muchos lectores pueden sentir que se los ha engañado, ya que no han sentido la exaltación descrita, pero sin duda todos han reconocido (quizás en menor grado) la sensación de estar atrapados por una pintura, una composición musical o una obra de teatro, y se han sentido transformados por esa experiencia. Aquí se pueden agregar dos puntos: la experiencia no siempre nos provoca placer (por ejemplo en el estremecedor *Guernica* de Picasso) y la experiencia puede resultar más intensa en un arte que no sea el que uno practica.

La precondición simple más importante para la experiencia estética es un tipo especial de actitud, un estado en el que uno está más receptivo a la experiencia artística intensa, y se caracteriza por la atención crítica. Es probable que esta actitud se encuentre sólo en una pequeña fracción de nuestros encuentros con objetos de arte, ya que otras intenciones, intereses o actitudes se interponen en nuestro camino. Apenas podemos llamar *estética* a la actitud de Casanova que acompaña con un disco su intento de seducción, a la mujer que pone el Coral Nupcial de Lohengrin y recuerda su propia boda, al informador que durante la misa apenas es consciente de que la música del órgano o al jugador de básquetbol que brinca nerviosamente esperando el final de la ejecución del himno nacional antes de un juego.

Proposiciones básicas

La música es un objeto filosófico legítimo y el pensamiento sobre la música tiene un lugar apropiado entre las disciplinas inquisitivas. En algunos círculos musicales está de moda aconsejar en contra del examen detallado de la música, sobre la dudosa base de que muchos de los que hablan y escriben con inteligencia sobre la música son incapaces de demostrar con hechos sus introspecciones. En verdad, la discusión verbal y el análisis no pueden sustituir de modo aceptable a la experiencia musical, pero tampoco se debe esperar que tal cosa ocurra. Aunque la música y el lenguaje tienen mucho en

[6] Bernard Berenson, "The Aesthetic Moment", *en Aesthetics and History,* página 93.

común, los tonos y las palabras no son modos paralelos de comunicación De una forma u otra, la experiencia musical se transmite en el momento en que la mente humana comienza a procesarla. Sean cuales fueren las razones, nuestra experiencia con la música no suele ser examinatoria y se basa en suposiciones y valores no explícitos, a pesar de la intensidad de nuestras convicciones musicales. Tanto los intérpretes cuanto los oyentes se pueden beneficiar preguntando (y tratando de responder): "¿Qué estamos haciendo?" y "¿Por qué lo estamos haciendo?"

La actividad del filósofo y la del crítico no es la misma. La crítica se aplica a la filosofía: es tarea del filósofo pensar en profundidad estos conceptos que un crítico debe tener como base de sus juicios. En teoría, no es necesario que exista discrepancia entre sus funciones: un filósofo actúa como crítico cada vez que considera cualquier obra individual, y un crítico no puede intervenir en absoluto sin algunas convicciones generales sobre el arte (sumadas a muchísimas otras exigencias). En cada tipo de actividad hay un riesgo: los filósofos, si se alejan de la experiencia real del arte, corren el riesgo de volverse irrelevantes y por entero teóricos; los críticos, si no basan sus juicios en análisis informados y principios estéticos defendibles, corren el riesgo de la incompetencia.

Las preguntas primarias concernientes a la música son las que incluyen ser, saber y valorar. Las discusiones sobre la estética musical suelen centrarse en los valores, pero yo diría que las preguntas sobre la esencia (ontología) y sobre cómo se puede conocer esa ciencia (epistemología) son el sólido fundamento filosófico del que finalmente dependen todas las demás preguntas.

La experiencia musical en sí es un modo de conocimiento y una forma de buscar la verdad. La música nos presenta al ser con forma audible y nuestra apercepción de ese ser (en tanto corresponda a la presentación) es un medio para obtener conocimiento válido; del mundo, de la experiencia, de nosotros mismos. El ser de la música es un ser que podemos iniciar, controlar y terminar; con él demostramos que estamos pensando y sintiendo criaturas, quizá la prueba más pura de nuestra humanidad.

El producto musical (dado que corporiza importantes valores culturales) constituye una afirmación filosófica y se lo puede leer como tal. Esta afirmación se suele hacer con respecto a algunas de las recientes composiciones "minimalistas" de John Cage y otros, pero también es cierto en lo referente a la música de Bach, Mozart y Verdi.

Los valores musicales no son absolutos. Son productos culturales y gozan de autoridad sólo dentro de una cultura dada. Como arte social (o potencialmente social), la música necesita un consenso comunitario para establecer un sistema de valores, pero dentro de semejante comunidad de valores compartidos debería ser posible obtener una verificación objetiva de la validez de un producto musical dado.

La mayor parte de las características únicas de la música surge del modo en que la música ocupa y organiza su dimensión primaria: el tiempo. El tiempo es una condición necesaria para la música, quizá también una condición suficiente. No estoy discutiendo la existencia de la música sin sonido, o sin gente, pero ambas son imaginables. Pero no puedo imaginar a la música sin una extensión de tiempo. En el capítulo 3º se explorarán algunos de los problemas importantes de la temporalidad en la música.

Las fuentes de la filosofía no se limitan a los escritos de los grandes filósofos. Sostengo que las actitudes y creencias inconscientes, los mitos, los dichos y el testimonio de los compositores, intérpretes y oyentes son igualmente válidos como afirmaciones filosóficas, aunque su análisis presente problemas especiales. Tanto los filósofos formales cuanto los informales han escrito y afirmado muchas teorías sobre la música. Encontramos la filosofía de la música desde la especulación más ingenua hasta el más abstruso argumento técnico, pero este último no es garantía de profundidad ni de veracidad.

La filosofía debería, hasta donde le fuera posible, realizarse empleando lenguaje común y expresando sus ideas de la manera más simple posible. El razonamiento competente, disciplinado y lógico es con certeza una herramienta indispensable para la filosofía, y nadie negará que se debe emplear el vocabulario con precisión y economía. Pero la jerga técnica, los términos cargados semánticamente y los significados excesivamente especializados representan obstáculos para el alumbramiento de la filosofía. Y la filosofía debería ser accesible a aquellos que más la necesitan. Voluntariamente corro el riesgo de que se me tilde de tonto, porque muchas de las preguntas esenciales sobre la música sólo se pueden formular de un modo ingenuo.

La tarea prioritaria de la filosofía es (como lo afirmaba Russell) la formulación de preguntas. Cualquier intento de llegar a respuestas últimas será fútil a menos que uno se asegure de haber formulado las preguntas correctas. El siguiente capítulo es precisamente un ejercicio de formulación de preguntas. Mi opinión personal es que se puede, tal vez, coincidir en qué preguntas se deben hacer, pero cada individuo debe encontrar sus propias respuestas.

2 Meditaciones sobre un minué

Cualquier obra musical invita a una casi inagotable variedad de preguntas filosóficas relevantes. Como caso pertinente sugiero tratar el minué breve, K. 355, que Mozart escribió entre 1780 y 1790.[1] Cualquier otra obra también serviría, pero ésta es sin duda una obra de excelencia, de fácil acceso en grabaciones y ediciones impresas y con algunas características especiales. Propongo una variedad de preguntas (la mayor parte con respuestas tentativas y/o con comentarios sobre las preguntas) que de hecho son, por lo general, más interesantes que las respuestas. El lector se puede preguntar, con legitimidad, por qué se hacen estas preguntas en lugar de otras. El orden general de los interrogantes está controlado por una progresión más o menos sistemática de ideas: de lo objetivo a lo subjetivo; de la obra musical al oyente y al mundo externo.

Preguntas sobre la cosa en sí

1. ¿Cuál es su esencia? En otras palabras, ¿cuál es el *ser* de la música? ¿Ondas de sonido en el aire, líneas impresas, el material —vinilo prensado, cinta magnética— en que se registra, cambios electroquímicos en el cerebro, la acción de un piano animado por los dedos? ¿Pueden ser todos ellos a la vez? ¿Hay un mínimo irreductible que se pueda señalar y del que se pueda decir: "He aquí al minué de Mozart"? Deberíamos, por supuesto, preocuparnos por separar lo que creemos que es la pieza en sí a partir de cualquier función o experiencia particular de ella. ¿Cuán permanente es? Si se perdieran todas las copias, ¿existiría aún después de que la última persona la hubiere olvidado?

2. ¿Por qué principios es como es? ¿Hay en verdad principios generales o universales de los que depende? El problema de los universales es importante para la filosofía y es causa de muchas discusiones. Los universos personales varían en medida, y lo que es válido para uno puede no ser lo bastan-

---

[1] Para una revisión del problema de fechar esta obra y dos excelentes análisis (de Howard Boatwright y Ernst Oster) véase Maury Yeston, ed. *Readings in Schenker Analysis and Other Approaches* (New Haven: Yale University Press, 1977), págs. 110-40.

Wolfgang Amadeus Mozart, *Menuetto*, K. 355.

te amplio para otro. Quizás haya cierta cantidad de semejantes universales válidos para toda la música y una cantidad menor válida no sólo para la música sino también para las otras artes. En el siguiente capítulo aparecerá un conjunto sugerido.

3. *¿Cambia?* ¿O es estático? ¿Cuán fija es la pieza con respecto a su material y/o a su forma? ¿Cómo cambia cuando se la interpreta? ¿Ha cambiado desde que se la concibió y escribió? ¿Este es todavía otro intento de localizar el mínimo irreductible? La pregunta no es trivial, porque la obra ha cambiado, por cierto, para los intérpretes y para los oyentes, con el transcurso del tiempo.

4. *¿Cuáles son sus partes?* Se pueden dar varias respuestas correctas, ya que se puede pedir una enumeración completa de todos sus componentes: 1.130 tonos sonoros, si se permiten los giros y repeticiones (con seguridad éste es uno de los factores menos importantes de la obra) o se puede aplicar uno cualquiera de una serie de análisis convencionales: tiene cuarenta y cuatro compases, dos secciones principales, una parte para la mano izquierda y otra para la derecha, una melodía y un acompañamiento, nueve frases, un comienzo, un medio y un final.

5. *¿Cuáles son las dimensiones dentro de las que existe o qué manifiesta?* Un problema difícil para la música: solemos concebir a la altura y al tiempo como dos dimensiones mayores de la música, y hablamos de ellos como de *vertical* y *horizontal*. Una pieza musical, de hecho, se puede representar sobre un diagrama con la altura como eje vertical y el tiempo como eje horizontal. El timbre (color tonal) es una tercera dimensión, que se escapa por una tangente que un matemático podría diagramar. ¿Hay otras?

6. *¿Cuándo (y dónde) existe la pieza?* ¿Sólo cuando se la interpreta? Con seguridad, no. ¿Puede existir sola dentro de la mente? Es probable. La locación de la música es otra pregunta potencialmente interesante, que incluye una relación triangular en su forma más simple entre fuente emisora, transmisión y receptor (o receptores).

7. *¿Cuáles son sus cualidades?* Presumiblemente opuestas a sus cantidades (véase pregunta 4). Es posible que se puedan medir con precisión todas las propiedades de una composición musical, pero no es ése nuestro modo habitual de percibir una pieza. La música tiene propiedades dinámicas que cambian en proporciones complejas y variables (de velocidad, de volumen). Por lo general se aplican modalidades cinestésicas a la música, describiéndola como *cálida*, *suave* o *colorida*. Es claro que éste es un problema truculento, pero las descripciones están colmadas de un lenguaje semejante. La pregunta se hace aun más problemática cuando se le agrega emoción o sentimiento a una composición. ¿Hay en verdad "tristeza" en esta obra? Es probable que no, pero véanse las preguntas siguientes, en especial de la 23 a la 26.

8. *¿Tiene estructura?* Una de las preguntas más elementales, que sin embargo se puede responder de varias formas, *estructura* puede referirse a una forma

externa, la suma de la que consideramos sus partes (véase pregunta 4), un interjuego complejo entre estructura profunda empotrada y la decoración superficial, la inclusive más compleja interacción entre los elementos temáticos y tonales que los músicos llaman *forma binaria*, o varias otras posibilidades.

9. ¿Tiene contenido? ¿De qué se trata? (¿De cinco minutos?) La pregunta seria es si la música tiene referente temático: tonos abstractos y duraciones, temas, sentimientos, sonidos naturales, la pintura de hechos reales. Hay quienes prefieren negar la pregunta y no ven separación esencial entre forma y contenido. Pocas preguntas han sido tan discutidas como ésta.

10. ¿Es completa? La pregunta no es complicada en lo abstracto y es útil como base para juicios de valor posteriores, y el hecho de ser completa o no rara vez ha sido empleado como criterio negativo para la música. Pero a veces es difícil decir si una obra musical es completa o cómo se la completa. Las preguntas 43 y 44 son pertinentes.

11. ¿Es real? ¿O es una ficción, una ilusión? Esta pregunta tiene aspectos interesantes: cierta cantidad de ilusión siempre está presente en el arte; los rasgos se funden en una línea, los tonos conforman lo que se percibe como melodía, la pintura sobre lienzo se percibe como una representación. Con un medio tan intangible como la música, con frecuencia uno se pregunta si sus percepciones son precisas...; ¡y con frecuencia no lo son! Este es un problema tal vez mayor para el auditor que para la cosa en sí, pero es legítimo preguntarse por el status de aquello que los sentidos perciben.

12. ¿Es genuina? Una pregunta ligeramente distinta que sugiere la posibilidad de falsedad. Si Mozart no la escribió, ¿sigue teniendo el mismo valor para nosotros y para la sociedad?

13. ¿A quién le pertenece? A primera vista, parecería que la cuestión de los derechos le corresponde a ASCAP y a los abogados, en especial cuando el dinero cambia de manos. Pero no es fácil descartar el problema. La relación peculiar existente entre una pieza escrita y una pieza interpretada sugiere que tanto lo escrito cuanto lo realizado representan inversiones creativas. Hay un paralelo con la relación literaria que se da entre autor y traductor. Y existe una maravillosa historia sobre un músico célebre de la India del siglo XVII que usaba su destreza en el canto de cierta *raga* como pago por un prestamo.

14. ¿Qué (o quién) la causó? La causa es siempre un problema filosófico mayor, de manera que apliquemos el famoso esquema aristotélico de las cuatro causas a nuestra obra-objetivo:[2]

— causa material: ondas sonoras, piano, lapicera y tinta, vinilo, cinta magnética;

---

[2] *Metaphysics* △.2.

- causa formal: el minué como género, la forma "binaria circular", la sonata, el estilo clásico, la tonalidad mayor;
- causa eficiente: Mozart, cualquier pianista, el publicista, un técnico de grabación;
- causa final: beneficio, placer, educación, necesidad de Mozart.

En tanto este esquema habla por sí mismo, se puede mencionar un problema musical especial: el status del instrumento musical como "herramienta" y el grado hasta el cual la herramienta determina cualquiera de las propiedades de la obra musical.

Preguntas de valor

15. ¿Es una obra de arte? Con seguridad lo es, pero una respuesta definitiva exigiría evocar los varios criterios que sostenemos como esenciales. Empezamos a avanzar por un continuo que va desde las respuestas objetivas hasta las subjetivas.

16. ¿Es buena? ¿Y qué propiedades debe demostrar (la obra, la ejecución) para convencerme de que lo es? Cada uno de nosotros tiene un conjunto de criterios personales, desarrollado a instancias de las presiones de nuestra educación, nuestra sociedad, nuestra experiencia, así como nuestras propias preferencias y razonamientos maduros. Pero también, ¿representa al "género minué"? ¿Va de acuerdo con las reglas? ¿Conforma tan inexorablemente que no es buena?

17. ¿Me hará bien? ¿Logrará inspirarme, estimular mis emociones, canalizar mis ondas cerebrales en esquemas constantes, curarme, reconfortarme, entretenerme, colaborar en mi educación, hacerme valorizar más lo bueno?

18. Entonces debemos preguntarnos: *¿Me hará mal?* ¿Apelará a mis sentidos y así empañará mi razonamiento, me hará perder la noción de las proporciones adecuadas, me debilitará, me drogará, me hará comportarme de forma violenta, me impedirá trabajar, me hará valorarla más de lo que debería? Los escritos de los filósofos formales desde Platón en adelante se encuentran llenos de sospechas acerca de los efectos de la música sobre el hombre y la sociedad. Creo que esta clase de temor es profunda en muchos de nosotros.

19. ¿Es hermosa? ¿Y qué propiedades debe desplegar para demostrarme que lo es? Llegamos aquí a uno de los problemas estéticos más penetrantes. Entre los criterios que tradicionalmente se citan están éstos: armonía, proporción, claridad, intensidad, unidad, variedad, integridad, coherencia, movilidad (para la música), conflicto y resolución. Quizás ellos queden reducidos, como lo sugiere Beardsley, a tres cánones artísticos fundamentales: unidad, complejidad, intensidad.[3] Los lectores que deseen continuar con esta pregunta pueden recurrir a las propuestas de Santo Tomás de Aquino en el capítulo 6º.

[3] Monroe, C. Beardsley, *Aesthetics: Problems in the Philosophy of Criticism,* pág. 466.

20. ¿Es grande? Las valoraciones de las obras de arte con frecuencia han pretendido distinguir entre lo positivo y lo superlativo, invocando juicios tales como "monumental" y "sublime". La medida, la complejidad, la escala y el referente temático están entre los criterios que se suelen mencionar. O simplemente podemos querer decir que la obra es de una excelencia superior, en concepto y/o ejecución.

21. ¿Es de interés público? En otras palabras, ¿nos/les hará bien? Desde los tiempos de Platón, los filósofos rara vez han descuidado hacernos recordar que la música puede tener efectos profundos tanto en la sociedad cuanto en el individuo, usualmente expresados en la vieja fórmula: "La vieja música beneficia a la sociedad reforzando los valores tradicionales de la ortodoxia, mientras que la nueva música subvierte estos valores y debilita a la sociedad estable"

22. ¿Qué significa (si significa algo)? Y, más importante todavía, ¿qué se quiere decir cuando se pregunta "qué significa"? El significado persiste como uno de los problemas básicos de la filosofía de la música, y una importante parte del capítulo 8º está dedicada a este problema, que es demasiado complejo como para intentar aquí siquiera una breve exposición. Pero las próximas cuatro preguntas representan teorías populares del significado musical.

23. ¿Comunica algo? Y si lo hace: ¿qué, de quién y cómo? A menudo se da por sentado que la música es un lenguaje, un "lenguaje universal", según algunos diccionarios. Es incuestionable que se produce cierta comunicación cuando se interpreta música, pero ha habido poco acuerdo acerca de la naturaleza del mensaje. El modelo para la comunicación propuesto por el lingüista Roman Jakobson puede resultar útil:[4]

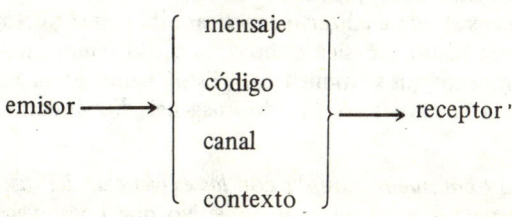

24. ¿Expresa algo? Si lo hace: ¿qué y cómo? Sólo el verbo ha variado. Aquellos que sostienen que la expresión es una propiedad de la música podrían dar las siguientes respuestas para el minué de Mozart: tristeza, pureza, resignación, sonrisa por medio de lágrimas. ¿Por qué?

---

[4] Roman Jakobson, "Linguistics and Poetics", en *Style in Language,* editado por Thomas A. Sebeok (Nueva York y Londres: The Technology Press of M.I.T. y John Wiley and Sons, 1960), págs. 350-77. Ha adaptado el modelo variando levemente el formato propuesto por Jakobson.

25. *¿Imita a algo?* Y, otra vez: ¿a qué y cómo? Se explorará la imitación (mimesis), una de las más antiguas teorías acerca del significado de la música, en el capítulo 4º. Los que sostienen esta posición podrían dar las siguientes respuestas: a la emoción humana, al gemido, a los sentimientos de tensión y distensión, al movimiento suave.

26. *¿Representa o reemplaza a algo?* En otras palabras, ¿es un símbolo: de perfección o de revolución, un *leit-motiv* (un niño interpretando *Para Elisa* de Beethoven en la película *Muerte en Venecia* de Visconti)? Las teorías semióticas del significado de la música están de moda en la actualidad y merecen una elaboración mayor, ya que la música, si es un lenguaje, seguramente es un lenguaje simbólico.

Preguntas relativas al observador

27. *Si es real, ¿cómo puedo saberlo?* ¡Puedo confiar en mis sentidos? ¿Con cuánta precisión percibimos? Véase también la pregunta 11.

28. *¿Puedo pensar la música?* Se puede pensar la música como pensar *acerca de* la música. Cada trocito de actividad mental en respuesta a un estímulo musical incluye algún grado de mediación; pensar en palabras exige más, pensar en tonos exige menos. La habilidad del músico de pensar en el propio lenguaje de la música impresiona a algunos legos como algo misterioso, pero su percepción difiere sólo en grado, no en especie. La audición activa siempre caracteriza un acto de reconstrucción mental: lo que Hindemith llamaba "co-construcción".[5]

29. *¿Cómo se incluyen en ella mis propios sentimientos y emociones?* ¿Estoy de mal humor? ¿Estoy cansado de analizar o practicar esta pieza? ¿Estoy especialmente receptivo por cómo me siento hoy? ¿Lo uso como un telón de fondo sobre el que proyecto mis sentimientos? ¿Estoy habituado a asociar libremente con respecto a la música, formando imágenes, haciéndome una pintura mental?

30. *¿Mi opinión sobre la obra puede cumplir con las exigencias del discurso crítico disciplinado?* Sospecho que éste es un objetivo que pocas veces se logra. En lo ideal, se debería ser un razonador técnicamente competente para opinar sobre música (o sobre cualquier otro tema) y la mayor parte de nosotros nos beneficiaríamos si tomáramos un buen curso sobre lógica. Los filósofos suelen ser muy competentes en la argumentación, pero no tengo la impresión de que esta pericia los haya hecho diestros para explicar la música.

31. *¿Qué suposiciones previas he hecho que me dirigen y limitan mi pensamiento?* Creo que lo mejor aquí es que dé mi respuesta personal con respec-

---

[5] Paul Hindemith, *A Composer's World*, págs. 15-22.

to a este minué. Mis suposiciones (y algunas de ellas son difíciles de defender) incluyen las siguientes: que los minués, en general, son refinados y triviales; que Re mayor es una tonalidad "brillante"; que la música cromática, lenta, puede ser comparada en relación de igualdad con la tristeza; que la disonancia resulta en un efecto, y que la estructura musical consiste en cosas tales como progresiones de intervalos, funciones formales (exposiciones, transiciones, desarrollos, reexposiciones), estabilidad e inestabilidad tonal. ¡Es sorprendente la cantidad de suposiciones que referimos a casi cualquier pieza musical! Explorarlas suele ser revelador. Lo aconsejo.

32. ¿Debo poseer algún conocimiento especial o peculiar para afirmar que es buena, hermosa o significativa? ¿Se necesita maestría? A veces. Los juicios que se basan en un sistema de valores peculiar exigen que el que juzga sea competente; la competencia, en este caso, incluye tanto el conocimiento (de los valores), cuanto la práctica (de la percepción).

33. ¿Qué clase de percepción, testimonio o evidencia necesito para contestar cualquiera de estas preguntas? ¿El instinto, la autoridad, la tradición, la respuesta del auditorio, la seguridad de que una pieza ha pasado "la prueba del tiempo" o las revisiones críticas? Si carecemos de maestría, ¿dónde depositamos nuestra confianza?

34. ¿Qué clase de imagen de la composición puedo construir dentro de mí mismo? Esta es una versión ligeramente más compleja de la pregunta 28, que incluye problemas tales como la forma en que se almacena la música en la memoria, qué clase de actividad mental y física acompaña la experiencia de la música, la expectativa y el afecto.

35. ¿Cuál es la relación existente entre la pieza y el resto de la sociedad? ¿Cuáles son las exigencias o intereses especiales de los compositores, intérpretes, críticos y docentes? Cualquier obra musical afecta miles de vidas de las formas más inesperadas. ¡debido a un filme reciente, el *Bolero* de Ravel se ha convertido en una pieza virtualmente imposible de emplear en la docencia![6]

36. ¿Importa? Uno siempre debería reservarse el derecho al desafío final a la filosofía: "¿Y entonces qué?"

Preguntas sobre el contexto de la pieza

¿Es importante saber (y si lo es, por qué)...

37. ... cuándo vivió Mozart? Algunos opinan que las relaciones externas son (o deberían ser) irrelevantes para una obra musical o para cualquier obra de

---

[6] La película *Ten* de Blake Edwards.

arte. Pero esta posición es, ciertamente, demasiado simple. Nuestro conocimiento del origen de la pieza debe colorearla para nosotros de diversas formas, algunas de las cuales están implícitas en las próximas preguntas.

38. . . . que el minué es inusualmente cromático para su tiempo? Si todos los minués son como éste, nuestras preguntas se pueden haber dirigido más al minué como género que a una obra en particular.

39. . . . que esta estructura era común en la época de Mozart? Ayuda, creo, a comprender que lo que haya de especial en este minué radica en su contenido y no en su estructura: ¡un delicioso vino nuevo en una botella vieja y gastada (pero aún útil)!

40. . . .cómo sonaba el piano de Mozart? Si lo supiéramos (y tenemos una buena idea) nos daría una noción más precisa sobre cómo interpretar el minué, o por lo menos sobre cómo realizar una interpretación que fuera más precisa desde un punto de vista histórico. Si Mozart hubiera escuchado el piano moderno, ¿lo habría preferido? La mayor parte de las reconstrucciones prácticas de interpretaciones históricas son mejoras técnicas sobre el original, pero esto no significa que sean mejores. A la vez, todo nuestro marco de referencia para la música (nuestra escala de proporciones tonales, temporales y dinámicas) ha estado permanentemente afectada por toda la música que ha aparecido desde la época de Mozart. No hay forma de que oigamos con los oídos de los contemporáneos de Mozart y es útil que lo comprendamos.

41. . . .que Mozart le escribía cartas obscenas a su primo? En apariencia, ésta es la más trivial de todas las preguntas. Para mí, es importante que la misma mente que dio a luz esta música del más exquisito refinamiento fuera a la vez una mente que se deleitaba empleando el lenguaje más pedestre, juegos de palabras y un humor grosero.

42. . . . que Mozart se interesó en el contrapunto barroco en los años 1781-1782? Poco sabemos sobre el origen de este minué, pero la evidencia interna sugiere que no podría haber sido escrito antes. Nuestra evaluación de cualquier pieza está matizada por nuestro conocimiento: si es una obra de estudiante, un producto de madurez, innovador o conformista o un producto de la vejez. ¿Puede algún crítico de Mozart ignorar los hechos del increíblemente veloz desarrollo del compositor y de su muerte prematura?

43. . . . que esta obra podría haber sido pensada como parte de la sonata para piano K. 576? Es muy importante saber si este minué fue pensado como obra independiente; algunos lo fueron, otros no.

44. . . .o que no tiene trío? Stadler agregó un trío, presumiblemente suyo, cuando publicó por primera vez el minué en 1801. ¿Está completa la obra sin el trío acostumbrado ni la repetición abreviada convencional del minué? ¿Es seguro que no sirve el trío de ningún otro compositor?

45. . . . que Re mayor era una clave significativa para Mozart? Ciertas claves parecen tener distinta individualidad en la música de Mozart como en la de algunos otros compositores. En apariencia, esta obra contradice el carácter normal del Re mayor en Mozart, que suele ser brillante, festivo, diatónico. ¡Y sin embargo, el cromatismo expresivo puede ser mucho más efectivo de acuerdo con nuestro conocimiento del Re mayor mozartiano!

46. . . .que Beethoven y los compositores posteriores rechazaron el minué y eligieron en su lugar al scherzo (como movimiento más liviano, de estilo de danza, en la sonata, el cuarteto y la sinfonía)? Parece injusto incluir a Beethoven en estas discusiones, pero las tendencias que lo siguieron en el estilo musical dejaron al minué como un representativo autocontenido de un período histórico cerrado.

47. . . . que las danzas cortesanas de los siglos XVII y XVIII a menudo eran transformadas (como aquí) en música artística altamente estilizada? Si debiéramos tomar a esta obra como música de salón, no le prestaríamos la atención que merece ni podríamos comprender cuánto se expande el molde.

48. . . .qué pretendía Mozart? La "falacia intencional" es un ítem estándar en cualquier serie de cuestiones estéticas importantes. He caído conscientemente en esta falacia en las preguntas 43 y 44, pero con un propósito. Por cierto, las intenciones de un compositor son causales para su obra y se suman a nuestro conocimiento. Pero la evaluación toma un camino incorrecto cuando se dirige a temas tales como la facilidad o el esfuerzo con el que un compositor escribió una obra, su fervor religioso, o que sus lágrimas cayeron sobre el manuscrito mientras lo escribía.

3 La música como arte y como artefacto

¿En qué se asemeja (y en qué se diferencia) la música a las demás artes? Este capítulo es un ejercicio de la definición aristotélica *(per genus et differentiam)*: primero, examinando varias propuestas para clasificar a las artes y algunas características comunes que presentan, se alcanza una mejor comprensión del género propio de la música *(ars);* luego, por medio de un análisis de algunas de las propiedades distintivas de la música (tiempo, tono, papel, objetivación), se arma una lista parcial de las diferencias que hacen que la música sea única.

Clasificación de las artes

La música no siempre ha sido considerada un arte ni los pensadores occidentales han mostrado tendencia alguna en concordar en agrupamientos estándar de las artes hasta hace relativamente poco tiempo. La palabra griega para designar al arte era *techne* y su significado se acercaba más a "oficio, habilidad, técnica". Aristóteles, en una definición famosa, destacó el aspecto cognoscitivo del arte: "La capacidad de ejecutar algo con una comprensión apropiada".[1] El arte era tanto obra de la mente como de la mano, antítesis típicamente griega que alentaba la distinción entre los campos teórico y práctico de cualquier arte.

Como consecuencia de esta línea de pensamiento, la poesía y la música quedaban excluidas del círculo de las artes, porque se pensaba que ambas eran producto de la inspiración y el rapto maníaco. El poeta y el intérprete eran vistos más como profetas en tanto que el pintor y el arquitecto eran considerados artífices y artesanos. Los primeros eran irracionales, los otros racionales y trabajaban según un conjunto de reglas claras. Como dice Tatarkiewicz: "Antes de que la antigua idea del arte se modernizara, dos cosas sucederían: la poesía y la música serían incorporadas al arte mientras que las artesanías manuales y las ciencias serían eliminadas".[2]

---

[1] *Nichomachean Ethics*, 6. 4. 1140 a.
[2] Wladyslaw Tatarkiewicz, "Classification of the Arts", pág. 457.

Otro principio clasificatorio importante sirve de base a los agrupamientos medievales de las siete artes "liberales": el *trivium* o "tres caminos" (a la elocuencia): grámatica, retórica, lógica; y el *quadrivium* o "cuatro caminos" (al conocimiento): aritmética, música, geometría, astronomía. Esta clasificación nos resulta extraña en la actualidad, ya que mezcla ciencia, arte y prácticas de comunicación, pero estos agrupamientos de disciplinas inquisitivas y otros similares eran considerados circulares, "formando un círculo" que incluía al conocimiento que se consideraba indispensable para una persona educada.

La Edad Media promovió así una visión algo esquizoide de la música: la *musica speculativa* era una disciplina intelectual con un fuerte toque de diletantismo, basada en las matemáticas y asociada con una especulación cosmológica, en tanto que la *musica practica* ocupó una posición muy inferior. Con frecuencia, tales juicios de valor han influido sobre las clasificaciones de las artes, por ejemplo en artes "mayores" y "menores", aunque tales divisiones han variado a lo largo de los siglos y en las distintas culturas. La caligrafía, por ejemplo, ha sido considerada entre las artes mayores en la estética china y en la japonesa tradicionales pero la civilización occidental la ha considerado un arte menor. La clasificación que hemos diagramado para las "bellas artes" es un producto reciente del pensamiento occidental, que no retrocede más que hasta mediados del siglo XVIII.[3] En general, hay acuerdo en que éstas son la poesía (y algunos otros géneros literarios), la música, el teatro, la danza, la pintura, la escultura y la arquitectura.

Virtualmente todas las propuestas de agrupamientos de las artes según ciertos criterios tienen precedentes históricos. Aquí hay varios que parecen útiles:

— por el medio, es decir, artes que emplean palabras, tonos, piedras, pintura sobre lienzo o cuerpos humanos.

— por el sentido al cual un arte se dirige en primer lugar, es decir, arte para mirar, escuchar, tocar, oler o degustar.

— por la dimensión, es decir, artes que emplean el espacio, el tiempo o cualquier otra dimensión para su esfera principal de operación.

— por el propósito, es decir, artes que son necesarias, útiles o que entretienen.

— por el remanente. Propuesta por Quintiliano, esta clasificación divide a las artes en: 1) artes teóricas que no dejan rastros tras ellas y se caracterizan por el estudio de las cosas; 2) artes prácticas que consisten en una acción del artista sin dejar un producto y 3) artes productivas que dejan un objeto tras de sí.[4]

— por el grado de determinación. La pintura y la poesía pueden evocar determinadas asociaciones que la música y la arquitectura por lo general no pueden.

[3] *Ibídem*, pág. 460.
[4] Institutio Oratoria, *2. 18. 1.*

La más útil de las clasificaciones es por el medio, aunque otros criterios pueden resultar de ayuda para una subdivisión ulterior. La tabla de campos artísticos de Max Dessoir es una formulación atractiva y seria.[5]

artes espaciales artes temporales
artes sin movimiento artes de movimiento
artes que tratan con artes que tratan con
imágenes gestos y sonidos

Escultura	Poesía	artes reproductivas
Pintura	Danza	artes figurativas
		artes con asociaciones determinadas
Arquitectura	Música	Artes libres
		Artes abstractas
		artes con asociaciones indeterminadas

Paul Weiss, en *Nine Basic Arts* (Nueve artes básicas) propuso uno de los esquemas más estimulantes para clasificar a las artes, fundamentados en el modo en que cada arte se sitúa dentro de su dimensión primaria: espacio, tiempo o "devenir".[6] Se pide que se acepte la distinción controvertida de Weiss entre música *(musicry)* (la composición de música) y música *(music)* (la interpretación de música:

	artes del espacio	artes del tiempo	artes del devenir
artes que encierran una dimensión creada	Arquitectura	*Musicry*	Música
artes que ocupan una dimensión creada	Escultura	Narrativa	Teatro
artes que son la dimensión que crean	Pintura	Poesía	Danza

---

[5] Max Dessoir, *Asthetik und allgemeine Kunstwissenschaft* (Stuttgart, 1906), reproducido en "Classification of the Arts", de Tatarkiewicz, pág. 461.
[6] Paul Weiss *Nine Basic Arts,* págs. 34-38.

La ilustración fuera de contexto no hace justicia a la cuidada clasificación de Weiss, ni se puede aclarar todo su significado sin la ayuda de sus tan especiales definiciones. Aquí están, por ejemplo, las dos que más nos interesan:

"La *musicry* es el arte de crear un tiempo emotivamente sostenido, silencioso y común", y "la música es el arte de crear un devenir estructurado y audible... La música ocupa un volumen; es espacial y a la vez temporal. Pero también es más. Es expansiva, insistente, un devenir cabal con forma sonora producido por el hombre..."[7]

Hay mucho para discutir en semejante propuesta, en particular el concepto elusivo de "devenir", pero el valor del enfoque de Weiss supera toda objeción individual. Parecería que una combinación de medio y dimensión es la base más natural para la clasificación artística.

Las artes compuestas o híbridas también son dignas de atención; la ópera es tal vez el ejemplo más común para el músico. Desde sus comienzos, alrededor del año 1600, se ha creído que la ópera es la fusión ideal de las artes, y la teoría de Richard Wagner de la *Gesamtkunstwerk* (la obra de arte "total"), como la establece en *Oper und Drama,* celebraba al drama musical como la integralidad de todas las artes (música, actuación, poesía, diseño escénico, danza, vestuario).[8] Pero en nuestra posición con respecto a tales compuestos complejos, pasamos por alto a la mera canción y su fusión de texto y música; los problemas que surgen de la combinación de palabras y música forman una corriente recurrente en la historia de la estética musical.[9] La cinematografía es una síntesis bastante reciente de varias artes y en los últimos años ha sido muy debatida. No es difícil imaginar otros híbridos de éxito potencial.

En general ha habido acuerdo acerca del presente conjunto de bellas artes, pero parece improbable que se hayan considerado todas las posibilidades. ¿Pueden surgir otras nuevas artes? Si, como se ha pensado (y, a menudo, deplorado), la civilización occidental está evolucionando hacia un estado en el cual las decisiones colectivas podrán por fin reemplazar a la mayor parte de las hasta ahora tomadas por individuos, ¿habrá un conjunto de "artes de la sociedad"?[10] Creo que existen hoy prototipos de semejantes artes societarias, que incluyen a los siguientes:

---

[7] *Ibídem,* págs. 124, 170-171.

[8] Para un resumen excelente de los tratados mayores de Wagner, véase Beekman C. Cannon, Alvin H. Johnson y William G. Waite, *The Art of Music,* págs. 378-84.

[9] Para una exposición general del problema, véase Monroe C. Beardsley, *Aesthetics: Problems in the Philosophy of Criticism,* págs. 339-48; para una serie de estudios más especializados, véase Edward T. Cone, *The Composer's Voice.*

[10] J. T. Fraser expone, en varias obras recientes, que se puede considerar a la sociedad global (potencial) del hombre como un nivel integrativo emergente de la naturaleza, con su propia temporalidad, causalidad, lenguaje, y conflictos irresueltos distintivos: "The Individual and Society", en *The Study of Time 3,* ed. por J. T. Fraser, N. Lawrence y D. Park (Nueva York: Springer-Verlag, 1978), págs. 419-42; *Time as Conflict* (Basel: Birkhäuser, 1978), págs. 177-85, 263-80; y "Temporal Levels: Sociobiological Aspects of a Fundamental Synthesis. *"Journal of Social and Biological Structures 1* (1978): 339-55.

- en lugar de arquitectura, *ciudad:* un ambiente total armonioso y diseñado de manera colectiva, por ejemplo Brasilia, Canberra o el plan de L'Enfant para Washington.
- en lugar de escultura, *parque escultural:* el parque Frogner de Gustav Vigeland, en Oslo, aunque ejecutado por muchas manos, fue el diseño de una mente; el parque escultural sobre el lago Hakone en Japón es un mejor ejemplo.
- en lugar de pintura, *vallado:* aparentemente trivial en la forma presente, pero con sugestivas posibilidades futuras.
- en lugar de poesía, *leyes:* un retorno a una antigua concepción griega; ¡admito que no hay mucha excelencia en lo que ahora hay disponible!
- en lugar de teatro, *happening:* ya bien establecido como forma de arte.
- en lugar de danza, *ritos:* muchas compañías de danza realizan improvisaciones colectivas; es posible que el próximo paso sea alguna clase de danza urbana o concurso a gran escala. Si algunas de estas propuestas parecen tener raíces en la cultura popular, es instructivo recordar que muchas de las artes actuales empezaron de ese modo.
- en lugar de música (y éste es ciertamente un problema), quizá *festival:* muchas "piezas" semejantes, ya han sido planeadas e interpretadas, aunque su aceptación general exigirá mayor consenso en los nuevos valores musicales. Probablemente este modelo enfatizará líneas conductoras más flexibles, la participación aficionada, la improvisación y nuevas actitudes con respecto al tiempo, el espacio y los instrumentos. Sólo se ha practicado la composición colectiva formal, por lo menos hasta donde yo sé, en la República Popular China, por ejemplo, en el *Yellow River Concerto,* que, según se informó, fue escrito por una comisión.

Estas propuestas plantean una evolución a partir de los modelos actuales pero no hay razones para creer que no surgirán formas de arte que sean nuevas por completo. También es posible pensar que ciertos géneros actuales de arte se fusionen.

Características comunes de las artes

> Un poema es como un cuadro: uno conmueve la imaginación cuanto más cerca se está situado; el otro, cuanto más lejos. Este busca la sombra, que deseará ser vista a la luz, y no teme a la introspección crítica del juicio. Aquel, que fue placentero al menos una vez, aunque se recurra a él diez veces, siempre será placentero. (Horacio).[11]

---

[11] *Ars Poetica* (traducción al inglés de H. R. Fairclough) 361-65.

La famosa frase de Horacio, *"Ut pictura poesis"*, se ha utilizado durante mucho tiempo en las discusiones comparativas sobre las artes. La interpretación crítica de este fragmento sin duda ha extendido su significado mucho más allá de lo que Horacio tenía en mente, pero la idea de que las varias artes presentan propiedades comunes y son susceptibles al análisis por medio de un vocabulario común, se ha enraizado con fuerza. Al reconocer que nuestro uso del lenguaje obviamente comunica nuestra experiencia del arte, es inteligente permanecer conscientes de que el problema es en parte verbal; pero si no tuviéramos lenguaje, ¿no sentiríamos de todos modos semejanza entre, por ejemplo, la música y las otras artes?

Nos estamos aproximando con cautela al problema de los universales. Es discutible su existencia y la validez que debe tener un principio antes de que se le confiera la autoridad de un universal. Todo depende del tamaño del propio universo. Para el estudioso de la música de Mozart, la evolución del estilo de ese compositor puede constituir un universo. Algunos músicos se contentarán con un conjunto de universales válidos para la tradición de la música del arte europeo, en tanto que otros preferirán no reconocer ningún principio como universal a menos que se aplique por igual a la música occidental y a la no occidental. El filósofo del arte preferiría que tales universales se aplicaran a las distintas artes. Y, dada la posibilidad de exploración espacial y encuentro con otras civilizaciones, aun esto puede no ser lo suficientemente amplio. Pero, cualquiera sea la escala de referencia usada, ¡si *hay* tales universales, es imperativo que se los encuentre!

Se debe comenzar por algún lado. Considérese el siguiente conjunto y los breves comentarios anexos. Se puede observar al comienzo que la mayoría de ellos incluye características estructurales y formas de organización no materiales.

Tonalidad. La capacidad de crear centros: el Re menor de Beethoven, el color como matiz dominante en una pintura, la convergencia aparente de líneas de columnas paralelas, un tema argumental principal o una emoción característica (los celos de Otello, la ambición de Lady Macbeth, el amor desafortunado de Romeo y Julieta).

Tendencia. Si son tendencias naturales (del cuerpo, la mirada, la sensación del mármol) o tendencias creadas por el contexto (como el lenguaje y la música), las tendencias nos hacen predecir, sentir expectativa y reaccionar cuando se cumplen o frustran.

Modelo. Un impulso decorativo que parece estar presente en alguna medida en todas las artes, ya sean modelos visuales, musicales, verbales o de ideas.

Inicio. Todas las obras artísticas tienen comienzo, ya sea en tiempo, en espacio o en ambos, enfatizado o despreciado. Podemos no estar presentes en su creación, de modo que una obra de arte puede empezar para nosotros cuando nos acercamos a ella. Como dije antes, las obras de arte suelen estar separadas del mundo de la experiencia diaria: por marcos, por silencios, por representaciones en lugares especiales con vestimentas peculiares, por paisajes y por nuestra atención.

Final. Las obras de arte también tienen fin y con frecuencia se siente que están completas, aunque nuestras expectativas de un cerramiento apropiado dependen de nociones culturales, en especial en las artes temporales. En la tradición occidental, las obras de arte tienden a ser teleológicas, dirigidas a un objetivo, y terminan con un fuerte sentido de finalidad. Lo opuesto se da en las artes de Asia.

Interjuego. En raras ocasiones una obra de arte está organizada de modo tan simple que toda la actividad importante ocurre en un área o a lo largo de un plano único; no podemos experimentar una pintura en su totalidad mirando sólo su lado izquierdo, o una obra de teatro siguiendo la acción y las líneas de un único personaje, o la música prestando atención nada más que a la melodía. Los espectadores deben aprender a variar su atención, porque las propias obras varían el lugar de su actividad. Esta es una buena definición general de lo que se suele llamar *contrapunto*.

Silencio. O su equivalente espacial, al que erróneamente llamamos "vacío". No hay espacios vacíos en las artes ni hay silencios reales en la música (así como el aire que respiramos tampoco es vacío). Hay, en cambio, áreas de baja actividad (o nula) y espacios negativos. En música se suele prestar atención al "algo" y no a la "nada", y sin embargo los usos del silencio son muchos; el silencio puede ser una mera puntuación o un intervalo de un minuto entre dos tonos articulados. Puede ser breve o largo, medido o no, interruptivo o no, tenso o relajado. Pero de una u otra forma el silencio se convierte en parte de la música.[12]

Acento. El toque simple, un acento individual bien situado (un color, un gesto, una palabra destacada, un tono "marcado para nuestra atención" de alguna forma especial.[13] Los acentos tonales (alturas), de fuerza (volumen, precisión de ataque) y agógicos (duración) están entre los más importantes en la música.

---

[12] Véase Wallis Dwight Braman, "The Use of Silence in the Instrumental Works of Representative Composers: Baroque, Classical, Romantic" (Ph. D., Eastman School of Music de la Universidad de Rochester, 1956); Gisele Brelet, "Music and Silence", en *Reflections on Art,* ed. por Susanne K. Langer, págs. 103-21; John Cage, "Lecture on Nothing" y "Lecture on Something" en *Silence,* de John Cage, págs. 109-26, 129-40; Thomas Clifton, "The Poetics of Musical Silence", *Musical Quarterly* 62 (1976): 163-81; Zoria Lissa, "Aesthetic Functions of Silence and Rests in Music", traducido al inglés por Eugenia Tarska, *Journal of Aesthetics and Art Criticism* 22 (1964): 443-54; Paul Weiss, *The World of Art,* págs. 109-10.

[13] Grosvenor W. Cooper y Leonard B. Meyer, *The Rhythmic Structure of Music* (Chicago: University of Chicago Press, 1960), págs. 7-8.

Ritmo. La pulsación regular es una característica común en muchas obras de arte, ya se la interprete como una línea continua o intermitente, y se incluyan los fenómenos de la rima y los esquemas acentuales en las artes verbales. La palabra más general para este efecto es *ritmo*.[14]

Repetición. Todas las artes contienen repeticiones, aunque la tolerancia (y quizá la necesidad psicológica) de reiteraciones es obviamente mucho mayor en la música y la danza que en la poesía y otros géneros literarios.

Variación. La urgencia por decorar, desviar o introducir cambios expresivos parece ser tan esencial para el arte como la necesidad de repetir.

Jerarquía. La mayor parte de las obras de arte contienen cierta jerarquía, explícita o implícita; una estructura de muchas capas que sirve como marco organizador para toda la obra. Inclusive las pinturas, poemas, composiciones, esculturas y danzas más simples se muestran jerárquicas al inspeccionarlas en detalle; abrazan una diversidad de hechos desde los golpecillos o puntillos de la actividad superficial hasta modelos a gran escala que organizan toda la obra. El lenguaje mismo puede ser visto como una jerarquía. Parece probable que seamos nosotros los que implantamos esta característica (como las precedentes) en nuestras artes, porque la sentimos una característica penetrante de nuestra experiencia.

También se pueden aplicar con éxito a varias artes algunos otros términos comunes: *textura* o *superficie* es un concepto útil para las artes plásticas y táctiles, pero exige una definición cuidadosa cuando se lo aplica a la música o a la literatura. De manera semejante, todas las artes emplean *temas* incluidos en alguna clase de *fondo* y el procesamiento sistemático de estos temas se suele llamar *estructura* o *forma*. Si la obra no es una unidad simple minúscula, por lo general se pueden delinear *secciones,* con o sin *transiciones* entre ellas. También resulta útil hablar de *escala* al describir una obra de arte (siempre y cuando no se confunda el término con su significado musical específico) como el ordenamiento consecutivo de la estructura básica de alturas; pero hasta este uso restringido de la palabra es coherente con el significado más amplio si se compara una escala musical con la escala de una regla o inclusive con la de un mapa; es el conjunto básico de proporciones a lo largo del cual se extiende el objeto de arte.

La mayor parte de los objetos de arte tienen puntos altos, *clímax,* intercalados con áreas de tensión o de actividad menor. *Desarrollo* se suele emplear para describir la elaboración de los temas o ideas artísticas, aunque

---

[14] Para el fondo de este término en extremo importante, véase Robert Christopher Ross. "Pυθμός: A History of Its Connotations" (Ph. D., Universidad de California, Berkeley, 1972).

también aquí puede hacer falta una definición cuidadosa. Y la generalidad de las obras de arte alternan entre *estabilidad e inestabilidad,* producidas por distintos medios. Otros términos, aunque útiles, llevan sentidos diferentes en las distintas artes como, por ejemplo, la palabra *línea.*

Línea significa alguna clase de extensión (recta o curva, larga o corta, continua o intermitente, simple o compleja, que encierra o separa, que implica un sentido de fuerza y movimiento, que indica un objetivo hacia el que apunta, que posee un momento o, a veces, una velocidad real). La conexión de significado entre una línea visual y una audible es bastante obvia. Una línea de texto es, por supuesto, algo por completo distinto, aunque puede servir esta misma función lineal cuando se la aplica a la música.

Armonía es una de las expresiones más importantes y controvertidas de las artes. Es muy difícil de definir en una forma que no sea altamente abstracta. El antiguo concepto de armonía, que veremos en el próximo capítulo, era un balance o un equilibrio entre tensiones opuestas, una relación perfecta (pero precaria) entre parte y parte y entre parte y todo. Para los griegos, la armonía exigía relaciones proporcionadas que se podían expresar en números enteros, idealmente en proporciones simples, muy particulares. La armonía musical sólo se podía calcular sobre una base matemática y de ahí su inclusión en tales disciplinas. El propio universo era visto como el modelo perfecto de la armonía, y se lo visualizaba como un conjunto de esferas concéntricas en proporción armónica, cada una de las cuales sonaba con su nota característica.

Diferencias

Es evidente que nuestro interés principal es la música. Aunque necesitaremos inevitablemente considerar problemas musicales que tienen implicancias en las otras artes, es en las propiedades especiales de la música donde encontraremos los obstáculos mayores para nuestra comprensión. Sólo se pueden señalar unos pocos para su discusión.

Tiempo: El tiempo es la menos explorada de las dos dimensiones primarias de la música; los teóricos de la música se han preocupado especialmente, hasta hoy, por las cuestiones de organización de la altura. Los hechos básicos de los ritmos, esquemas rítmicos, metros y signaturas métricas no arrojan mucha luz sobre la forma en que se desarrolla la música y en la que se percibe el tiempo. La propia aparición de nuestra notación rítmica dilata la movilidad dinámica que se oye en la música, y los analistas se han acostumbrado a emplear términos espaciales para conceptos temporales.[15] Parecería más fácil pensar y escribir sobre música como si fuera un *estado* más que un *proceso.*

---

[15] Por algunos ejemplos y motivos, véase Lewis Rowell, "The Subconscious Language of Musical Time", especialmente págs. 104-5.

El concepto del tiempo siempre ha sido elusivo para los filósofos y científicos. Se comprende que la definición de Newton del "tiempo absoluto, verdadero y matemático"[16] no se adecua a lo que se ha aprendido en este siglo, y se han señalado grandes discrepancias entre las medidas de tiempo objetivas y subjetivas. El famoso lamento de San Agustín expresa el problema: "¿Qué es, entonces, el tiempo? Si nadie me lo pregunta, lo sé; pero cuando se me pide que lo explique, no lo sé".[17]

Sabemos que las dos series temporales (serie A: antes/después; serie B: pasado/presente/futuro) juegan un papel crucial en la creación, percepción y memoria de la música. Hay acuerdo general en que el tiempo de la música no es igual al tiempo del reloj. Es un tiempo especial, creado, que comparte muchas propiedades con el tiempo del reloj y que está socialmente aceptado por intérpretes y oyentes. Aquí tenemos algunos problemas sobre la teoría del tiempo que son importantes para el concepto de la temporalidad en la música:

1. ¿el tiempo es atomístico o continuo? ¿El tiempo "real" y el musical consiste en duraciones continuas o en una serie de hechos intermitentes? Si la música es una sucesión de estímulos discretos, ¿qué nos lleva a percibirla como movimiento? Puede haber muchas clases de movimiento y tasas de sucesión en la más simple de las piezas musicales. ¿cómo las ensamblamos mentalmente en una línea temporal única? La mayoría de nosotros estamos convencidos de que oímos movimiento o "fluir" en la música, ¿es similar a la secuencia de fotogramas en una película? ¿Es el movimiento musical parcialmente ilusorio?

2. ¿Cómo han capturado las metáforas para el tiempo musical algunas de sus propiedades percibidas? Aquí hay varias:

— un tallo de bambú (chino) con sus nudos y protuberancias, que simbolizan los ritmos que articulan la continuidad de la música;

— un hilo corriendo a través de un collar de perlas (hindú), otra imagen de continuidad por medio de la reticulación;

— una ola (Zuckerkandl),[18] representando las crestas y depresiones de energía formadas por los modelos de ritmo de fuerza y debilidad alternados con regularidad;

— una bolera (Zuckerkandl),[19] con el tiempo como túnel vacío a través del cual se arrojan los hechos musicales;

---

[16] Isaac Newton, "On Time", en *The Concepts of Space and Time: Their Structure and Their Development,* editado por Milič Căpec (Derdrecht: D. Reidel, 1976), págs. 209-10.
[17] *Confessions,* 11.14.
[18] Victor Zuckerkandl, *Sound and Symbol,* págs. 168-212.
[19] *Ibídem,* pág. 181.

— un reloj de arena (Aristóteles),[20] representando al presente como el delgado momento de pasaje entre el inmenso pasado y el igualmente inmenso futuro.

— *una melodía con las notas disueltas entre sí (Bergson),*[21] expresando la continuidad percibida de la música como el modelo para nuestra percepción del tiempo real, *durée*.

3. *¿Por qué percibimos que el tiempo pasa a distintas velocidades?* Los psicólogos han establecido que el tiempo en el que suceden cosas parece pasar con rapidez, en tanto que el tiempo en el que nada sucede pasa con mayor lentitud. ¿Cuál es la relación que hay en la música entre tiempo objetivo y tiempo subjetivo? ¿Encontramos tiempo cualitativo representado en la música, tiempo con momentos especiales?

4. *¿Qué es el "ahora" en música?* Si sólo podemos percibir un delgado borde de la música mientras pasa por nuestro campo auditivo, ¿por qué nuestra percepción parece expandirse hasta percibir frases y temas enteros?

5. *¿Cuál es el papel especial que representa la memoria al aprender música?* La percepción musical introduce al ser humano en un complicado proceso de atender al momento presente relacionándolo con el pasado inmediato y con el remoto *(retrodicción,* una palabra exótica pero útil) y prediciendo así el futuro (expectativa).

6. *¿Tiene el tiempo de la música alguna relación con las nociones culturales de tiempo?* Las distintas culturas han pensado en el tiempo como algo cíclico, modular, un proceso irreversible y de final abierto, una línea recta que conduce a un objetivo definido o simplemente como una ilusión. La visión del tiempo incorporada en la música occidental es la de la cosmología tradicional judeo-cristiana: el tiempo que comienza con un acto decisivo de creación y avanza en línea recta hacia un acontecimiento final, apocalíptico.[22]

7. *¿Se puede decir que el tiempo comienza o termina?* San Agustín rechazaba la pregunta: "¿Qué existió antes de que el tiempo empezara?"; pero es una pregunta válida para la música. ¿Qué implica empezar o terminar una composición musical? ¿Cómo se inician y resuelven con éxito las sensaciones de movimiento, dirección, energía, peso y las tendencias tonales?[23]

---

[20] *Ibídem*, págs. 181-228; Zuckerkandl desarrolla, y finalmente rechaza, esta famosa metáfora del tiempo como "devenir", basando sus argumentos en el ensayo de Aristóteles sobre el tiempo en la *Physics* 4.3.

[21] Henri Bergson, "Time as Lived Duration" (capítulo 3 de su *Duration and Simultaneity*), traducido al inglés por Leon Jacobson en *The Human Experience of Time*, editado por Charles M. Sherover, págs. 218-19.

[22] Véase S. G. F. Brandon, "Time and the Destiny of Man", en *The Voices of Time*, editado por J. T. Fraser, págs. 140-57; este artículo proporcionará al lector una introducción a las obras más detalladas de Brandon, en especial a su magistral *History Time and Deity* (Manchester, Manchester University Press, 1965); Jonathan D. Kramer discute el concepto del tiempo lineal en "New Temporalities in Music", págs. 539-41.

[23] Para una respuesta parcial, véase Lewis Rowell, "The Creation of Audible Time".

8. *¿Existe la atemporalidad, la infinitud, la eternidad?* Algunas composiciones recientes parecen estar modeladas según semejante concepto, sugiriendo (por medio de procesos repetitivos y otras estrategias) un estado más que un proceso, un *ser* más que un *devenir*.[24]

9. *¿La obra musical sólo tiene un tiempo?* ¿O hay posibilidad de que los tiempos de la música y la experiencia sean múltiples? Los modernos cuartetos para cuerdas de Elliott Carter y Witold Lutoslawski han explorado esta posibilidad con un éxito considerable.[25]

10. *¿Se puede torcer el tiempo?* ¿Qué pasa con el tiempo musical, que no sólo permite que se lo mida en términos de la proporción de pulsaciones y la proporción de aconteceres sino que también nos permite gozar con los cambios en estas proporciones de velocidad con total seguridad?

11. *¿Cuán multidimensional es la mente musical?* ¿Por qué medios puede un compositor fijar una larga duración en su mente como si fuera un instante único y fundir libremente ideas musicales en su subconsciente? Es un hecho de magia en el que el antes, el simultáneamente y el después no tienen sentido hasta que por fin se los fija en una secuencia que parece inevitable.

12. *¿Tiene el tiempo de la música algo en común con el tiempo del deporte, el tiempo "agónico" o de disputa?* Ya que el tiempo de la música está regido por un conjunto de normas y se desenvuelve en un marco de interacción social, la comparación es apropiada. ¿Cómo se corresponde el tiempo (y el espacio) de la música —como en la interpretación de una sinfonía de Beethoven— con el tiempo y el espacio de deportes tales como el béisbol, el fútbol o el basquetbol?

Tono: Nos referimos aquí a la naturaleza del tono musical, no a las propiedades organizativas de los tonos en el reino de la altura del sonido. El tono es obviamente una manifestación del espacio musical pero en un sentido muy especial. Probablemente los dos hechos tonales más elementales sean nuestra percepción de ellos como "alto" o "bajo" y las cualidades peculiares que nos permiten identificar su fuente, como un piano o un *koto*. Las características técnicas, acústicas, del tono, rara vez se encuentran al frente de nuestras conciencias, es decir, que el tono es la forma y la frecuencia de vibración, la vibración regular como algo opuesto a la vibración no periódica que llamamos *ruido*; que los tonos pocas veces son tan simples como la forma en que los visualizamos; que la estructura compleja de esa vibración produce lo que llamamos *timbre*; que los tonos no sólo tienen su origen espacial en el mundo que nos rodea sino que también están lanzados a lo largo

---

[24] Jonathan D. Kramer discute este concepto paradójico del tiempo musical en "New Temporalities", págs. 549-52.

[25] Elliott Carter, Cuarteto de Cuerdas Nº 2 (1959) y Cuarteto de Cuerdas Nº 3 (1971) Columbia M32-738; Witold Lutoslawski, *Cuarteto de Cuerdas* (1964), DGG 137 0. 1.

de ese continuo espacial único que llamamos altura, y que su forma final es el resultado de una relación compleja entre el material que vibra (cuerda, objeto percutido, aire encerrado), el implemento que actúa, el ambiente inmediato, el medio transmisor (aire, cable, agua) y el ambiente del oyente. El intérprete tiene en su mente un concepto de lo que él considera "buen" tono y trata de lograrlo con coherencia. Para el oyente, "buen" tono es probablemente lo que ha aprendido como tal.

El filósofo puede, como lo hace la mayoría de los oyentes, dar por establecidos muchos de estos hechos acústicos y encontrar un conjunto de propiedades de los tonos más interesantes que resulte más "funcional". Paul Weiss ha sugerido el siguiente conjunto de propiedades tonales, al cual he agregado breves comentarios.[26]

Los tonos son:

Aislables, en el sentido de que los sonidos de una obra musical están separados de los sonidos reales del mundo que nos rodea, del mismo modo que el color rojo en una pintura es aislable respecto de nuestra visión cotidiana de ese color. Los sonidos también son aislables de cualquier ubicación específica: abandonan su origen y viajan hacia el oyente.

Voluminosos, en el sentido de que aparecen para ocupar tanto duraciones cuanto espacios.

Insistentes, ya que nos obligan a ocultarlos si es que elegimos no prestarles atención. Y cuando se la prestamos, el esquema de sonidos establece su propia lógica, que a su vez determina nuestro esquema de expectativas.

Direccionales: ya que aparecen y tienen un movimiento y una tendencia hacia adelante. Inclusive cuando un tono permanece constante, finalmente provoca la expectativa de que pronto cambiará.

Idénticos a sí mismos, pues a pesar de las diferencias de volumen, timbre, duración, registro y contexto, la identidad básica de un tono puede permanecer inalterada.

Interpenetrativos, porque cualquier número de tonos puede ocupar la misma duración y parece ocupar el mismo espacio. Dos colores jamás pueden ocupar el mismo espacio y seguir distinguiéndose. Dos tonos ¡pueden!

Interrelacionables, pues una obra musical no tiene sentido si se la considera una simple serie de estímulos separados.

Papel: La música es un arte social, por lo menos en potencia. En tanto que algunos filósofos argumentan que una obra musical podría, en lo ideal, llegar a la perfección en la mente, este ideal está muy lejos en las condiciones normales a instancias de las cuales se escribe, ejecuta o escucha música.

[26] *Nine Basic Arts,* págs. 171-81.

Todas las artes interpretativas plantean problemas únicos de *papel*. Para ayudar a señalar algunos de ellos, reproduzca una versión ligeramente ampliada de una famosa tabla de *The Problems of Aesthetics*, de Vivas y Krieger:[27]

sociedad musical,

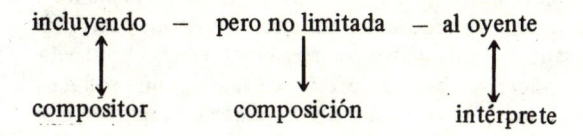

incluyendo   —   pero no limitada — al oyente
⬇   ⬇   ⬆
compositor   composición   intérprete

Las flechas representan los intereses o actitudes particulares de cada miembro de la sociedad matriz: es obvio que este diagrama básico no puede comenzar a sugerir la variedad de intereses particulares en la sociedad musical. Para empezar, no podemos suponer que la sociedad en general consiste en un cuerpo de consumidores benévolos o en "buitres de cultura". Algunas relaciones —como entre intérprete y compositor— pueden correr la escala de la intensa admiración a la hostilidad activa. Otros papeles en esta matriz podrían incluir al filósofo, al crítico, al docente, al empresario y a muchos otros interesados en la aplicación funcional de música: sacerdote, terapeuta, *disc jockey* y dentista. La profusión de papeles presenta muchas oportunidades para los problemas filosóficos y los conflictos de valores.

La actitud del compositor hacia su propio producto será normalmente muy distinta de la del intérprete o el oyente. Este último considerará a la obra como un producto terminado y por lo general se interesará poco en cómo se llegó a escribir. El compositor, por su parte, ve a su trabajo como la salida y el residuo de un proceso largo y en parte inconsciente, y la pieza puede perder parte de su interés para él una vez que la ha terminado satisfactoriamente.

Muchas de las preguntas interesantes incluyen el papel del intérprete y el *ser* de la obra musical en tanto pasa de compositor a partitura, de partitura a intérprete y de éste al auditorio. ¿El ejecutante es un intérprete o sólo un fiel transmisor de las intenciones del compositor? ¿Es en algún sentido un compositor también? ¿Cómo afecta la improvisación (como la del jazz y otras músicas étnicas) la posición relativa de compositor y ejecutante? Cuando se interpreta una pieza, ¿es la misma que escribió el compositor? Si se repite, ¿es igual o distinta?

La notación musical está muy lejos de ser una escritura exacta y jamás se pueden transmitir las intenciones totales del compositor a un ejecutante simplemente por medio de marcas en un papel. Algunos compositores confían en un concepto elusivo al que llamamos *tradición*, en tanto que otros (como Gustav Mahler) luchan por especificar su escritura por medio de

---

[27] Eliseo Vivas y Murray Krieger, editores, *The Problems of Aesthetics*, pág. 12.

abundantes comentarios verbales. El ejecutante debe confiar en su práctica, sus instintos, junto con la notación y, a veces, con un encuentro con el compositor o hasta una audición del registro de otro ejecutante. Los compositores pueden visualizar a sus ejecutantes en un continuo: desde el compositor hasta el mal necesario.

Mucha música incluye la interpretación conjunta, a menudo con la visión creativa y la conducción activa de un director. En estas circunstancias, ¿podemos decir que un músico de orquesta o un bailarían de un cuerpo de danza son artistas o artesanos? Problemas especiales como éstos son inevitables al considerar cuánto difiere realizar una acción de fabricar un producto, o, en el caso de un compositor, llevar a cabo un conjunto de premisas para una acción.

Otra serie de preguntas podría indagar las actitudes estéticas y los valores de los distintos constituyentes de la sociedad musical. ¿La personalidad, el carisma y la mística del ejecutante deben estar en el camino de la música? ¿Son tales características parte integrante de la música? ¿Se debe valorar por igual a la interpretación y a la obra en sí? ¿Se las debe separar? ¿Se las puede separar? Como escribió Yeats: "¿Cómo podemos separar al bailarín del baile?"

Es importante explorar varias sociedades musicales con la ayuda del modelo citado antes. Tres aparecen con rapidez en la mente: Nueva York, capital indiscutible de la música en este hemisferio; el establecimiento triunfante de la música *country* en Nashville, Tennessee, y la mezcla única de la vida nocturna del Waikiki en Hawaii, una cultura musical de la Polinesia indígena y el medio de la corriente americana.

Objetivización. La música es sin duda la menos tangible y la más perecedera de las artes. En lo que se denomina *conciencia primitiva*, la música está muy cerca del hombre, apenas se diferencia del habla y las acciones (obra o danza), y se la puede rodear de objetos cotidianos: un hueso, un plato o un bastón. Pero con el desarrollo de las civilizaciones, se amplía cada vez más la captura de la música en forma verbal, mental o visual en nuestros inseguros intentos de asegurar su repetitividad y resguardarla de la posibilidad de pérdida. La objetivación de estrategias ha incluido al pensamiento, las ayudas mnemónicas, las descripciones verbales, técnicas docentes, notaciones, teorías musicales y tecnología. Aquí hay algunos de los medios por los que la música se ha transformado en (y a veces reducido a) un objeto:

Notas fijas, tonos, duraciones temporales y proporciones. Pensar en un tono musical como una cosa única es el primer paso hacia la uniformidad y la repetitividad impresa. En muy raros casos un tono musical es igual a otro, pero ocultar parte de su complejidad aumenta nuestra capacidad para que los recordemos. Definir unidades musicales, asignarles nombres, medirlas y contarlas son los actos mentales iniciales que llevan al conocimiento musical.

Movimientos y gestos corporales. Sirven para varias funciones: como ayudas mnemónicas, como acompañamiento para la interpretación ritual, como medio práctico para mantener unidos a los ejecutantes, como expresiones externas de sentimientos internos (rítmicos).

Solfeo de sílabas. Una reducción de tonos al conjunto básico de miembros de escalas funcionales: do-re-mi-fa-sol-la, o su equivalente hindú: sa-ri-ga-ma-pa-dha-ni.[28]

Sistemas teóricos: A medida que las culturas se van haciendo letradas y la música se va convirtiendo en arte, van surgiendo teorías musicales con un conjunto de tópicos, categorías, géneros, escalas y cosas por el estilo.

Notaciones: La historia de las escrituras musicales es a la vez un testamento para la inventiva humana y una demostración de la fragilidad esencial de la música. Cada avance en nuestra capacidad de anotar la música ha tenido grandes consecuencias sobre la tradición que buscamos representar; la notación ha sido una influencia desestabilizadora del estilo musical.

Instrumentos: Los instrumentos están diseñados para interpretar la música que nos imaginamos; ¡pero nuestra imaginación puede entonces llegar a limitarse a lo que nuestros instrumentos pueden tocar! Es un proceso circular. Debido a que por lo general conocemos la música a través de la mediación de instrumentos, tendemos a pensar en términos de la sensación y los sonidos de los instrumentos que usamos y oímos. Esta experiencia puede imponer limitaciones; muchos pianistas no alcanzan a percibir las sutiles entonaciones de un cuarteto de cuerdas o la gama de colores de la voz humana.

Registros: El más extraordinario de todos los avances: ahora la música se puede conservar en todos sus detalles en discos y casetes. Las consecuencias para la estética musical apenas han comenzado a explorarse.

Máquinas: Inventos complejos como las computadoras y los sintetizadores, que trabajan a altas velocidades y procesan enormes cantidades de datos, se pueden emplear hoy no sólo para almacenar música sino también para analizarla y "componerla".

La música apenas habría podido alcanzar su nivel actual de sofisticación si no hubiera contado con tales medios. Pero es lícito preguntarse cómo se ha visto influenciada la música por las distintas vías estratégicas que empleamos para captarla. ¿Los instrumentos (nuestras herramientas) dejan huellas sobre la sustancia musical y afectan las formas en las que un compositor trabaja con ella? ¿Se ha reducido la complejidad del tono musical individual a un carácter uniforme de clase o a un programa de computadora? ¿Y cómo se han visto afectados los valores musicales por semejantes logros técnicos? Retomaremos estas preguntas en el capítulo final.

---

[28] Véase capítulo 5º.

4 Dionisos y Apolo

Porque todos los buenos poetas, épicos o líricos, componen sus poemas no por arte sino porque están inspirados y poseídos... Pues el poeta es algo liviano, alado y santo, y no hay invención en él hasta que está inspirado y se encuentra fuera de sus sentidos y ya no tiene uso de razón (Platón).[1]

También la música, en tanto emplea sonido audible, fue concedida por la armonía. Y la armonía, que tiene movimientos emparentados con las revoluciones del alma interna a nosotros, le es dada por las Musas al que hace uso inteligente de ellas, no como ayuda para el placer irracional (como se supone en la actualidad) sino como auxiliar para la revolución interna del alma, cuando ésta ha perdido su armonía, para ayudarla a que la restaure y ordene y esté en concordancia consigo misma (Platón).[2]

El frenesí y la calma, el éxtasis y el orden, la rapsodia y la armonía: este capítulo explorará el fermento extraordinario que hallamos en el pensamiento musical de la antigua Grecia como resultado de estas tendencias contradictorias. Fue el filósofo alemán Friedrich Nietzsche quien eligió los términos *apolíneo y dionisíaco* para representar lo que veía como los dos impulsos centrales de la cultura griega.[3] Apolo, presidiendo serenamente a las Musas en el Parnaso, simboliza todo lo que en la vida y el arte griegos es ordenado, moderado, proporcionado, racional, comprensible y claro en su estructura formal. Dionisos, dios del vino y señor de las orgías y el teatro, simboliza todo lo maníaco, extático, desorganizado, irracional, instintivo, emocional; es decir, todo lo que tiende a sumergir a la personalidad individual en un todo mayor.

La falta de materiales originales nos impide buscar la filosofía de la música en civilizaciones más tempranas, así que debemos hacer una exploración total del corpus griego de especulaciones musicales para poder construir una base adecuada para desarrollos ulteriores. El pensamiento musical griego se re-

---

[1] *Ion* (traducido al inglés por Benjamin Jowett) 533e-534b.
[2] *Timaeus* (traducido al inglés por R. G. Bury) 47c - 47d.
[3] En *The Birth of Tragedy from the Spirit of Music. (Die Geburt der Tragödie aus dem Geiste der Musik)* (1872); véase "Apollonian and Dionysiac", *The Reader's Encyclopedia,* editado por William Rose Benét, 2ª edición (Nueva York: Crowell, 1965).

fería a una variedad de temas importantes: los efectos de la música sobre el alma y el cuerpo (la doctrina del carácter), las fuentes de la creatividad artística, la forma de juzgar adecuadamente a la música, el valor de la música para promover la buena ciudadanía y desarrollar los interes del Estado y el lugar de la música entre las artes. Los problemas estéticos mayores incluían el concepto de armonía, el de belleza y la teoría del arte como imitación (mimesis). Platón, Aristóteles y otros filósofos tuvieron mucho para decir sobre la música. Muchos autores, desde el legendario Pitágoras hasta escritores posteriores como Aristógeno, Cleónides, Ptolomeo y Arístides Quintiliano, sugirieron teorías técnicas de la música. La ciencia de la música quedó establecida en tres divisiones principales: armónica (altura), rítmica y métrica.

Se suele explicar a la palabra *mousike* como un derivado del término colectivo para las Musas, las nueve hijas de Zeus y Mnemosyne (memoria), que eran consideradas dadoras de inspiración y patronas de las distintas artes. Calíope ("Hermosa voz") es la musa de la poesía épica y se la representa con una tablilla y un punzón; Clío ("celebrar") es la musa de la historia y se la retrata, con un baúl de libros; Erato ("encantadora") es la musa de la poesía elegíaca y su instrumento es la lira; Euterpe ("deleite"), la musa de la poesía lírica y la canción, lleva una flauta; Melpómene ("coro") es la musa de la tragedia y se la muestra con una máscara trágica; Polihmnia ("muchas canciones"), la musa de la poesía sagrada, no tiene símbolos especiales; Terpsícore ("el encanto de la danza") es la musa del canto coral y la danza y, como Erato, lleva una lira; Talia ("festividad"), musa de la comedia, usa una máscara cómica; y a Urania ("celestial"), musa de la astronomía, se la muestra con una vara y un globo.

Es evidente que la música, si se la considera "el arte de las musas", requería un territorio mayor que el que exige en la sociedad moderna. Unía verso, danza, actuación, ritual y liturgia, especulación cósmica y otras ramas de la educación con el arte del sonido. Su gama expresiva incluía tanto el recitado apolíneo de la poesía lírica refinada, acompañada por la lira, cuanto la intensidad emocional dionisíaca de los grandes coros en los dramas de Esquilo, Sófocles y Eurípides. La música era considerada como algo valioso y desconfiable a la vez: valioso por su capacidad de despertar, complacer y regular al alma y de producir buenas cualidades en sus oyentes; pero, a la vez, se desconfiaba de ella por su capacidad de sobreestimular, drogar, distraer y llevar a excesos en la conducta. Parte de esa actitud ambivalente ha persistido a lo largo de la historia de la civilización occidental y es aún hoy evidente.

Se pueden mencionar brevemente algunos otros valores importantes de la sociedad musical griega: se tenía en mayor estima al músico aficionado que al profesional y el estudio de la música era considerado parte de la educación general. Esta oposición entre el aficionado de "clase alta" y el profesional de "clase baja" ha sobrevivido como actitud subliminal en la cultura europea posterior y hasta el día de hoy los músicos profesionales son considerados, a veces, con la ligera sospecha de no ser lo suficientemente respetables. El culto del caballero aficionado queda bien claro en la frase de G. K. Chesterton:

" ¡Si vale la pena hacer algo, vale la pena hacerlo mal!" Aristóteles expresó la misma actitud en su *Política*:

> Se logrará la medida correcta si los estudiantes de música se retiran de las artes que se practican en los concursos profesionales y no buscan realizar las maravillas de ejecución que están de moda en la actualidad en semejantes concursos,... porque en ellos el ejecutante practica el arte no para su propio crecimiento como artista sino para dar placer, y placer del vulgar, a sus oyentes. Por este motivo, la ejecución de esta música no es parte de un hombre libre sino de un ejecutante pagado, y el resultado es la vulgarización de los ejecutantes...[4]

Se solía considerar a la música como algo que servía al texto, y la música exclusivamente instrumental ocupaba un estrato social muy inferior al que ocupaba la música vocal. Los esquemas rítmicos de la poesía se convirtieron en los modelos de los esquemas rítmicos de la música. Platón, en sus *Leyes*, atacaba con ferocidad a los poetas de su tiempo:

> La música, podemos estar seguros, jamás cometería el grave error de dar lenguaje masculino a una escala afeminada, o una melodía de bodas, una tonada o posiciones dignas de los hombres libres con ritmos sólo adecuados para esclavos y fiadores... pero nuestros poetas van aun más lejos. Divorcian al ritmo y la figura de la melodía, dándole forma métrica al discurso desnudo y separando a la melodía y el ritmo de las palabras, mediante el empleo de la cítara y la flauta sin acompañamiento vocal...[5]

Algunos otros viejos valores de la literatura afloran una y otra vez en la música: lo simple es mejor que lo complejo, lo natural es mejor que lo artificial, moderación en todo, se debe buscar la ortodoxia en la música y evitar la originalidad y la novedad. Por cierto que los griegos no fueron los primeros en expresar tales ideas, ni tampoco los últimos. En los *Problemas* (5 y 40) pseudoaristotélicos, se hace la pregunta quejumbrosa: "¿Por qué los hombres prefieren las canciones que conocen a las que desconocen?" Pero el concepto griego de la creatividad iba más lejos que esta nostalgia.

Creatividad no significaba "originalidad". Por lo que podemos deducir a partir de las fuentes griegas, parece claro que la composición era cuestión de gustos, variaciones menores y combinaciones de un repertorio de esquemas rítmico-melódicos comunes, los *nomoi* (leyes). La ortodoxia musical llevaba un claro mandato de legalidad. Para ser un buen compositor había que conocer el sistema teórico, poder seleccionar el material adecuado y ajustarlo a un texto con destreza, tener empatía emocional con el contexto social de la música y conocer la técnica suficiente como para que todos estos ingredientes

---

[4] *Politics* (traducido al inglés por Benjamin Jowett) 8.6.1341a - 1341b.
[5] *Laws* (traducido al inglés por A. E. Taylor) 669c - 669e.

combinaran bien. Se puede ver con facilidad por qué las siguientes fueron consideradas las fuentes principales de la creación artística: proporción abstracta, conocimiento, práctica en la imitación y lo sobrenatural.

Se reconocía a la proporción abstracta (expresada en relaciones numéricas simples) como el principio formal supremo, la escala teórica sobre la que había que desplegar la obra de arte. De modo semejante, se exigía que el artista conociera estas proporciones, la fuente, el material, el auditorio y el objetivo. La imitación era la técnica básica y el criterio por el cual se debía juzgar una obra. Y por cierto que el más racional de los griegos no negaría la presencia de algún agente externo (entusiasmo, inspiración a la locura poética platónica) en el corazón del proceso creativo.

El arquitecto y el escultor quizá podrían escapar a estas tensiones polares entre Apolo y Dionisos representando con destreza formas y proporciones geométricas y las bellezas del cuerpo humano idealizado en piedra y mármol. Ellos podían permanecer sin estar poseídos y negar el papel de la inspiración en su tarea. Pero el músico quedó en el medio, atrapado en las tensiones entre sus dos amos. Quizás el concepto de armonía simbolizaba para él el estado de equilibrio que había que lograr, el balance que se debía encontrar entre lo racional y lo irracional, la forma y la emoción.

Armonía

> Los pitagóricos, a quienes Platón sigue en muchos aspectos, llaman a la música la armonización de los opuestos, la unificación de las cosas dispares y la conciliación de lo contradictorio... La música, dice, es la base del acuerdo entre las cosas de la naturaleza y del mejor gobierno en el universo. Normalmente, supone la forma de la armonía en el universo, del gobierno legal en un Estado y de un modo razonable de vida en el hogar. Acerca y une. (Theon de Esmirna.)[6]

La doctrina de la armonía es un complejo racimo de ideas y sólo podemos presentar aquí sus lineamientos generales. *Harmonics* era el nombre que los griegos daban a la ciencia de los sonidos proporcionados y *harmoniai* (plural) era el término colectivo usado para sus escalas musicales. La etimología de la palabra revela una amplia variedad de significados: adecuar, adaptar, reconciliar, concordar, administrar, afinar un instrumento e inclusive besar. El significado más general es la unificación de componentes disímiles en un todo ordenado. El testimonio de Theon da en el clavo.

Esto empieza a parecerse más a la ciencia que al arte, y la doctrina griega de la armonía se asocia directamente con números, relaciones, proporciones y con la acústica. En la matemática, una serie armónica es una serie en la que las recíprocas de los términos forman una serie aritmética, por ejemplo, 1, 1/2, 1/3, 1/4, 1/5, 1/6, es la versión armónica de la serie aritmética 1, 2,

[6] *Mathematica* (traducido al inglés por E. Hiller) 1.

3, 4, 5, 6. Aunque una serie aritmética procede por incrementos iguales, una serie armónica incluye una serie de pasos progresivamente decrecientes. Una de las grandes coincidencias de la historia de la música es que estas relaciones, cuando se aplican a cuerdas tensas, producen las relaciones básicas de intervalos consonantes. De haberse descubierto y preferido otras relaciones musicales, la analogía entre música y número no podría haber sido diseñada con tanta simpleza; o, para decirlo de otro modo, si estas relaciones numéricas simples no se hubieran aplicado a la música, todo el curso de nuestra música podría haber sido drásticamente distinto.

La armonía también era un símbolo del orden universal, que unía todos los niveles del cosmos: los cuatro elementos básicos (tierra, agua, fuego, aire), las formas más elevadas de vida (el hombre) y la estructura del universo (los planetas, el sol y la luna). Como decía Aristóteles con respecto a las doctrinas pitagóricas: "Ellos suponían que los elementos de los números eran los elementos de todas las cosas y que todo el cielo era una escala musical *(harmonian)* y un número".[7]

A este concepto le debemos la idea de *microcosmo* y *macrocosmo*: el hombre, el "pequeño universo" o microcosmos, contiene el mismo complejo de elementos y relaciones que el universo mayor mismo, el macrocosmo, y su naturaleza está regida por los mismos principios y proporciones. Los escritores medievales diagramaron esta visión de la armonía universal como una figura humana extendida incluida en un círculo, rodeada por una serie de círculos concéntricos que representaban las órbitas de los cuerpos celestes.

> El nombre del arco es vida, pero su obra es la muerte... La armonía oculta es mejor que la obvia... La gente no entiende cómo aquello que discrepa consigo mismo puede estar de acuerdo consigo mismo. Hay armonía en la inclinación hacia atrás, como en los casos del arco y la lira (Heráclito).[8]

En este provocativo fragmento del temprano filósofo Heráclito queda expresada su visión de un universo en cambio constante unido por el principio de la armonía. Cito a continuación el brillante análisis de Edward Lippman:

> El universo está en cambio incesante pero contiene una armonía que controla los fenómenos espaciales y los temporales... Podemos llegar a conocer el orden divino de la armonía con mayor rapidez en nosotros mismos que en el mundo exterior... Pero las cosas en discrepancia realmente están de acuerdo; la unidad se otorga en la armonía o, si se quiere, la armonía es, en realidad, unidad. Es significativo que se trate de un instrumento musical, la lira, lo que Heráclito emplea, junto con el arco,

---

[7] *Metaphysics* (traducido al inglés por W. D. Ross) A. 5. 985b-986a.
[8] Fragmentos 115-17 (según la numeración de Diels: 48, 54, 51) (traducido al inglés por Philip Wheelwright).

para ejemplificar su concepción. En ambos, las fuerzas opuestas se conectan y ajustan unas con otras mientras que desde un punto de vista dinámico, cuando las cuerdas retroceden, la restauración de la armonía produce música en un caso y buena puntería en el otro, manifestaciones paralelas y en verdad equivalentes, ya que ambas superan la distancia, con el sonido o la flecha, para alcanzar su blanco; ambas proceden de la acción que es a la vez armoniosa y dirigida con precisión y ambas son símbolos de una vida vivida con corrección para lograr su objetivo. Hasta en lo literal, sea arma o instrumento, la música y la precisión están presentes juntas, ya que el arco no es silencioso en la acción y, como el vuelo del sonido, la flecha es audible en su trayecto. La profundidad del concepto se retrotrae hasta la identificación del arco musical y el arco de caza en la prehistoria. Además, aunque su obra sea la muerte, el arco *(bios)* es vida *(bios)*...[9]

Como el concepto de un universo armonioso gradualmente se fue reduciendo en la conciencia humana, se desarrolló la creencia de que la música real era producto del giro de los cuerpos celestes en sus órbitas. La armonía celeste es inaudible para nosotros sólo porque, como escribió Shakespeare en *El mercader de Venecia,* nuestros oídos están tapados con "este ropaje embarrado de la decadencia" (acto V, escena 1). El concepto de humanidad en armonía con la naturaleza no es exclusivo del pensamiento occidental, ya que ha sido tema central de la filosofía asiática desde la antigüedad. La característica distintiva de la idea griega de armonía es el grado de integridad con el que se estructuró e integró el concepto en la estructura total del pensamiento estético, moral y político.

Se pueden encontrar muchos modelos para la armonía universal en la literatura antigua, pero uno de los más conocidos es la "Visión de Er" en el libro X de *La República* de Platón. El guerrero Er, reviviendo después de su muerte en la batalla, relata su visión de un haz de luz descendiendo desde el cielo, al que estaba conectado el huso de la Necesidad, a través del cual giraban una serie de espirales concéntricos. El movimiento circular del huso era en dirección opuesta a los siete círculos internos, cada uno de los cuales giraba a una velocidad distinta:

> Y sobre cada uno de estos círculos hay una sirena que gira con él y emite siempre su voz en el mismo tono, pero del conjunto de aquellas ocho voces resulta un solo acorde perfecto. Alrededor del huso y a distancias iguales se hallan sentadas tres mujeres, cada una de ellas en su trono. Son las Moiras, hijas de la Necesidad, vestidas de blanco... Láquesis, Cloto y Atropo ajustan sus voces al acorde de las Sirenas; Láquesis canta las cosas pasadas; Cloto, las cosas presentes, y Atropo canta las cosas por venir.[10]

---

[9] Edward Lippman, *Musical Thought in Ancient Greece,* págs. 10-11.
[10] Republic (traducido al inglés por Paul Shorey) 10.617b-617c.

Es a propósito que se incluyó esta descripción de la armonía universal en un tratado sobre el Estado ideal. Porque la *polis*, la ciudad-estado, requería armonía para poder funcionar bien. La armonía, para los griegos, sirvió como metáfora poderosa de la interdependencia de todas las partes del mundo como ellos lo conocían: los elementos de la naturaleza, las plantas, los animales, la especie humana, el estado, la tierra y el universo formaban una "cadena de ser" continua.[11] Todos los niveles de esta jerarquía compleja estaban regidos por principios, y cualquier movimiento dentro de un miembro o de un nivel afectaría a todos los demás de alguna manera. Y vale la pena notar que esta visión coordina a lo espacial y lo temporal por medio de la presencia de las tres Moiras, que simbolizan al pasado, el presente y el futuro.

Es fácil criticar esta pintura de un universo ideal con sus implicancias de que "las cosas deberían ser de determinada manera" y "un lugar para cada cosa y cada cosa en su lugar". Pero le dio a la música un papel poderoso en la sociedad y marcó el camino para que se la aceptara como arte independiente. Quizá de una forma menos construtiva, la doctrina de la armonía le dio carácter de ley a los fenómenos musicales a los que se podía considerar mejor como el resultado de una elección. Pero para los primeros tiempos del Medioevo la doctrina de la armonía ya estaba afirmada como piedra angular de la *musica speculativa*. La clasificación de la música en tres partes propuestas por Boecius (480-524) la resume: la *música mundana,* la música de las esferas, no oída por el hombre; la *música humana,* la armonía que existe dentro del hombre, entre alma y cuerpo; y la *música instrumentalis,* la música hecha por el hombre, imitación imperfecta de las músicas superiores.[12]

Belleza

No hay mayor acuerdo respecto del concepto de belleza. Para algunos, la belleza es aquello que da placer a los sentidos; para otros, belleza es una claridad más abstracta de la forma; para otros, belleza es aquello que está en lugar del valor supremo. Es desafortunado que existan tantos tipos de belleza, ya que ésta es probablemente la idea más importante para el valor artístico en la hitoria de la estética. Es muy fácil decir que "la belleza se basa en el ojo del contemplador". Desechar los juicios frecuentes como algo por completo relativo al capricho del individuo es pasar por alto el hecho de que ha habido grandes coincidencias con respecto a lo que es bello; tal consenso se desarrolló en la civilización griega, aunque continuó habiendo encendido debate con respecto a varios problemas subsidiarios.

---

[11] Véase el famoso estudio de Arthur O. Lovejoy, *The Great Chain of Being: A Study of the History of an Idea* (1936; editado en reimpresión por Nueva York: Harper and Row Torchbooks, 1960).

[12] *De institutione musica* 1.2; para una traducción inglesa de este capítulo, véase Oliver Strunk, *Source Readings in Music History,* págs. 84-5.

La tarea de esta sección es desentrañar estas ideas como aparecen en la literatura griega. Los griegos no contaban con un monopolio de teorías sobre la belleza, pero se dedicaron con constancia a precisar el concepto, y crearon un extenso cuerpo de investigación *calliatic*. No se dirigieron a los criterios específicos de belleza para la música, así que tendremos que deducir sus ideas a partir de una literatura más general.

También deberemos distinguir las posiciones de Platón y Aristóteles. Por decirlo burdamente, para Platón, la belleza es una cualidad que hace visible (audible) una representación de una belleza más elevada, absoluta; para Aristóteles, la belleza es una propiedad de la apariencia. Su desacuerdo plantea esta pregunta: ¿la belleza es una forma de hacer visible un conjunto de cualidades más elevadas o tiene objetivos que le son propios? ¿Depende de alguna otra cosa o es autosuficiente?

Cuando investigamos el trasfondo de los términos estéticos importantes, es bueno recordar que las palabras tienen una larga historia, derivan de otros idiomas e incluyen una variedad de matices de significado que contribuye a la profundidad semántica general de los términos que empleamos. *Kalon* era la palabra griega referente a *belleza;* significaba "bien hecho, placentero, fino, físicamente atractivo, adecuado, apropiado, bueno". De inmediato, esto sugiere toda una variedad de significados asociados.

Tres palabras de origen latino se traducen hoy como "hermoso": *bellus,* diminutivo de bonus (bueno); *formosus,* literalmente "bien formado", que tiene belleza de forma; y *pulcher,* belleza física. Otras palabras de los idiomas indoeuropeos sugieren el proceso de "hacer visible". El adjetivo germánico *schön* (hermoso), asociado con el verbo scheinen (parecer, aparecer, brillar), representa este grupo de significados: "Hacer manifiesto, poner a la vista, radiante, brillante, impresionante". No es difícil seguir aquí la semántica: si la belleza es un "hacerse visible", la luz que emana de ella impresiona a nuestros ojos; en consecuencia, "aparecer", "parecer" y "brillar" son parte del mismo proceso de percepción. Este análisis llega a la conclusión de que la belleza ha sido considerada con frecuencia una representación del propio ser tanto cuanto una cualidad o un atributo de él.

Desentrañemos los significados sugeridos para la belleza. Belleza puede significar placer para los sentidos, bondad de forma, puede referirse a aquello que está hecho con destreza y excelencia de técnica ("fino"), a lo que es bueno, brillante (relumbrante, radiante), a una manifestación de algo ante los sentidos (una epifanía, un hacerse visible o audible), algo apropiado (apto, adecuado), impresionante (algo que en sí impresiona fuertemente al espectador) y a una representación de otra cosa bella, buena o verdadera por derecho propio.

Aunque los autores griegos adoptaron varias posiciones sobre lo que significaba *kalon*, por lo general estaban de acuerdo en cuanto a sus propiedades: orden, medida, proporción (en cosas complejas como un templo, estatua u oda); y unidad, simplicidad, regularidad (en colores, formas y tonos). Una obra de arte compleja debía ser *cognoscible* (medida, limitada, factible de ser atrapada por los sentidos), *bien dispuesta* (con sus partes ordenadas con claridad y de manera adecuada) y *simétrica* (proporcionada, armoniosa, con un balance de parte a parte, formando un todo unificado). El mal arte era resultado del desorden, de la falta de definición o de proporciones adecuadas. *Taxis* (orden) era el concepto formal más poderoso del pensamiento griego y, desde los tiempos de Platón y Aristóteles hasta fines del Renacimiento, se sostuvo que la belleza de forma era el buen ordenamiento de las partes. Dar placer a los sentidos se alineaba en la parte inferior de la lista de las propiedades que hacían bello a un objeto. El concepto griego de la belleza no sólo enfatizaba la apelación formalista del arte sino también la cognoscitiva, la percepción del arte era una forma de saber.

Platón consideraba que la belleza absoluta era una idea, una forma, que no se podía conocer por los sentidos sino sólo por medio de la mente. Describía al proceso por el que se contempla la belleza como un ascenso, subiendo peldaño por peldaño; el peldaño más bajo sería la percepción humana de las cosas hermosas a través de los sentidos, respondiendo de manera instintiva a los colores, sonidos y formas; estas percepciones se internalizan entonces en la mente *(nous)*, la fase "noética" de la percepción, y por fin se obtiene una visión más general de la esencia de la belleza absoluta.

Para interpretar: si uno de los guerreros de *La Ilíada*[13] quería admirar el escudo de oro que Hefestos hizo para Aquiles, primero debía responder a la sustancia y a la apariencia relumbrantes del propio escudo; y luego debía considerar su diseño mentalmente, maravillándose ante la forma en que la textura buscaba imitar la apariencia de un campo recién arado y cómo le podía hacer recordar a él los campos de su hogar, midiendo con su ojo las proporciones, las líneas y el equilibrio del escudo; y por fin debía considerar las cualidades del "ser escudo", propiedades más universales que podían incluir el brillo del sol matutino en una línea de batalla distante, cómo podía doblar el filo de una lanza que se le arrojara y cómo su cuerpo podía ser llevado a casa sobre él si caía en batalla.

La propuesta de Platón gira sobre su doctrina de la *anamnesis* (evocación, recuerdo). Según ella, nuestras almas están en contacto directo con la forma de la belleza pura antes del nacimiento, pero con el *shock* del nacer este conocimiento se olvida y sólo se lo puede recuperar en momentos ocasionales de *déjà-vu* y por medio de un reacomodamiento paulatino con la belleza. Se revela primero en los objetos físicos, luego en la mente, después en las instituciones sociales y leyes, luego en los principios de la ciencia pura y, por último, en la visión final de la belleza absoluta.

Para Platón, la belleza no estaba claramente separada del Bien ni era un atributo especial del arte. Aristóteles, por su parte, asoció con fuerza la idea de la belleza con la creación artística e hizo más terrenal el concepto a partir del nivel más metafísico de Platón. Las respuestas de Aristóteles a los problemas de la belleza se basaron en fundamentos verificables de un modo más objetivo; si un objeto representaba con precisión la realidad, si complacía y cómo estaba integrado. Para seguir su línea de pensamiento, enfocare-

---

[13] Homero, *Iliad*. 18.468-617.

mos la idea de la mimesis; pero antes, para resumir esta parte, he aquí un fragmento importante del *Simposio* de Platón:

> Pues aquel que quiera proceder con corrección en este tema, debe empezar a buscar desde la juventud la compañía de la belleza corporal, y primero, si bien lo guía su instructor, amar sólo un cuerpo hermoso; fuera de ello, debe crear pensamientos justos; y pronto percibirá por sí mismo que la belleza de un cuerpo es semejante a la de otro. Y luego, si la belleza de la forma en general es lo que persigue, ¡qué tonto sería en no reconocer que la belleza de todos los cuerpos es una y la misma! Y cuando perciba esto, disminuirá su violento amor por la unidad... y se convertirá en un amante firme de todos los cuerpos bellos. En el paso siguiente, considerará que la belleza del alma es más preciosa que la belleza de la forma externa; de manera que si un alma virtuosa no tiene sino una pequeña gracia, estará contento de amarla y entenderla y buscará dar a luz pensamientos que puedan mejorar al joven hasta que se vea obligado a contemplar y ver la belleza en las instituciones y leyes y a entender que la belleza de todas pertenece a una sola familia y que la belleza personal es una trivialidad...
>
> Aquel que haya sido instruido de este modo en las cosas del amor y que haya aprendido a ver la belleza en el orden y la sucesión debidos, cuando llegue al fin percibirá repentinamente una naturaleza de una belleza maravillosa (y ésta, Sócrates, es la causa final de todos nuestros afanes anteriores), una naturaleza que en primer lugar es permanente, que no conoce nacimiento o muerte, crecimiento o decadencia... belleza absoluta, distinta, simple e imperecedera.[14]

Mimesis

Los primeros autores griegos estaban de acuerdo en que la percepción del arte era un proceso cognoscitivo pero disentían en cuanto a la naturaleza de la actividad mental que surge en respuesta a una obra de arte. Interpretaban la belleza estética, como lo señala Tatarkiewicz, de tres maneras principales: 1) el arte puede purgar y purificar la mente induciendo una experiencia extática *(katharsis)*; 2) puede crear una ficción, una ilusión, en la mente (en especial en las artes visuales), y, por último, el arte puede comunicar un acto de reconocimiento, de descubrimiento, cuando el que percibe toma conciencia de las semejanzas entre la obra de arte y su modelo (o modelos) de la naturaleza.[15] El equivalente latino de *mimesis* era *imitatio*, y de aquí la traducción castellana habitual como "imitación". Se sugirió a la *mimesis* como una teoría general del arte y se hizo la base de las especulaciones estéticas de Aristóteles. Se desarrolló en una de las teorías del arte más importantes en

---

[14] *Symposium* (traducido al inglés por Benjamin Jowett) 210a - 211b.
[15] Wladislaw Tatarkiewicz, *History of Aesthetics*, 1:112.

la historia de la estética, aunque no fue muy debatida desde alrededor del año 1700.

La profundidad del concepto y toda la gama de sus implicancias para la música sólo podrán verse luego de una revisión de los temas de este capítulo. Por ahora, mi interés se fundamenta en la posición básica, tal como la estableció Aristóteles:

> En cuanto al origen del arte poético como un todo, es lógico que dos causas le hayan dado entidad, ambas enraizadas en la naturaleza humana. Son: 1) el hábito de imitar es congénito en los seres humanos desde la niñez... y también lo es 2) el placer que todos los hombres obtienen en las obras de imitación.[16]

Nuevamente, ya que el aprendizaje y la admiración son placenteros, se obtiene goce estético mediante actos de imitación como la pintura y la escultura, la poesía, y mediante toda copia diestra, aunque su original sea desagradable, pues la propia alegría no se basa en la cosa en sí; más bien, hay un silogismo: "Esto es aquello", y es así como se aprende algo.[17]

No se debe olvidar la notable omisión que Aristóteles hace de la música en la lista de las artes miméticas que propone, pero esto sólo indica que el concepto de mimesis exige una explicación especial con respecto a la música. No es difícil aceptar la idea de que un pintor, un escultor, un dramaturgo o un actor imitan un paisaje, un cuerpo humano o una personalidad destacable, ¿pero qué imita la música? ¿Y cómo? Los griegos daban varias respuestas, algunas más convincentes que otras.

Mimesis es una palabra posthomérica y es probable que derive de acciones realizadas durante algún ritual de culto sacerdotal: danza, canto o música instrumental; de modo que la conexión con la música fue temprana. Tatarkiewicz ha identificado cuatro pasos en la evolución del concepto en la Grecia antigua:[18]

1. Como expresión de la realidad interna, por medio de acciones rituales; este tipo de imitación incluye la acción, no la realización. No tiene aplicación en las artes visuales ni busca reproducir la realidad externa.
2. Como imitación del modo en que funciona la naturaleza, por ejemplo, la tela de una araña (como en el tejido), el nido de una golondrina (construcción), el canto de un grillo (música).
3. Como copia de la apariencia de las cosas (Platón), aplicable a todas las artes; básicamente, un tipo de descripción.
4. La creación de una obra de arte basada en la selección que un artista realiza de los elementos generales, típicos y/o esenciales de la naturaleza

---

[16] *Poetics* (traducido al inglés por Gerald F. Else) 1448b.
[17] *Rhetoric* (traducido al inglés por R. C. Jebb) 1.11.1371b.
[18] Wladislaw Tatarkiewicz, "Mimesis", pág. 226.

(Aristóteles). Ya que Aristóteles estaba interesado en la poesía y el teatro, probablemente se refería a la naturaleza humana.

Estas propuestas plantean muchas preguntas: ¿el artista imita lo que es individual o lo que ve como características generales? ¿Señala el elemento esencial y se centra en él o representa su modelo de un modo más complejo y realista? ¿Sólo puede haber un modelo o muchos? Obsérvese que el artista no está obligado a inventar nada; no puede crear algo *ex nihilo*, a partir de la nada. Su tarea consiste en ver (con sus ojos, con su mente), elegir y representar con destreza en un medio sensible. Y su obra será evaluada según la fórmula platónica: "(El crítico debe tener) primero, conocimiento de la naturaleza del original; luego, conocimiento de la corrección de la copia, y en tercer lugar, conocimiento de la excelencia con que se ejecuta la copia".[19]

El concepto de la música como imitación presenta problemas reales para la filosofía de la música, aunque (como se suele sostener en las teorías estéticas) hay un núcleo de verdad que se puede extraer si se penetra con la profundidad suficiente en la idea. La teoría de la mimesis le niega a la música un ser independiente y supone una fuente o un modelo externos; a partir de esto se presentan muchas otras complicaciones. Y mientras podemos estar de acuerdo con Aristóteles *en que "la alegría personal* no está en la cosa (imitada)", la mayor parte de los oyentes preferirá disfrutar del fenómeno musical en sí y no del grado de verdad o de destreza con que éste representa a otra cosa.

Varios autores han llegado a extremos en sus esfuerzos por justificar a la música como imitación; de números abstractos, de tipos de movimiento y gestos físicos, de pasiones, de humores, de estados mentales, de sonidos naturales y mecánicos, de imágenes cósmicas y cosmogonías (surgimiento, apocalipsis, apoteosis), de sentimientos, de palabras, de significados de palabras, ¡y a veces quizás hasta de sí misma! Ha sido una creencia común y popular la de pensar si uno está preparado para pasar por alto sus dificultades. La música tiene un extraordinario poder para sugerir asociaciones, imágenes, tal vez inclusive sentimientos, pero si es en verdad una clase de imitación, depende de la definición propuesta. Defender una teoría mimética de la música exige afirmar una semejanza entre el modelo y la representación, una semejanza que sea verificable de manera objetiva.

El carácter (ethos)

Si la mimesis era el método del artista, el carácter se refería a los efectos de su obra cuando se la percibía. La doctrina del carácter es seguramente el tema más penetrante en la literatura musical griega y solía estar dirigida por la mayoría de los grandes filósofos.

---

[19] *Laws* (traducido al inglés por R. G. Bury) 669a-669b.

La palabra implica toda una gama de significados; primero, un lugar acostumbrado, una "morada"; luego, costumbre y uso; también, disposición, carácter (en especial, carácter moral); y, por último, aquello que delinea o moldea al carácter. La doctrina del carácter es una mezcla de teoría educativa con psicología y terapia, y supone que la música ejerce efectos poderosos sobre el cuerpo, el alma y la mente, para bien o para mal, inmediatos y residuales. Desarrollar el carácter moral era prioritario para la educación griega, y a la música (en el pensamiento griego posterior) se le asignó un papel central en la formación del carácter. Se propusieron muchos grupos de correspondencias (Platón, Aristóteles y otros lo hicieron) entre las distintas escalas, ritmos y rasgos de carácter. De hecho, como queda establecido en la *Política* de Aristóteles, los objetivos de la música y la educación eran idénticos:[20]

Paideia: educación en general, preparación moral en lo específico.
Katharsis: purgación, término usado en un sentido técnico especial (ver más adelante).
Diagoge: conocimiento intelectual.
Paidia y *anapausis:* juego y relajación.

Damón de Atenas, uno de los maestros de Sócrates, estuvo entre los primeros autores que sugirieron una conexión específica entre la música y la formación del carácter humano, y sus enseñanzas fueron la base de la mayor parte de las actitudes de Platón hacia la música. La premisa de Damón se expresa de este modo:

"El canto y la danza surgen necesariamente cuando se conmueve de alguna forma al espíritu; canciones y danzas libres y bellas crean un alma semejante y la especie opuesta crea una especie de alma opuesta".[21] Aristóteles fue todavía más específico:

Hasta en las melodías simples hay imitación del carácter, ya que las escalas musicales difieren esencialmente unas de otras y los que las oyen se ven afectados por ellas de distintos modos. Algunas entristecen y afiebran a los hombres y los hacen sentirse graves, como las llamadas mixolidias; otras afiebran la mente... Los mismos principios se aplican a los ritmos; algunos tienen un carácter reposado; otros, de movimiento; entre estos últimos, algunos tienen un movimiento más vulgar y otros más noble... Parece haber en nosotros una suerte de afinidad con las escalas y ritmos musicales, que lleva a algunos filósofos a decir que el alma es una armonización, y a otros (a decir) que posee armonía.[22]

---

[20] Politics 8.7.1341b - 1342b; véase también Lippman, *Musical Thought*, págs. 128-32.
[21] Traducido por Kathleen Freeman, 37B6; véase también Warren D. Anderson, *Ethos and Education in Greek Music*, págs. 38-42.
[22] *Politics* (traducido al inglés por Benjamin Jowett) 8.5.1340a-1340b, según lo citado con cambios menores en Julius Portnoy, *The Philosopher and Music*, pág. 25.

La idea del carácter conllevaba importantes implicancias políticas, ya que tanto Damón como Platón creían que la música podía implantar todas las virtudes (valor, moderación e inclusive justicia) en el carácter humano, es explicable que Platón abogara por el uso de la música como continuación de la política estatal. Sostenía que la música formaba el carácter no sólo del ciudadano individual sino también del Estado como totalidad; la música podía, en efecto, apoyar o subvertir el orden social establecido, pues (como dice Platón en *La República*) "Cuando cambian los modos de la música, las leyes fundamentales del Estado siempre cambian con ellos."[23]

Los autores griegos destacaron el poder formativo de la música sobre los jóvenes, pero muchos también afirmaron que cada etapa de la vida y cada casta de la sociedad, libres o esclavos, tenía sus propias necesidades y requería prescripciones musicales específicas. En verdad, los griegos escribieron sobre la aplicación de la música en la terapia y la educación como se aplicaría una droga; el suyo era un concepto alopático de la medicina, que prescribía los ingredientes elegidos para contrarrestar los síntomas presentes, dirigido a devolver al paciente a un estado de equilibrio en su salud física y mental. Se elegía música estimulante para despertar a los autistas, los flemáticos y los débiles; música suave para calmar a los iracundos, a los nerviosos y a los hiperkinéticos. Pero para la educación en general sólo se aprobaban las escalas y ritmos moderados, aquellos que no contenían, según se creía, desequilibrio o exceso de energía o movimiento, sino tan sólo pasos regulares y parejos.

Katharsis es un término importante que figura de manera prominente en la teoría del carácter y que ha promovido grandes debates en la historia de la estética. Aristóteles sólo empleó una vez esta palabra en su *Poética*, pero allí se la designaba como la principal respuesta humana al drama trágico; una forma de tratar los poderosos sentimientos de pena y temor ocasionados por el espectáculo trágico. Se la ha tomado para referirse a una experiencia de éxtasis, un "drenaje" excesivo de emoción, un proceso de purificación.

La infinidad de estudios eruditos que se ha referido a este concepto aristotélico ha ayudado a hacer más difícil lo que es en verdad una idea bastante simple. Parece claro que la catarsis incluye ciertas fases: el despertar de una fuerte emoción en respuesta a estímulos, luego alguna clase de descarga o liberación y, por fin, un regreso a un estado emocional más calmo en el que uno se siente mejor y, de alguna manera, purificado. También implica, creo, la eliminación de las emociones individuales y su reemplazo por un sentimiento de afecto más general. Aristóteles elaboró los efectos de la catarsis en su *Política:*

> (Alguna gente se ve) afectada por melodías religiosas, y cuando caen bajo la influencia de melodías que llenan el alma de emoción religiosa, se sienten calmados como si hubieran estado en tratamiento y purga médicos. La misma clase de efecto se producirá en aquellos que estén

---

[23] *Republic* (traducido al inglés por Benjamin Jowet) 4.424c.

especialmente sujetos a sentimientos de temor y pena o a sentimientos de cualquier clase.[24]

No es posible seguir las distintas sugerencias para ligar las fórmulas musicales específicas con propósitos éticos específicos, ya que nuestros conocimientos acerca de la música griega son demasiado esquemáticos. Aristóteles dividió a las melodías en cuatro tipos, sin especificar qué era necesario para asignar una melodía a la categoría apropiada: moderadas, entusiastas, tristes y relajadas. La categoría de las moderadas es obviamente la más apropiada para la *paideia;* de manera similar, el tipo de las entusiastas, apasionadas, es el que más probablemente produzca la catarsis.

Hay una conexión muy importante, aunque sutil, en la especulación musical griega, entre los grandes temas que forman la propuesta para el presente capítulo: armonía, belleza, mimesis y carácter *(ethos)*. El lazo de conexión era el paralelo entre el estilo musical y el carácter humano: el estilo musical (en cuanto a los esquemas de texto, melodía, escala, tiempo, metro y ritmo) era la expresión sonora del carácter, ya fuera éste moderado y juicioso, estimulante y exuberante, triste y pesado o relajado e inerte. Pero el proceso es de alguna manera circular; el carácter era el resultado inevitable de la exposición de la persona a una variedad de experiencias musicales (o artísticas en general). Para el músico, la mimesis era cuestión de elegir los ritmos, las frases melódicas y los *tempi* apropiados que estuvieran de acuerdo con los efectos que deseaba producir en sus oyentes. El compositor-poeta tenía que ser capaz de leer la naturaleza humana y representarla. Podía pretender imitar su visión personal del carácter, de la sociedad o de la armonía universal. La representación más fina (técnica) del objeto más fino daba como resultado la belleza, que a su vez producía la más finas cualidades en el oyente.

Es dudoso que alguna vez se haya estructurado de manera sistemática gran parte de su teorización en la práctica musical. Sin embargo, la idea del carácter *(ethos)* retuvo gran poder en los filósofos posteriores y la psicología de la música no avanzó de manera significativa más allá de las especulaciones de los griegos hasta este siglo.

Forma, sustancia y percepción

Hasta este punto nos hemos ocupado más de las cuestiones de valor y juicio que de los problemas más espinosos del *ser* y el *conocer*. Para una perspectiva final, examinaremos las respuestas que algunos griegos (en especial Aristóteles y su escuela) dieron a las tres preguntas básicas:

1. ¿Qué es la sustancia musical, el material "crudo" de la música?
2. ¿Cómo se le da forma?
3. ¿Cómo se la puede percibir?[25]

---

[24] *Politics* (traducido al inglés por Ernest Barker) 8.7.1342a.
[25] Hay más extensos comentarios sobre estos problemas en Lewis Rowell, "Aristoxenus on Rhythm", págs. 68-70.

"Macrocosm y Microcosm", página titular de Robert Fludd, *Utriusque cosmi ... historia,* Oppenheim, 1617-1619.
Gentileza de la Lilly Library, Indiana University, Bloomington, Indiana.

Los autores griegos hicieron una clara distinción entre materia *(hyle)* y forma *(morphe)*, semejante a la distinción que realizaron entre forma y contenido. El concepto general de forma era un principio activador que, al aplicárselo a la materia pasiva e indeterminada, la transformaba en el resultado artístico: una estatua, un templo, un parlamento teatral, una canción o una danza coral. Les gustaba usar analogías sexuales: la forma era masculina; la materia, femenina.

La sustancia musical tenía tres partes: los sonidos de la voz, la altura musical y el cuerpo humano. Estas permanecían pasivas e informes hasta su activación por medio de un principio dador de forma que las traducía en lenguaje articulado (poesía), melodía (música) y gesto (danza). Se acuñaron términos como *rhythmizomenon, melodoumenon* y *hermosmenon* para el material "crudo" rítmico, melódico y armónico. Todas estas palabras son participios pasivos presentes en el nominativo singular, de género neutro, derivados regularmente o por analogía; por ejemplo, *rhythmizomenon* es derivado regular del verbo *rhythmizo*, "poner en metro, dar ritmo". Por eso, su significado literal es "aquello a lo que se le está dando ritmo" y lo traduzco como "la sustancia a la que se le da ritmo". En los tratados técnicos griegos sobre música aparecen varios términos paralelos semejantes: *rhythmos/rhythmizomenon* (ritmo, sustancia a la que se le da ritmo), *melos/melodoumenon* (melodía, sustancia melodizada), *schema/schematizomenon* (forma, lo formado) y *kinesis/kinoumenon* (movimiento, lo que es movido).

Los autores griegos desarrollaron un extenso vocabulario de términos formales, cada uno de los cuales significaba un aspecto distinto de la forma: la forma dinámica, móvil de la música *(rhythmos)*; la forma o conformación visible, externa *(schema)*; la forma como orden *(taxis)*; la forma conceptual o esencial *(eidos)*; y la forma en general *(morphe)*. Esta riqueza de terminología certifica la importancia que los griegos daban a la forma en las artes: sin forma, la sustancia era vaga, indefinida, ilimitada y por lo tanto incognoscible. La forma griega tendía a ser geométrica y modular más que orgánica. Las unidades formales se escalonaban en incrementos precisos y se equilibraban entre sí por simples proporciones numéricas: 1:1, 2:1 y 3:2 eran las predilectas. El tiempo musical era, para los griegos, atomístico: una secuencia de unidades de tiempo mínimo que lograba forma y continuidad sólo cuando algún principio formal activador se le superponía.

Aristóteles, en su tratado *Sobre el alma*, afirmaba que "la materia es potencia mientras que la forma es acto".[26] La posterior teoría griega de la percepción giró en torno de esta oposición potencia/acto y el papel de la *aisthesís* (nuestra facultad de percepción sensible) fue el de "actualizar" la impresión de la forma en la mente.

Todo esto es muy abstracto, pero el principio es lo suficientemente claro; nuestros órganos sensibles (incluyendo la mente) son materia pasiva por naturaleza, pero responden con presteza a la impresión de la forma to-

---

[26] *On the Soul*, 2.1.

mando la apariencia de esa forma. Aristóteles y Teofrasto gustaban de la analogía de un anillo de sello aplicado a cera caliente: la cera permanece en un estado neutral, indiferenciado, hasta que se le imprime la forma del anillo. Pero la presteza con la que el sentido estético responde a la sensación no se puede atribuir con exclusividad a la fuerza del agente externo. Nuestras mentes están informadas por nuestra afinidad natural con ciertas relaciones y proporciones y también por nuestro conocimiento adquirido de las formas. El proceso perceptivo es en su mayor parte automático pero puede ir mal si la *aisthesis* no está en un estado equilibrado, receptivo, o si está estimulada defectuosa o excesivamente.

Para resumir esta sección brevemente, la música tiene lugar cuando los principios formales de ritmo, armonía y melodía se imponen sobre sustancias neutrales (lenguaje, tono musical, el cuerpo), activándolas en una estructura artística dinámica y coordinada.

La puede percibir aquel que tenga conocimiento previo de las formas, afinidad innata con los números y las proporciones y un sentido estético que se encuentre en un estado de buen equilibrio. La percepción es un proceso poético: exige conocimiento y es, de por sí, una clase de conocimiento.

Además de estas especulaciones, los griegos dejaron una expresión igualmente poderosa de sus creencias y actitudes musicales: en sus mitos. En el siguiente capítulo examinaremos el mito como fuente importante de "testimonios indirectos" y aislaremos determinadas corrientes de ideas, metáforas e imágenes musicales que han dejado una impresión tan aguda en el pensamiento occidental como los testimonios directos mostrados en este capítulo.

5 El mito de la música

Gran parte de nuestra mitología musical se encuentra semienterrada. Inclusive en el capítulo anterior, donde examinamos afirmaciones específicas hechas por autores griegos acerca de la música, era claro que su empleo de las palabras revelaba actitudes más profundas en cosas tales como la belleza y la forma. Estos significados ocultos bajo la superficie contribuyen a su mensaje y a los significados superficiales más explícitos, que los autores pretendieron expresar conscientemente. En este capítulo indagamos un tesoro de ideas de igual riqueza, la contenida en el mito, que se encuentra bajo la superficie.

Son de extremo comunes las referencias a la música en la literatura y nuestra respuesta a ellas se ha hecho altamente predecible como resultado de nuestro condicionamiento por la firme acumulación de mitos a lo largo de los últimos 2000 años. Pero nuestra respuesta no es siempre por completo consciente; este complejo tapiz de ideas no ha sido examinado de manera sistemática, ni se han comprendido todas sus implicancias. En este capítulo propongo un marco de referencia para el profundo estrato de ideas musicales de la conciencia cultural de occidente.

Podemos tratar mejor este "testimonio indirecto" reconociendo que todo es parte de una *gestalt* (un racimo de ideas, creencias e imágenes relacionadas) que ha llegado a tener significado temático para la literatura. Puede describirse a este enfoque, que sigue el método propuesto por Northrop Frye en su *Anatomía de la crítica,* como *crítica arquetípica.* Su proceso es el análisis de los modelos estructurales producidos por el mito en la literatura, ya fuera de manera explícita o implícita. Frye describe a los arquetipos como "racimos asociativos. . . (que contienen) una gran cantidad de asociaciones específicas aprendidas que son comunicables porque mucha gente en una cultura dada resulta estar familiarizada con ellas".[1]

Es difícil hacerse una clara imagen del mito de la música como un todo. La naturaleza de las afirmaciones va de la alusión velada a la metáfora, de la metáfora a la referencia simbólica, de ésta a la afirmación explícita y llega a la etiqueta convencional. La referencia literaria puede aludir a sólo uno o dos de los componentes del mito. Y la conexión entre ideas puede ser exclusivamente por asociación: a veces una idea parece provocar otra.

---

[1] Northrop Frye, *Anatomy of Criticism,* págs. 131-62, 102.

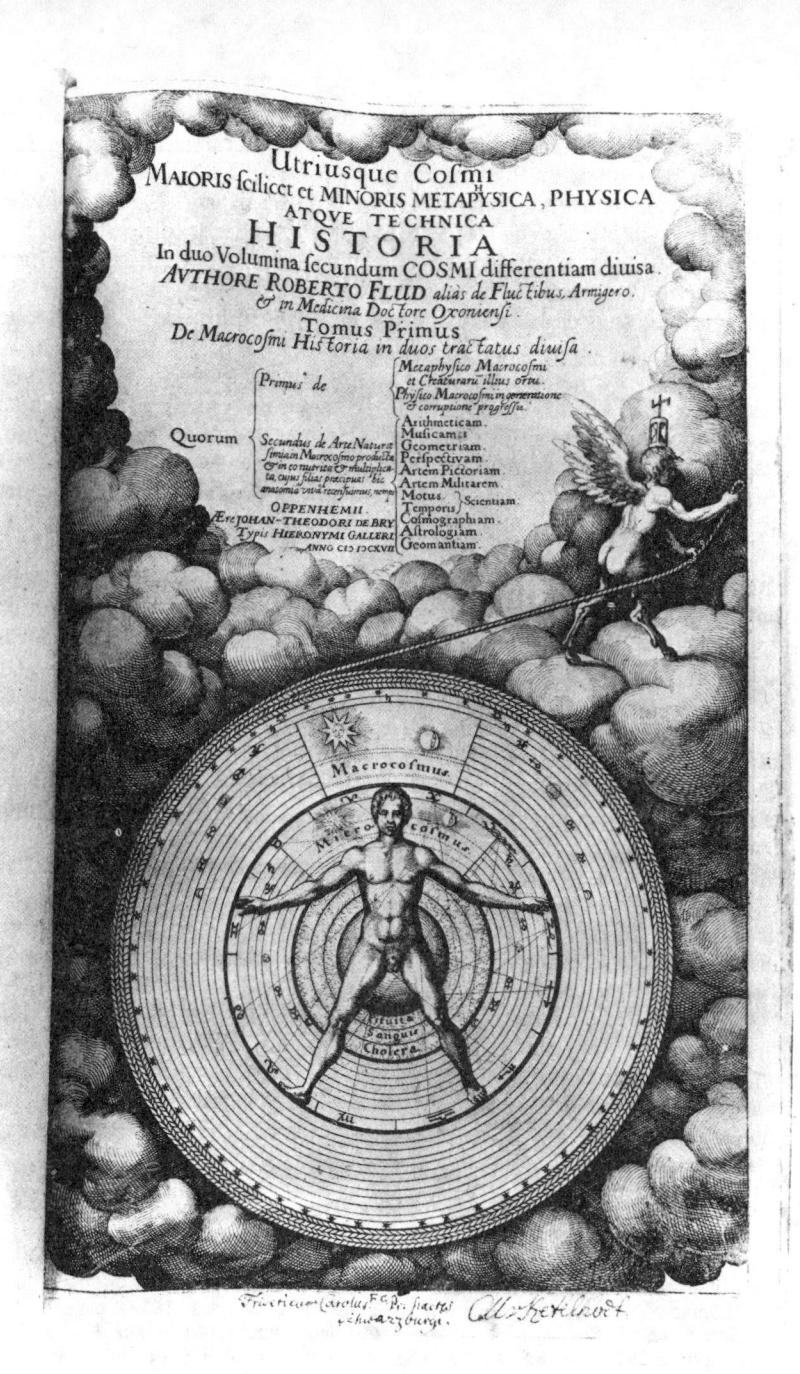

"Music of the Spheres" frontispicio de la edición de 1496 de Franchino Gafori, *Practica musicae*.

La actitud hacia el mito cambia de vez en cuando: en los últimos siglos la tendencia ha sido hacia una interpretación más mecanicista del mito de lo que había sido antes. En la literatura de los siglos XIX y XX el mito ha emergido con vigor renovado, como una fuente de ideas para el artista. Muchos de los temas presentados en las páginas siguientes se han incorporado tan profundamente al inconsciente colectivo de la sociedad que sus orígenes míticos ya se han olvidado hace mucho; sobreviven como viejos dioses, lugares comunes, estereotipos de la personalidad y en varias formas de la literatura popular.

Aristóteles tomó al mito como una de sus seis categorías básicas en la *Poética*, y usó el término en el sentido de trama (las categorías restantes son el carácter, la dicción, el pensamiento, el espectáculo y la canción).[2] Aunque este empleo de la palabra puede parecer un poco estrecho para nuestros propósitos, estamos sobre terreno sólido al tratar a los mitos como esquemas estructurales o temáticos, no importa en qué género aparezcan.

El mito, en su sentido más amplio y familiar, no es tan fácil de definir para la satisfacción general. Las historias de dioses, demonios y héroes de hazañas sobrehumanas llenan la mayor parte (aunque no todas) de las mitologías del mundo. Se ha vuelto casi un truismo que el mito incluye comienzos, puntos de decisión cruciales y terminaciones. Los mitos se suelen asociar con los ritmos cíclicos de los tiempos y las estaciones y la estructura espacial del cosmos ordenado, y parecen (según Levi-Strauss) cumplir la misma función para la generalidad de las sociedades, primitivas o sofisticadas.[3] Pero Kirk advierte que "no hay una definición del mito ni una forma platónica de un mito con la cual se puedan medir todas las instancias reales".[4] El denominador común único parece ser nuestra necesidad de explicar lo que no se puede entender de inmediato sobre la base de la experiencia diaria.

En tanto que a los primeros autores les preocupaban los orígenes y los efectos de la música, la literatura posterior ha tendido a enfatizar la personalidad del músico, los instrumentos, la notación y el papel de la música en la sociedad.

Y la música como mito exhibe algunas características únicas: los elementos míticos ligan a ambos, la persona del músico y su arte, en lo abstracto, a diferencia de otros papeles míticos tradicionales como el del médico o el sacerdote, donde el centro está claramente en la mística y el carisma personales. El mito de la música se construye también sobre una curiosa dico-

---

[2] *Poetics* 6.1450a.
[3] Para el enfoque estructural de Lévi-Strauss para el análisis del mito, véanse Claude Lévi-Strauss, "The Structural Study of Myth", en *Myth: A Symposium*, editado por Thomas A. Sebeok (Bloomington: Indiana University Press, 1958), págs. 81-106; *The Savage Mind* (Chicago: University of Chicago Press, 1966); y *The Raw and the Cooked: Introduction to a Science of Mythology*, vol. 1 (Nueva York: Harper and Row, 1969).
[4] G.S. Kirk, *Myth: Its Meaning and Functions in Ancient and Other Cultures* (Cambridge: Cambridge University Press, 1970), pág. 7.

tomía; se la suele establecer en términos de un conjunto de antítesis, en el cual una o la otra se convierten en dominantes de vez en cuando. La más significativa de estas antítesis es, sin discusión, la noción paradójica de que la música posee tanto *poder* como *transitoriedad*. La música tiene el poder de crear el universo, curar a los enfermos y resucitar a los muertos; pero a la vez es tan frágil y perecedera que estamos en peligro de perderla y sólo poder conservarla en nuestra memoria.

La ubicación en tiempo y espacio es a menudo una característica de narrativa mítica. Según Frye, una escena cósmica es esencial para la operación del mito, y alinea los mundos divino, humano, animal, vegetal, mineral y (a veces) demoníaco por medio de algún símbolo de verticalidad, al que Frye llama "punto de epifanía".[5] Esta "presentación simbólica del punto en el cual el... mundo apocalíptico y el mundo cíclico de la naturaleza se alinean" se da comúnmente como una torre, una escalera, un faro, la cima de una montaña o (para citar un ejemplo bíblico familiar) la visión de la escala de Jacob.[6] Sólo necesitamos dos ejemplos musicales: el descenso de Orfeo al submundo para revivir a Eurídice y, de la mitología polinesia, la vid por la que Hiku desciende al mundo submarino para rescatar a su esposa, Kawelu.[7]

El grabado en boj, que sirve de carátula a la edición de 1946 de la *Práctica musicae*[8] de Franchino Gafori, es un famoso diagrama del cosmos musical que representa una afirmación poderosa de los elementos principales en el mito de la música y contiene una gran riqueza de material para interpretación, de modo que sólo podemos presentar sus características principales. La escala musical forma la vertical en el punto de la epifanía, conectando los cuatro elementos materiales (tierra, agua, aire, fuego) con el ciclo pagano de Apolo y las tres Gracias, mostradas en una típica danza de espalda contra espalda con los brazos unidos. Los pasos de la escala, los intervalos entre ellos y los modos griegos están marcados a lo largo del cuerpo de la serpiente de tres cabezas, Serapis. Cada escalón corresponde a una de las esferas celestes, señaladas también por los signos planetarios a lo largo del margen derecho y cada uno está presidido por una de las Musas, pintada con crudeza junto al margen izquierdo. Los mundos animal y vegetal también están representados en este cosmograma. El lema latino en la parte superior proclama que "el espíritu de Apolo desciende a todas las Musas", e incluye, en apariencia, a la musa del silencio, Talia (no la ausente musa de la comedia).

Aunque la mayor parte de los elementos del grabado de Gafori representan aspectos espaciales del mito de la música, hay asociaciones importantes

---

[5] Frye, *Anatomy of Criticism*, pág. 203.
[6] Génesis 28:10-12.
[7] Martha Beckwith, *Hawaiian Mythology* (Honolulu: University of Hawaii Press, 1970), págs. 147-50.
[8] Irwin Young, traductor y editor, *The "Practica Musicae" of Franchinus Gafurius* (Madison: University of Wisconsin Press, 1969), págs. XXVI-XXIX, 1; para una interpretación más completa con muchas referencias, véase Edgar Wind, *Pagan Mysteries in the Renaissance*, 2a. edición ampliada (Londres: Faber and Faber, 1967), págs. 265-69 y fig. 20.

entre la música y la temporalidad en la mitología mundial, en particular en las paralelas dibujadas entre los ritmos de los tiempos y las estaciones y los esquemas cíclicos recurrentes del ritmo y el metro musicales. La idea dominante es de que varios tipos de música, escalas, instrumentos y elementos por el estilo son apropiadas para las distintas horas del día, las estaciones del año, las edades humanas y otras convenciones temporales similares. En una forma más abstracta, se suele ver al flujo musical como el pasaje de la vida, el río que corre al mar y el ciclo de nacimiento y renacimiento. La realidad imita al mito (¡un hecho sorprendenemtente común!) en varias culturas musicales del mundo en las que reglas estrictas especifican la hora del día en que se debe ejecutar un tipo particular de música.

El proceso de formación del mito es más bien como la forma en que crece una perla dentro de una ostra, mediante una firme acumulación de capas alrededor de un núcleo. Los problemas centrales del mito de la música ya eran convencionales a comienzos de la era cristiana, cristalizándose alrededor de la leyenda de Orfeo, que sigue siendo el tema único más explícito. Ensamblamos una presentación resumida de las ideas principales del enciclopedista del siglo VII, Isidoro de Sevilla:

> La música es un arte de modulación que consiste en tono y canto y recibe su nombre por derivación del de las Musas... A menos que el hombre recuerde los sonidos, éstos perecen, pues no se pueden escribir... Dice Moisés que el inventor del arte de la música fue Tubal, de la raza de Caín, antes del Diluvio. Los griegos dicen que Pitágoras fundó sus orígenes en el sonido de los martillos y el tañido de cuerdas extendidas... Pues el mismísimo universo, se dice, se mantiene unido por una cierta armonía de sonidos, y los propios cielos se revuelven por las modulaciones de la armonía. La música conmueve los sentidos y cambia las emociones... La música también compone mentes perturbadas, como se puede leer de David, que liberó a Saúl del espíritu sucio por el arte de la melodía. También a las bestias, inclusive a las aves, las serpientes y los delfines, la música las incita a escuchar su melodía. Pero cada palabra que hablamos, cada pulsación de nuestras venas, se relaciona con los poderes de la armonía por medio de ritmos musicales... Orfeo... no sólo dominaba a las bestias salvajes con su arte sino que también conmovía a las piedras y a los bosques con la modulación de su canto... Pero así como esta proporción (6:8:12) aparece en el universo de la revolución de las esferas, también en el microcosmo es tan inexpresablemente potente que el hombre sin su perfección y privado de su armonía no existe.[9]

Estas afirmaciones, esparcidas en los nueve breves capítulos de Isidoro, fueron la base de los primeros capítulos de los tratados medievales y renacentistas semirritualísticos acerca de la música. Y en los años posteriores al 1500

---

[9] Extractado de *Etymologiarum sive originum libri XX* 3.15-23, en Oliver Strunk, *Source Readings in Music History*, págs. 93-100.

hubo un gran florecimiento de referencias musicales, especialmente (por motivos que permanecen oscuros) en la literatura inglesa. Es sorprendente la cantidad de poemas ingleses de los siglos XVI y XVII que alaban a la música, y llegan a una verdadera explosión cultural. Pero poco después del año 1700 se produjo una caída inevitable y la actitud más racionalista hacia el mito se refleja en una literatura menos inclinada a la cosmología y a la interpretación teleológica. Con la tradición de la *música práctica* en ascenso, vemos una concomitante declinación en el género de la *musica speculativa* y su conjunto de ideas míticas relacionadas que, mientras apenas era científica, había sido nutrida por científicos musicales. El mito de la música, en una palabra, sucumbió, y rara vez ha emergido desde entonces en una narrativa explícita o en otra cosa que no fueran referencias fragmentarias. Trazar la amplitud del mito en la literatura moderna consiste en aislar las diversas corrientes de ideas y analizarlas sobre la base de los modelos arquetípicos establecidos.

El mito de la persona

La leyenda del cantante frigio Orfeo proporciona la imagen mítica más familiar del músico. La literatura órfica es tan vasta que todo lo que podemos hacer es mencionar los temas principales. Virgilio menciona la versión más familiar de la historia en el cuarto libro de sus *Geórgicas*. Mientras que la leyenda tiene algunas características comunes con muchos de los mitos de fertilidad del Cercano Oriente (el *pharmakos* o víctima del sacrificio y el *sparagmos*, mutilación), las primeras versiones son sorprendentemente no teístas. Orfeo como cantor/profeta, capaz de encantar a los animales y desenraizar a los árboles con su música, simboliza el primitivo sentimiento humano de unidad con la naturaleza. Mediante su *katabasis* (el descenso al mundo inferior para traer a su esposa Eurídice de regreso a la tierra), Orfeo ilustra la transformación del mito, partiendo de un mito natural y llegando a otro cultural: la conquista de la naturaleza reemplaza al anterior sentido de la unidad.

Sus acciones lo ponen en contacto con cada uno de los reinos míticos (el divino, el humano, el animal, el vegetal, el mineral y el domoníaco) alineándolos a todos en un punto en el tiempo y en el espacio. A medida que el mito avanza, se va centrando en la debilidad de Orfeo: su incapacidad para obedecer las órdenes de Plutón de no mirar a Eurídice y su negativa a gozar de la compañía humana después de la muerte de ella, lo que da como resultado su desmembramiento por una multitud borracha de mujeres tracias. Vislumbramos ahí una fuente para las visiones posteriores del artista: débil, afeminado y/o enajenado de la sociedad. El mito se cierra con la imagen de la cabeza seccionada de Orfeo flotando corriente abajo por el Egeo, inclusive, cantando, hacia la isla de Lesbos, donde su cabeza cantora se convertiría en oráculo y su lira sonaría sin que nadie la ejecutara. El mito ha completado el círculo y Orfeo es uno con la naturaleza otra vez.

Kathi Meyer-Baer ha trazado el interesante proceso por el que la figura de Orfeo fue separada en la iconografía cristiana temprana en las personas de Cristo y Satán: Cristo como el Buen Pastor, iconográficamente una traducción directa de Orfeo tocando para los animales circundantes, y la Danza de la Muerte de Satán, simbolizando el poder del uso de la música para el mal y como tentación para el pecado y la muerte.[10] Clemente de Alejandría, en su *Exhortación a los griegos* (una diatriba del siglo II contra las supersticiones de la mitología pagana) interpreta a Cristo como un nuevo Orfeo en una teología de gran belleza que la Iglesia romana ha ignorado de manera conspicua:

> ¡Ved cuán poderosa es la nueva canción! Ha hecho hombres de las piedras y de las bestias salvajes... es la que compuso a toda la creación en una orden melodioso y concertó la discordia de los elementos para que todo el universo pudiera estar en armonía con ella... Bien, porque la Palabra estuvo desde el comienzo. El fue y es el comienzo divino de todas las cosas; pero porque El luego tomó un nombre... el Cristo, yo lo he llamado en la Nueva Canción.[11]

Son tantas y variadas las referencias órficas posteriores que sólo podemos mencionar unas pocas. Rilke, en uno de sus *Sonetos a Orfeo*, ignora el corazón del mito (el descenso al submundo) en favor de los puntos de comienzo y fin, contrastando orden y desorden, construcción y destrucción. Mediante su muerte, la canción de Orfeo permanece en leones y rocas, en árboles y pájaros; ahora sus oyentes también pueden ser "una boca de la naturaleza."[12] Thomas Mann, en *José y sus hermanos*, prefirió enfatizar el tema del descenso: Jacob, que se soñó a sí mismo y cumplió con los modelos míticos vividos por sus ancestros, consideraba a Canaán como la tierra de los vivos, y a Egipto como la tierra de los muertos; en su pesar por el cautiverio de José, se vio a sí mismo como Orfeo y como instrumento de la resurrección simbólica de José de la Tierra de las Tumbas.[13]

La imagen de la lira cantora cautivó la imaginación de los primeros poetas románticos, que se refirieron al artista como un arpa eolia:

> Hazme, tú lira, aun como lo es el bosque:
> ¡Qué si mis hojas caen como las suyas!
> El tumulto de tus poderosas armonías
>
> Tomará de ambos un profundo tono otoñal,
> Dulce, sin embargo, en la tristeza. ¡Sé tú, cruel espíritu,
> Mi espíritu! Sé tú el que soy, el impetuoso!
>
> (Shelley, "Oda al viento oeste")

---

[10] Kathi Meyer-Baer, *Music of the Spheres and the Dance of Death*, págs. 219-336.

[11] Strunk, *Source Readings*, págs. 62-63.

[12] Rainer María Rilke, *Sonnets to Orpheus*, traducido al inglés por M. D. Herter Norton (Nueva York: W. W. Norton, 1942), libro 1, soneto 26.

[13] Thomas Mann, *Joseph and His Brothers*, traducido al inglés por H. T. Lowe Porter (Nueva York: Knopf, 1948), pág. 436.

Otras referencias musicales celebran a varios dadores o descubridores de música: fabricantes de instrumentos musicales (Jubal Caín,[14] el legendario emperador chino Fu Hsi), descubridores de la escala musical (Pitágoras), médicos que curan por medio de la música (el rey David),[15] codificadores de estilos musicales (el "Emperador Amarillo" Huang Ti) y una serie de semidioses conocidos por cierta asociación peculiar con la música (Krishna). Los símbolos que representan a estos personajes aparecen con frecuencia en la iconografía musical: a Pitágoras se lo muestra tocando un conjunto de campanas o escuchando el sonido de los martinetes, David aparece con su arpa y Krishna con su flauta.

El mito de la música también celebra a aquellos que son recopiladores de música, aquellos que de algún modo son los responsables de hacer que la música sea menos intangible, más permanente. Ellos han creado sistemas para la notación musical (Guido d'Arezzo), han compilado repertorios musicales (San Gregorio), han preservado la herencia de la antigüedad por medio de sus escritos (Boecio) o han estado asociados con alguna otra forma de objetivizar la música; por eso se los suele relacionar con la rama teórica de la música. Este aspecto del mito es muy operativo hoy en los historiadores, los etnomusicólogos, los técnicos de grabación y los programadores de computadoras.

Se suele citar a San Gregorio como el compilador del corpus del canto romano que lleva su nombre y en la iconografía medieval se lo representa con una paloma (el Espíritu Santo) sobre su hombro, dictándole al oído las melodías. A Boecio se lo ensalza por su tratado sumario que sintetiza el aprendizaje musical de los griegos, y fue escrito cuando la ciencia musical de la antigüedad corría peligro de perderse definitivamente. Durante siglos, su tratado representó el único contacto humano con la tradición griega.

Además de su concepción de la música de las esferas, Boecio parece haber sido el responsable de una clasificación de los músicos en tres categorías, la que fue muy comentada e influyó en la formación de actitudes sociales. Sostenía que aquel que toca un instrumento se sitúa en el lugar más bajo; los cantantes y poetas merecen mayores alabanzas; pero aquel que sea capaz de juzgar su destreza es superior a todos los demás.[16] A partir de su actitud, se desarrolló la noción de que la rama teórica de la música era de algún modo superior a la práctica. Dicho más burdamente, la misma actitud vil hacia la teoría y la práctica aparece en un pequeño poema latino que se le adjudica a Guido d'Arezzo y que aparece en cientos de tratados musicales medievales:

> Musicorum et cantorum magna est distantia,
> Isti dicunt, illi sciunt, quaet componit Musica.
> Nam qui facit, quod non sapit, diffinitur bestia.

---

[14] Génesis 4:21.
[15] 1 Samuel 16:14-23; 18:10-13.
[16] *De institutione musica* 1.33, en Strunk, *Source Readings*, págs. 85-86.

Qué grande es la distancia del músico al cantante:
El segundo dice, el primero *conoce* la naturaleza de la música.
Pues aquel que hace y no sabe qué es bestia por definición.[17]

El nombre de Guido es prominente entre los conservadores de música por motivos válidos. Sus logros incluyen la invención del pentagrama musical y la clave, la famosa "mano" de Guido (un diagrama mnemónico que ubicaba los distintos pasos de la escala musical en las uniones de los dedos) e, inclusive más importante, su sistema para el solfeo (canto a la vista) que le asignaba sílabas a los grados sucesivos de la escala. Guido basó su sistema en un himno popular a San Juan, escrito por un tal Pablo Diácono, en el que cada línea del texto empezaba un grado más alto:

UT quaent laxis,	Que tus fieles siervos
REsonares fibris,	Puedan alabar tus maravillosas acciones
MIra gestorum,	
FAmuli tuourum,	Con voces claras
SOLve polluti	Libera los labios manchados de
LAbii reatum,	los acusados.
Sancte Joannes.	San Juan[18]

San Juan, por la fuerza de esta y de otras referencias, es a veces invocado como uno de los patronos de la música pero el santo más importante de la música es sin duda Santa Cecilia, cuyo nombre se asocia con la música en la más frágil de las evidencias.[19] La relación que Chaucer hace de su boda y posterior martirio cita sólo el órgano que tocó durante su boda con Valeriano (a quien se dice que ella convirtió al cristianismo en la noche de bodas):

Y mientras los órganos hacían melodías
Al Dios único cantó ella en su corazón:
"Oh, Señor, mantén puros mi alma y mi cuerpo
a menos que estén definitivamente perdidos".

(Cuentos de Canterbury, La segunda monja)

Incluso muchos pintores italianos y flamencos del Renacimiento representaron a Cecilia sentada al órgano y mirando hacia el cielo como buscando

---

[17] Para una traducción ligeramente distinta, véase la de Warren Babb, *Hucbald, Guido and John on Music*, editado por Claude V. Palisca (New Haven: Yale University Press 1978), pág. 105; éstas son las primeras tres líneas del tratado de Guido *Regulae musicae rhytmicae*, en Martin Herbert, *Scriptores ecclesiastici de musica*, 3 vols. (edición facsimilar, Hildesheim: Georg Olms, 1963), 2:25.

[18] Kathi Meyer-Baer, "Saints of Music", pág. 17.

[19] *Ibídem*, págs. 19-33.

inspiración, luego cantando acompañada por ángeles, tocando el arpa o varios otros instrumentos. Su papel en el mito es el de patrona y protectora de los músicos y el de símbolo de inspiración divina. John Dryden, en la más famosa de sus odas a Cecilia, contrasta a Orfeo y Cecilia, a la música secular con la sagrada:

> Orfeo pudo guiar a la raza salvaje;
> Y los árboles desenraizados abandonaron sus lugares,
> Secuaces de la lira;
> Pero la brillante Cecilia elevó aun más la maravilla:
> Cuando le fue dado aliento a su órgano vocal,
> Un ángel la oyó y de inmediato apareció
> Creyendo que la Tierra era el Cielo.

("Una Canción para el día de Santa Cecilia", 1687)

Estas referencias a ángeles son más que detalles secundarios. El mito de la música caracteriza a una multitud de figuras circundantes: sirenas, arpistas, musas y ángeles, cuya conexión original con la música es algo sutil. Su función básica era la de *psychopomps,* "guías del alma", que debían conducir a los muertos a sus estaciones en el más allá. En el arte cristiano de los primeros tiempos, los músicos-ángeles acompañaban a menudo las grandes escenas de la Biblia, y en los diagramas cósmicos de los pintores y escultores del Medioevo y el Renacimiento temprano se mostraba a las órdenes de ángeles (serafines, querubines, tronos, dominaciones, virtudes, poderes, principalidades, arcángeles y ángeles) en sus estaciones en los círculos concéntricos del cosmos, cada uno presidiendo una de las esferas giratorias y cantando su tono característico.

El mundo demoníaco ocupa un lugar destacado en el mito. La Iglesia medieval sospechaba mucho de la música y jamás logró eliminar la superstición de que los poderes de un músico provenían del diablo y que se los podía usar para incitar al fiel al pecado. Imágenes como la Danza de la Muerte (vívidamente pintada como un esqueleto danzante en el famoso ciclo de grabados de Holbein), Lorelei y el Flautista de Hamelin son prolongaciones directas de la suspicacia popular de que la música constituía una trampa. Se puede demostrar que el culto al virtuoso se desarrolló a partir de esta interpretación del mito órfico: Niccolò Paganini y Franz Liszt semejaban la reencarnación de Orfeo en el mundo del siglo XIX, dotados de una habilidad sobrehumana que seguramente provenía del diablo. Ambos eran artistas consumados y aprovechaban bien esta mística, convirtiéndose en ejemplo para las futuras generaciones de concertistas.

El retrato más preciso de lo demoníaco en la música es el *Doctor Fausto* de Thomas Mann, en el que Adrian Leverkühn, el compositor-protagonista, adquiere del diablo sus poderes al costo de su humanidad, su salud y, por último, su vida. Las descripciones que Mann hace del estilo musical tradicional, que Leverkühn rechazaba, y su nuevo estilo (para el que Mann tomó como modelo la técnica serial desarrollada por Arnold Schoenberg) conduce a una síntesis interesante de las actitudes dirigidas a la música "vieja" y "nueva" como condicionadas por siglos de mitología.

Mann veía a la vieja música como un proceso orgánico natural que estaba regido por sus propias leyes internas, una especie de alquimia que seguía los principios de la morfología propuestos por Goethe: metamorfosis, polaridad, intensificación; era un sistema con un rico potencial para la ambigüedad y la alusión. La música tradicional, como la conocía Mann, parecía un lenguaje de calidad humana, simbólico de sentimiento y expresivo de emoción, que seducía más al corazón que al intelecto y que siempre podía sugerir la simplicidad de un retorno al estado primordial del hombre.

La nueva música de Adrián, por su parte, se describía como fría, inorgánica, regida por "leyes heladas", a la vez estrictamente disciplinada (por la técnica dodecafónica) y "criminalmente vaga" en su empleo de alturas inconmensurables, *glissandi* y sonidos inhumanos bárbaros, amplificados por medio de tecnología electrónica en parodias burlescas de los estilos musicales pasados. La nueva música, para Mann, estaba simbolizada por el cuadrado mágico que colgaba sobre el piano de Adrián, gobernando tanto la dimensión horizontal de su música cuanto la vertical, por medio de los mismos principios matemáticos, y produciendo correspondencias no oídas entre las partes. Estos dos estilos de música constituyen, por supuesto, ficciones, pero útiles puesto que clarifican y resumen tantas actitudes tradicionales hacia la vieja y la nueva música. He aquí los resultados:

Vieja música	*Nueva música*
cálida	fría
natural	artificial
emocional	basada en la razón
inspirada	calculada
fértil	estéril
saludable	enfermiza
divina	demoníaca[20]

Exploraremos a alguien más que hace música. El mito del músico ciego es uno de los temas más antiguos de la literatura y las representaciones visuales se remontan hasta el Reino Medio del Antiguo Egipto. Muchas culturas han alentado a los ciegos para que se dedicaran a la música y su utilidad como músicos de harén está más allá de toda duda. Tampoco sorprende que muchos ciegos exhiban habilidades musicales infrecuentes. Y sin embargo hay insinuaciones en la mística musical con respecto a los ciegos.

El músico ciego suele ser un músico popular, un ministril, con más habilidad práctica que conocimiento teórico. Es de baja condición social y no ha

---

[20] Elaborado en Lewis Rowell, "The Lessons of *Faustus*".

tenido buena suerte en la vida, pero posee una capacidad de introspección de la que carecen los que pueden ver: lee los corazones, no los rostros. La novela de Arthur Schnitzler *Der blinde Geronimo und sein Bruder* es un conmovedor relato de los viajes de uno de esos músicos callejeros, una historia de separación y reconciliación. En muchas músicas chinas y japonesas los ejecutantes han sido no videntes por tradición y en algunos otros géneros musicales del Asia oriental, ejecutantes de visión normal tocan en el "estilo ciego", con los ojos cerrados y el rostro inexpresivo. Muchos de los más grandes organistas franceses han sido no videntes célebres por su habilidad en la improvisación y entrenados en una escuela de París fundada con esa finalidad. Y, por último, se ha desarrollado una mística especial en torno de la persona del músico de jazz ciego en la sociedad norteamericana.

Poder

La creencia en que la música posee un poder extraordinario es tal vez una de las más profundas capas en el mito de la música: poder para suspender las leyes de la naturaleza y superar los reinos del cielo y el infierno. Un sentimiento de maravilla, o a veces de temor, acompaña a la mayor parte de los relatos acerca del poder de la música. En *La montaña mágica* de Tomas Mann aparecen dos ilustraciones distintas bien divergentes de estas actitudes.

En el nivel más racional, el humanista Settembrini instruye a Hans Castorp acerca de los peligros de la música: "¿Música? Es el arte semiarticulado, el dudoso, el irresponsable, el insensible... Esa no es claridad verdadera; es una claridad de ensueño, inexpresiva, irresponsable, sin consecuencias y, por lo tanto peligrosa, porque traiciona con la suave complacencia... Para usted, personalmente, ingeniero, ella es sin duda alguna peligrosa".[21]

Como para cumplir la profecía de Settembrini, la música hace que la imagen del fallecido Joachim (primo de Hans) se materialice durante la pesadillesca sesión realizada una noche en el senatorio. El aria favorita de Joachim, la plegaria de Valentine del *Fausto* de Gounod, es el instrumento de su aparición:

> La aguja siguió raspando en el silencio, mientras el disco zumbaba. Luego, Hans Castorp levantó su cabeza y sus ojos tomaron, sin buscarlo, el camino correcto.
>
> Había una persona más que antes en el cuarto. En el fondo, donde los rayos rojos se perdían en la penumbra, donde la vista apenas llegaba, entre el escritorio y el biombo, en la silla del médico en la que se había sentado Elly en la intermitencia, estaba Joachim. Era el Joachim de los

---

[21] Thomas Mann, *The Magic Mountain*, traducido al inglés por H. T. Lowe-Porter (Nueva York: Knopf, 1927), págs. 113.

últimos días, de mejillas huecas y oscuras, con barba de guerrero y labios plenos, curvados.[22]

Las leyendas acerca del poder mágico de la música son tan viejas como la literatura; Orfeo es capaz de domesticar a las bestias salvajes y desenraizar a los árboles con su lira; Anfión construye las paredes de piedra de Tebas con su canto; Josué destruye los muros de Jericó con soplidos de trompetas y David cura con su arpa la enfermedad mental de Saúl. Boecio relata una historia sobre Pitágoras, que, mientras caminaba una noche, vio a un joven que estaba a punto de incendiar la casa de su rival, en donde pasaba la noche una ramera; al ver al joven inflamado por la música que interpretaba una banda que estaba cerca, el sabio los hizo interpretar una melodía en el modo rítmico espondaico. Arrullada por las largas duraciones regulares, la pasión piromaníaca del joven pronto fue abatida.[23]

Como sugieren estas leyendas, la música y la curación han estado relacionadas desde los tiempos antiguos. Orfeo y Apolo estaban ligados a la curación de enfermedades, la profesía oracular y el ritual purificador, tres formas distintas de encarar las fuerzas curativas de la naturaleza sobre el cuerpo y la mente. Leyendo entre líneas las distintas historias, se pueden detectar por lo menos tres funciones terapéuticas adscritas a la música. La primera es la de regulación, la devolución del alma y/o el cuerpo a un estado de equilibrio, despertando o calmando, según lo necesario, para atemperar la emoción excesiva o deficiente; la segunda es la creación de la sensación de placer a través del movimiento; y la tercera es la inducción de una experiencia de éxtasis (catarsis) que purga al alma del conflicto emocional y expulsa los espíritus malignos.

La antigua tradición médica sostenía que la salud (mental y física) era el resultado de la combinación adecuada de los cuatro humores; cuando estos fluidos corporales estaban desequilibrados, el resultado era la enfermedad. Así como los preparados farmacéuticos podían ayudar a recuperar el adecuado equilibrio corporal, la música podía influir, a su modo, sobre la proporción correcta de humores para recobrar el estado deseado de la mente y el cuerpo. El terapeuta musical tenía que ser consciente de la relación existente entre los niveles de fluido y la personalidad humana, según se reflejaba en la doctrina convencionalizada de los cuatro temperamentos. Según el humor dominante (sangre, flema, bilis amarilla o bilis negra) se podía predecir un temperamento correspondiente (sanguíneo, flemático, colérico o melancólico).

Se crearon listas complejas y esquemáticas de las distintas pasiones y estados emocionales a fines de la Edad Media y en el Renacimiento, y se aplicó de una forma más mecanicista la idea de la música como agente regulatorio: se podían analizar las emociones en sus pasiones componentes y se podía prescribir una terapia con un remedio específico para cada enfermedad emo-

---

[22] *Ibídem*, pág. 680.
[23] *De institutione musica* 1.1, en Strunk, *Source Readings*, pág. 82.

cional. Como dice Dryden en "Una canción para el día de Santa Cecilia, 1687": "¿Qué pasión no puede despertar y dominar la música?"

Un tema intrigante recorre toda la literatura: la música puede penetrar en el cuerpo. El filósofo italiano neoplatónico del siglo XV Marsilio Ficino, en su comentario sobre el *Timeo* de Platón, proporciona una descripción elaborada:

> (El sonido musical) transporta, como si estuviera animado, las emociones y los pensamientos del alma del cantante o el intérprete a las almas de los oyentes; . . . por el movimiento del aire mueve al cuerpo: por el aire purificado excita el espíritu aéreo que es el vínculo de cuerpo y alma; por significado trabaja en la mente. Finalmente, por el propio movimiento del aire sutil penetra con fuerza: por su temperamento fluye suavemente; por la conformidad de su cualidad nos inunda con un maravilloso placer; por su naturaleza, tanto espiritual como material, a la vez atrapa y reclama como propio al hombre en su integridad.[24]

Este fragmento desborda de ideas; se describe a la música como un lenguaje específico que se puede comunicar directamente del ejecutante al oyente; penetra el cuerpo en forma de aire, presión, significado y movimiento, y el cuerpo, la mente y el alma sienten sus efectos. El relato de Ficino de la forma en que el sonido musical atrapa y posee al oyente, tiene definidas implicancias sexuales. Algo de esto permanece en las actitudes populares hacia el ejecutante virtuoso. Cuando se lo describe "tocando" para su auditorio, queda claro que hacemos una ecuación subconsciente entre la comunicación musical y la experiencia sexual. De hecho, a menudo se ha discutido sobre la música y se han descrito sus efectos con un lenguaje francamente erótico, como en los dos fragmentos de Shakespeare que a continuación se citan: Benedict, en *Mucho ruido y pocas nueces*, dice: "¡Ahora, aire divino! ¡Ahora su alma está cautivada! ¿No es extraño que tripas de carnero deban extraer las almas de los cuerpos de los hombres?" (Acto II, escena 3). Y, de *El mercader de Venecia* (una de las mejores fuentes de imaginería musical shakespeariana): "Con los más dulces toques atraviesa el carruaje de tu amada y dibuja su casa con música" (Acto V, escena 1).

La intensidad del momento musical es destacada por muchos autores. T. S. Eliot, en el 5º canto de The Dry Salvages, escribe sobre la completa identificación del oyente y la música en la experiencia musical, otra forma de decir que la música "ocupa" a aquellos que la perciben en la profundidad suficiente:

> Para los más de nosotros sólo existe el momento
> no atendido, el momento en y fuera del tiempo,

---

[24] Marsilio Ficino, *Comm. in Tim.*, traducido al inglés por D. P. Walker en su obra *Spiritual and Demonic Magic from Ficino to Campanella* (Londres: Warburg Institute, 1958), pág. 9.

> la distracción justa, perdida en un rayo de luz,
> el tomillo salvaje no visto o el relámpago invernal
> o la cascada o la música oída tan profundamente
> que ya no se oye porque se es la música
> mientras dura...[25]

El apareamiento de la música y la muerte es una consecuencia natural de los temas precedentes; la experiencia intensa (musical/sexual) es interpretada como atemporal, una pérdida extática de la conciencia. La muerte por la música no es trágica ni penosa sino que es un estado de rapto simbolizado por la antigua fábula de la canción del cisne. Quizá su versión más famosa es la letra de este madrigal anónimo del siglo XVI:

> El cisne de plata, que vivo no tenía notas,
> cuando la muerte se acercó a su silente garganta,
> reclinó su pecho sobre los juncos de la orilla
> y así cantó por primera y última vez y ya no cantó más:
> Adiós, alegrías todas; oh, muerte, ven a cerrar mis ojos,
> más gansos que cisnes viven ahora, más tontos que sabios.

Por fin llegamos al más poderoso de los dones musicales: la capacidad de superar a la naturaleza y a la ley natural. Es *Una fábula de invierno,* Shakespeare emplea a la música como símbolo de la resurrección, se ha dicho falsamente que la reina Hermione ha muerto y, después de un intervalo de 16 años, aparece ante el rey Leontes con forma de estatua:

> *Paulina:*
>
> Música, despiértala: ¡Tañe! (*Música*)
> Es hora, desciende; no seas más piedra: acércate;
> Conmueve a todo lo que consideras maravilloso. Ven;
> Colmaré tu tumba: avívate; no, retírate;
> Posterga hasta la muerte tu aturdimiento, pues de él
> La querida vida te redime. Tú sientes que ella se aviva.
>   *(Hermione desciende.)*
> No comiences; sus acciones serán tan sagradas como
> Tú escuches que mi hechizo es legítimo; no la evites
> Hasta que la veas morir nuevamente, pues entonces
> La matarás dos veces. No, muestra tu mano:
> Cuando ella era joven tú la seducías; ahora, adulta,
> ¡ella es la pretendiente!

---

[25] T. S. Eliot, *Four Quartets* (Nueva York: Harcourt, Brace and World, 1943), pág. 44.

Leontes:
(abrazándola) ¡Oh! Está caliente.
Si esto es magia, que sea un arte
tan legítimo como el de comer.

(Acto V, escena 3;99-112)

Y en la brillante conclusión de su oda de 1687 a Santa Cecilia, Dryden pide la disolución final del universo en respuesta al llamado de la trompeta:

Como si fuera desde el poder de los estratos sagrados
    Las esferas comenzaron a moverse
Y cantaron las alabanzas del gran Creador
    A toda la Buenaventura de los cielos;
Y cuando la última y terrible hora
Devore a este ruinoso decorado
Se oirá la trompeta en lo alto,
Los muertos vivirán, los vivos morirán
y la Música desordenará a los cielos.

Luego de tal hazaña, la resurrección simbólica de Hermione no parece sino un modesto logro. Para resumir, el mito de la música clama en favor de ésta por una intensidad penetrante que no está sujeta a la ley natural; no se puede entender por medio de la razón pero es un agente dador de vida y salud que se puede aplicar a toda la gama de la experiencia humana. Poseer este poder es no ser menos que un dios.

Transitoriedad

La paradoja más impresionante en el mito es que esta fuerza de tan increíble poder es a la vez infinitamente perecedera, intangible y está en permanente peligro de perderse. Ya que no se la puede tocar o sostener en la mano ni se la puede ver, la existencia real de la música yace en la imaginación y en la memoria. Se puede remontar el significado mítico profundo de la memoria al papel de Mnemosyne como madre de las Musas y a la necesidad de preservar el repertorio antiguo de poesía oral.

A veces, la música imaginada es superior a la real:
las melodías oídas son dulces, pero las no oídas
Lo son más, por eso, dulces flautas, tocad;
No para el oído sensible sino, más caro,
Tocad, para los espíritus, sonsonetes sin tonos.

    (Keats, "Oda sobre una urna griega")

Y la memoria es un buen sustituto para el hecho:

la música, cuando mueren las suaves voces,
vibra en la memoria.
Los aromas, cuando enferman las dulces violetas,
viven en el sentido que ellas animan.

Los pétalos de rosa, cuando la rosa muere,
Se esparcen sobre el lecho de la amada
Y así tus pensamientos, cuando te hayas ido,
El propio amor los soñará.

(Shelley)

"¿Dónde están ahora?" es el estribillo de un lamento nostálgico sobre el inevitable pasaje de la música de la experiencia presente a la memoria pasada. El organista Abt Vogler, en uno de los monólogos de Robert Browning, musita con tristeza:

Y bien, se ha ido, por fin, el palacio de la música que edifiqué;
¡Ido! Y las lágrimas que nacen, las alabanzas que llegan con excesiva
 lentitud;
Pues se asegura que al principio apenas se puede decir que él tenía,
que hasta pensó en ello, lo que se ha ido debía irse.

¡Jamás volverá a ser!

El consuelo de Vogler es que:
Todo lo que hemos deseado, esperado o soñado del bien, existirá;
No su apariencia, sino ello mismo; no la belleza, no el bien, no el poder
Cuya voz ha partido pero que sobrevive para el melodista
Cuando la eternidad afirma la concepción de una hora.

(Browning, "Abt Vogler")

Y Thomas Mann plantea un tema similar cuando, en el *Doctor Fausto*, describe el fin de la obra maestra de su compositor-héroe: *El lamento del Doctor Fausto:*

Pues escucha hasta el fin, escucha amigo: un grupo de instrumentos después de otro se retira y lo que queda, mientras la obra se desvanece en el aire, es el agudo Sol de un cello, la última palabra, el último sonido que se diluye, muriendo con lentitud en un *pianissimo-fermata*. Luego nada más: silencio... y noche. Pero ese tono que vibra en el silencio, que ya no está allí, al cual sólo el espíritu oye y que era la voz de duelo, no es más así. Cambia su significado, persiste y habita como una luz en la noche.

Pensamos de muchas formas en la música: ¿es sonido que sólo se percibe o que se recuerda? ¿O es la emoción que siente el alma, la expresión de una idea o un humor, la proyección de la personalidad de un ejecutante, una metáfora de la invisible armonía universal, un lenguaje para la comunicación? En cada uno de ellos hay un sentido de pasaje, invocado de distintas maneras a todo lo largo de la literatura occidental. Wallace Stevens elige un tema semejante:

> Así como mis dedos en estas teclas
> Hacen música, así los mismos sonidos
> En mi espíritu hacen música también.
> La música es entonces sentimiento y no sonido;
> Y tal es lo que yo siento
> Aquí en este cuarto, deseándote
>
> Pensando que tu seda de azuladas sombras
> Es música...
> ("Peter Quince al teclado")

El obispo Isidoro de Sevilla afirmaba que "a menos que el hombre recuerde los sonidos, éstos perecen, porque no se los puede escribir".[26] La notación musical juega un papel importante en el mito de la música como una de las soluciones prácticas al problema de la transitoriedad. John Updike, en su cuento "La escuela de música", describe el pavor del narrador hacia el lenguaje de la notación musical y la experiencia del estudiante de música:

> Ese lenguaje único que carga cada nota con un sentido doble de posición y duración, un lenguaje tan remilgado como el latín, tan lacónico como el hebreo, tan sorprendente a la vista como el persa o el chino. ¡Qué misteriosa parece esa caligrafía de espacios paralelos, claves turbulentas, ligaduras sobreescritas, *decrescendos* suscritos, puntillos, sostenidos y bemoles! ¡Qué grande se vislumbra la brecha entre las primeras tentativas de visión y los primeros tartamudeos de percusión! La visión, tímidamente, se convierte en percusión, la percusión en música, la música en emoción, y la emoción se convierte en... visión. Pocos de nosotros tenemos la fuerza suficiente como para seguir este círculo hasta su fin.

El solfeo de sílabas de Guido d'Arezzo tiene una significación igualmente profunda en la literatura más antigua. Puede aparecer como un medio práctico para aprender música o cantar una melodía a la vista, como símbolos para la escala, como una metáfora del orden y la integridad (¡a través de toda la escala de *gamma* a *ut*!) o inclusive como un lenguaje nuevo. La encantadora escena de la lección de música en *La fierecilla domada* de Shakespeare, ofrece

[26] Véase n° 9.

una torpe parodia de Hortensio, que está disfrazado de maestro de música para seducir a Bianca:

>(Bianca lee):
>"La escala musical" yo soy, la base de todo acuerdo,
>"A re", para implorar la pasión de Hortensio;
>"B mi", Bianca, tómalo como su Señor,
>"C fa ut" que ama con todo su amor;
>"D sol re", una clave, dos notas tengo;
>"E la mi", demuestra compasión o moriré".
>
>¿Llamas a ésta escala musical? Basta, no me gusta.
>Prefiero la antigua usanza; no es para mí
>Cambiar las buenas reglas por extrañas invenciones.
>   (Acto III, escena 1; 71-79)

¡La música antigua se debe conservar especialmente! La última línea de Bianca tiene un tono familiar; la música tradicional es la mejor, es preferible conservar a innovar y el medio del aprendizaje musical (la escala y las sílabas) defiende la tradición que es preferible no alterar. Las viejas canciones son mejores que las nuevas, las simples son mejores que las complejas, ¡y la forma en que las cosas eran es mejor que la forma en que jamás volverán a ser! La música, custodio del pasado, es invocada como su preservadora. Otro personaje de Shakespeare, Orsino, dice en *Noche de Reyes:*

>Ahora, buen Cesario, esa canción,
>Esa buena y antigua canción que oímos anoche.
>Sentí que aliviaba mi pasión
>Mucho más que los leves aires y las palabras recordadas
>De estos tiempos bruscos y aturdidos.
>   (Acto II, escena 4: 2-6)

Como muchos otros componentes del mito, la idea de la "buena canción antigua" es un símbolo del tiempo primordial (*in illo tempore*[27]), que representa un escape de la inexorabilidad del tiempo horario y un regreso al tiempo mítico al que sentimos como nuestro principio y nuestro fin.

La dimensión temporal de la música es una rica fuente de imaginería musical. Dado que el tiempo es una dimensión estructural mayor en muchos mitos, no es sorprendente que tenga importancia temática para los autores que describen y se maravillan ante los efectos de la música. El tiempo no es sólo el medio neutral para el desenvolvimiento de la música pero la música su-

---

[27] Esta es una expresión acuñada por Mircea Eliade en *The Myth of the Eternal Return*, traducido al inglés por Willard R. Trask, Bollingen Series 46 (Princeton: Princeton University Press, 1954), véase especialmente pág. 4.

perpone su propio tiempo peculiar al tiempo horario. Y el tiempo musical con sus ritmos métricos regulares es una metáfora frecuente para la vida misma, sus estaciones debidas y su curso regular: mantener el tiempo musical es llevar una vida ordenada, en armonía con lo que es apropiado. Cuando los tiempos están "dislocados", la vida ha ido mal. Como dice el Ricardo II de William Shakespeare:

¿Música escucho?

> ¡Ja, ja! Mantened el ritmo. ¡Qué ácida es la dulce música
> Cuando el tiempo está quebrado y no hay proporciones!
> Así es en la música de las vidas humanas,
> Y aquí tengo yo la delicadeza de oído
> Para controlar el tiempo quebrado en una cuerda desordenada
> De no haber sido por la concordia de mi estado y tiempo
> No habría tenido oído para escuchar la fractura de mi verdadero tiempo.

(Acto V, escena 5: 41-48)

Armonía

El concepto de armonía es a la vez la más abstracta y la más grandiosa de todas las metáforas musicales. En el capítulo precedente vimos que los griegos definían a la armonía como un equilibrio: una unidad de elementos diversos, una resolución de tensiones opuestas y un ordenamiento mutuamente proporcionado de los varios componentes. Estas abstracciones se han corporizado en una serie de imágenes más concretas, algunas de las cuales ya hemos visto: la combinación de los elementos materiales (tierra, agua, aire, fuego) y las cuatro propiedades de la naturaleza (cálido, frío, mojado, seco), los cuatro humores y los cuatro temperamentos, la música de las esferas, la gran cadena del ser, el macrocosmo y el microcosmo, las correspondencias entre ellas y los tiempos y las estaciones y, finalmente, la sumatoria de todas estas ideas en la imagen de la armonía universal, simbolizada por la música continua y la danza en los cielos.

Es en el poema isabelino "Orquesta" de Sir John Davies donde más sistemática y extravagantemente se han expresado estas ideas; es una visión cósmica de un universo ligado por una danza continua. Davies describe la Creación del mundo, el establecimiento de los varios niveles jerárquicos de la vida animal y la sociedad humana, las siete artes liberales y los órdenes políticos como distintas formas de la danza, terminando con una visión de la reina Isabel rodeada por cortesanos que bailan. Dos estancias ilustrarán la imaginería de Davies:[28]

[28] Sir John Davies, *"Orchestra" or "A Poem of Dancing"* (ca. 1594), editado por E. M. W. Tillyard (Londres: Chatto and Windus, 1947), estancias 17 y 95, págs. 19 y 38.

> Bailando, brillante dama, luego comenzó a ser
> cuando las primeras semillas que del mundo surgieron
> el fuego, aire, tierra y agua acordaron
> por la persuasión del amor, poderoso rey de la naturaleza,
> abandonar su primer desordenado combate
> y en una danza observar tal medida
> que todo el mundo debiera conservar su movimiento.
>
> Así la música viaja hacia sus propias dulces tonadas
> con tandas de 3, 5, 8, 15 y más;
> así el arte de numerar parece saltar
> de par a impar en su razón proporcionada;
> así esas habilidades cuya rápida vista explora
> las justas dimensiones del cielo y la tierra
> en todas sus reglas observan una medida regular.

La visión que Davies tiene de la armonía como si fuera un acoplamiento instado por el dios del amor (Eros, Amor, Cupido) y una forma de sostener al universo por el movimiento, es por entero coherente con la corriente principal de imaginería armónica. Su poema sobre la música celebra la unión tradicional de las cuatro disciplinas matemáticas del *quadrivium* (música, aritmética, geometría y astronomía), armónicas entre sí por su empleo de la medida, el número y la proporción. La idea de la armonía que construye el orden a partir del caos es la responsable de la inclusión de imaginería musical en muchos mitos genéticos, como (una vez más) en la "Canción para el día de Santa Cecilia, 1687", de Dryden.

> De la armonía, de la armonía celestial,
>   comenzó este marco universal:
> Cuando bajo un cúmulo de átomos en discordia
>   yacía la naturaleza
>   y no podía alzar su cabeza
> Se oyó desde lo alto de la afinada voz,
>   "¡Levantaos, vosotros, más que muertos!"
> Y luego lo frío, y lo caliente, y lo húmedo, y lo seco,
>   para que surgieran sus estaciones
>   y obedecieran al poder de la Música.
> De la armonía, de la armonía celestial,
>   comenzó este marco universal:
>   de la armonía a la armonía
> corrió por toda la extensión de las notas,
> por el diapasón que se completaba en el Hombre.

En *East Coker*, Eliot reúne una visión de una danza ritual de la vida, una celebración del ritmo de las estaciones y el acoplamiento armonioso del hombre y la mujer:

> Puede uno en la medianoche de estío oír la música

del tamboril y de la débil flauta,
puedo verlos bailar alrededor del fuego;
la asociación del hombre y la mujer
en la danza, que implica matrimonio,
un sacramento augusto y convincente,
dos y dos, necesario ayuntamiento,
tomados mutuamente de la mano o el brazo
con que concordia significan...
       ...Obedientes al tiempo,
obedientes al ritmo de su baile
como obedecen al vivir el ritmo de las estaciones,
el tiempo de los meses y las constelaciones,
el tiempo del ordeñe y el tiempo de la siega,
el tiempo del acoplamiento del hombre y la mujer,
el de los animales.

La armonía es también una metáfora de la salud humana y del equilibrio emocional y mental. Los instrumentos de cuerda suelen simbolizar tal equilibrio y con frecuencia se compara la regulación de la mente, el cuerpo y el alma con la afinación de un instrumento. Cuando Cordelia ve a su padre insano, en *Rey Lear* de Shakespeare, exclama:

Oh dioses bondadosos,
  ¡Curad este desgarramiento de su naturaleza ultrajada!
Los sentidos desafinados y discordantes, ¡oh, concluid
con este padre vuelto hijo!
                (Acto IV, escena 7: 13-16)

Y el comienzo de la locura de Lear es descrito con estas palabras: "y las cuerdas de la vida empezaron a cortarse" (acto *V*, escena 3).

Estar "afinado" es también estar a tono con la propia parte en un conjunto; el alma debe estar a tono con su propia relación con Dios y con la especie humana. John Donne, en "Un himno a Dios mi Dios, en mi enfermedad", dice:

Y ya que voy hacia esa morada sagrada,
Donde, junto a tus santos para toda la eternidad,
Se hará de mí tu Música; ya que voy
afino el Instrumento junto a la puerta,
y pienso aquí antes lo que debo hacer entonces.

Instrumentos

Las antiguas asociaciones de culto son fuente de muchos de los significados simbólicos que se les asignan a los instrumentos musicales en el arte y la literatura de occidente: la lira y la cítara eran los instrumentos de Apolo, prototipos de los posteriores instrumentos de cuerda y representantes de todos los principios apolíneos: armonía, claridad formal, razón, moderación y objetividad. El instrumento dionisíaco era el *aulos* (perversamente traducido como *flauta* por generaciones de estudiosos que seguramente lo conocían mejor), un instrumento de doble lengüeta, de tono e intensidad agudos. El *aulos* estaba asociado con el mundo del teatro griego y representaba a lo informe, lo irracional, lo pasional, lo subjetivo, lo irrestricto, el impulso melódico irracional. La verdadera flauta antigua era la siringa que, junto con las flautas de Pan, simbolizaba el culto bucólico del dios Pan. El culto militar de Ares tenía por instrumento al *salpinx*, una especie de trompeta.

Los instrumentos de cuerda, en especial los pulsados (más que los de arco) han llegado a representar la armonía. El instrumento consiste en muchas notas, y sus cuerdas (no fijadas en alturas) exigen afinación frecuente. El instrumento en sí es visto como algo extrínseco al cuerpo, símbolo externo del orden interno.

Leo Spitzer ha señalado la destacable fusión de las palabras nudo *cor* (corazón) y *cord* (cuerda) en los modernos idiomas indoeuropeos, por ejemplo en palabras tales como *acorde*, *acuerdo* y *concordia*.[29] Muchas cuerdas producen un "acorde", que suena conjuntamente en armonía. La representación del mundo como un laúd en la imaginería isabelina evocaba el concepto de armonía universal y su necesidad de una constante afinación precisa.

Las tradiciones asiáticas son muy similares: los antiguos autores chinos acentuaban la significación del *ch'in*, el más respetado de sus instrumentos, como símbolo de armonía. Se instruía a los ejecutantes para que sólo se acercaran al instrumento cuando estuvieran en armonía consigo mismos y con la naturaleza y en un estado purificado de mente y cuerpo. El simbolismo de las campanas parece paralelo al de los instrumentos de cuerda, probablemente porque se suelen colgar campanas en grupos de varias notas; quizá también por la temprana asociación (en Occidente) con los descubrimientos de Pitágoras. Las campanas también son por completo extrínsecas al cuerpo y están físicamente aisladas; su armonía es la que más se acerca a la armonía universal de las esferas celestiales. En la literatura y las artes visuales recientes, la guitarra parece haber reemplazado a los antiguos instrumentos de cuerda y se ha convertido en el instrumento primario para la musicoterapia.

La flauta es el instrumento musical más simbólico; activada por el propio aliento de la vida, simboliza la extensión directa del espíritu humano y, por su forma fálica, una proyección del órgano corporal. Como otras clases de objetos culturales, a los instrumentos musicales se les suele asignar género; en la generalidad de las culturas musicales del mundo la flauta es masculina en tanto que los tambores son casi siempre femeninos. ¡La canción de Duke Ellington llamada "Un tambor es una mujer" —*A Drum is a Woman*— no es peculiar ni trivial!

Ya que las palabras que designan al *espíritu* y al *aire en movimiento* son las mismas en muchos idiomas antiguos (griego y hebreo, por mencionar sólo

---

[29] Leo Spitzer, "Classical and Christian Ideas of World Harmony", págs. 324-27.

dos), el doble significado le da un sentido especial al aliento como portador del alma humana. Los tonos de la flauta son fijos, por eso no se plantean conceptos tales como afinación, armonía, temperamento y regulación. Antes bien, la flauta (y, por extensión, la mayor parte de los instrumentos de viento) no significa lo *múltiple* sino lo *único*: lo interno, lo íntimo, lo poderoso, lo sexual.

Es más difícil aislar el simbolismo de la percusión, aunque son obvias las asociaciones con los temas del signo, la magia, el ritual, la marcha y la expulsión de los espíritus malignos. Los instrumentos de percusión aparecen en tal variedad de formas, medidas, materiales y lugares que es casi imposible generalizar.

Para terminar, debemos mencionar el importantísimo concepto isabelino del órgano como símbolo (otro más) de la armonía universal.[30] Como dice John Donne en *Obsequies to the Lord Harrington*:

> Bella alma, que desierta, no sola sino como todas las almas
> Entonces, cuando tu armonía vertida, desolada
> No haga sino continuar así, serás
> Parte del gran órgano de Dios, toda la Esfera Celeste.

---

[30] Véase Gretchen Ludke Finney, *Musical Backgrounds for English Literature*, págs. 1-20.

6 La tradición europea hasta el año 1600

Este capítulo presenta un friso altamente selectivo de la historia intelectual de la música desde comienzos de la era cristiana hasta el año 1600. En un primer plano de la narración estará la acumulación gradual de ideas sobre la música; ideas sobre su origen, sustancia, estructura, proceso, propósito, percepción, medios expresivos y otros criterios de valor. El capítulo examinará suposiciones comunes, nuevas propuestas, la persistencia de viejas ideas y la forma en que algunas de ellas han sido reinterpretadas, transformadas y por fin suplantadas por otras más populares. El marco de referencia de fondo es un relato de las escuelas mayores de la filosofía occidental igualmente selectivo, con sus problemas, sus propuestas y sus tendencias específicas, planteados por sus principales pensadores, entretejidos con breves módulos que detallan los valores musicales de los sucesivos períodos de la historia de la música. Si hay alguna unidad en este largo período de tiempo es que la especulación estética no fue considerada una de las tareas mayores de la filosofía y, en consecuencia, se deben inferir, a partir del producto musical, muchos de los valores musicales importantes, como lo demuestra la praxis del compositor.

Las fuentes son variadas: algunos filósofos (notablemente, San Agustín) escribieron en forma específica acerca de la música; otros, sobre el arte en general; otros, sobre la belleza abstracta. De hecho, la mayor parte de los problemas básicos de la filosofía tiene aplicaciones potenciales importantes en la música: virtualmente, toda contribución a la epistemología, la filosofía que busca explicar cómo podemos obtener conocimiento válido a través de nuestra razón y nuestros sentidos, tiene implicancias en la percepción artística. No es siempre posible, o siquiera iluminador, fijar la fuente específica de una idea. Las ideas suelen estar "en el aire" y la persona que primero articula el concepto suele presentar una interpretación, una aplicación nueva más que un conocimiento nuevo.

Por conveniencia, adopto aquí la posición de historiadores y filósofos según la cual el año 1600 marca el inicio del mundo "moderno". Los estudiantes de historia de la música, así como otros especialistas, tienen su propio conjunto de períodos históricos; para el músico, "antiguo" se refiere a la antigüedad clásica y "moderno" al siglo XX, y la mayor parte del repertorio musical activo se encuentra en el medio. La siguiente periodización se ha vuelto común para la música y es la que aquí se adoptará:

— La Edad Media, definida como el vasto interregno entre el florecimiento final de la civilización antigua y el año 1400, período denominado en Europa Occidental por el feudalismo y la filosofía de la iglesia de Roma.

— el Renacimiento (ca, 1400-1600), que trajo la secularización del mundo musical europeo y la difusión por todo el continente y Gran Bretaña de las técnicas flamencas de contrapunto imitativo.

— el Barroco (1600-1750), desde el comienzo de la ópera en Italia hasta la muerte de J. S. Bach.

— el Clasicismo (1750-1800), la era de los grandes compositores vieneses: Haydn, Mozart y el joven Beethoven.

Pero, en filosofía, tiene verdadero sentido reconocer la coherencia y la unidad del pensamiento antiguo que se mantuvo hasta el comienzo de la era moderna. Esto incluye las contribuciones de los filósofos griegos más importantes, los autores helenísticos y romanos posteriores, los padres de la Iglesia, la síntesis sistemática de estas doctrinas realizada por los Escolásticos de la Iglesia Católica Romana medieval y los movimientos posteriores como el renacimiento florentino del neoplatonismo. La filosofía moderna, de acuerdo con esta visión algo simplificada pero conveniente, se desarrolla desde alrededor del año 1600 con dos escuelas que son contemporáneas: el racionalismo cartesiano, que recibe su nombre de su primer gran autor, René Descartes (1596-1650), que fue al comienzo una tradición continental, y el empirismo, escuela de pensamiento básicamente británica, de la que Francis Bacon (1561-1626) fue el primer gran representante. Los dos movimientos justos dominaron la filosofía europea hasta fines del siglo XVIII. Mientras tanto, una nueva escuela de pensamiento había surgido en Alemania, el idealismo alemán, que alcanzó su punto más alto con los escritos de Emmanuel Kant (1724-1804). La filosofía del arte dio un gran salto con las contribuciones de Kant y desde entonces los filósofos han incluido cada vez más la especulación artística entre sus tareas.

Pasaremos rápidamente sobre las tres principales escuelas de pensamiento de la antigüedad tardía: los estoicos, los epicúreos y los escépticos. Pero dos fuertes voces disidentes merecen especial atención, aunque más no sea para recordarnos que el consenso estético no era universal. Philodemus, autor de un tratado sobre la música en el primer siglo antes de nuestra era (cuyos fragmentos se encontraron entre las ruinas de Herculano), debe ser considerado una de las fuentes mayores de las enseñanzas estéticas epicureístas; y Sextus Empiricus, un filósofo agresivamente escéptico del siglo II d.C., pareció decidido a hacer añicos la mayor parte de las nociones tradicionales sobre la música en su polémica *Contra los músicos*.[1]

---

[1] Para Philodemus, véase Warren D. Anderson, *Ethos and Education in Greek Music*, págs. 153-76, y L. P. Wilkinson, "Philodemus on Ethos in Music", *Classical Quarterly* 32 (1938): 174-81; para Sextus, véase Sextus Empiricus, "Against the Musicians", en *Sextus Empiricus,* vol. 4, traducido al inglés por R. G. Bury, Loeb Classical Library (Cambridge: Harvard University Press, 1949), págs. 372-405.

Philodemus negó con fuerza las teorías miméticas y éticas de la música:

A pesar de los absurdos expresados por algunos, la música *no* es un arte imitativo; tampoco es verdad que él (Diógenes el babilonio) diga que aunque la música no refleja personajes de una manera imitativa, revela sin embargo todos los aspectos del carácter que representan magnificencia y vileza, heroísmo y cobardía, amabilidad y arrogancia. La música no provoca esto más de lo que puede hacerlo la cocina.[2]

Y Sextus dice que el valor principal de la música es como fuente de placer y distracción: "(la música) no reprime el estado mental porque posee una influencia moderadora sino porque su influencia es distractora; en consecuencia, cuando las melodías de esa especie han dejado de sonar, la mente, como si no estuviera curada por ellas, se revierte a su estado original.[3]

Philodemus y Sextus Empiricus, como muchos otros filósofos posteriores, tuvieron muchas dificultades para justificar la existencia de la música. Sus escritos brindan clara evidencia de una actitud ambivalente hacia los placeres de la percepción sensual; los sentidos pueden dar placer en respuesta a la sensación externa pero no se puede tener confianza en la veracidad de su testimonio. Ambos autores vieron a la música como una diversión inofensiva, agradable aunque inútil; en su opinión, la música no era un arte racional ni su percepción un acto cognoscitivo. La música no simbolizaba, expresaba o representaba a ninguna otra cosa que no fuera a sí misma. ¡No es extraño que Philodemus encontrara que la música tenía poco valor en la *paideia* y destacara que era adecuada en especial para "cenas entre amigos"![4]

Pero Sextus fue todavía más lejos al decir probar, por medio de sus inteligentes juegos verbales, que la música era esencialmente una ilusión, como el sonido y el tiempo, que, en su opinión, tampoco existían.[5] Las contribuciones que ambos hicieron a la filosofía de la música fueron básicamente negativas, pero resultan útiles ahora para fijar posiciones semejantes adoptadas por autores más recientes. Las filosofías formalistas como las sostenidas por ellos rara vez ganan los corazones o mellan la fe de aquellos que desean creer en la música como vehículo de poder metafísico, pero sus argumentos sirven como antídoto para las demandas exageradamente trascendentales que a favor de la música hacen algunos de sus abogados de mentes más confusas.

Uno de los tratados helenísticos más influyentes en la historia del arte es la obra breve, aunque destacable, escrita en estilo literario, atribuida a Cassius Longinus de Palmira, *De lo sublime*, del siglo III d.C. El descubrimiento y publicación de esta obra a mediados del siglo XVI esbozaba un intento mayor de definir las cualidades que producen elevación y grandeza en el arte y separar lo sublime de lo meramente bello. Aunque Longinus sólo se

---

[2] Wladyslaw Tatarkiewicz, *History of Aesthetics,* 1: 230.
[3] "Against the Musicians", pág. 383.
[4] Anderson, *Ethos and Education,* pág. 167.
[5] "Against the Musicians", pág. 396-99.

refirió a la música de una manera incidental, sus ideas influyeron profundamente sobre la estética de la música. Aceptaba la idea de que el objetivo del arte era el placer como fin en sí mismo y que el *ekstasis* (absorción o transporte) del auditorio era la norma de excelencia en la literatura. El estilo es la sombra de la personalidad del autor y se lo comunica por la intensidad del sentimiento y la grandeza de expresión.

Longinus especificó cinco condiciones necesarias para lo sublime: las dos primeras son innatas, ideas robustas, "plenas de sangre" y emoción fuerte. Las otras tres se pueden adquirir con la práctica; la construcción apropiada de figuras (retóricas y de pensamiento); nobleza de dicción y el ordenamiento cuidadoso de las palabras para producir el efecto general de dignidad y altura. Longinus tomó a la música como modelo y se refirió a la expresión oral como una "música racional" que puede conmover a la mente, y le asignó al ritmo un papel importante en la producción del sentimiento de grandeza:

> Nada ayuda más a darle grandeza a semejantes pasajes que la composición de los varios miembros... Si están unidos en un sistema único y abrazados además por las ligaduras del ritmo, entonces, por el mero hecho de estar completo un período único, ganan una voz viva... Nada degrada tanto un fragmento elevado como un ritmo débil y agitado... Pues todos los pasajes de ritmo exagerado se convierten, a la vez, en algo que sólo es bonito y barato; el efecto del estribillo monótono es superficial y no convoca emoción alguna.[6]

Detallar las cualidades de lo sublime en el arte se convirtió en una tarea importante para los autores de los siglos XVII y XVIII.[7] La sublimidad, en su opinión, estaba ligada con los sentimientos de pavor y terror inspirados por la vastedad y el infinito poder de la naturaleza; se citaba a las montañas, el mar, el cielo y la noche como fuentes típicas de lo sublime. La discusión siguió en la estética musical, en la que se ha afirmado que la medida, la intensidad, la complejidad y el contenido elevado son criterios para la grandeza.[8]

El tratado más sistemático sobre la belleza en la antigüedad tardía fue el que escribió Plotino (ca. 204-270 d.C.), el representante más importante del movimiento neoplatónico, que buscaba codificar las enseñanzas de Platón en un sistema coherente. Plotino compartía la opinión de Platón según la cual la belleza era una cualidad trascendental y la respuesta a la belleza era el sentimiento del alma de parentesco con una idea eterna, el Ser absoluto: "Lo material deviene bello, comunicándose con el pensamiento que fluye desde lo

---

[6] Longinus, *On the Sublime,* traducido al inglés por W. Hamilton Fyfe, Loeb Classical Library (Cambridge: Harvard University Press, 1927), págs. 236-41.

[7] Véase Monroe C. Beardsley, *Aesthetics from Classical Greece to the Present,* págs. 193-204, 218-22; véase también Marjorie Hope Nicolson, "Sublime in External Nature", págs. 333-37.

[8] Véase más adelante y en las notas Nos 42 y 43.

Divino".[9] El camino hacia la belleza absoluta, tanto para Plotino cuanto para Platón, es un ascenso: de la experiencia de la belleza sensual a la contemplación de la belleza intelectual y moral y por fin a aquella belleza que es la verdad misma.

El músico, según Plotino, ilustra uno de los tres caminos a la verdad, por su afinidad con la belleza y su respuesta innata a la medida y el "modelo con forma": "Se debe hacer de esta tendencia natural el punto de partida para un hombre semejante; ...se lo debe guiar hacia la belleza que se manifiesta a través de estas formas; se le debe mostrar que aquello que lo arrebató no era sino la armonía del mundo intelectual y la belleza en esa esfera". Y, además:

> No se debe desdeñar a las artes sobre la base de que crean por imitación de los objetos naturales; ya que, para empezar, estos objetos naturales son en sí, imitaciones... Cualquier habilidad que, empezando por la observación de la simetría de las cosas vivas, crece hasta alcanzar la simetría de toda vida, será una porción del Poder que allí observa y medita sobre la simetría que reina sobre todos los seres en el Cosmos Intelectual. En consecuencia, toda la música, ya que su idea es sobre melodía y ritmo, debe ser la representación terrenal de la música que hay en el ritmo del Reino Ideal.[10]

La visión de Plotino de la música como imagen terrenal de la armonía, las proporciones y los movimientos del cosmos eterno (cuando se lo complementa con las doctrinas de la teología cristiana) se convirtió en la explicación común en la Edad Media. Es, a la vez, una fuente importante para las posteriores teorías místicas y románticas de la música como un lazo entre la humanidad y la divinidad, lo finito y lo infinito.

La Edad Media

Nuestra discusión sobre la filosofía medieval de la música caracterizará las propuestas de dos grandes autores: San Agustín, obispo de Hippo (354-430) y Santo Tomás de Aquino (1225-1274), que representan las etapas de inicio y término del proceso por el cual los filósofos católicos de la Edad Media llegaron a un acuerdo con la filosofía griega y armonizaron las doctrinas de Platón y Aristóteles con sus propias creencias. Ambos autores compartieron la ambivalencia tradicional de la Iglesia Romana hacia el arte; desconfiaban de él por sus placeres sensuales creadores de adicción, su énfasis en la belleza terrenal y sus persistentes asociaciones con la cultura pagana; pero a la vez los atraía su excelencia intrínseca y su capacidad de representar la

---

[9] Plotinus, *The Enneads* (traducido al inglés por Stephen MacKeena, revisado por B. S. Page) 1.6.2.; véase también Beardsley, *Aesthetics from Classical Greece to the Present* (La estética desde la Grecia clásica hasta el presente), págs. 78-87.
[10] *Enneads* 1.3.1.-2; 5.8.1.

belleza eterna. Agustín era bien consciente de esta tensión: "Siento que nuestros corazones son instigados a una devoción más ferviente si las palabras son cantadas y menos movilizadora si las palabras son sólo pronunciadas; que todos nuestros temperamentos tienen una capacidad específica que les es propia y a la cual corresponden determinadas melodías en canción y voz. Esta relación secreta es la que nos afecta. Pero, sin embargo, a menudo me siento sobrecogido por el placer de los sentidos".[11]

Esta misma ambivalencia marcó la actitud oficial de la Iglesia hacia toda la cultura y el pensamiento de la Grecia y la Roma paganas; en tanto que la reacción instintiva de algunos de los Padres tempranos de la Iglesia (notablemente, Tertuliano) fue la condena de toda la sabiduría de las civilizaciones clásicas, la respuesta de los estudios medievales posteriores fue la preservación de las antiguas enseñanzas y su transformación en una síntesis intelectual con las enseñanzas cristianas admitidas.

La especulación estética es una de las corrientes más importantes del pensamiento de San Agustín, quizá porque muchas de sus opiniones sobre el arte se formaron antes de su conversión. Sus escritos incluyen una obra temprana perdida, *De Pulchro et Apto* (Sobre lo bello y lo adecuado), un tratado completo sobre música (*De Música Libri Sex*), sus celebradas *Confesiones*, en las que se discuten muchas cuestiones artísticas importantes y muchos comentarios bíblicos que contiene referencias musicales. Los criterios estéticos agustinianos son semejantes a los de sus predecesores griegos; donde él sobrepasa a los autores anteriores es en la profundidad de sus introspecciones psicológicas y en su percepción del arte.

Podemos representar el marco de referencia de las doctrinas estéticas de San Agustín por medio del siguiente diagrama:

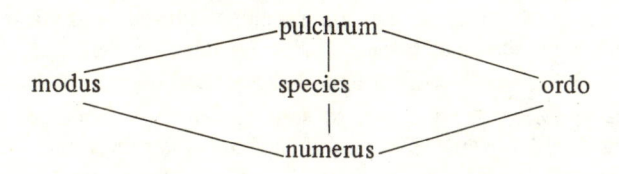

```
                pulchrum
              /         \
     modus — species — ordo
              \         /
                numerus
```

Las condiciones necesarias y suficientes de la belleza están contenidas en la tríada estética: *modus* (medida), *species* (forma), *ordo* (orden); y a su vez, éstas sólo se pueden reconocer sobre la base del *numerus* (número). Agustín solía citar un verso de la Sabiduría de Salomón: "Has ordenado todas las cosas según número, medida y peso" (11:20). Sostenía, con Platón y la tradición pitagórica, que el número era el principio fundamental de la creación y que el ser de las formas sólo se podía reconocer percibiendo sus propiedades numéricas. En consecuencia, la mente es la que juzga la belleza. El concepto

---

[11] *Confessions* (Confesiones) 10.49, citado en Kathi Meyer - Baer, "Psychologic and Ontologic Ideas in Augustine's *De Musica*" (Ideas psicológicas y ontológicas en *De música* de San Agustín), págs. 224-25.

de *ordo* de Platón supera en mucho al significado literal de *taxis*, su equivalente griego: en *La ciudad de Dios*, se define a *ordo* como un ordenamiento de las partes iguales y desiguales en un complejo integrado según un fin.[12] Queda claro que se pretende que la idea de *ordo* incluya los criterios tan importantes de armonía, proporción, simetría y quizás hasta unidad. La palabra *species* sufrió un desarrollo semántico significativo como expresión estética: la raíz de su significado es un *ver* (activo) o una *visión* (pasiva) pero para San Agustín su significado era *apariencia externa, forma visible*. El paso siguiente fue la derivación del adjetivo *speciosa*, palabra muy popular para *bello*, o, más literalmente, agradable a la vista.

Numerus es también la base específica de la teoría de San Agustín y la filosofía de la música como queda expuesta en su *De Música*. De alguna manera es desafortunado que las palabras griegas *arithmos* (número) y *rhythmos* (ritmo) se tradujeran al latín como *numerus*; gran parte de la fuerza de *rhythmos* se pierde en esta traducción que empaña la distinción que los griegos tuvieron cuidado en realizar entre los números en general y las proporciones rítmicas adecuadas.[13] Pero no se puede acusar a San Agustín por la falta de introspección en los fenómenos básicos del ritmo y el metro. Los primeros cinco libros de su tratado se dirigen a los principios del ritmo musical, presentando los pies poéticos tradicionales (yambo, troqueo, dáctilo, anapesto y los demás) y especificando su uso correcto en el marco de textos latinos. Pero el sexto libro, que aparentemente fue escrito en una fecha posterior, es un análisis mucho más profundo del proceso por el que se perciben, se recuerdan y evalúan los ritmos musicales. Aquí están las categorías rítmicas de San Agustín, organizadas en una progresión que va de lo material/físico a lo inmaterial/espiritual/eterno:

> *numeri corporales:* las duraciones sonoras como las produce la voz o un instrumento y los ritmos de la danza.
>
> *numeri occursores:* estos sonidos como los percibe el oyente.
>
> *numeri progressores:* la operación de sonidos dentro del alma (*anima*) del ejecutante y del oyente, provocando movimientos en el alma.
>
> *numeri recordabiles:* los sonidos que podemos reproducir, que sólo existen en la memoria y la imaginación, que concebían ritmos.
>
> *numeri sensuales:* los ritmos como los perciben y evalúan (aceptados o rechazados) los movimientos del alma.
>
> *numeri iudiciales:* categoría a priori implantada por Dios en la mente (proporción) y por lo tanto el más alto de todos los *numeri:* la contemplación racional del ritmo perfecto, eterno.[14]

---

[12] *City of God* (La ciudad de Dios) 19.13.

[13] Este punto se amplía en el artículo de Lewis Rowell, "Aristoxenus on Rhythm", págs. 63-79.

[14] *De música* 6.9.24. Todo a lo largo del libro 6, San Agustín ha arreglado estas categorías rítmicas en varios órdenes; este arreglo representa su posición final. Hay un serio malentendido sobre este punto en lo que por lo demás es un excelente ensayo

Ningún resumen puede hacer justicia a la teoría agustiniana de la percepción musical. Nadie había indagado antes las operaciones de la mente con tan profunda introspección sobre la forma en que recibe, procesa, almacena, imagina y juzga la sensación musical. Hay fuertes influencias de la teoría aristotélica de la percepción, pero todo el marco de referencia se ha ampliado. La percepción es un diálogo entre *anima* y *ratio*: el aspecto sensual de la música le habla directamente al alma pero el aspecto *judicial* apela a la razón. La percepción es una búsqueda activa de las semejanzas. San Agustín habla de la "tensión" para amoldarse a las sensaciones presentadas, aceptando algunas y rechazando otras. La creación de la música —en realidad, la de todas las artes— es un acto mental: "una conformación activa (*affectio*) de la mente del artista".[15]

San Agustín definía así a la música: *Musica est scientia bene modulandi.*[16] Podemos suponer que se emplea aquí la palabra *scientia* en su sentido más amplio, como conocimiento; la palabra *modulandi* invita a la interpretación. Se relaciona con un número de significados originales: medir, regular, limitar, mover, poner en movimiento, cambiar, modelar o dar forma. Sugiero que se la interprete como el acto de darle forma a una sustancia flexible, intangible (el sonido) en una forma que se pueda imprimir a sí misma sobre el sentido responsivo y el intelecto. Como explica San Agustín: "A través de este movimiento mental se imprime el ritmo sobre su facultad de actividad mental (*mens*) y logra la conformación activa (*affectio*) que se llama arte... Este ritmo es inmutable y eterno, sin desigualdad posible en él. Por lo tanto, debe venir de Dios".[17]

Así como el mejor ritmo es el que mejor se corresponde con el movimiento y el ritmo ideales; la mente perceptora juzga sobre la base de los conceptos innatos de orden, unidad y proporción; y el arte presenta la forma como debería ser. Y ya que el orden sólo se puede percibir por medio de la razón, los placeres del orden sólo se pueden sentir a través de aquellos sentidos capaces de percibir el orden; como dijo una vez San Agustín: "¡No se puede oler ni degustar razonablemente!"[18] Y, por medio de ese orden, "entretejemos nuestros placeres en uno".[19]

Las especulaciones de San Agustín sobre la naturaleza del tiempo forman otra corriente de ideas importante que atraviesa sus escritos. Con el tiempo, como con la música, su interés se dirigió a la psicología de la percep-

---

de Meyer-Baer, "Psychologic and Ontologic Ideas in Augustine's *De musica*", págs. 226-27.

[15] *De musica* 6.13.42; 6.12.35.

[16] *De musica.* 1.2.2; véase también la exégesis de Paul Hindemith en *A Composer's World* (El mundo de un compositor), págs. 1-13, 23-27.

[17] *De musica* 6.12.35-36.

[18] *Divine Providence and the Problem of Evil (De ordine)* (La divina Providencia y el problema del Mal) 2.11.32, traducido al inglés por Robert P. Russell (Nueva York: Cosmopolitan Science and Art Service, 1942), págs. 133-35.

[19] *De musica* 6.14.47.

ción, a la que vio como un proceso dinámico. En el libro undécimo de las *Confesiones*, San Agustín analiza la interacción de la música y el tiempo en la mente:

> Supóngase que estoy por comenzar a recitar una canción que conozco. Antes de empezar, mi expectativa se extiende a la totalidad. Pero ni bien he comenzado, lo que yo haya extraído del futuro y dejado caer en el pasado, toma su lugar en mi memoria. Por eso, la vida de mis acciones se divide en la memoria de lo que he cantado y la expectativa de lo que voy a cantar. Pero todo el tiempo mi atención está en el presente y a través de él el futuro debe pasar hasta convertirse en pasado. Cuanto más avanzo, más se acorta mi expectativa y se alarga mi memoria, hasta que mi expectativa se termina por acabar en el punto en que mis acciones se han completado y han pasado a mi memoria.[20]

Una última palabra de evaluación: San Agustín es sin duda una figura sobresaliente en la filosofía de la música y posiblemente el observador más agudo del proceso musical antes de los tiempos modernos. En sus escritos se destacan determinadas cualidades que resultan admirables: honestidad intelectual realista, autoconocimiento, destreza analítica penetrante, introspección psicológica y, sobre todo, un raro encanto por la música, tanto en el nivel sensorial cuanto en el intelectual.

Las contribuciones de Santo Tomás de Aquino a la filosofía del arte son pocas en cantidad pero han influido mucho sobre los autores posteriores. Sus escritos representan a la filosofía escolástica en su período de mayor madurez, un sistema conceptual unificado (Una *summa*) que explicaba la interacción de la naturaleza y el hombre, Dios y el mundo, la acción y el conocimiento, según la doctrina cristiana. Aunque Santo Tomás y los escolásticos anteriores no incluyeron la cuestión estética entre sus tareas mayores, no pudieron evitar considerar tal problema como parte de su sistema.

En su obra maestra, la *Summa theologica*, Santo Tomás distingue entre lo bello y lo bueno:

> Lo bello es lo mismo que lo bueno y difieren sólo en aspecto. Pues ya que lo bueno es lo que todos buscan, la noción de lo bueno es la que calma el deseo; mientras que la noción de lo bello es la que calma el deseo por visión o conocimiento. En consecuencia, aquellos sentidos que consideran principalmente lo bello son los más cognitivos, a saber, vista y oído, como ministros de la razón... Por eso es evidente que la belleza agrega a la bondad una relación con la facultad cognitiva: así que *bueno* sólo se refiere a aquello que satisface el apetito en tanto que lo *bello* es algo agradable de aprehender.[21]

---

[20] *Confessions* 11.28.38.
[21] *Summa theologica* (traducido al inglés por los Padres Dominicos) 1.27 art. 1.

Pero la más famosa de las afirmaciones de Santo Tomás sobre la estética es el pasaje 1.39.8 de la misma obra, en donde establece las tres condiciones necesarias para la belleza: "La belleza incluye tres condiciones: integridad o perfección (*integritas sive perfectio*), ya que aquello que está dañado es por eso mismo feo; proporción adecuada o armonía (*debita proportio sive consonantia*); y, por último, brillantez o claridad (*claritas*), ya que se llama bellas a las cosas cuyo color es brillante".[22]

Se ha analizado y discutido durante siglos lo que quería decir Santo Tomás cuando hablaba de *claritas*. La idea de belleza como luz, resplandor, claridad o color no fue un concepto original suyo. Ingresó al vocabulario formal de la estética en los escritos del platónico cristiano del siglo V, el Pseudo-Dionisos, que sostenía que la belleza era una emanación, el resplandor del Ser Absoluto; su fórmula para la belleza era *consonantia et claritas*, armonía y resplandor. Los filósofos escolásticos aceptaron esta fórmula pero desarrollaron la idea de *lux* o *claritas* de varias formas: Robert Grosseteste (1175-1253) alababa a la luz como aquello que hace visibles a todas las cosas y así muestra su belleza en el más alto grado; también es simple, uniforme y, en consecuencia, está en la más perfecta de todas las proporciones. Para San Buenaventura (1221-1274) la luz era más que lo que muestra la belleza: "La luz es la más hermosa, agradable y mejor entre las cosas físicas".[23] Alberto el Grande (1193-1280), maestro de Santo Tomás, sostenía que la belleza era el resplandor de la forma brillando a través de la materia. Y Ulrico de Estrasburgo (m. 1287), compañero de Santo Tomás, desarrolló luego esta línea de pensamiento: "La belleza es acuerdo (*consonantia*) y claridad (*claritate*) como dice Dionisos. Pero aquí, acuerdo es el factor material y claridad el factor formal. Al igual que la luz física es en lo formal y en lo causal la belleza de todo lo visible, la luz intelectual es la causa formal de toda forma sustancial y toda forma material".[24]

Para una interpretación moderna, recurrimos al *Retrato del artista adolescente*, novela de James Joyce, donde el héroe, Stephen Dedalus, analiza las tres condiciones de Santo Tomás para la belleza empleando un lenguaje que tiene, como dice sarcásticamente su amigo Lynch, "la verdadera podredumbre escolástica".

La connotación de la palabra, dijo Stephen, es más bien vaga. Aquino usa un término que parece inexacto. Me desconcertó durante mucho tiempo. Te haría pensar que tenía en mente al simbolismo o al idealismo, siendo una luz de algún otro mundo la suprema cualidad de la belleza, la idea de la cual la materia no es sino la sombra, la realidad de la que es sólo el símbolo. Pensaba que podría querer decir que *claritas* es el descubrimiento artístico y la representación del propósito divino en

[22] *Ibídem*, 1.39. art. 8.
[23] *In sap.* 7.10, en Tatarkiewicz, *History of Aesthetics*, 2: 237.
[24] *Liber de summo bono* 2. tr. 3, c. 5, en Tatarkiewicz, *History of Aesthetics*, 2:244.

cualquier cosa o una fuerza de generalización que universalizaría la imagen estética, haciendo brillar sus condiciones apropiadas. Pero eso es literatura... El resplandor del que habla es la *quidditas* escolástica, la esencia objetiva de un objeto. El artista siente esta cualidad suprema cuando concibe por primera vez en su imaginación a la imagen estética. La mente en ese misterioso instante que Shelley asimiló bellamente a un carbón debilitado. El instante en el que esa cualidad o belleza suprema, el claro resplandor de la imagen estética, se aprehende luminosamente por medio de la mente que ha sido cautivada por su totalidad y fascinada por su armonía, es el estancamiento silente y luminoso del placer estético...[25]

El significado del término *claritas* para la posterior filosofía del arte supera en mucho a lo que Santo Tomás pudo haber tenido en mente. El aliento semántico de la palabra ha dado origen a muchas interpretaciones: la luz del puro Ser, un hacerse visible o audible, una cualidad en sí (cuyas propiedades son la simplicidad, la uniformidad y la intensidad), la luminosidad de forma o la definición de una imagen estética en los sentidos y en la mente. Los otros criterios medievales sobre la belleza (orden, número, igualdad, proporción, armonía, simetría) eran cuantificables, pero *claritas* significa una cualidad, una propiedad intangible no sujeta a una medida precisa. Quisiera sugerir que *claritas* se refiere a la cualidad "de presentación" de una obra de arte, una intensidad luminosa especial que señala una obra de real excelencia. Y, en el caso de la música, la idea de *claritas* es una poderosa metáfora del fenómeno musical: un hacerse audible, la radiación de vibraciones complejas, armónicas, que surgen de su fuente, y su definición como estructura y movimiento tonal en la mente perceptora.

A manera de resumen, consideremos la relación existente entre la filosofía y la música en el medioevo. Se ha acusado mucho a los filósofos de la Edad Media de vivir en torres de marfil, ocupándose de especulaciones y gimnasias mentales que estaban implícitas en las obras de arte reales. ¿Hasta qué punto quedaban demostrados los criterios estéticos medievales en las obras musicales típicas?

Revisemos las suposiciones comunes sobre el arte y la belleza: una obra de arte era, antes que nada, un símbolo, una representación de algún aspecto de lo universal, y estaba modelada según la naturaleza, organizada según formas y proporciones ideales y matematizada en componentes modulares. Se la creaba con un fin (conocimiento, revelación, regulación del alma) y por lo tanto era útil; se la hacía según las normas y se la producía en tipos claramente definidos, más idealizados que particularizados, que se pueden interpretar en varios niveles de significado, revelan forma y transforman la materia (sin producir nada nuevo) y son capaces de proporcionar placer. Su más

---

[25] James Joyce, *A Portrait of the Artist as a Young Man* (Retrato del artista adolescente) (Nueva York: Viking Press, 1964), págs. 212-13.

alta propiedad es la belleza, don divino y cualidad trascendental fuertemente ligada a lo bueno; la belleza exige la combinación de armonía (orden, proporción, simetría y demás), unidad y "claridad", tiene forma como esencia y se la puede percibir de dos formas: directa, por la experiencia sensorial, e indirecta, por la contemplación.

El motete isorrítmico de los siglos XII y XIII incorpora estos valores hasta un grado tal que es tentador exagerar el caso.[26] Esta clase de motete es una composición polifónica para tres o cuatro voces iguales, construida sobre la base de un *cantus prius factus*, una melodía preexistente tomada del repertorio del canto gregoriano que sirve como viga estructural para la composición. Este canto llano era fragmentado en segmentos melódicos regulares, separados por pausas y cantados en un esquema rítmico rígido y reiterativo de duraciones mayores que las partes superiores. La estructura tonal de la totalidad estaba definida por la modalidad del canto llano, la línea del tenor (literalmente, el que sostiene); las otras partes se regulaban siguiendo esta línea estructural por reglas estrictas de sucesión de intervalos y movimiento de voces, pero sólo libremente cada una con respecto a la otra (a semejanza de las obligaciones sociales del feudalismo). El motete se escribía en capas consecutivas y el compositor no podía prever el resultado final; cada voz agregada se convertía en un comentario sobre el canto llano y los acrecentamientos previos, como las glosas y comentarios de los estudiosos monásticos medievales.

La mayor parte de los motetes medievales son anónimos y no se los consideró propiedad de compositores individuales ni como composiciones individuales: se tomaban con libertad materiales musicales de otras obras; se agregaban o restaban voces, se hacían piezas nuevas sobre viejos cantos o incluyendo composiciones preexistentes completas. Parecería que el mundo de la música medieval hubiera sido un cosmos en el que cada composición estaba, en potencia, relacionada con todas las demás por una sustancia y una estructura comunes. El compositor era un artífice, más premiado por su técnica que por su talento.

El sonido ideal en el motete no era una combinación o una fusión sino una mezcla en la que cada voz se destacaba con nitidez y por separado; esto se lograba por medio del uso de más de un texto (a menudo en distintos idiomas, como francés y latín), la yuxtaposición de textos sagrados y seculares, la interpretación a cargo de virtualmente cualquier mezcla de voces e instrumentos y modelos rítmicos muy incisivos. El motete estaba muy unificado por la presencia del canto llano, la melodía subyacente y los estilos modales rítmicos, el contenido fonético del texto y la idea, a menudo de maneras muy sutiles. A la música le faltaba un sentido fuerte de dirección tonal,

---

[26] En Manfred Bukofzer, "Speculative Thinking in Medieval Music" (El pensamiento especulativo en la música medieval), el autor sostiene que el motete isorrítmico unía a las tres corrientes principales del pensamiento especulativo de la música medieval; la idea de la música como imitación de la *musica mundana,* la doctrina pitagórica de las proporciones numéricas y la tendencia a la interpolación como comentario.

"The Temple of Music", de Robert Fludd, *Utriusque cosmi... historia,* Oppenheim, 1617-1619. Este conocido grabado es una representación gráfica de los componentes de la *musica practica:* la escala, los instrumentos, las proporciones, la notación rítmica, las claves y los lugares propios de las tres clases de hexacordos. Al pie Pitágoras observa la relación armónica producida por los sonidos de los macillos. El templo está dedicado a Apolo, representado por su lira. Las espirales de la torre representan los órganos del oído. Cronos con la guadaña, sobre relojes de arena y de sol, simboliza la relación entre los tiempos musicales y horarios. Gentileza de la Lilly Library, Indiana University, Bloomington, Indiana.

porque las voces agregadas oscilaban en torno del canto llano dentro de la misma escala, empleando un número muy limitado de alturas; el resultado era una sensación de estatismo, de repetición sin movimiento (interpretado como "cambio de lugar"), una música que era más "ser" que "devenir".

La textura confusa del motete medieval no estaba organizada para poseer claridad de percepción ni sugería al oyente que centrara su atención en uno de los textos superpuestos; las palabras no se expresaban de manera especial y la obra estaba diseñada para que se la percibiera a través de la contemplación (de la estructura, la representación y el significado). Su sustancia musical era materia preexistente, por lo tanto, no había lugar para la creación. El agrupamiento del material en unidades rítmicas y melódicas arbitrarias revelaba la forma (no de la pieza sino del género) y tan sólo reorganizaba la sustancia musical. La fuente de toda forma era el número, la imposición de un esquema sobre el tono, el tiempo y el texto.

Nos podemos preguntar en dónde se debe encontrar la cualidad de *claritas*. Quizás en la intensidad de sentimiento y en la tensión generales que son típicas de la música sacra medieval, en el propósito general de los textos combinados o en algún otro de los aspectos cualitativos de la composición. Ejecutar la obra musical es en sí una manifestación de su sustancia y su estructura, que plantea otra cuestión básica: ¿qué representaba un motete? ¿Una combinación de pensamientos, una construcción matemática, arquitectura tonal gótica, un comentario sobre un texto con melodía repetido y querido, un símbolo de la armonía universal, un atisbo de lo divino? Se lo podría interpretar (como a la alegoría) diversamente, como una experiencia sensorial directa, un comentario moral sobre la lección de las Escrituras del día, una combinación sutil de las Escrituras cristianas con el pensamiento secular, una representación simbólica de la sociedad feudal y el mundo medieval.

Deberíamos definir cómo se percibe por medio de la contemplación, a la cual Hugo de San Victor describió como la "aguda y libre contemplación del alma a cosas esparcidas en el tiempo y en el espacio".[27] Se decía que la contemplación difería de la meditación en el hecho de que trataba con lo evidente mientras que la meditación trataba con lo oculto a la mente. Y Ricardo de San Victor reconoció tres niveles sucesivos de contemplación: ampliación de la mente (lograda por medio de habilidades humanas), elevación de la mente (a través de la gracia de Dios) y enajenamiento de la mente, última transfiguración del espíritu humano.[28]

La mayor parte de los relatos sobre música medieval, incluyendo éste, dan una imagen distorsionada, por centrarse con tanta precisión en la música y el pensamiento de la Iglesia. No importa cuánto dominara la Iglesia la vida y la obras de la Edad Media, no se la puede responsabilizar de toda la actividad musical. La otra corriente musical importante fue la tradición secular de canto solista, incluyendo tanto las canciones de los nobles poetas-músicos (troveros, trovadores y *minnesingers*) cuanto las canciones vulgares de los músicos

---

[27] *De modo dicendi et meditandi,* en Tatarkiewicz, *History of Aesthetics,* 2:201.
[28] Tatarkiewicz, *History of Aesthetics,* 2:202.

profesionales de clases más bajas (como los ministriles y juglares). La canción es una constante en la evolución del estilo musical en occidente, con su continuidad temática (amor, alegría, pena, danza, fervor religioso, celebración de las estaciones) y de estilo. Los estilos de canción, con obvias excepciones, tienden a favorecer a las tonadas cantables de escala limitada, con esquemas rítmicos simples, textos claros, expresividad emocional, duraciones de frases que no exceden a la del aliento y una textura relativamente clara que expone la melodía vocal y la apoya con un acompañamiento discreto. Las construcciones musicales más elaboradas varían con las modas cambiantes de la época pero las canciones para solista mantienen una destacable semejanza de estructura. Y en muchos ejemplos a lo largo de la historia de la música, la canción secular se caracteriza como uno de los géneros musicales típicos de su era, por ejemplo, la canción de Borgoña del siglo XV, el aria para laúd de la Inglaterra isabelina y el *lied* alemán del siglo XIX.

Debemos agregar algo acerca del ritmo medieval; poco se sabe sobre la interpretación rítmica adecuada de la música medieval temprana, ya que la notación suele ser imprecisa y muy difícil de decodificar. Hasta comienzos del siglo XIV, el ritmo musical dependía por completo de los esquemas rítmicos de lenguaje, los tradicionales metros poéticos (yámbico, trocaico, dactílico, etcétera) y los esquemas estructurales de la poesía formal. El resultado fue lo que se denomina "el eterno metro triple de la Edad Media", apoyado en lo intelectual por sus asociaciones con la Trinidad (Dios como Padre, Hijo y Espíritu Santo). La formulación de Felipe de Vitry de un sistema nacional de ritmo musical sobresale como uno de los grandes hitos de la historia de la música: la música se independizó así de los principios de la prosodia, desarrolló una gama mucho más amplia de esquemas y duraciones, estableció metros dobles y triples como iguales y desarrolló una jerarquía más alta de compases, divisiones y subdivisiones de compases, agrupamientos de compases, de frases y niveles arquitectónicos más altos.[29] La teoría medieval de la música se preocupaba mucho por los problemas rítmicos, en especial las nuevas notaciones y su interpretación. Pero las cuestiones acerca de la altura siguieron ocupando la mayor parte de la atención de los teóricos de la música; cómo reconocer cada uno de los ocho modos eclesiásticos, guías para la edición de una melodía si estaba mal transcrita y, lo más importante, la articulación del conjunto de normas que regían la combinación de notas en la textura que se conoció como *contrapunto* (en latín, *punctus contra punctum* significa literalmente "nota contra nota"). Fue esta técnica la que haría florecer el estilo musical del Renacimiento.

Hacia el mundo moderno

En la mayor parte de las visiones sobre la historia de las ideas se ve al Renacimiento como un período de grandes logros artísticos y escasa activi-

---

[29] Véase Leon Plantinga, "Philippe de Vitry's *Ars nova:* A Translation" (El *Ars Nova* de Felipe de Vitry: una traducción), *Journal of Music Theory* 5 (1961): 204-23.

dad especulativa; los aportes de los artistas sobrepasan en mucho a los de los filósofos y estudiosos. Los logros sobresalientes de la estética renacentista tienen que ver con las artes visuales y con la poesía. Después de la larga y relativamente estática Edad Media, los años del Renacimiento trajeron una explosión de fresca energía artística, un período de secularización veloz, cambio social, elevada movilidad y desarrollo tecnológico en campos como la impresión musical y la fabricación de instrumentos. El estilo musical se hizo más personal y se esparció rápidamente de país a país, en especial por medio de los viajes de los compositores holandeses, que llevaron su habilidad contrapuntística a casi todas las cortes europeas. Pero el suelo más fértil para su tarea lo hallaron en Italia, hogar espiritual del Renacimiento, donde las técnicas flamencas se vincularon con una tradición floreciente de canciones nativas y un repertorio soberbio de poesía vernácula; allí se desarrolló el madrigal italiano durante varias generaciones de compositores dotados en el más típico género musical del Alto Renacimiento.

El estilo musical renacentista fue el producto de una cantidad de cambios significativos tanto en la técnica cuanto en los valores. En tanto que la música medieval estaba confinada a una gama bastante estrecha y se escribía para voces iguales, los compositores del Renacimiento expandieron el espacio musical usable a aproximadamente cuatro octavas. No está claro qué es causa y qué es efecto, pero se pueden notar varias evoluciones relacionadas: la delineación de partes vocales específicas (*cantus, altus, tenor, bassus*) con escalas individuales, el surgimiento del bajo como base de la estructura sonora y un concepto inicial de la armonía, todavía bastante primitivo, pero expresado con una conciencia creciente de sonoridad y acorde, con pasajes ocasionales restringidos al movimiento de acordes, una voz de bajo menos melódica, que más se movía por cuartas y quintas que por grados y una tendencia a la cadencia en los acordes sostenidos. Dos ideas fueron tomando fuerza consciente en la teoría renacentista: los agrupamientos graduales de los esquemas de escalas modales en los modos mayor y menor y el reconocimiento de la tríada como unidad vertical.

Ya no era indispensable la matriz de un canto llano para una composición musical; tomaron su lugar las técnicas imitativas que distribuían la actividad musical entre todas las partes y las trataban de igual manera. La estructura musical se convirtió en una serie de "puntos" de imitación separados por cadencias claras y se consideró a la sustancia musical como algo nuevo y único, más que un procesamiento y comentario de materiales preexistentes. En síntesis, se hizo posible la composición "libre". El elemento unificador era el motivo imitado, que unía a todas las voces en una red polifónica apretada.

Ya no eran operativos muchos de los viejos valores medievales; la preferencia de la Edad Media por una expresión generalizada de una obra musical le dio su lugar a un conjunto de técnicas específicas para expresar palabras, frases y emociones individuales. El concepto de obra o género musical dejó de ser colectivo para convertirse en una serie de trabajos individuales distintos. La construcción musical pasó de una coordinación mecánica de esquemas modulares a un flujo coherente y un desarrollo orgánico; se le dio estructura rítmica independiente a las líneas individuales, coordinadas de forma libre por el *tactus* (compás) que daba como resultado una rica textura de ritmos cruzados y acentos. Otros valores significativos de la música renacentista incluyen la combinación homogénea de sonidos, el gusto por las sonoridades verticales mantenidas (acordes), las cadencias articuladas claramente a intervalos regulares, el sentido del ritmo cuidado de la disonancia para proporcionar un ritmo regular de tensión y distensión, y un sentimiento de movimiento y dirección tonal; una música de "devenir" (opuesta a la visión medieval de la música como el eterno "ser"). La música renacentista fue más una realidad que un símbolo, pensada para que se la percibiera y disfrutara por sí misma, apelando directamente a los sentidos y expresiva del sentimiento humano. La belleza era una propiedad terrenal de los objetos y existía para dar placer a los sentidos. La música era valorada como un arte autónomo, independiente de la poesía y de la liturgia. La música instrumental se siguió modelando sobre la base del estilo vocal, pero empezaban a evolucionar varios géneros característicos: tema con variaciones, piezas imitativas como el *ricercare* (antecesor de la *fuga*) y piezas rápidas y rapsódicas como la *fantasía* y la *toccata*.

Los músicos renacentistas fueron tomando cada vez más conciencia de que vivirían en medio de emocionantes tiempos de innovaciones. Joannes Tinctoris, el primer gran teórico del Renacimiento, escribió a fines del siglo SV que "en esta época... las posibilidades de nuestra música han crecido tanto que parece ser un arte nuevo, si lo puede decir así..."[30] y "además, aunque parece más allá de lo creíble, no existe una sola pieza musical, no entre las compuestas en los últimos cuarenta años, que los entendidos consideren valiosa".[31]

Ya que este relato de la historia de la estética musical está por dar un gran salto, corresponden algunas reflexiones. Los pensadores medievales cuestionaron muy pocos de los valores sostenidos por los autores antiguos (si es que, de hecho, consideraron alguno); inclusive la traducción de los principios estéticos de la antigua Grecia en la cosmovisión y la teología cristianas parece haberse logrado sin distorsiones significativas. Se habían sugerido nuevas interpretaciones, se habían ubicado nuevos acentos frente al espectador y al acto de percibir, se estudiaban nuevas áreas de la creatividad artística, pero el viejo sistema de valores permanecía inalterable. Antes de que la filosofía del arte tomara una nueva dirección, el mundo debía cambiar: el mundo de la sociedad, el arte y el pensamiento medievales así como la visión del universo físico y el lugar del hombre en él. Los años del Renacimiento trajeron tal cambio, primero en el movimiento humanístico y en los productos de los artistas prácticos y luego en las ciencias naturales, con las investigaciones de Copérnico, Kepler, Galileo y Newton. Los siglos XV y XVI se caracterizaron por una actividad artística desbordante que no había tenido precedentes y la

---

[30] Dedicatoria del tratado *Proportionale musices* (ca. 1476), en Oliver Strunk, *Source Readings*, pág. 195.

[31] Dedicatoria del tratado *Liber de arte contrapuncti* (1477), en Strunk, *Source Readings*, pág. 199.

literatura estuvo dominada por hombres prácticos y no por filósofos. Los tratados de pintura, poesía y música se referían a problemas prácticos y la escuela dominante de la filosofía italiana representó un intento por construir otra síntesis más de las enseñanzas de Platón y los autores griegos posteriores.

La revisión en la estética tuvo lugar durante varios siglos, a medida que las antiguas suposiciones sobre el arte y la belleza se vieron gradualmente reemplazadas por ideas más modernas. Probablemente la característica sobresaliente de la estética "moderna" fuera la ausencia de supuestos universales. Se pueden detectar tendencias, propuestas de moda, nuevas introspecciones y nuevas preocupaciones; pero ningún axioma, ningún conjunto de proposiciones con el que casi todos estuvieran de acuerdo.

Como marco de referencia para la discusión siguiente, consideremos ciertas nuevas propuestas que contradecían a algunas de las suposiciones básicas de las teorías estéticas de la Antigüedad y el Medioevo.

1. El arte es creatividad. El artista, que trabaja a partir de su imaginación, hace algo que es nuevo. Es necesario tener talento si se ha de ser un buen artista y tener genio si se ha de ser grandioso.

2. El ser de cada obra de arte es único, individual, novedoso y crea sus propias reglas. Un artista trabaja a su manera y pugna por lograr su estilo personal.

3. El arte no es necesariamente una representación de la naturaleza. Puede mejorarla, distorsionarla o prescindir de ella por completo; puede inclusive ser abstracto.

4. El propósito primario del arte es la expresión, la comunicación de los sentimientos del artista a su auditorio por medio de su obra. Para él, el arte cumple una necesidad humana básica.

5. La verdad del arte no es la verdad de la ciencia. El arte es una actividad cuya esencia es misteriosa e irracional. La percepción de las obras de arte es una forma de conocimiento pero no es conocimiento del mundo exterior.

6. El arte es diverso y no está sujeto a cánones absolutos. La belleza es subjetiva; no es una propiedad de los objetos sino de nuestras propias reacciones ante ellos. Nuestros juicios son subjetivos y relativos.

7. El arte puede ser una especie de juego.

8. El arte existe por sí mismo y no por tener un objetivo superior.

Estas proposiciones no son interdependientes ni fueron jamás expresadas en conjunto; ciertamente, son incompletas. Pero indican algunas de las tendencias en boga en la filosofía del arte que habían de tener impacto sobre la composición musical.

Los años siguientes al 1600 fueron cruciales para la filosofía occidental: la visión del mundo de la Edad Media y el Renacimiento se estaba desmoronando lentamente y había que redefinir las posiciones relativas del hombre, la mente y la música a la luz de los modernos descubrimientos científicos. La investigación filosófica empezó a centrarse en el microcosmo; el individuo, su actividad mental y los medios por los que podía obtener el conocimiento verdadero. Los siglos XVII y XVIII son llamados, con justicia, la Edad de la Razón y la Iluminación. La forma en que los nuevos métodos y las especulaciones infundieron nuevas ideas en la filosofía de la música será el tema de las próximas páginas.

La razón, la naturaleza y el progreso fueron los tres temas principales del pensamiento del Iluminismo: el mundo (incluyendo al universo del arte) podía ser asido por la razón, se basaba en principios naturales y la historia avanzaba en un dirección favorable. Se suele sostener que el movimiento racionalista en la filosofía se originó con los escritos de René Descartes (1596-1650) y la frase "racionalismo cartesiano" deriva de su apellido; Leibnitz y Spinoza son, tal vez, sus sucesores más distinguidos. El racionalismo enseña que se puede obtener conocimiento válido del mundo a partir de dos fuentes: las ideas y los principios innatos que todos poseemos y nuestra capacidad de razonamiento. El racionalismo acentúa la importancia del a priori, los principios que se conocen como verdaderos independientemente de nuestra experiencia, como por ejemplo el principio de contradicción: no necesitamos experiencia previa para saber que un sonido no puede ser largo y corto a la vez. El racionalismo en el arte tiende a generalizar, a idealizar y a favorecer la creacion normada: como dice Samuel Johnson en *Rasselas* (1759): "El trabajo de un poeta no consiste en examinar al individuo sino a la especie; destacar las propiedades generales y las grandes apariencias: él no numera los pétalos del tulipán" (capítulo 10). Este clima de ideas resultó altamente favorable para la evolución de las teorías acerca de la música, y la teoría musical empezó lentamente su transformación de una disciplina descriptiva a una preceptiva; aunque los teóricos siguieron basando sus especulaciones en la práctica musical (en especial la interpretación adecuada del bajo continuo, como se verá más adelante), buscaron identificar cada vez más los principios organizadores de la música y su estructuración en un sistema musical ideal.

Descartes tuvo relativamente poco que decir sobre la estética aunque delineó una teoría general de la expresión en su obra *Pasiones del alma*, de 1649. También escribió un breve tratado sobre música en 1618, mientras servía en el ejército. Aunque no merece que se lo inscriba entre sus obras mayores y resulta ingenuo si se lo compara con los tratados sobre música más técnicos de la época, tiene, sin embargo, un considerable interés para los músicos. En él se encuentran las siguientes observaciones preliminares:

1) Todos los sentidos pueden experimentar placer.
2) Para este placer, debe haber presente una relación proporcional de alguna clase entre el objeto y el sentido mismo.
3) El objeto debe ser tal que no caiga sobre el sentido de una forma demasiado complicada o confusa.
4) Los sentidos perciben con mayor facilidad un objeto cuando la diferencia entre las partes es menor.
5) Podemos decir que las partes de un objeto entero son menos diferentes cuando hay mayor proporción entre ellas.

6) Esta proporción debe ser aritmética y no geométrica.
7) Entre los sentidos-objetos, el más agradable para el alma no es el que se percibe con mayor facilidad sino el que no gratifica lo bastante al deseo natural por el que los sentidos son llevados hacia los objetos pero que no es tan complicado como para cansar a los sentidos.
8) Por fin, se debe observar que la variedad es muy agradable en todo.[32]

Descartes no estaba seguro sobre la aplicabilidad de los principios racionalistas en la creación artística. A pesar del énfasis que ponía en el método intelectual de mente clara, sostenía que la experiencia estética era subjetiva y que el arte era, en esencia, irracional. En una carta a Marin Mersenne, del 18 de marzo de 1630, Descartes esbozaba sus opiniones sobre la subjetividad de la belleza y dejaba implícito que la respuesta a la belleza es una especie de reflejo condicionado.

Pero lo bello y lo placentero no significan más que la actitud de nuestro juicio hacia el objeto en cuestión. Y ya que los juicios humanos son variados, es imposible encontrar una medida definida para lo hermoso o lo bello. No puedo explicar esto mejor de lo que lo hice en mi *Musica*. Se puede decir que lo más bello es lo que complace a la mayoría, pero eso no es algo bien definido.
En segundo lugar, aquello que mueve a algunos a bailar, en otros provoca deseos de llorar. La razón de ello es que se despiertan ciertas imágenes en nuestra memoria; aquellos que una vez hallaron placer en danzar una melodía peculiar querrán volver a hacerlo cuando la escuchen otra vez. Por el contrario, si alguien sufrió mientras escuchaba una galiarda, por cierto que se sentirá triste cuando la vuelve a oír. Si alguien amenazara a un perro con golpearlo al sonido de un violín, seguramente, tras cinco o seis veces, éste gemiría y huiría no bien volviera a escuchar tal sonido.[33]

Los métodos de Descartes pueden haber sido racionalistas pero sus opiniones sobre el arte son claramente empíricas y demuestran que la aplicación de los principios racionales a la organización de la música exige una definición profesional. Tal aplicación la llevó a cabo uno de sus más distinguidos sucesores, Jean-Philippe Rameau (1683-1764). Aunque Rameau fue sin duda uno de los compositores más significativos del siglo XVIII (especializado en la ópera y la música para clavicordio), sus contribuciones a la teoría musical son aun más importantes. En una serie de tratados que comenzó con la publicación de su *Traité de l'harmonie* en 1722, Rameau desarrolló gradualmente una teoría comprensiva de la armonía que fue tanto un modelo del pensamiento musical

---

[32] René Descartes, *Compendium of Music*, traducido al inglés por Walter Robert ([Roma]: American Institute of Musicology, 1961) págs. 11-13.
[33] Tatarkiewicz, *History of Aesthetics*, 3: 373.

de su época cuanto una afirmación definitiva de que los principios armónicos gobernaron la música entre al año 1650 y el 1900.

No es exagerado decir que la historia posterior de la teoría armónica hasta el comienzo del siglo XX consistió en llenar los blancos que Rameau había dejado y en completar algunas de sus observaciones. A él le debemos el reconocimiento del principio de inversión (de acordes y de intervalos), la teoría del acorde básico, la generación de acordes en imitación a la serie de armónicos, la organización de la progresión armónica según el bajo fundamental (la línea imaginaria formada por los sucesivos acordes básicos), la cadencia V-I como modelo para la progresión armónica normativa, el acorde de tónica como centro armónico de la escala, el concepto de IV como subdominante, la relación entre claves mayores y menores, el origen de los acordes de séptima, la preparación y resolución de la disonancia armónica y muchos otros conceptos que se han convertido en hechos aceptados del sistema de armonía tonal.[34] Las ideas de Rameau estaban en un estado de evolución constante, por lo tanto es difícil determinar su posición final sobre un tema dado, pero es dudoso que existan aspectos de la práctica musical del siglo XVIII que él no haya analizado en profundidad.

¿Cómo reflejan las especulaciones armónicas de Rameau, específicamente, el movimiento racionalista en la filosofía? Primero, él sostenía que las reglas del arte se basaban con firmeza en principios de la naturaleza, hechos acústicos como la serie armónica, cuyo descubrimiento fue anunciado en 1714 por Joseph Sauveur, y las relaciones intervállicas derivadas de las sucesivas divisiones de una cuerda. Describió la normativa en la armonía musical y sostuvo que la armonía tonal se modelaba inconscientemente según ciertos conceptos innatos: la tensión de la disonancia y el reposo relativo de la consonancia, la tendencia de la disonancia a su resolución, la inestabilidad de los tonos cromáticos, la estabilidad de una tríada simple con su raíz en el bajo, la oposición psicológica básica de claves mayores y menores y los fenómenos rítmicos simples como el pulso, el acento y el metro. Dados estos "hechos", todo lo que restaba era que la mente dedujera el conjunto completo de leyes armónicas y confirmara su existencia observando la práctica musical. Desde esa época, los teóricos han disentido en la cuestión de si la música es más un producto de la naturaleza legítima o un arte caprichoso, pero inclusive el más empírico de los pensadores no puede negar la influencia de ciertos fenómenos físicos básicos en la estructura de la música tonal.

---

[34] Véase Joan Ferris, "The Evolution of Rameau's Harmonic Theories" (La evolución de las teorías armónicas de Rameau), *Journal of Music Theory* 3 (1959): 231-56, y Hermana Michaela Maria Keane, "The Theoretical Writings of Jean-Philippe Rameau" (los escritos teóricos de Jean-Philippe Rameau) (Doctora en Filosofía de la Catholic University of America, 1961); las teorías de Rameau se discuten extensamente en Matthew Shirlaw, *The Theory of Harmony* (1917; reimpresión, Nueva York: Da Capo, 1979); para una traducción inglesa de la obra maestra de Rameau, véase Jean-Philippe Rameau, *Treatise on Harmony* (tratado sobre armonía) en traducción inglesa de Philip Gossett (Nueva York: Dover, 1971).

Francis Bacon, en su *Cogitata et Visa* (1607), capturó la esencia de las posiciones racionalistas y empirista: "Los empiristas son como hormigas; almacenan y ponen en uso; pero los racionalistas, como arañas, tejen hilos a partir de sí mismos".[35] Rameau era, por cierto, una araña, pero los hilos que hilaba y tejía derivaban de instintos naturales sonoros y se adherían a un conocimiento diestro nacido de la cuidadosa observación del mundo. Claramente, otro grupo importante de filósofos se consideró a sí mismo como hormigas y prefirió no arriesgar especulaciones que la experiencia no pudiera verificar.

Según la posición empírica, el conocimiento sólo se logra a través de la experiencia y ésta, a su vez, se obtiene por la ejercitación de nuestros sentidos y por lo que se descubre por medio de ellos. John Locke (1632-1704) describió a la mente como una "pizarra en blanco" (*tabula rasa*) a la espera de las impresiones de la experiencia.[36] Es comprensible que los empiristas fueran reacios a considerar los fenómenos en términos de materia y causalidad; preferían discutir la sustancia en términos de la forma en que la mente la percibe y se sospechaba de todas las doctrinas de causa y efecto. Hallaron más seguro describir una secuencia de hechos sencillamente como "lo que viene después de..."

De modo que el método de los empiristas consistía, como sugería Bacon, en acumular evidencia, sin ideas preconcebidas, y extraer conclusiones basadas en la acumulación de evidencias. Bacon intentó reducir las posibilidades de error en su enumeración de los famosos "cuatro ídolos", debilidades mentales que se deben evitar en la búsqueda del conocimiento verdadero: "Hay cuatro clases de ídolos que acosan las mentes de los hombres. Para distinguirlos, les he asignado nombres: *ídolos de la tribu, ídolos de la caverna, ídolos del mercado e ídolos del teatro*".[37]

Por "ídolos de la tribu", Bacon se refería a las flaquezas comunes de la humanidad, tales como el temor a revelar la propia ignorancia (el síndrome del "traje nuevo del emperador") que puede llevar a una aceptación demasiado superficial de incompetencia. Sus "ídolos de la caverna" eran los puntos ciegos y las peculiaridades de cada individuo; los míos, por ejemplo, incluyen una reacción negativa instintiva al tono electrónico, lo cual ha demostrado ser un real obstáculo en mis esfuerzos por apreciar la música electrónica. Los "ídolos del mercado" son, como lo sugiere Bertrand Russell, "errores ocasionados por la tendencia de la mente a encandilarse con palabras, error especialmente difundido en la filosofía".[38] Adoramos a estos ídolos cuando la retórica de sus críticos nos persuade de que debemos rechazar la música de un

---

[35] Citado en Bernard Williams, "Rationalism" (El racionalismo), pág. 73.
[36] *An Essay Concerning Human Understanding*, pág. 121; la idea de la mente como *tabula rasa* (literalmente, una "pizarra raspada") retrocede hasta *On the Soul* (Del alma) de Aristóteles 3.4.430a y encuentra ecos en Alberto el Grande y Santo Tomás de Aquino. Lo que Locke dijo en realidad fue "papel en blanco", pero la expresión *tabula rasa* ha quedado asociada con su rama del empirismo.
[37] Francis Bacon, *Novum organum* 1.39.
[38] Bertrand Russell, *Wisdom of the West* (La sabiduría de occidente), pág. 191.

compositor, o cuando la retórica en sus notas en un programa nos persuade de que debemos aceptarla. Y los "ídolos del teatro" de Bacon son los que surgen cuando estamos influidos por movimientos, escuelas de pensamiento, sistemas, etcétera; caemos en tal error cuando nuestro juicio es matizado por los escritos de un compositor según "la moda" o que sigue una escuela particular de composición, como ser el serialismo total o el minimalismo.

Una larga lista de filósofos empíricos, en particular británicos, encaró los problemas de la experiencia sensorial y la percepción artística y, en el camino, hizo importantes contribuciones a la filosofía de la música. Entre ellos se cuentan: Thomas Hobbes (1588-1679), Locke, David Hume (1711-1776), Lord Shaftesbury (1671-1713), Joseph Addison (1672-1719), George Berkeley (1685-1753) y Edmund Burke (1729-1797). Sólo se pueden mencionar aquí algunas de sus propuestas.

Si el énfasis racionalista en los principios a priori y los conjuntos de reglas tendía a idealizar al arte (en diseño y proporción) y acentuar lo típico, lo normativo y lo general, la filosofía empírica tendía a promover el siguiente conjunto de ideas: el debilitamiento de los de la crítica tradicional y la validez de los juicios subjetivos; una actitud general de escepticismo hacia los dogmas artísticos; la importancia de lo individual, lo específico y lo inusual en el arte; la idea de genio, una gran persona que puede producir arte importante desafiando las reglas; el nuevo énfasis en el valor de la sensación en sí y el placer que trae; el contenido emocional elevado del arte y el reconocimiento del valor de la imaginación creativa. Estas ideas trajeron un torrente de nuevas especulaciones estéticas y agregaron nuevas dimensiones al concepto de belleza que había prevalecido desde los tiempos antiguos.

Hobbes y Locke destacaron el papel de la imaginación como fuente de creatividad y desarrollaron la importantísima teoría de la asociación de ideas, la tendencia de las ideas a formar racimos relacionados por semejanza, por proximidad o por algún otro principio de asociación. En el siglo XVIII se tomaba al asociacionismo como una de las explicaciones importantes de la respuesta estética; hoy, el principio de asociación parece más útil como teoría del proceso creativo.

En su ensayo de 1757, "Of the Standard of Taste" (De lo común del gusto), David Hume analizaba en detalle el concepto cambiante de la belleza y sugería la posibilidad de una norma de gusto universal. La idea de la belleza comienza a adquirir entonces nuevas connotaciones: ya no tiene status objetivo sino que reside en nuestros sentimientos, en nuestras emociones y en nuestra respuesta subjetiva a la obra de arte: "La belleza no es una cualidad de los objetos en sí: sólo existe en la mente que los contempla; y cada mente percibe una belleza distinta. Se puede inclusive percibir deformidad en donde otro percibirá belleza, y cada individuo debería conformarse con su propio sentimiento, sin pretender regular los de los demás..." Sin embargo, Hume creía que esta afirmación general merece alguna modificación por parte de nuestro sentido común:

> Pero aunque la poesía nunca puede exponer la verdad exacta, se la debe confinar mediante reglas de arte, que el autor descubre por su genio

o por observación. Si algunos escritores negligentes o irregulares han resultado agradables, esto no se ha debido a sus transgresiones a la norma o el orden, sino que ha sucedido a pesar de esas transgresiones: han poseído otras bellezas... Pero aunque todas las reglas generales del arte se fundan sólo en la experiencia y en la observación de los sentimientos comunes de la naturaleza humana, no debemos imaginar que, en todos los casos, los sentimientos de los hombres se adaptarán a estas reglas. Las emociones más finas de la mente son de una naturaleza muy tierna y delicada y exigen la concurrencia de muchas circunstancias favorables que las hagan actuar con facilidad y precisión...

De esta manera, aunque el juicio sobre la belleza es, en definitiva, subjetivo, se apoya sobre ciertos principios artísticos, y los que tienen el refinamiento y la preparación adecuados debeían concordar en la excelencia de una obra peculiar. En el texto de Hume vemos el surgimiento de una teoría de la crítica que todos los comentaristas deberían leer. Concluimos con la descripción que hace Hume del buen crítico: "Un fuerte sentido unido a un sentimiento delicado, mejorado por la práctica, perfeccionado por comparación y libre de todo prejuicio, puede sólo permitir a los críticos este valioso carácter y semejante juicio combinado es, dondequiera que se lo encuentre, el verdadero denominador del gusto y la belleza".[39]

Podemos notar que rara vez se discute la belleza en el siglo XVIII con conceptos formalistas como los de proporción, orden, unidad, variedad o cualquier otro concepto general similar que se pueda percibir de manera intelectual. En cambio, se sostiene que la belleza es la que realiza una apelación directa, inmediata y cualitativa a nuestros sentidos, afectos y pasiones. En un pasaje importante, Shaftesbury enfatiza la inmediatez de nuestra percepción de la belleza a través de una especie de "ojo interior".

¿Hay, entonces,... una belleza natural de las figuras? ¿Y no hay como natural una de acciones? No bien el ojo se abre ante las figuras (o el oído ante los sonidos) resulta lo bello y se reconocen la gracia y la armonía. No bien se ven las acciones, no bien se disciernen los efectos y pasiones humanas... un ojo interior distingue lo justo y formado, lo amable y admirable, separado de lo deforme, lo odioso, lo injusto y lo despreciable.[40]

Merecen mencionarse otros dos aportes de Shaftesbury a la teoría estética: primero, su opinión según la cual la satisfacción que proporciona el arte es desinteresada, la percepción del espectador se separa de su propio autointerés y los impulsos del ego,[41] y segundo, su mención de lo salvaje, lo temi-

---

[39] David Hume, "Of the Standard of Taste", págs. 136, 137 y 143.
[40] Anthony Ashley Cooper, conde de Shaftesbury, "The Moralists" (Los moralistas), pág. 137.
41 Shaftesbury, *Characteristics* (Características), 1:296; por una exposición de este problema de gran importancia, véase capítulo 8.

ble y los aspectos irregulares de la naturaleza como fuentes de lo sublime en el arte. La distinción entre lo sublime y lo meramente hermoso se popularizó en la estética del siglo XVIII y en *Philosophical Enquiry into the Origin of our Ideas of the Sublime and the Beautiful* (Investigación filosófica sobre el origen de nuestras ideas acerca de lo sublime y lo bello) de Burke, de 1757. Se decía que las cualidades principales de lo sublime eran el terror, la oscuridad, la dificultad, el poder, la inmensidad, la magnificencia y el infinito, en tanto que las de la belleza incluían la pequeñez, la suavidad, la variación gradual, la delicadeza, el color, la gracia y la elegancia.[42] Burke explica que lo sublime y lo bello producen los mismos efectos psicológicos que el amor y el terror; lo sublime desencadena "una tensión no natural y ciertas emociones violentas de los nervios", en tanto que lo hermoso "actúa relajando los sólidos de todo el sistema".[43] Sean cuales fueren los méritos de la discutible fisiología de Burke, estas propuestas enuncian claramente la estética del período romántico.

Hemos estado siguiendo las dos corrientes filosóficas sincrónicas, el racionalismo y el empirismo, a través de los siglos XVII y XVIII; en la música, dos estilos distintos recorrieron su camino a lo largo de estos doscientos años: el Barroco, un largo período de desarrollo musical y logros técnicos que alcanzó su cumbre con las obras de J. S. Bach, Händel, Vivaldi, Telemann, Couperin y muchos otros compositores talentosos; y el Clasicismo, un corto medio siglo de reducción y consolidación estilísticos, marcado por los logros brillantes de Haydn y Mozart. Como en el Renacimiento, los productos musicales son mejores guías de los valores y las corrientes estéticas dominantes que los escritos de los filósofos.

La mayor parte de las discusiones sobre el Barroco en el arte comienzan con un examen de las varias connotaciones de la palabra: emocionalismo, lo subjetivo, exageración, falta de equilibrio y proporción, manierismo, ilusión monumentalidad, lo sublime. Después de leer semejante lista (vulgar), uno se puede sentir algo engañado al oír las realidades de la música barroca, pero sólo porque se ha distorsionado nuestra escala de valores (quizá permanentemente) por medio de los productos musicales del Romanticismo del siglo XIX. La gama expresiva de la música barroca es amplia: desde la fría y abstracta polifonía de las sonatas a trío de Corelli hasta el intenso dramatismo de las Pasiones corales de Bach. Pero, en oposición a lo que lo precedió, el Barroco fue, sin duda, una época romántica en la música y comenzó con uno de los mayores trastornos estilísticos de la historia de la música, que no tuvo paralelo hasta comienzos del siglo XX. Una lista de las cualidades contrastantes del Renacimiento y el Barroco presenta una clave precisa de la estética barroca en la música y las artes visuales. El arte renacentista se caracteriza por la preferencia de la simplicidad, la estabilidad, la moderación y el estancamiento y se lo mide en proporciones humanas; por su parte, el Barroco acentuaba

---

[42] Nicolson, "Sublime in External Nature", págs. 333-37.
[43] Edmund Burke, *A Philosophical Enquiry* (Una investigación filosófica), págs. 134, 149-50.

la profusión, la inestabilidad, el manierismo, el movimiento dinámico y favorecía las composiciones basadas en escalas grandiosas.

Los comienzos de la música barroca (alrededor del año 1600) estuvieron marcados por un cambio importante en la organización musical; del estilo del motete lineal e imitativo del siglo XVI a una nueva orientación vertical de la textura musical, una tendencia a pensar en la música más en términos acordes que como un entretejido de líneas melódicas separadas.

La firme característica de la música barroca es el bajo continuo, una combinación de una línea instrumental baja (ejecutada por un cello, un contrabajo, un fagot u otros instrumentos graves) y un acompañamiento de acordes (en órgano, arpa o laúd). La actividad melódica se concentró en las partes superiores, solos o dúos de voces, violines, oboes u otros instrumentos melódicos.

Se desarrollaron nuevos principios formales para aprovechar las posibilidades inherentes a la nueva orientación armónica. El sistema de claves mayores y menores pronto cobró vigencia y a fines del siglo XVII sólo quedaban débiles restos de la antigua práctica modal. Las cadenas de claves mayores y menores ofrecían nuevas posibilidades para la forma musical a gran escala: desarrollando el material musical a través de secuencias de claves contrastantes o relacionadas, el compositor podía obtener nuevas dimensiones en la estructura tonal. Las composiciones musicales se hicieron más largas y los compositores se vieron obligados a desarrollar nuevos medios para mantener la unidad y la continuidad en largas duraciones, con la ayuda de la estructura de un texto; sus soluciones incluyeron la variación continua (a menudo sobre la línea de un bajo), formas rapsódicas como la *toccata,* estructuras secuenciales como la sonata y la suite de danzas, y un nuevo principio formal basado en antítesis y el conflicto entre solo y grupo: el concierto.

Tanto en sustancia cuanto en estructura, el Barroco fue un período de diversificación y diferenciación crecientes; los compositores eran muy conscientes de su idioma personal y de los estilos nacionales convencionalizados de Italia, Francia y Alemania. Se desarrollaron y diferenciaron géneros específicos: lo sagrado y lo secular, lo vocal y lo instrumental, la música de cámara y el estilo orquestal. El estilo instrumental por fin se liberó de sus anteriores modelos vocales y se comenzó a escribir música de una forma idiomática para los instrumentos para los que estaba concebida. Los estilos de violín, flauta, trompeta y teclado empezaron a sacar todo el provecho posible de los recursos de los instrumentos individuales. Se puede comenzar a ver el surgimiento de las funciones estructurales diferenciadas en el tratamiento que el compositor realizaba del material musical: introducciones, afirmaciones temáticas, continuaciones, transiciones, interludios, interrupciones, de-

---

[44] Véase George Buelow, "Rhetoric and Music" (Retórica y música), en *The New Grove's Dictionary of Music and Musicians,* editado por Stanley Sadie (Londres: Macmillan, 1980); también Hans Lenneberg, "Johann Mattheson on Affect and Retoric in Music" (Johann Mattheson sobre el afecto y la retórica en la música), *Journal of Music Theory* 2 (1958): 47-84, 193-236.

sarrollos, reexposiciones y conclusiones. La música se modelaba según figuras convencionalizadas (de lenguaje y de pensamiento) y estaba concebida como un arte retórico.

Los teóricos barrocos también desarrollaron una importante teoría del significado musical: la doctrina de los "afectos" o *Affektenlehre,* que sostenía que varias figuras musicales pueden servir (una vez aprendidas) como signos de emociones, pasiones y afectos específicos. Se consideraba a la música un lenguaje emotivo que podía comunicar significados específicos del compositor, a través del ejecutante, al oyente.[44] Pero es vital comprender el significado exacto: la música no estaba pensada para expresar ni para despertar las pasiones sino sólo para significar en un nivel más objetivo que no requería participación subjetiva del compositor, ejecutante u oyente.

En su peor forma, el *Affektenlehre* tomó la forma de una clasificación mecanicista de las pasiones, las figuras musicales que las representan y un enfoque altamente estilizado y artificial de la composición musical; un compositor incompetente o sin imaginación podría enfocar su tarea como si estuviera traduciendo con la ayuda de un diccionario. Los teóricos discutían si se deberían intentar representar las sombras cambiantes de la pasión o atrapar el tono emocional principal de un pasaje. Generalmente, se acordó que cada movimiento musical por separado debía capturar el efecto dominante a presentar, aunque se pudieran desarrollar figuras secundarias (que representaran pasiones accesorias) en el acompañamiento o en los interludios. En su mejor forma, se podía transmitir un mensaje real del compositor al oyente competente; la música podía así proporcionar una combinación de lógica musical intrínseca y significado extrínseco.

Podemos identificar brevemente unos pocos items adicionales en el sistema barroco de valores musicales; el logro de la ejecución se convirtió en un objetivo importante y se alababan mucho tres habilidades en particular. El virtuosismo técnico, la entrega emocional y la capacidad para improvisar. Se preferían los colores instrumentales heterogéneos en contraste con el gusto renacentista por los sonidos homogéneos, combinados con suavidad. Se valorizaba mucho el contraste dramático y se lo corporizaba en contextos tan diversos como la oposición entre solo y *tutti* en el concierto barroco y las escenas de multitudes turbulentas en las Pasiones de Bach. El movimiento, la continuidad y la energía implacable eran los sellos distintivos del ritmo barroco, instrumentados por una línea de bajo conductora, los ímpetus rítmicos proporcionados por las brillantes figuraciones instrumentales, las progresiones armónicas dirigidas y las fórmulas de cadencias estereotipadas que se señalaban por anticipado. Los grandes monumentos de la música barroca (los conciertos orquestales, los oratorios de Händel y las obras corales de J. S. Bach) emplearon grandes conjuntos: así, la música se convirtió en una actividad social para grandes grupos y se difundió mucho más su ejecución en las grandes salas para grandes auditorios; un medio social en el que el gusto masivo y las preferencias públicas comenzaron a tener impacto sobre todas las decisiones musicales. La ópera resultó el primer género barroco en convertise en empresa comercial, pero había signos por todas partes de que llegaba a su fin la ópera del mecenazgo. La estética de la música no podía permanecer no afectada por semejantes tendencias.

La era del barroco comenzó, como dijimos, con una explosión estilística, pero el advenimiento del período clásico pasó virtualmente inadvertido. Se pueden ver sus comienzos en una simplificación de la textura (en donde una textura de mayor acorde tomó el lugar del lujurioso contrapunto del último barroco), una iluminación del tono casi hasta la frivolidad y la trivialidad (en la fase temprana conocida como Rococó), una manera objetiva y menos emocional que reemplazó al *pathos* subjetivo del Barroco, un estilo musical universal en contraste con los muchos estilos nacionales y los manierismos individuales del Barroco y una tendencia a construir unidades rítmicas más periódicas y un flujo rítmico claramente articulado. El estilo clásico parece haber surgido de un modo espontáneo en varios países pero alcanzó su cumbre en Austria, en las manos de Haydn, Mozart, Schubert y Beethoven; Viena se convirtió rápidamente en la capital indiscutible del mundo musical europeo.

En muchos sentidos, la era del Clasicismo vienés sugiere la comparación con un período anterior en la historia de la música; la era de los grandes compositores renacentistas que actuaron alrededor del año 1550 (Palestrina, Byrd, Monte, Lassus y otros). Cada uno de estos grupos sostenía valores que contrastaban fuertemente con los del Barroco; cada generación de compositores escribía en un lenguaje común, un estilo semiuniversal que revelaba pocos manierismos nacionales o regionales; cada grupo trabajaba por la claridad de la estructura y el equilibrio y cada uno creaba inspiración nueva a partir de las sonoridades simples, triádicas; cada grupo tomó a la moderación como un valor estético importante y buscó lograr sus fines con la mayor economía de medios que le fuera posible. Representan dos cimas de estabilidad y altos logros en la historia del estilo musical.

En el medio siglo que comenzó en 1750, se desarrolló un lenguaje musical de tanta solidez que los compositores del siglo XIX hicieron pocos cambios sustantivos. Los compositores románticos, como veremos más adelante, expandieron las dimensiones dinámica y expresiva de la música e hicieron uso incrementado del potencial para el cromatismo y la ambigüedad inherentes al sistema de armonía tonal, pero la suya fue una reacción de forma y de grado más que de esencia. Esto ha llevado a muchos investigadores a afirmar que el Clasicismo y el Romanticismo son dos fases del mismo período: una fase estable y objetiva seguida por otra más dinámica y subjetiva; ritmo de estabilidad e inestabilidad que parece repetirse en el desarrollo del estilo musical europeo.[45]

Se deben mencionar otros cambios importantes aparte de las preferencias barrocas. Los compositores clásicos idearon una melodía más semejante a la canción, más simple y periódica, en contraste con las múltiples corrien-

---

[45] Curt Sachs discute esta tesis en *The Commonwealth of Art* (El mercado común del arte), argumentando que el estilo musical ha alternado entre ciclos de *"ethos"* (estático/apolíneo) y de *"pathos"* (dinámico/dionisíaco).

tes melódicas intrincadas y entrelazadas del Barroco (en especial del Barroco alemán); su línea de bajo se convirtió en algo menos activo y más en una base para los acordes sucesivos. Los compositores clásicos favorecieron los géneros de varios movimientos como la sinfonía, el concierto, la sonata y el cuarteto y la idea de una obra musical se desarrolló en un conjunto de movimientos equilibrados y complementarios; un primer movimiento poderoso e intelectual (siempre en forma sonata-allegro), un movimiento lento lírico, un tercer movimiento con forma de danza y con un final brillante. En tanto que los compositores barrocos se restringieron a un "afecto" por movimiento, los compositores clásicos vieron valor en el contraste emocional y combinaron felizmente elementos líricos y dramáticos en el mismo movimiento. La forma musical favorita del período clásico fue la sonata-allegro, un drama en miniatura de afirmación-conflicto-resolución terminado simultáneamente en dos niveles: el tonal y el temático; la música adoptó entonces uno de los modelos estructurales básicos de la literatura universal: afirmación-oposición-solución. El convencionalismo *tempo giusto* del Barroco resultó demasiado restrictivo para las nuevas tendencias melódicas y rítmicas y los compositores comenzaron a escribir en una amplia gama de ritmos musicales; la dinámica de "terraza" y los efectos de eco del Barroco fueron, de manera similar, reemplazados, por incrementos y disminuciones graduales en el volumen.

Una revisión de la filosofía europea hasta el año 1800 concluye con el movimiento conocido como idealismo alemán, representado por los escritos de Emannuel Kant, Friedrich Schiller (1759-1805) y Georg Friedrich Wilhelm Hegel (1770-1831). La filosofía idealista proporcionó el clima de ideas dentro del cual se desarrollarían los principios estéticos del Romanticismo. Se entiende mejor el término *idealismo* como una oposición a esta tríada de "ismos", naturalismo, realismo y materialismo; sus proponentes rechazaron tanto a la escuela racionalista cuanto a la empirista. La filosofía idealista afirma la existencia de una realidad espiritual última, más allá del alcance de la razón, del sentido común y de la experiencia del sentido común. Esta apelación a los valores trascendentes, expresada en algunos de los idiomas filosóficos más difíciles, marca la mayor parte de la filosofía alemana de los siglos XVIII y XIX. El resultado fue una síntesis real de la música y el pensamiento, quizá por primera vez desde la Edad Media, síntesis que investigaremos en el próximo capítulo.

7 La síntesis romántica

Hay ocasiones en la historia del arte en las que el estilo, los valores y el pensamiento están tan bien armonizados entre sí que se puede reconocer una verdadera síntesis cultural; el siglo XIX representó una síntesis semejante. Pero es más fácil sentir que describir este clima cultural, porque consiste en un complejo de ideas, actitudes e impulsos sólo parcialmente articulados. Este capítulo clasifica estas ideas, actitudes e impulsos como se reflejaron en la música, la crítica y la filosofía formal del Romanticismo.

La palabra *romántico* es engañosa. Aunque nuestra reacción inmediata es la de ligarla con la atmósfera del siglo XIX, es evidente que describe un tipo determinado de carácter, un tipo de personalidad básico y se puede identificar a esas personalidades (por ejemplo, Catulo y Benvenuto Cellini) a todo lo largo de la historia. W. T. Jones define al temperamento romántico como un conjunto de predilecciones que apuntan a lo dinámico, desordenado, continuo, difuso, íntimo y "de este mundo".[1] Y Crane Brinton ve al Romanticismo como "un rechazo del racionalismo y una exaltación de la intuición, el espíritu, la sensibilidad, la fe, lo inconmensurable, lo infinito, lo inexpresable. . . un escape de las. . . obras desagradables que la ciencia, la tecnología y la industria estaban realizando".[2] Este conjunto de actitudes es la antítesis directa del temperamento clásico racionalista. El Clasicismo es apolíneo; el Romanticismo es dionisíaco. A pesar de las abundantes reacciones del siglo XX contra el espíritu y las obras del Romanticismo, estamos rodeados por sus huellas e influencias.

Frederick Artz ha resumido los temas principales del movimiento romántico:

> El Romanticismo representó la reacción de la emoción contra la razón, de la naturaleza contra la artificialidad, de la simplicidad contra la complejidad y de la fe contra el escepticismo. . . No fue una filosofía sino una suerte de religión emocional, tan nebulosa como ardiente. Penetró sensiblemente en la psique, en los sueños y los anhelos, en el inconsciente y lo misterioso, en aquellas regiones en las que los hombres sienten

---

[1] W. T. Jones, *The Romantic Syndrome*, pág. 120.
[2] Crane Brinton, "Romanticism", pág. 209.

intuitivamente más de lo que conocen por el razonamiento. El poeta se convierte en un vidente; es más sabio de lo que sabe. Su arte es inspirado divinamente. Los artistas son una casta superior, no por su cuna sino por introspección.[3]

Mencionaré brevemente algunos de los valores importantes del Romanticismo y su impacto sobre la música y el pensamiento musical del siglo XIX: *lo desordenado*, una reacción contra la claridad formal y el racionalismo del siglo anterior. En la música, esto llevó a un "aflojamiento" general de la forma, menores posibilidades de predecir el fraseo y la cadencia, una difusión de los contornos y un "desenganche" deliberado de las varias dimensiones musicales (melodía, armonía, ritmo, métrica) con respecto al equilibrio coordinado típico del período clásico.

Lo intenso, un rechazo de la moderación y una afirmación de lo exagerado como impulso artístico de importancia. En la música, esto llevó a altos clímax, grandes ensambles y formas expansivas; pero también a la excesiva síntesis de la emoción y la sustancia musical en miniaturas como la canción de arte y la obra de carácter para piano.

Lo dinámico, una tendencia hacia el movimiento constante, una música más de devenir que de ser, que alcanzó su cúspide en el preludio de *Tristán e Isolda*, de Richard Wagner. Las variadas consecuencias musicales incluyen un énfasis incrementado en la dimensión rítmica, un elevado sentido del movimiento armónico por medio del cromatismo y la modulación y un sentimiento general de crecimiento en el desarrollo de la línea melódica, el de los temas y la expansión de la sonoridad a través de *crescendi* largos y sostenidos.

Lo íntimo, una tendencia a la introspección y la contemplación de "esencias". Esta expresión característica es quizá más evidente en algunas de las sensibles obras para piano de Robert Schumann, según Eusebius, pero también se observa en muchas obras musicales del siglo XIX en su aislamiento deliberado de momentos de intensidad poética silenciada, anticlímax que son tan tensos y poderosamente expresivos como los clímax masivos.

La emoción, que es a la vez un medio y un fin del conocimiento. La razón podría hacer la disección de las partes sin vida pero sólo la emoción podría discernir al todo vivo; la razón podría registrar las apariencias exteriores, pero sólo la emoción podría penetrar en el corazón y en el espíritu. Para comienzos del siglo XIX se estaba de acuerdo en que la música era, entre las artes, la que mejor podía expresar las profundidades de los sentimientos humanos, no en el lenguaje convencionalizado de los afectos sino en acentos más profundos aunque menos definidos. El tipo de comunicación sufrió un cambio sutil: en lugar de la presentación objetiva del símbolo de la emoción, el compositor romántico buscaba purgarse a través de la producción de su obra, una especie de catarsis.

---

[3] Frederick B. Artz, *From the Renaissance to Romanticism*, págs. 226-7.

• *Lo continuo,* y podemos agregar *lo infinito, lo irracional* y *lo trascendental,* todo antitético respecto del sistema de valores del Clasicismo. La sinfonía romántica llegó para corporizar todos estos valores a fines del siglo XIX, por ejemplo la monumental Octava Sinfonía de Gustav Mahler (la "Sinfonía de los mil") con su longitud extrema, sus grandes recursos sónicos, su intensidad sostenida, su insistente sentido del flujo dinámico y, en el último movimientos, su adecuación al significado del texto, la escena final del *Fausto* de Goethe. El tema de la "lucha" fáustica se convirtió en un símbolo del impulso musical.

• *El color* (como opuesto a la forma), con las siguientes consecuencias musicales: un énfasis en el valor sónico de la sonoridad individual, color armónico aumentado por medio del cromatismo y la yuxtaposición de claves remotas y la expansión de la orquesta en un cuerpo más grande y complejo con mayor variedad de timbres.

• *Lo exótico,* llevado a la pintura de paisajes extraños, la inclusión de elementos étnicos en la música, el empleo de ritmos de danzas nacionales y regionalismos melódicos, temas nacionalistas para los libretos de ópera, partituras para instrumentos inusuales y el empleo de textos exóticos (de las literaturas persa, hindú y china) para la música vocal. El Romanticismo descubrió, como lo señala Artz, el "noble salvaje, el griego virtuoso, la sabia china y el devoto caballero medieval".[4]

• *Lo ambiguo o ambivalente.* Los significados oscuros o dobles se valorizan en la música del siglo XIX; la enarmonía, en especial en las modulaciones, resoluciones acórdicas engañosas (en especial sobre la ambigüedad inherente al acorde de 7ª disminuida), frases y cadencias elididas, sonoridades largas sostenidas, largos pasajes de tonalidad incierta o inestable, secuencias armónicas y melodías con fondos armónicos ambiguos y ritmo irracional.

• *Lo único,* al enfatizar la obra individual más que el tipo. En la música hallamos una variedad de títulos nuevos para las composiciones, un tratamiento altamente individualista de los géneros tradicionales (sinfonía, concierto, cuarteto de cuerdas), un contenido eidético expandido por la composición simple y la búsqueda de un estilo musical personal (en contraste con el estilo más universalizado de fines del siglo XVIII).

• *Lo primitivo.* La música del siglo XIX con frecuencia evocaba el espíritu de lo primigenio, en especial del mundo del bosque y el mar. Se valorizaba a la música por su capacidad para representar lo que los alemanes llaman el *Urklang,* la voz antigua de la naturaleza, comunicada por el más simple de los medios musicales. Un tono o un acorde simples mantenidos. El ejemplo más sorprendente es el preludio orquestal de *El oro del Rin* de Richard Wagner, que pinta el nacimiento del río Rin, un mito genético puesto en música y la armonía simple mantenida durante más tiempo (136 compases) en el repertorio de la música tonal.

---

[4] *Ibídem,* pág. 226.

• *Lo orgánico,* que proporcionaba un nuevo conjunto de principios estructurales para la música, aunque nunca fueron afirmados como tales por los compositores del siglo XIX. El organicismo sostiene que las obras de arte son análogas a las cosas vivas en tanto presentan los mismos procesos naturales y se desarrollan conforme a los mismos principios naturales. Goethe identificó a semejante conjunto de *Urphänomene* en sus estudios sobre la morfología de las plantas, tomándolo luego como la base estructural para su drama *Fausto*.[5] Sus fenómenos, con los que él describió el crecimiento de lo que erróneamente pensó que era el *Urpflanz* (la planta arquetípica), eran éstos: semilla, intensificación, polaridad, metamorfosis y el momento supremo del pleno florecimiento. Los errores de su botánica no nos retardan necesariamente; lo que es significativo es que el conjunto de principios idénticos llegó a tener importancia estructural, tanto para la música cuanto para la literatura, como en la tradición germánica del *Bildungsroman* (la novela de evolución de personaje), por ejemplo, *La montaña mágica* de Thomas Mann, en las que Mann aplica estos principios de una manera consciente a la evolución del carácter de su héroe, Hans Castorp.[6]

La realidad, como la veía Goethe, era básicamente informe, la sustancia se ve siempre sometida a un proceso de formación y reformación. Se debe percibir la realidad en sus propios términos, a través de su esencia y no de su apariencia. Toda la materia se halla en continuo pasaje por una serie de metamorfosis en las que cada etapa sucesiva es a la vez un resumen de su historia y la semilla de su futuro. La intensificación (calor, energía, emoción, experiencia) proporciona el medio por el cual se insta a los impulsos latentes en la sustancia a través de sus series de metamorfosis, alternativamente atraídas y repelidas por polaridades como la luz y la oscuridad, el calor y el frío, la tensión y la distensión, la razón y la emoción.

Se puede argumentar que el principio de crecimiento orgánico es inherente a ciertas formas musicales tradicionales, en especial la fuga y la forma sonata allegro, pero está constreñido por otros impulsos formales; el equilibrio de frases y secciones, el principio de repetición, la red de relaciones tonales y otras convenciones formales del estilo musical de los siglos XVII y XVIII. Pero en la música de compositores como Franz Liszt y Richard Wagner, el nuevo principio orgánico surge como base rectora para la estructura a gran escala. Se presenta la sustancia básica de la composición con forma de motivos muy maleables que luego se amplifican e intensifican por varios medios, se rodean de nuevos contextos, se combinan con otros materiales, se los sujeta a varias transformaciones rítmicas y tonales que pasan a través de etapas alternativas de estabilidad e inestabilidad, expansión y contracción, conflicto y resolución, en su avance hacia el clímax. Es obvio que semejante

---

[5] Véase Peter Salm, *The Poem as Plant: A Biological View of Goethe's "Faust"* (Cleveland: The Press of Case Western Reserve University, 1971).

[6] Thomas Mann, "The Making of *Magic Mountain*", en *The Magic Mountain*, reimpresión (Nueva York: Random House, Vintage Books, 1969), págs. 717-27. Este estudio apareció originalmente en *Atlantic Monthly,* enero 1953.

descripción deja sin explicar muchas de las tendencias formales de varias músicas del siglo XIX, pero la noción orgánica de la estructura musical es un agregado significativo al conjunto de esquemas formales tradicionales y se encuentra en plena armonía con una de las corrientes prominentes del pensamiento romántico. Vale la pena notar, además, que los musicólogos del siglo XIX aplicaron la metáfora orgánica a la historia musical y vieron a la historia del arte como una evolución que partía de comienzos "primitivos" para llegar a su pleno florecimiento en sus propios tiempos.

Nunca antes había habido, en la historia de la música, un cambio tan masivo en los valores musicales. Mi listado tiende a sugerir que la nueva estética representa un síndrome unificado de la cultura romántica, pero es indudable que muchas tensiones quedaron sin resolver; entre los archirrománticos y los que estaban temporalmente fuera del movimiento, entre (como lo sugiere Alfred Einstein) lo teatral y lo íntimo, entre la música descriptiva y la "absoluta", y varias otras tensiones de la sociedad musical.[7]

La relación entre el artista y la sociedad cambió de un modo dramático en el siglo romántico en lo que respecta a las nuevas condiciones y las nuevas actitudes.

1. La era del mecenazgo se estaba terminando; el compositor debía, ahora, complacer a la clase media para formar una estructura comercial, pero sin comprometer sus propios valores. El surgimiento de los conciertos públicos hizo que la música ingresara en el mundo de los negocios.

2. Los roles del compositor y el ejecutante se hicieron más especializados y, en ciertos casos, se separaron por completo. Las nuevas exigencias de logros técnicos tuvieron como consecuencia la imposibilidad de que muchos compositores ejecutaran su propia música de una manera aceptable y el riguroso proceso de adquirir semejante virtuosismo técnico hizo difícil para el ejecutante mantener un compromiso absoluto con la ejecución misma.

3. Con la influencia de la literatura romántica y la insatisfacción ante la repercusión popular, muchos artistas se vieron enajenados con respecto a la sociedad, hipersensibilizados y víctimas incomprendidas del público inculto; su único refugio fue el retiro hacia la torre de marfil más cercana.

4. Se comenzó a reproducir arte no para el consumo diario sino para la ocasión especial y para la eternidad, actitud ésta que ayudó a sanar las heridas de la negligencia pública. Algunas de las consecuencias para la música incluyeron la producción de menos pero mayores obras y la muy real posibilidad de que algunas composiciones jamás se pudieran ejecutar.

5. Si se consideraba al artista como a un talento sobrenatural y una personalidad hipersensible, es obvio que también podía ser un enfermo.

---

[7] Alfred Einstein, *Music in the Romantic Era*, págs. 4-7.

Vemos en Robert Schumann un notable caso del compositor esquizofrénico; hablaba, en su música y en la crítica musical, a través de sus personalidades duales, el exuberante Florestan y el melancólico Eusebius.

6. Una imagen popular del Romanticismo temprano fue la del compositor como arpa eolia; una boca de la naturaleza, pasiva pero sensible, un instrumento solitario colgado en el bosque con sus cuerdas movidas por el viento.[8]

7. Una contraimagen describía el compositor como Prometeo: tomando por asalto a los cielos, retando a Dios y a la naturaleza, una figura trágica y condenada del desafío.

8. El advenimiento del movimiento del "arte por el arte" tuvo un fuerte impacto sobre las actitudes hacia el arte. Ya no hacía falta justificarlo sobre la base de lo que no fuera su excelencia intrínseca. Ya no necesitaba ser útil, instructivo o socialmente edificante: ¡sólo necesitaba *ser*!

9. Y la contrasugerencia (de Marx, Ruskin y Tolstoi entre otros), de que el artista tiene una responsabilidad para con la sociedad en su conjunto, que habla y a partir de un grupo de votantes con el cual está endeudado.

Los temas que hemos planteado en las páginas precedentes han tenido vastas consecuencias en la historia de la música; en primer lugar entre ellas se debe reconocer el reemplazo virtualmente completo del sistema de valores del siglo XVIII. El enfoque centrado en el papel del compositor y la autopreocupación bastante narcisista del artista romántico estimuló el interés en el proceso creativo, sin disminuir la importancia del producto terminado. La ontología y la epistemología del pensamiento musical romántico revelan algunas revisiones mayores: ontológicamente, se reemplazó la clasificación de la música en un conjunto de tipos y géneros claros por la idea de la música como un proceso unificado, amorfo y trascendental manifestado por un vasto número de obras individuales, cada una con sus propias reglas. El arte se convirtió en una suerte de sobreexistencia, una categoría superior a la realidad física y más allá del conocimiento racional. Epistemológicamente, la música sólo podía conocerse por la sensación y la intuición; el corazón se convirtió en el órgano de la percepción, ya no lo fue más la mente. La afirmación de los valores trascendentales establece la filosofía de la música, en algún sentido, fuera del alcance; es un claro preludio a la estética de la retracción. Josiah Royce sugirió al siguiente como "credo práctico del Romanticismo": "Confía en tu genio; sigue a la nobleza de tu corazón; cambia tu doctrina cuando tu corazón cambie y cambia tu corazón con frecuencia".[9]

---

[8] Véase la "Oda al viento del oeste" de Shelley, citada en el capítulo 5. Véase también Monroe C. Beardsley, *Aesthetics from Classical Greece to the Present,* pág. 262.

[9] Citado en Artz, *From the Renaissance to Romanticism,* pág. 227.

Como consecuencia de estas tendencias en el estilo musical, los valores y el pensamiento, la crítica se hizo más difícil, y también más necesaria. Toda la dinámica social del mundo se vio sometida a la revisión; el ejecutante fue cada vez más un intermediario entre el compositor y el auditorio y su papel en la transmisión del significado musical debió sufrir un cuidadoso escrutinio. Y en tanto que los productos musicales del Romanticismo obtuvieron una respuesta generalmente entusiasta de parte del nuevo auditorio de clase media, la brecha intelectual y emocional entre el compositor y su público se amplió, esperando sólo las inevitables consecuencias de la evolución acelerada del estilo musical para despertar la irritación de un auditorio masivo no habituado a semejante ritmo de cambio.

El formalismo era aún una presencia importante en el siglo XIX, aunque su influencia es más evidente en la música romántica que en su literatura: compositores como Mendelssohn, Saint-Saëns, Brahms, Franck y Dvorak preferían escribir dentro de las restricciones formales de los modelos clásicos (la forma sonata, el tema con variaciones, el rondó, el scherzo y el trío) aunque su música estuviera infundida de un color armónico incrementado y mayor variedad tonal y se encontrara establecida dentro de una escala dinámica y temporal expandida. Pero el formalismo como filosofía encontró pocos defensores (en especial el crítico Eduard Hanslick). En la antítesis tradicional entre forma y contenido, el contenido (la "idea") se vio claramente favorecido; en el conflicto entre los valores formales y los sensuales, prevalecieron los sensuales. La idea del arte como proceso dialéctico y síntesis de tensiones opuestas se popularizó con los pensadores alemanes, quizá como una resonancia persistente del antiguo concepto griego de la armonía. Schiller veía al arte como la síntesis del impulso sensual *(Stofftrieb)* y el impulso formal *(Formtrieb)*, pero sus sucesores expresaron más entusiasmo por el primero que por el segundo.[10]

La relación entre el individuo y la sociedad cobró una nueva dimensión con la proclamación de Johann Gottfried Herder de que la expresión individual de la obra del artista era la consecuencia inevitable de los impulsos colectivos y las aspiraciones de la gente: *Das Volk*.[11] El artista, como hemos visto, era considerado el vocero de toda una nación, tradición o raza; idea que proporcionó la estructura temática para *Los maestros cantores de Nüremberg* de Richard Wagner.

La estética de la música se hizo cada vez más subjetiva y abierta a amplio debate; se sembraron las semillas de la discordia que inevitablemente llevarían a una profusión de teorías estéticas en este siglo. Un tono ominoso se introdujo subrepticiamente en estas reflexiones pero no se debe inferir que estas tendencias eran en sí divisivas o destructivas en modo alguno. Tan sólo pronosticaban los debates mayores que había por delante: los trastornos

---

[10] Friedrich Schiller *(Letters) On the Aesthetic Education of Man,* traducido por Reginald Snell (New Haven: Yale University Press, 1954), págs. 65-6.
[11] R. T. Clark, *Herder's Life and Work* (Berkeley and Los Angeles: University of California Press, 1955), págs. 130-8, 249-62, 325-30.

en el estilo musical a comienzos del siglo XX fueron acompañados por una continua reafirmación de los valores musicales y las controversias en el pensamiento musical que igualaron, si no sobrepasaron, a aquellos que dieron origen al período romántico.

Los filósofos románticos

Los filósofos alemanes tenían mucho para decir acerca de la música. En esta sección final presentaré extractos de varios autores importantes que ilustrarán la progresión del temprano idealismo a la alta filosofía romántica. Kant, en su *Crítica de la razón* en 1790, escribe al influjo del *Affektenlehre* del siglo XVIII y no se lo puede considerar representativo del movimiento romántico; pero ciertas ideas del próximo pasaje sugieren temas característicos de la estética romántica: la intensidad de la música, su indeterminación y la universalidad de su comunicación por medio de la sensación. Al comparar las artes, Kant afirma primero que la poesía debe ocupar el lugar más elevado.

> Después de la poesía, *si debemos ocuparnos del encanto y el movimiento mental*, colocaría al arte que más se acerca al de la elocuencia y muy bien puede unirse a ella, es decir *el arte del tono*. Porque aunque hable por medio de las meras sensaciones sin conceptos (y no es así), como la poesía, deja para la reflexión, sin embargo mueve a la mente en una mayor variedad de formas y más intensamente, aunque sólo de una forma transitoria. Es, no obstante, más goce que cultivación (el juego de pensamiento ulterior que es excitado por su medio es meramente el efecto de, por así decirlo, una asociación mecánica) y en el juicio de la razón tiene menos valor que cualquier otra de las bellas artes. Por eso, como todo goce, desea el cambio constante y no soporta la repetición frecuente sin producir cansancio. Su encanto, que admite la comunicación universal, parece descansar sobre esto: que cada expresión de elocuencia tiene, en su contexto, un tono apropiado al sentido. Este tono indica, en mayor o menor medida, un afecto del hablante y lo produce también en el oyente, cuyo afecto estimula a su vez en el oyente la idea que se expresa en el habla por el tono en cuestión. Así como la modulación es, por así decirlo, un lenguaje universal de sensaciones inteligible para todos los hombres, el arte del tono lo emplea por sí mismo sólo en toda su fuerza, es decir, como lenguaje de los afectos, y así comunica universalmente, según las leyes de la asociación, las ideas estéticas naturalmente combinadas aquí. Pero estas ideas estéticas no son conceptos o pensamientos determinados. Por eso la forma de la composición de estas sensaciones (armonía y melodía) sólo sirve en lugar de la forma del lenguaje, por medio de su concordancia proporcionada, para expresar la idea estética de un todo conectado de una riqueza de pensamiento inexpresable que corresponde a un tema determinado que produce el efecto que domina en la pieza...[12]

[12] Emanuel Kant, *Critique of Judgement*, págs. 172-73.

Encontramos un tono más místico en los escritos de G.W.F. Hegel; el extracto siguiente pertenece a la *Filosofía del arte*, que no fue publicada hasta después de la muerte de Hegel, en 1831:

> El *segundo* arte que continúa la posterior realización del tipo romántico y forma un contraste distinto al de la pintura es el de la *música*. Su medio, aunque todavía sensual, todavía avanza hacia una subjetividad y una particularización más profundas. . . Una idealidad de tema tan incipiente, que ya no aparece más bajo la forma de espacio sino como idealidad temporal, es el sonido o tono. Tenemos aquí a lo sensual establecido como negado y su visibilidad abstracta convertida en audibilidad. En otras palabras, el sonido libera el contenido ideal de su cautiverio en la sustancia material. Esta temprana esencia inexpugnable del asunto y su impregnación con la vida del alma proporcionan el medio para la intimidad y el alma del espíritu —él mismo todavía indefinido— permitiendo, como lo hace, el eco y la reverberación del mundo emocional del hombre a través de toda su gama de sentimientos y pasiones. De este modo, la música forma el centro de las artes románticas así como la escultura representa el punto a mitad de camino entre la arquitectura y las artes de la subjetividad romántica. . . La música lleva en sí misma, como la arquitectura, y en contraste con el mundo emocional simplemente y su autorreclusión interior, una relación de cantidad conformable a los principios de la comprensión y sus formas de configuración coordinadas.[13]

El pensamiento de Hegel es tan complejo como su lenguaje; una vez expresó que su objetivo era "enseñarle a la filosofía a hablar en alemán".[14] Pero lo que parece bien claro es que la música está en primer lugar entre las artes subjetivas del Romanticismo, primariamente a causa de su capacidad única para representar al ideal en forma sensual, inmaterial y audible. Libera negando las restricciones temáticas. Y, dado que la música puede expresar la vida interior del alma, puede representar todo el universal emocional del hombre.

En *The World as Will and Idea* (1819), otro de los grandes hitos del pensamiento romántico, Arthur Schopenhauer, vio a la música como una objetivización directa de "la voluntad"; el impulso irracional e ilimitado que mueve al universo. Más que cualquier otro autor, Schopenhauer articuló los temas principales y fijó el tono para la filosofía romántica alemana, escribiendo con intensidad y claridad excepcionales:

> (la música) se encuentra sola, bien aislada de todas las demás artes. En ella no reconocemos la copia o repetición de ninguna idea de la existen-

---

[13] G. W. F. Hegel, *The Philosophy of Fine Art*, 1: 118-19.
[14] En una carta a J. H. Voss de 1805, en Georg Wilhelm Friedrich Hegel, *Sämtliche Werke* 27: *Briefe von und an Hegel*, editado por Johannes Hoffmeister (Hamburgo: Félix Meiner, 1952), 1:100.

125

cia en el mundo. Sin embargo, es un arte tan grande y noble, su efecto sobre la naturaleza profunda del hombre es tan poderoso y es tan entera y profundamente comprendido por él en su conciencia como un lenguaje perfectamente universal, cuya distinción sobrepasa hasta la del mundo perceptible en sí, que... debemos atribuirle a la música una significación mucho más seria y profunda, asociada a la naturaleza íntima del mundo y a nuestro propio yo... Pero jamás se debe olvidar... que la música no tiene una relación directa sino sólo indirecta (con estas analogías), ya que nunca expresa al fenómeno sino sólo a la naturaleza interior, al "en sí mismo" de todos los fenómenos, la voluntad misma. En consecuencia, no expresa a una alegría particular o definida, a una u otra pena, dolor, horror, goce o paz mental sino que la alegría, la pena, el dolor, el horror, el goce o la paz mental *en sí mismas,* hasta cierto punto en lo abstracto, su naturaleza quintaesencial, sin accesorios y en consecuencia sin sus motivos. Sin embargo, los entendemos completamente en esta quintaesencia extractada. De aquí se desprende que nuestra imaginación se estimule con tanta facilidad ante la música y busque darle forma a ese mundo espiritual invisible aunque activo que nos habla directamente...[15]

Los auditorios de habla inglesa son más conscientes de la música de Richard Wagner que de sus obras literarias, pero se lo debe considerar uno de los filósofos más importantes del movimiento romántico. Fue, además, uno de los pocos filósofos de la historia que no sólo tuvo una mente capaz y habilidad literaria, sino también la determinación y el talento musical que le permitieron demostrar su filosofía en la práctica musical. Presentamos un breve extracto de *La obra de arte del futuro* (1850), que es característica de su pensamiento:

> Hay un hombre *externo* y uno *interno*. Los sentidos a los que el hombre se entrega como sujeto artístico son la vista y el oído; al ojo se presenta el hombre externo; al oído, el interno... El hombre interno se presenta de manera directa al oído por el *tono de su voz*. El *tono* es la expresión directa del sentimiento, ya que tiene su asiento físico en el corazón, punto de partida y retorno para la circulación de la sangre. A través del sentido del oído, el tono penetra de corazón a corazón, de sentimiento a sentimiento;... el arte del tono divide y conecta las dos antítesis extremas del arte humano, las artes de la danza y la poesía... si la danza le proporciona a la música su ley de movimiento, la música la devuelve en forma de ritmo, corporizado en lo espiritual y lo sensual como una medida para el movimiento ennoblecido e inteligible; si la poesía le proporciona a la música su serie significativa de palabras inequívocas..., la música devuelve esta serie ordenada de sonidos de lengua cuasi-intelectuales, incompletos (indirectamente representativos,

---

[15] Arthur Schopenhauer, *The World as Will and Idea,* 1:330-38.

concentrados como imagen pero no todavía como expresión inmediata e inevitablemente verdadera) en forma de melodía, dirigida directamente al sentimiento, certeramente justificado y completo.[16]

Es hora de presentar una posición disidente. Eduard Hanslick (1825-1904), crítico musical vienés prominente y enemigo de Wagner, rechazaba todo el complejo de principios estéticos presentados por Hegel, Schopenhauer y Wagner, y proponía en cambio una estética del formalismo que ha sido mucho mejor acogida en este siglo que durante su vida. Azuzado por los punzantes ataques de Hanslick, Wagner llegó a incluirlo en el reparto de personajes de *Los maestros cantores de Nüremberg*, en la desagradable persona del pedante alcalde de la ciudad, Sixtus Beckmesser. Hanslick respondió al describir a la estética de Wagner como "lo informe exaltado en un principio; el efecto intoxicante del opio manifestado tanto en la música vocal cuanto en la instrumental, para cuya adoración se ha erigido un templo especial en Beirut".[17]

Estas insinuaciones de controversia han ensombrecido el valor de la posición de Hanslick, que presentamos en el siguiente extracto de *The Beautiful in Music* (1854):

> Los sentimientos y las emociones definidos no son susceptibles de corporización en música.
>
> Nuestras emociones no tienen existencia propia en la mente y, por lo tanto, no se las puede evocar mediante un arte incapaz de representar las series remanentes de estados mentales. Son, por el contrario, dependientes de condiciones fisiológicas y patológicas, de nociones y juicios; de hecho, de todos los procesos del razonamiento humano que tantos conciben como antitéticos de las emociones...
>
> Sin embargo, cierta clase de ideas es bastante susceptible de expresión por medios que indiscutiblemente pertenecen a la esfera de la propia música. Esta clase comprende todas las ideas que, junto con el órgano al que apelan, se asocian con cambios audibles de fuerza, movimiento y proporción; las ideas de intensidad encerrada y en disminución; de movimiento acelerado y persistente; de progresión ingeniosamente compleja y simple; etcétera. Se puede describir a la expresión estética de la música con términos como gracioso, gentil, violento, vigoroso, elegante, fresco; todas estas ideas son expresables por las correspondientes modificaciones del sonido...
>
> ¿A qué parte de los sentimientos puede representar la música, entonces, si no al sujeto incluido en ellos? Sólo a sus propiedades dinámicas...(el elemento de movimiento) es el elemento que la música tiene en común con nuestras emociones y que, con el poder creativo, procura exhibir

---

[16] Richard Wagner, *Das Kunstwerk der Zukunft*, en Oliver Strunk, *Source Readings*. págs. 880-84.

[17] Eduard Hanslick, prefacio a la séptima edición (1885) de *The beautiful in Music*, traducido por Gustav Cohen (Nueva York: Liberal Arts Press, 1957), pág. 6.

en una infinita variedad de formas y contrastes... Todo lo demás que hay en la música, que en lo aparente pinta estados de sentimiento, es simbólico.[18]

Volvamos a la corriente principal del pensamiento musical del siglo XIX para hacer unas pocas reflexiones finales: la mayor parte de las filosofías románticas de la música habla con una retórica elevada, como para compensar la dudosa fisiología y la borrosa lógica que se pueden detectar a cada paso. La música ha avanzado claramente hacia una posición central entre todas las artes, quizá por primera vez en la historia; se la describe como un lenguaje universal que se comunica de manera inmediata e íntima con el corazón de cada persona. Las nociones de "distancia estética" han desaparecido casi de la literatura; el tono musical es el lenguaje directo del sentimiento humano. Y, de modo paradójico, la música se ha convertido, por su indefinición y su incapacidad para expresar lo específico, en *la más* definida de todas las artes, la que es capaz de expresar lo esencial, lo general y lo universal. Para terminar otro pasaje de Schopenhauer:

> La música... da el núcleo más central que precede a todas las formas o al corazón de las cosas... La inexpresable profundidad de la música, en virtud de la cual flota a través de nuestra conciencia como la visión de un paraíso firmemente creído aunque siempre tan lejano a nosotros, y por el cual también es tan comprensible y a la vez tan inexplicable, descansa en el hecho de que nos devuelve todas las emociones de nuestra naturaleza interior, pero enteramente sin realidad y muy lejos de su dolor.[19]

---

[18] Hanslick, *The Beautiful in Music*, págs. 21-25.
[19] Schopenhauer, *The World as Will and Idea*, págs. 340-1.

8 Percepción

> La música no se dirige a los sentidos sino *a través de* los sentidos *a la mente* (Leonard B. Meyer)[1]

En este capítulo presentamos cuatro de los "problemas" tradicionales de la estética desde el punto de vista del oyente. Nuestro objetivo no consiste en sugerir cómo se debe escuchar música: el estudiante informal de música tiene fácil acceso a muchos libros que lo ayudan a saber cómo, escritos por figuras eminentes como Leonard Bernstein y Aaron Copland. Inclusive los músicos experimentados pueden encontrar con frecuencia algo de valor para ellos mismos en estas prescripciones para una audición efectiva; pero nuestro propósito es el de explorar problemas más amplios que conciernen a las actitudes del oyente, la interpretación, la naturaleza de la actividad mental que acompaña al acto de escuchar y la forma en que se evalúa la experiencia.

Es obvio que existen muchas clases de oyentes y es más evidente todavía que los hábitos y las experiencias auditivas de cualquiera están sujetas a variaciones considerables. La experiencia auditiva es especialmente difícil de describir; no sólo porque cambia en respuesta a diferentes estímulos y condiciones externas, sino porque es una síntesis tan peculiar y personal de nuestros recuerdos musicales tempranos, las huellas dejadas por los instrumentos que podemos haber estudiado (el "sentimiento" del teclado del piano bajo nuestros dedos), las formas en que se nos enseñó a escuchar, las preferencias y rechazos conscientes, las tensiones físicas y otras respuestas, las asociaciones inconscientes y cualquier cantidad de singularidades individuales; colores, sabores, sensaciones táctiles y cosas semejantes. Es inclusive más difícil compartir la experiencia auditiva de otro de modo que no resulte muy general. Aunque la generalidad de los autores han sostenido que en una situación ideal para la audición debería haber una correspondencia tan estrecha como fuera posible entre los hechos del lenguaje musical (*si* se los puede llamar hechos) y la aprensión del oyente, para muchos la música se convierte en una especie de telón de fondo afectivo sobre el que proyectan una cadena de imágenes personales muy subjetivas. La audición puede ser desde una pasividad absoluta hasta un proceso de intensa actividad; éste es claramente un asunto en el que se debe tener libertad para elegir, pero vale la pena ser consciente de todas las posibilidades.

---

[1] Leonard B. Meyer, *Music, the Arts, and Ideas*, pág. 271.

¿Cómo se puede ocupar mejor la filosofía de la música de la experiencia auditiva? Como de costumbre, puede convenir tratar de separar los hilos entretejidos de nuestro problema. Estos hilos pueden incluir (aunque no se limitan a ellos): 1) los hechos de la música ejecutada: tonos, ritmos, timbres, esquemas, timbres y sus relaciones; 2) los hechos de la capacidad del oyente, para oír estas frecuencias, duraciones e intensidades; sus principios de discriminación, su distancia de la fuente sonora, y condiciones limitantes similares; 3) las formas de la audición musical: pasiva, sensual (una respuesta inmediata a la naturaleza de la superficie musical presentada), la formación de imaginería, estructuras, técnica; 4) las actividades incluidas en la audición: atención, oposición, apreciación, "conmoción", recuerdo, predicción, retrotracción (reinterpretación de la música que se acaba de oír), sorpresa, respuesta física (con la respiración, golpeando con los dedos), tensión, relajamiento, fusión, fluir de la atención; 5) los valores que se les adjudican a determinadas propiedades o cualidades percibidas en la música: clímax, simplicidad, lirismo, color, crecimiento, aceleración, densidad, decoración, saturación; 6) los juicios que hacemos (consciente o inconscientemente), basados en la forma en que una pieza se equipara con criterios personales o comunes de excelencia... y los tipos de afirmaciones que realizamos para apoyar estos juicios; 7) el contexto de la música: hechos históricos, el estilo en que escribe un compositor, la práctica de la ejecución, la intención del compositor, las notas de programas, los comentarios críticos, la sala de conciertos, los demás oyentes; 8) los obstáculos del oyente: prejuicios, experiencias previas desafortunadas (como con la primera profesora de piano), incapacidad para concentrarse, facilidad para distraerse, fatiga, indigestión, y cosas por el estilo, así como una lista semejante de condiciones que lo predisponen para una respuesta favorable o una experiencia placentera; 9) la forma en que la audición de música afecta la conducta del oyente; la expresión facial, el gesto, la transpiración, la respiración, la excitación sexual, el aplauso, la asistencia a futuros conciertos, la práctica más esforzada, la elección de una profesión.

Todos estos hilos contienen preguntas y problemas interesantes, algunos de los cuales corresponden al campo de la piscología más que al de la filosofía. En general, este capítulo se centra en los ítems 3, 4, 7 y 8; el capítulo siguiente considerará los ítems 5 y 6.

/

Formas de percepción

Cualquier exploración de la experiencia auditiva debe comenzar por la pregunta: "¿Qué estoy haciendo?" ¿Qué estoy sintiendo y pensando en respuesta a los sonidos que oigo? Y esta pregunta general incluye varios interrogantes importantes:

1. ¿Hasta qué punto mi audición incluye *hechos* o *cosas aprendidas* como el timbre del clarinete, un acorde perfecto mayor, una repetición,

la forma sonata, la clave de Mi mayor, el estilo barroco, el recitativo, una cadencia, etcétera? ¿Los nombro conscientemente? ¿Hay hechos musicales específicos que sean bien familiares pero a los cuales no se les pueda adjudicar un nombre?

2. ¿Hasta qué punto percibo hechos separados y en qué condiciones se funden ellos en complejos mayores? La fusión es sin duda uno de los aspectos más vitales de la percepción en todas las artes y en especial en la música.

3. ¿Dirijo mi actividad auditiva hacia una de las dimensiones musicales (siguiendo una melodía, respondiendo a un esquema rítmico, disfrutando de los colores tonales) o registro una impresión más general (del entrejido de líneas, la masa sensual de sonidos, el juego de colores y acentos tonales)?

4. Una pregunta más relevante para aquellos cuya actividad musical incluye la ejecución y la audición es: ¿surge el mismo tipo de imaginería o actividad al recordar una pieza o leer una partitura musical? ¿Cuáles son las diferencias?

5. ¿Cómo influye el acto de *mirar* (a un ejecutante, una partitura) sobre mis hábitos auditivos?

Edward T. Cone, en su excelente obra *Musical Forma and Musical Performance*, contrasta dos formas básicas de percepción: la sinóptica y la de aprehensión inmediata. *Sinóptica* significa literalmente "vista lado a lado" y de ningún modo significa logro en un arte temporal tan complejo como la música. La audición sinóptica es, simplemente, audición estructural; se ocupa de la unidad de toda la composición, su diseño, la forma en que los detalles encajan en el todo, las relaciones entre hechos separados en el tiempo, y depende de la memoria y la expectativa. Para seguir con las palabras de Cone:

> El modo por el que percibimos directamente el medio sensual, su elemento primitivo y sus interrelaciones más estrechas es el que pretendo hacer contrastar con el de la comprensión sinóptica. Lo llamaré forma de *aprehensión inmediata*. Es, según creo, lo que Whitehead tenía en mente cuando escribió: "El hábito del arte es el hábito de disfrutar de los valores vividos"... En parte, el contraste entre ambos es el mismo que entre la experiencia, y la contemplación. La aprehensión inmediata es nuestra respuesta a un contacto directo, nuestro reconocimiento de los "valores vividos" de Whitehead. La comprensión sinóptica es, en alguna medida, conceptual: es nuestra comprensión de la forma de lo que hemos percibido... Lo que la mente común experimenta nunca es el continuo (espacio-tiempo) como totalidad sino lo que se podría llamar una sección del espacio-tiempo, unida por relaciones de punto a punto, de momento a momento y de área a área. No hay garantía de que estas relaciones vayan a producir una unidad perceptible; es posible que no. Por eso no podemos estar seguros de que nuestra sección del espacio-tiempo se pueda comprender como un objeto estético pero, sin

embargo, podemos disfrutar de su inmediatez. Llamamos *superficie estética* a esa sección...

Las composiciones más satisfactorias (las únicas que, en mi opinión, merecen llamarse composiciones) son las que invitan y retribuyen ambas formas de la percepción... La audición ideal de una composición es la que goza de ambas formas simultáneamente, la que saborea más cada detalle por comprender su papel en la forma del todo.[2]

Este es un fragmento muy valioso. Todos los que encuentran placer en la música conocen esos momentos de placer sensual cabal en los que uno responde de inmediato a la "superficie" musical sin pensar en su papel en la estructura general: puede ser un detalle simple o una duración mayor, un acorde brillante de los metales, una línea de cuerdas sedosa, acentos firmes de la percusión, un tormentoso pasaje para órgano. La percepción sinóptica toma a a la obra musical como objeto pero la forma de aprehensión inmediata responde a la música como *proceso*. Es aquí donde comienza la mayor parte de las audiciones y mucha gente no supera esta etapa. No hay sugerencias en esta discusión de que la visión de una *gestalt* necesariamente intensifique el goce de un detalle o una superficie musical; por el contrario, puede ser una distracción. Si uno busca respuesta inmediata, es obvio que se debe concentrar en la superficie estética. Pero la percepción de una obra musical *como tal* es otra cosa e incluye respuestas directas y demoradas; y Cone tiene razón al decir que ambas son vitales en la correlación continua de la experiencia inmediata con el sentido expuesto de la estructura total. Pocos de nosotros podemos lograr semejante experiencia de audición ideal consistente: pero vale la pena practicarla.

Otra forma muy popular de percepción es la que describió Leonard B. Meyer:

A menudo la música despierta afecto a través de la mediación de la connotación consciente o de procesos de imágenes inconscientes. Una vista, un sonido o una fragancia evocan pensamientos semiolvidados de personas, lugares y experiencias; fomentan sueños "mezclando el recuerdo con el deseo" o despiertan connotaciones conscientes de objetos referenciales. Estas imaginaciones, conscientes o inconscientes, son los estímulos a partir de los cuales se elabora la respuesta efectiva. En breve, la música puede dar origen a imágenes y cadenas de pensamiento que, por su relación con la vida interior del individuo particular, pueden dar como resultado final el afecto.[3]

Muy poco sabemos sobre la forma en que adquiere semejantes hábitos auditivos. A la gente que practica la forma "asociativa" de audición le resulta

---

[2] Edward T. Cone, *Musical Form and Musical Performance,* págs. 88-97.
[3] Leonard B. Meyer, *Emotion and Meaning in Music,* pág. 256.

difícil retener su centro auditivo en las características estructurales de la música que oye así como aquellos que practican una percepción más sinóptica encuentran las mismas dificultades para liberar su cadena de asociaciones. Es evidente que no hay manera de comparar los niveles de goce, excepto a través del testimonio, método notoriamente desconfiable en asuntos tan subjetivos. Si aceptamos como verdaderas a estas descripciones (o a otras), tendrán consecuencias importantes para la estética musical. Un crítico debe darse cuenta si está respondiendo a una superficie estética atractiva, una forma diestramente forjada, una evocación vívida de un humor o un artística combinación de los tres, antes de sentarse frente a una máquina de escribir. Más importante aun: una composición que enfatice demasiado cualquiera de estas propiedades corre el riesgo de no desarrollar bien las otras. Y, por todos los atractivos informados, la forma asociativa de percepción corre un gran peligro, o quizá varios; el de permitir que la experiencia personal con la música degenere en narcisismo, al usar la música como un mero estímulo para los propios pensamientos o humores, una especie de masturbación mental. El riesgo más generalizado se funda en la separación de la percepción propia con respecto a su objeto adecuado, asunto al que regresamos en la próxima sección.

Tanto Roger Sessions como Paul Hindemith han destacado la participación activa del oyente en la experiencia musical. Sessions introduce el problema en términos generales.

> Por "oyente" no me refiero a la persona que simplemente oye música, que está presente cuando se la ejecuta y que, de manera general, puede disfrutarla o no, pero que no es en ningún sentido un participante real en ella. Escuchar implica, más bien, una participación real, una respuesta, un compartir en verdad la labor del compositor y la del ejecutante y un mayor o menor grado de conciencia del sentido individual y específico de la música ejecutada... Su objetivo ideal es aprender, hasta donde le sea posible, la expresión musical del compositor como se la presenta al ejecutante.[4]

Hindemith, por su parte, proporciona una descripción específica de lo que denomina proceso de "coconstrucción" del oyente.

> Se puede describir de la siguiente manera a la actividad (del oyente). Mientras escucha la estructura musical, a medida que ésta se va desarrollando ante sus oídos, mentalmente construye una imagen espejada paralela y simultánea. Registrando los componentes de la composición como le llegan, trata de hacerlos combinar con las partes correspondientes de su construcción mental. O tan sólo supone el curso presumible de la composición y lo compara con la imagen de una estructura musical que después de una experiencia previa él había almacenado en su me-

---

[4] Roger Sessions, "The Musical Impulse", en Elliott Schwartz y Barney Childs (editores), *Contemporary Composers on Contemporary Music*, págs. 185-6.

moria. En ambos casos, cuanto más se acerque la impresión musical externa a una coincidencia perfecta con su expectativa mental de la composición, mayor será su satisfacción estética.[5]

No es éste el lugar adecuado para examinar la suposición de Hindemith de que cuanto mayor sea la adecuación entre hecho y expectativa mayor será la satisfacción del oyente. Las piezas musicales más predecibles no suelen estar reconocidas entre las mayores obras de arte del mundo. El punto crucial para nuestra discusión es la visión de Hindemith de la música mental interna que se desarrolla en un curso paralelo a los datos sensibles de la música física externa. Nunca podrán dos oyentes coconstruir con el mismo grado de habilidad, pero cada oyente (si dirige su atención consciente a la música) compartirá en esta experiencia mental su propio nivel de logro musical.

Hemos señalado ciertas clases de actividades auditivas que tienen lugar en la mente: adaptación, fusión, predicción, recuerdo, registro de sorpresa y otras. Otra experiencia común tiene lugar cuando nuestros circuitos auditivos están sobrecargados con una excesiva profusión de datos sensibles que se perciben de manera separada y/o coherente; el flujo de sensación desbordante es sentido como una especie de atropello, un pozo de sensaciones irracionales al cual la percepción sólo puede responder con la fusión; interpretando los datos como una masa de sonidos más unificada, el *alogon* (lo irracional). Recurrimos a semejante modo de percepción en varias condiciones: una profusión de datos sensibles, fatiga, distracción o simplemente por un acto mental consciente; y se puede interpretar a la experiencia como placentera o desagradable.

La percepción cobra una nueva dimensión cuando confronta la ejecución de un artista de concierto con una imagen interna de la composición, atendiendo a cosas tales como la calidad del sonido, el *tempo*, la entonación correcta, la ejecución de las notas correctas y otros aspectos menos tangibles de la "interpretación". La audición técnica es una experiencia común para los estudiantes de música y para otras personas cuyo interés se fundamenta en el aspecto más técnico de la música, pero también es una actividad frecuente de los auditorios de conciertos que pueden tener ocasión de oír veinte versiones distintas del Concierto para violín de Tchaicovsky en muchos años. Aquí tenemos tres imágenes mentales que se desarrollan a la vez: los hechos de la ejecución, la música interior y el recuerdo de la obra misma, una superposición de imaginería demasiado compleja. Una vez más, nuestro interés no se basa en los valores implicados, sino más bien en la naturaleza de la experiencia y la adecuación virtualmente automática de múltiples imágenes musicales en el más extraordinario de todos los instrumentos: la mente humana.

---

[5] Paul Hindemith, *A Composer's World*, pág. 16.

Separación

Distancia, desinterés y separación son palabras provocativas que aparecen con frecuencia en la literatura de la estética. Las tres tienen algo en común: todas indican alguna clase de separación (entre el objeto de arte y el espectador, entre el objeto de arte y el mundo cotidiano, o alguna combinación de los tres). Una de las primeras propuestas de esa clase fue la famosa definición de Kant sobre el gusto como "la facultad de juicio de un objeto o un método para representarlo por una satisfacción o insatisfacción *por entero desinteresadas*".[6]

Kant quería decir que el juicio estético no se debe basar en caprichos, prejuicios y autoafecto del observador individual sino en cánones de juicio válidos para todos los observadores. "Agradable" es un juicio que cada uno debe hacer para sí mismo; "bello" exige lo que Kant sentía que era un nivel universal del gusto. La belleza no radica, en su opinión, "en el ojo del contemplador", sino que requiere una evaluación más objetiva. No nos preocupa aquí sin Kant tenía o no razón sino sólo el empleo que hizo de la palabra *desinteresado*. No significa una falta de interés o una actitud informal hacia el arte; más bien, significa un deseo de ubicarse un poco más lejos del objeto artístico para poder tener una visión más objetiva, poner distancia emocional entre uno mismo y los objetos de la percepción y mirar más allá de nuestras preocupaciones inmediatas y personales.

El filósofo e historiador español del arte Ortega y Gasset, en *La deshumanización del arte*, proporciona un ejemplo:

> Del mismo modo, quien en la obra de arte busca el conmoverse con los destinos de Juan y María o de Tristán e Iseo y a ellos acomoda su percepción espiritual, no verá la obra de arte. La desgracia de Tristán sólo es tal desgracia, y, consecuentemente, sólo podrá conmover en la medida en que se la tome como realidad. Pero es el caso que el objeto artístico sólo es artístico en la medida en que no es real. Para poder gozar del retrato ecuestre de Carlos V, por Tiziano, es condición ineludible que no veamos allí a Carlos V en persona, auténtico y viviente, sino que, en su lugar, hemos de ver sólo un retrato, una imagen irreal, una ficción. El retratado y su retrato son dos objetos completamente distintos: o nos interesamos por el uno o por el otro. En el primer caso "convivimos" con Carlos V; en el segundo "contemplamos" un objeto artístico como tal.[7]

Debemos comprender que se puede interpretar de varios modos este ambiguo "factor distancia": como distancia literal en el espacio, como cuan-

---

[6] Emanuel Kant, *Critique of Judgement*, pág. 45.
[7] José Ortega y Gasset, *La deshumanización del arte,* Revista de Occidente, Madrid, 1925, págs. 19 y 20.

do nos alejamos de una pintura para que las pinceladas individuales se pierdan en la ilusión que el artista buscó transmitir; como distancia en el tiempo, por ejemplo, cuando se ubica una obra teatral en una época pasada (Orson Wells violó deliberadamente esta convención cuando presentó *Julio César* de Shakespeare con vestuario moderno y en la Italia fascista de fines de la década de 1930). Pero la más importante de estas interpretaciones es el concepto de "distancia psíquica", una separación emocional de la obra de arte presentada. En muchos de los puntos siguientes se cita el famoso estudio de Edward Bullough sobre "la distancia psíquica como factor en el arte y como principio estético. Regresaremos a lo que Bullough tiene para decir sobre la música, pero vale la pena mencionar aquí su ejemplo de un hombre que asiste a una representación de *Otelo:* si un hombre celoso de su esposa pasa su tiempo durante la obra cavilando sobre las semejanzas entre Otelo y él mismo, no está respondiendo al drama en un sentido estético adecuado; su "falta de distancia" es un obstáculo. Como señala Bullough, si nuestro espectador pudiera conservar alguna distancia emocional, podría gozar de una satisfacción estética superior a la de alguien que jamás se hubiera sentido afectada por los celos. Por eso Bullough opina que la distancia debe ser mínima pero no debe desaparecer.[8]

La mayor parte de los que han contribuido a esta discusión estética ven a la distancia como medida en una escala de avances suaves: no "lejos" y "cerca" sino "más" o "menos" distante. No hay línea divisoria precisa para cruzar, sólo la conciencia relativa del espectador individual. Y probablemente sea exagerado esperar que un espectador mantenga la misma distancia a todo lo largo de su experiencia con una obra de arte; en realidad la distancia tiende a fluctuar, para todos nosotros, mientras vemos a una amiga en escena y pensamos alternativamente en ella como Mary y como Lady Macbeth, mientras oímos a Isaac Stern ejecutando un concierto y pensamos alternativamente en él como virtuoso y como fuente de la expresión musical de Beethoven.

La música, como todas las demás artes, exige su propia interpretación del concepto de distancia. La distancia espacial literal es un tema de discusión válido en el caso de la música, ya que todo ensamble musical pretende ser oído con un cierto equilibrio, previsto por el compositor. Mi propia experiencia temprana ejecutando el trombón y sentado en la última fila de la orquesta justo atrás de los cornos franceses me daba un concepto por entero distorsionado del sonido orquestal. Las posibilidades proyectivas relativas de los distintos instrumentos le dan a la música una fuerza mucho más direccional de lo que se suele suponer, y se acordará con presteza que hace falta una cierta distancia física para obtener una *gestalt* del ensamble sonoro. Pero ésta es una cuestión más práctica que estética.

Sobre la distancia y la música, Bullough dice:

---

[8] Edward Bullough, "Psychical Distance as a Factor in Art and an Aesthetic Principle", pág. 401.

Ciertas clases de música, en especial la "pura", "clásica" o "pesada", parecen muy alejadas para mucha gente; las melodías livianas, "pegadizas", por el contrario, alcanzan con facilidad el grado de distancia en disminución por debajo del cual dejan de ser arte y se convierten en puro entretenimiento. A pesar de su extraña abstracción, que para muchos filósofos la ha hecho comparable a la arquitectura y las matemáticas, la música posee un carácter placentero y, a menudo, sensual; el estímulo fisiológico y muscular de sus melodías y armonías, no menos que sus aspectos rítmicos, parecería explicar la desaparición ocasional de la distancia. A esto se puede agregar su fuerte tendencia, en especial en la gente no musical, a estimular cadenas de pensamiento muy desconectadas de ella misma, siguiendo canales de inclinación subjetivas, sueños diurnos de un carácter más o menos directamente personal.[9]

No se gana mucho argumentando los méritos relativos de distancia mayores y menores; es probable que resulte vital algo de distancia para la experiencia estética, ni demasiada ni muy poca. Un idioma poco familiar de una nueva composición del siglo XX puede poner tanta distancia entre ésta y nosotros que la experiencia estética se torna virtualmente imposible; el oyente que responde al ritmo insistente del *Bolero* de Ravel cayendo en un trance cuasi-hipnótico reduce la distancia al punto de desvanecerla.[10] El compositor que oye cómo se desvirtúa su obra en una mala ejecución, la madre orgullosa ante el recital de piano de su hijo, el irlandés cuya nostalgia por la vieja tierra se desencadena por una interpretación de "Danny Boy"; todos ellos tienen preocupaciones musicales legítimas, aunque su experiencia musical padece el problema de una distancia demasiado reducida. Y, de manera similar, el oyente cuya experiencia de conciertos se ve tamizada por una serie de factores de distracción (conversación en la sala, incomodidad, el precio de las entradas; las notas de programa demasiado técnicas y la aparente insistencia del director en evitar interpretar sus obras favoritas) acerca la experiencia musical a través de una extensión formidable de distancia.

Veamos el problema más general de la *separación*. En *A Humanistic Philosophy of Music,* Edward A. Lippman escribe:

> En realidad, se puede tomar con justicia la noción de separación como la caracterización central de la estética tradicional. La obra de arte y la experiencia estética son desinteresadas, sin propósito, inclusive aisladas y, por lo tanto, de naturaleza bien distinta a la de la experiencia y los objetos en general. Sin duda, se ha exagerado el contraste. Ciertamente, son distantes, en principio, del propósito práctico del que percibe; la voluntad, el deseo y la ventaja práctica son irrelevantes en lo ideal aun-

---

[9] *Ibídem*, pág. 405.
[10] El empleo de esta pieza en el filme *Ten* de Blake Edwards ha sido citado antes, en el capítulo 2, Nº 6; se invita al lector que tenga acceso a esta película a que considere sus implicancias para el concepto de "distancia" estética.

que no puede haber dudas de que en realidad suelen hacer impacto en el reino estético y colorean la experiencia artística, en especial en el caso de la ejecución y la composición.[11]

No es éste el lugar para discutir si el arte (la música) se crea y practica con un propósito: entrenamiento moral, ceremonia, entretenimiento, catarsis, propaganda, narcosis, seducción, educación, salvación o los muchos otros fines que en distintas épocas se sugirieron. Pero cuanto más se centra nuestra atención en el propósito del arte, menores son nuestras posibilidades de percibir de una manera estética.

El ser esencial de toda obra musical sobrevive en medio de un contexto y es un ejercicio útil para considerar algunas de las varias formas en que separamos una obra individual de parte de su contexto o de su totalidad.

Primero, por supuesto, tomamos la decisión de aislar los sonidos de la música de los del mundo exterior por medio de nuestro acto de atención. Fuera de esto, no puede haber existencia separada de la obra musical... *para nosotros*.

Luego separamos la obra individual de otras de su estilo, género o medio; no evaluamos *cualquier* cuarteto de Beethoven o aria de Mozart sino un cuarteto de Beethoven o un aria de Mozart en particular. Esto puede parecer una cuestión trivial pero es vital en el caso de un arte que hace uso frecuente de los modelos comunes y las versiones múltiples.

Luego separamos a la obra musical en sí de la actividad del compositor al escribirla y la del ejecutante al interpretarla; permanece algo que se puede recordar, contemplar, imprimir, grabar, estudiar. Se puede re-presentar o copiar la experiencia y la actividad, pero la idea de la obra en sí permanece como algo separado y distinto.

La grabación del sonido y la tecnología electrónica han tendido a incrementar el potencial para el aislamiento y la distancia psíquica, separando a una obra musical de su fuente sonora. Lippman señala que, aunque la grabación ha hecho que la música estuviera más al alcance del público y se la pudiera repetir con mayor facilidad, su efecto ha sido, a la vez, el aumento de la posibilidad de una experiencia informal y superficial.[12] También se podría decir que una conservación tan exacta de una versión de una obra musical implica una fidelidad no bien recibida, ya que arbitrariamente sustituye los detalles fijos de una interpretación (no importa su excelencia) por la flexibilidad de la obra viva en sí.

Varios autores han sugerido que la experiencia musical ideal (y los juicios resultantes) debería separar a una obra musical de todo su contexto; los hechos históricos, la geografía, el estilo y el medio cultural, otras obras del mismo compositor, otras obras del mismo género, modelos y fuentes específicos, las limitaciones del medio, la vida del compositor, sus intenciones o

---

[11] Edward A. Lippman, *A Humanistic Philosophy of Music*, págs. 227-28.
[12] *Ibídem*, págs. 349-50.

cualquier otra característica contextual. No comparto una posición tan absolutista.

Mi aprehensión ideal de la música combinaría una comprensión de la individualidad esencial de la composición en sí y una conciencia y una apreciación de la cantidad de hilos que la ligan a su compositor, género, estilo, período y medio. Y al registrar los detalles de una composición particular, probablemente deberíamos agregar un conocimiento del estilo, el período y el ambiente de la ejecución, para estimular nuestra apreciación tanto para las históricamente precisas cuanto para las ejecuciones contemporáneas. A la vez, prefiero conservar cierta distancia y considerar toda experiencia de esta obra como algo separado y distinto de cualquier conocimiento del yo.

Vale la pena notar que la distancia y la separación no son prescritos por todas las filosofías del arte. La filosofía del yoga, que juega un papel muy importante en la estética tradicional de la India, describe a la experiencia estética como el logro de la distancia cero: una unión intensa (el significado literal de *yoga*) con la ilusión de la música, la pérdida de la identidad personal y la absorción en la experiencia, una fusión del yo y el objeto y el logro de un estado de bendición trascendental: *ananda*.[13]

Para sintetizar esta sección, cito un fragmento de un excelente ensayo de P. A. Michelis:

> La distancia estética... proporciona un reconocimiento mágico y trae al firmamento de ideas invisibles a un lugar bien cercano a nuestra percepción. Como si el arte hubiera puesto un par de anteojos mágicos ante nuestros ojos, nuestros sentidos ahora dotan a los objetos de la realidad con otra cualidad, otro significado, haciendo que parezca que participan de una existencia ideal... El artista debe estar cerca y a la vez lejos de su experiencia; ser tanto espectador separado cuanto ejecutante apasionado, participante desapasionado de la pasión, contemplador desinteresado pero absorto, concibiendo y sin embargo también juzgando su obra.[14]

El objeto fenoménico

Regresamos ahora a dos de las cuestiones más elementales que hemos planteado: ¿cuál es el ser esencial de una obra musical?, y ¿cómo podemos conocerlo por lo que es? Desde Kant, la filosofía del arte ha tendido cada vez más a reconocer que hay una diferencia entre nuestras percepciones de las cosas y las cosas "como son en realidad". ¿Hasta qué punto puede el conocimiento que alguien tenga sobre la sinfonía *Heroica* de Beethoven incluir *todas*

---

[13] Véase capítulo 10.
[14] P. A. Michelis, "Aesthetic Distance and the Charm of Contemporary Art", pág. 12.

las características esenciales de esta obra, excluyendo a la vez a todas las influencias del contexto de la obra y otros datos extraños semejantes adquiridos durante su percepción? Kant distinguía entre los objetos y hechos como son *(noumena)* o "cosas en sí" y los objetos y hechos como aparecen en nuestra experiencia *(phenomena)*.[15] Tomo su término *noumena* (del griego, *nous*) para referirme a ese ser que la mente puede atrapar, definido "científicamente" (hasta donde se pueda definir así a la música), invariante, que contiene todas las características esenciales y las condiciones necesarias: el sedimento que permanece independiente de toda percepción. *Phenomena* (del griego *phaino*) lo tomo para referirme simplemente a las "cosas como se las perciben".

Esta es una hipersimplificación de un tema complejo, pero servirá para comenzar. Puede ayudar un ejemplo; una descripción física de una pintura (la "cosa en sí") se puede definir en términos de pigmentos de óleo, coloreados, esparcidos sobre una superficie de tela; pero los datos sensibles, como se organizan en la mente del espectador, se perciben de acuerdo con la ilusión buscada por el pintor, como un paisaje. La percepción del espectador incluye actividades tales como la fusión de ciertas ideas mientras se separan otras, la superposición de la estructura, la separación de la superficie plana en figura y fondo, la interpretación y asignación de significado. La percepción de la música incluye la misma serie de actividades, traducidas al reino de lo audible.

La fenomenología es un desarrollo bastante reciente de la filosofía, que floreció en las universidades alemanas inmediatamente antes y después de la Primera Guerra Mundial; sus principales exponentes fueron Edmund Husserl (1859-1938), Franz Brentano, Martín Heidegger, Jean-Paul Sartre y M. Merleau-Ponty. Husserl y sus seguidores estaban preocupados especialmente por la fenomenología como método de investigación y sólo de una manera secundaria por sus implicancias para la psicología de la percepción. La fenomenología afirma que la percepción es/debería ser un proceso de descripción rigurosa de nuestra experiencia con datos sensibles, no basada en teorías, suposiciones o presuposiciones, sólo al a priori, esa parte de nuestro conocimiento que poseemos independientemente de cualquier experiencia. La contribución nueva e interesante que la fenomenología aporta a las artes es este enfoque del espectador como organizador activo de las percepciones, no como recipiente pasivo de objetos invariables. Silliman describe su propósito como hacer

> al observador consciente del objeto estético como lo ha percibido, no como un objeto fijo e inmutable pasado por varias vistas, lecturas o representaciones. Lo hace consciente de su propia cognición, de su propio papel en la hechura del objeto estético. Se reconoce que existe un objeto estético que ha sido realizado por un artista creativo; sin embargo, la fenomenología se centra en el que percibe el objeto, destacan-

---

[15] Emanuel Kant, *Critique of Pure Reason*, págs. 257-75.

do que un observador no separa a un objeto estético de su ambiente natural sin una conciencia y una acción internas.[16]

En resumen, un oyente hace una reconstrucción (o "coconstrucción") dentro de sí mismo mientras oye, recuerda o anticipa una pieza musical. Su concepto de una obra individual no sólo está influido por su experiencia sensorial inmediata, sino por todos los hechos que lo forman antes de su experiencia de la composición (biográficos, históricos, intencionales, formales) y la acumulación de toda su experiencia previa con esta obra. Mi concepto de la Cuarta Sinfonía de Brahms, tan real para mí como cualquier afirmación verificable de la existencia de la sinfonía, es un compuesto de: 1) lo que aprendí primero de esta obra, su forma, su significado como sinfonía romántica, mi estudio preliminar de la partitura, mi conocimiento general de la música del siglo XIX; 2) todas mis experiencias auditivas con esta obra, incluyendo una ejecución especialmente memorable de Max Rudolf y la Orquesta Sinfónica de Cincinati y varias grabaciones; 3) mi estudio y enseñanza de esta obra a varias clases teóricas, que incluye la ejecución de fragmentos en el piano; 4) mi estudio informal de una edición facsimilar de la partitura original de Brahms, que me proporcionó algunas sorpresas, y 5) lo que estoy oyendo ahora.

Es obvio que mi versión es sólo mía y distinta de la de cualquier otra persona, que es posible que por eso yo la prefiera más lenta o rápida que otros. También es distinta de la versión de Brahms (que debe de haber sido un compuesto de su propia versión y las de varios directores) aunque espero que tengan mucho en común. Cambió de manera radical después de cada uno de mis primeros contactos con la obra; cambia menos cada vez que me enfrento en la actualidad, pues cada experiencia nueva contribuye proporcionalmente menos a la acumulación.

La teoría fenomenológica de la percepción plantea cuestiones profundas para la música: ¿alguna parte de nuestro conocimiento de la música (quizá nuestro concepto del tiempo) cae en la categoría del a priori o todo nuestro conocimiento deriva de nuestra experiencia?[17] ¿Es posible inclusive para el oyente más experimentado (o para el que menos lo está) librarse por completo de los presupuestos musicales? Creo que no. En realidad, sin alguna noción de la estructura de la música y un lenguaje con el que expresar nuestra comprensión de ella, ¿cómo se puede describir el fenómeno, aun para nosotros mismos? ¿Es apropiado este enfoque sobre el oyente? Dados los límites de nuestra capacidad de percibir, ¿sustituye el conocimiento del yo por el conocimiento de la realidad exterior?

Monroe Beardsley sugirió seis "postulados de la crítica" que he repasado para hacer más explícita la conexión con la música:

---

[16] A. Cutler Silliman, "Familiar Music and the a priori", *Journal of Music Theory 20* (1976): 217-18.
[17] Para algunas respuestas, véase Thomas Clifton, "Music and the a priori", *Journal of Music Theory 17* (1973): 66-85.

1. La obra musical es un objeto perceptual; es decir, que puede tener presentaciones;

2. las presentaciones de la misma obra musical pueden darse en distintos momentos para personas o grupos de gente diferentes;

3. dos presentaciones de la misma obra musical pueden ser distintas entre sí;

4. las características de una obra musical pueden no quedar reveladas en su totalidad en alguna de sus presentaciones;

5. una presentación puede ser verdadera, es decir, que sus características pueden corresponder a las de la obra real;

6. una presentación puede ser ilusoria, es decir, que algunas de sus características pueden no corresponder a las de la obra en sí.[18]

La música, como la pintura, tiene sus ilusiones, sus "ficciones", y en algún sentido se puede decir que depende de ellas. Permítanseme sugerir algunas: nuestra percepciones de grupos armónicos complejos como alturas simples, fenómeno especialmente evidente en los registros de órgano que emplean pausas de mutación (que agregan nuevos armónicos al sonido); la ilusión de cuerpo sustancial, por la cual llegamos, con frecuencia, a sentir que la música tiene volumen, masa, peso, energía y ocupa lugar; la ilusión de continuidad, que nos hace interpretar una sucesión de sonidos discretos como un tema o "línea" musical; la ilusión de tonalidad, que nos persuade para que interpretemos un tono peculiar como referente o punto o centro tonal, o una escala como estructura organizadora de la música; nuestra percepción de los *vibrato* ondulantes como tonos fijos, y la ilusión del tiempo que pasa a una cierta velocidad, no la del reloj sino la de una serie peculiar de pulsaciones que elegimos de entre nuestras percepciones.

Algunas de estas ilusiones esenciales se adquieren sobre la base de una experiencia mínima; otras exigen práctica. Por cierto, el compositor las debe prever y el ejecutante tiene que comprenderlas. De todas las habilidades auditivas, esenciales, la más importante es la *fusión,* la capacidad de percibir como acordes a los tonos simultáneos, como melodías a los tonos sucesivos y como ritmos a los acentos y duraciones sucesivos. La fusión última se da cuando se percibe toda una fusión como una *gestalt* organizada.

Una obra musical es siempre más de lo que uno puede experimentar de ella. A la vez, nuestra versión de tal obra puede ser (para nosotros) algo más rico y complejo que la obra en sí. La ejecución musical es tanto real cuanto ilusoria, y nuestra percepción de la ilusión es vital para la experiencia musical. Se puede estar presente de una manera pasiva durante la ejecución musical, pero la percepción es un proceso activo paralelo al progreso de la obra musical.

---

[18] Monroe C. Beardsley, *Aesthetics: Problems in the Philosophy of Criticism,* pág. 46.

Significado

Una melodía es una serie de tonos que tienen sentido... ¿Cómo pueden tener significado los tonos? Las palabras significan porque se refieren a cosas; las oraciones, porque expresan algo sobre las cosas. Los cuadros tienen significado si representan algo; los símbolos, si anuncian algo, si indican algo. Los tonos no se relacionan con cosas, no expresan nada sobre ellas, no representan, preanuncian ni indican nada. ¿Qué es, entonces, lo significativo en los tonos, que nos permite distinguir el sentido del sin sentido en las sucesivas de tonos? (Víctor Zuckerkandl).[19]

Zuckerkandl ha planteado nuestra pregunta con claridad, aunque su concepto del significado musical (pese a que algunos puedan encontrarlo atractivo) es demasiado limitado como para acomodarse a la variedad de respuestas sugeridas. Ningún otro problema de la estética de la música ha sido tan debatido con tan poco acuerdo. El propósito de esta sección es el de contribuir a nuestra comprensión del problema y no el de proponer una nueva teoría del lenguaje musical o un argumento a favor de alguna de las teorías existentes.[20] En el centro del problema hay una cuestión semántica: ¿Qué tenemos en mente cuando usamos la palabra *significado*? Examinaremos brevemente una amplia gama de afirmaciones, pero primero será útil considerar una definición muy general de Morris Cohen: "Cualquier cosa adquiere significado si se la asocia o se refiere a algo más allá de ella misma, de manera que toda su naturaleza y se revela en esa asociación".[21]

El *significado,* entonces, en su sentido más amplio, implica una especie de asociación entre lo intrínseco y lo extrínseco, lo interior y lo exterior: en el caso de la música, entre los hechos tonales y "algo más". Antes de considerar qué es este algo más y cómo se refiere a él la música, presentamos una afirmación muy lúcida de Leonard B. Meyer sobre la naturaleza del significado musical. Al iniciar el tema, Meyer nos recuerda que los significados no son observaciones subjetivas sino "conexiones reales que existen objetivamente en la cultura... (y) no conexiones arbitrarias impuestas por la mente caprichosa del oyente particular".

El significado, entonces, no se funda en el estímulo ni en lo que apunta hacia (algo) ni en el observador. Más bien, surge de lo que Cohen y Mead

---

[19] Víctor Zuckerkandl, *Sound and Symbol,* págs. 15-16.
[20] El tema importante del significado musical se discute en los siguientes estudios: Beardsley, *Aesthetics: Problems in the Philosophy of Criticism,* págs. 318-39; Wilson Coker, *Music and Meaning: A* Theoretical *Introduction to Musical Aesthetics;* Peter Kivy, *The Corded Shell; Reflections on Musical Expression;* Susanne L. Langer, *Philosophy in a new Key: A Study in the Symbolism of Reason, Rite and Art* (1942; reimpresión, Nueva York, Mentor Books, 1948), págs. 165-99; Lippman, *A Humanistic Philosophy of Music,* págs. 125-60; Meyer, *Emotion and Meaning in Music;* y Zuckerkandl, *Sound and Symbol,* págs. 66-70.
[21] Morris R. Cohen, *A Preface to Logic* (Nueva York: Holt, 1944), pág. 47.

han llamado la relación "triádica" entre: 1) un objeto o estímulo; 2) aquello a lo que apunta el estímulo, que es su consecuente, y 3) el observador consciente... lo que un estímulo musical o una serie de estímulos indican o aquello a lo que apuntan no son conceptos y objetos extramusicales, sino otros hechos musicales a punto de suceder. Es decir, un hecho musical (ya sea un tono, una frase o toda una sección) tiene significado porque apunta hacia (algo) y nos hace esperar otro hecho musical.[22]

¿Por qué nos interesa la cuestión del significado y no nos limitamos a escuchar? En principio, porque la palabra *significado* ha estado dando vueltas de una manera tan libre y con tantos sentidos distintos que es importante para nosotros ajustar nuestro pensamiento. Pero también porque cualquiera sea el significado de la música *(si es que algo significa)* es vital para nuestra interpretación y su ejecución.

La famosa frase de Archibald MacLeish (de su "Ars Poetica" de 1926), según la cual "un poema no debe significar... sino ser" ha sido muy citada y admirada, pero exagera el punto. La afirmación de MacLeish estaba pensada como un recordatorio de que el significado no constituye la dimensión mayor de un poema, no representa su contenido total, ya que sus dimensiones rítmicas y fonéticas son igualmente importantes. Y, con seguridad, esto es igual en el caso de la música. Un tono o una frase musical pueden contener una tendencia lógica (y a menudo lo tienen) pero también tienen valor en sí; no sólo *significan* sino que *son*.

Beardsley señala otros modos (algunos muy triviales) en los que la música puede significar o recordarnos "algo más":

1. Una melodía asociada con una frase familiar ("God save the Queen" —Dios salve a la Reina—) puede evocar las palabras mismas.

2. Las músicas funcionales. La música eclesiástica en estilo *vitraux*, las marchas militares, las danzas, las canciones escolares y otros géneros semejantes pueden conjurar un conjunto de asociaciones, inclusive si la música específica no resulta familiar.

3. La música abiertamente imitativa o descriptiva. Las canciones de aves, truenos, el chirrido de una rueda que gira, las ovejas balando en *Don Quijote* de Richard Strauss y la descripción sexual explícita en *Lady Macbeth of Mzensk* de Shostakovitch.[23]

El diagrama que sigue muestra algunas de las afirmaciones realizadas en nuestros intentos de definir el significado musical, aunque no pretende ser una lista exhaustiva. Para separar las distintas teorías del significado, es útil notar que ellas pueden variar en el verbo (el nexo) o en el objeto (el "algo más"). Se invita a los lectores a elegir la combinación particular que mejor represente su propia opinión.

[22] Meyer, *Emotion and Meaning*, págs. 34-35.
[23] Beardsley, *Aesthetics;* págs. 321-22; algunos de los ejemplos son míos.

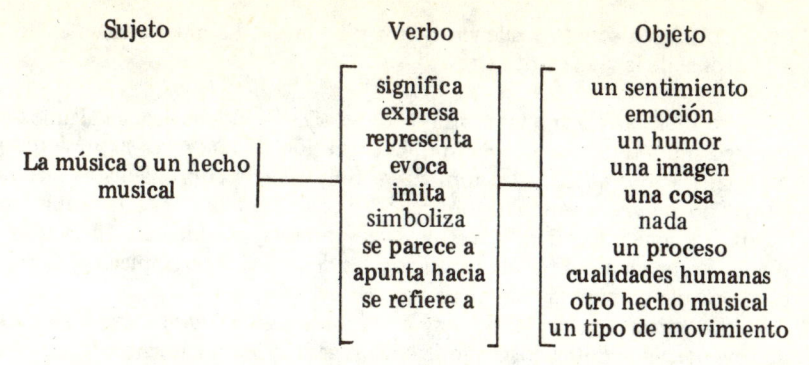

Sujeto	Verbo	Objeto
La música o un hecho musical	significa expresa representa evoca imita simboliza se parece a apunta hacia se refiere a	un sentimiento emoción un humor una imagen una cosa nada un proceso cualidades humanas otro hecho musical un tipo de movimiento

Resulta irónico que las discusiones sobre el significado de la música tiendan a empantanarse en discusiones sobre el significado de las palabras. Y sin embargo, es difícil ver cómo se puede evitar esto ya que estamos obligados a comunicarnos por medio de ellas. Un análisis elaborado de los matices de significado en el diagrama supera el objetivo de esta sección, pero puede resultar útil hacer algunos comentarios: los verbos varían desde los meramente descriptivos *(apunta hacia, se parece a)* hasta los que representan procesos complejos o que se basan en suposiciones elaboradas *(expresa, simboliza)*. Beardsley, por ejemplo, sugiere la siguiente explicación como una más completa del verbo *expresar*: " 'El compositor ha objetivado (corporizado, expresado) alegría en su scherzo' significa que: '1) ha sido conmovido por un sentimiento de alegría para componer el scherzo; 2) ha dado una cualidad alegre al scherzo, y 3) el scherzo tiene la capacidad de darle el mismo sentimiento de alegría cuando lo vuelve a oír y por eso también se la puede proporcionar a los demás oyentes' ".[24]

En la actualidad se han popularizado las teorías semióticas sobre el significado musical. En estas teorías se dice que la música funciona como signo que puede ser icónico o no de su objeto (un sentimiento, un proceso, movimiento). La luz verde del semáforo es un buen ejemplo de un signo que no es icónico, pero la señal de una curva en "S" en una carretera *es* icónica ya que se asemeja a su objeto. *Feeling and Form* de Susanne Langer plantea una teoría semejante:

> Las estructuras tonales que llamamos "música" tienen una estrecha similaridad lógica con las formas del sentimiento humano; formas de crecimiento y atenuación, corriente y almacenamiento, conflicto y resolución, velocidad, arresto, gran estímulo, calma o sutil activación y períodos de somnolencia; quizá no alegría y pena sino la intensidad de cualquiera de ellos o de ambos; la grandeza y la brevedad y el eterno paso de todo sentido de una manera vital. Tal es el esquema, o la forma lógica, de la percepción, y el esquema de la música es esa misma forma ela-

---

[24] *Ibídem*, págs. 327-28.

borada en sonido y silencio puros y medidos. La música es un análogo tonal de la vida emotiva.[25]

Se suele clasificar a las teorías sobre el significado musical en algunos de los siguientes tipos: referencialista, de evocación de imágenes, expresionista, de significación, absolutista, formalista. Sugiero que el problema es más sutil que lo que estas etiquetas aparentan y que sólo se puede describir una teoría adecuada del significado musical por una combinación de verbo y objeto y por medio de un riguroso análisis de las palabras empleadas. Cerraré este capítulo con unas pocas observaciones más.

La percepción del significado en la música exige *competencia* de parte del oyente; el significado corporizado no resulta automáticamente el significado tomado. Los significados musicales son productos culturales aprendidos, no universales absolutos.

El compositor que establece un nivel de competencia demasiado elevado para su auditorio, quizá por escribir en un estilo demasiado complejo o muy poco familiar, debe estar listo para pagar el precio de su capricho.

Sea cual fuere el verbo empleado, el objeto de ese verbo debe ser específicamente el mismo para el compositor y para todos los oyentes pues de otro modo no podrá haber comunicación de su significado.

Muchos oyentes *toman* significados de la música que no han sido incluidos (por lo menos a propósito) por el compositor.

Se están popularizando mucho las teorías formalistas a medida que se descubren dificultades al defender cualquier otra teoría del significado musical. La posición formalista, lamentablemente, se suele expresar con un lenguaje impropiamente negativo, como en la frase "el único significado apropiado de la música es la música misma".

Sin embargo, es posible afirmar esta posición con un lenguaje positivo; la música es un lenguaje tonal sensualmente atractivo, autocontenido y que se caracteriza por un movimiento abstracto, incidentes y un proceso dinámico. Estas cualidades abstractas pueden provocar (en un oyente inclinado a ello) ciertas clases de afecto, que a veces se pueden parecer inclusive al afecto sentido por el compositor y/o por el ejecutante. Pero este afecto es extrínseco al sentido real y a la continuidad de la música. El significado intrínseco de la música se comunica en su propio lenguaje, el lenguaje del tono.

Meyer ha señalado que las respuestas afectivas e intelectuales a la música son sólo formas distintas de sentir el mismo proceso.

Que una pieza musical provoque una experiencia afectiva o una intelectiva depende de la disposición y el entrenamiento del oyente. Para algunos, el sentimiento incorpóreo de la experiencia afectiva es extraño y desagradable, y se emprende un proceso de racionalización en el que los procesos musicales se objetivan como significado consciente. La creencia probablemente también juegue un papel importante en la de-

---

[25] Susanne K. Langer, *Feeling and Form,* pág. 27.

terminación del carácter de la respuesta. Aquellos a los que se les ha enseñado a creer que la experiencia musical es en primer lugar emocional y que por lo tanto están listos para responder con afecto, es probable que así lo hagan. Aquellos oyentes que hayan aprendido a entender la música en términos técnicos, tenderán a hacer de los procesos musicales un objeto de consideración consciente.[26]

El hilo común que liga los cuatro problemas presentados en este capítulo es su significatividad para la epistemología de la música; el intento del oyente de obtener conocimiento válido (de la sustancia musical, de las ficciones, estructuras y significados en ella incluidos, del yo) a través de la experiencia de la música. El próximo capítulo explora los problemas que están en el corazón de la disciplina de la estética, en el todavía más subjetivo reino de los valores, las preferencias, los juicios y los niveles.

[26] Meyer, *Emotion and Meaning*, pág. 40.

9 Los valores

De gustibus non disputandum.

¡CAVEAT LECTOR! Pues si la filosofía de la música se encuentra en terreno resbaladizo en todas partes, cuando se trata de las cuestiones de valor y valoración, se mueve entre arenas movedizas. Puede resultar conveniente hacer algunas observaciones, definiciones y advertencias preliminares. Cuando se disiente, se suele citar el viejo dicho: "Sobre gustos no hay nada escrito". Ha consolado a muchos. La frase anónima posee un cierto carácter democrático para todos los que se sienten amenazados (caso frecuente), a la defensiva o tan sólo incómodos, ante un juicio de "es bueno" o "me gusta", dos afirmaciones frecuentes que pueden significar lo mismo o no. Pero si caemos en esta máxima y negamos la existencia de denominadores comunes, de bases legítimas para las preferencias y las afirmaciones valorativas, abandonamos todo juicio objetivo.

El propósito de este capítulo no es el de dictar gustos ni el de establecer criterios críticos; más bien, es el de reconocer los valores existentes y sugerir cómo pueden influir conjuntamente nuestros juicios. El capítulo concluye con una discusión sobre las estrategias críticas y un conjunto de líneas directrices, pero a éstas se las sugiere de manera tal que dejan espacio para las percepciones y prioridades del oyente individual, ya que de él dependen.

Al decir *valor*, quiero decir "digno, merecedor". Cuando le atribuimos valor a una obra musical o a una de sus propiedades, decimos que tiene, a nuestro juicio, dignidad, merecimiento, que *debería* ser valorada porque es hermosa, agradable, buena o verdadera. Semejante definición es coherente con el uso general de la expresión *valor estético*, la propiedad inherente a una obra de arte de producir una experiencia buena o placentera en los que la contemplan.

Pero propongo un significado más técnico para el plural, *valores*, como se emplea en el título y la primera parte de este capítulo; como conjunto de predicados específicos de la música, similar a los valores texturales o de color que reconocemos en las artes visuales. Si una pintura presenta un valor color azul, se puede describir a un fragmento musical como teniendo un valor de timbre homogéneo, un valor de textura *staccato* o el valor dinámico que denominamos clímax. Estos son términos innecesariamente engorrosos y se los usa aquí sólo para clasificar. La suposición es que estos valores son cualidades o propiedades que se pueden verificar de manera objetiva y, cuando se los percibe, proporcionan la base para una estimación del valor, en la forma de una afirmación de reconocimiento, quizá también de favor (o disfavor). Entonces un valor, en el actual entido de la palabra, puede ser un objeto de interes ("lo reconozco") o de deseo ("me gusta").

Es difícil organizar los valores musicales en un marco sistemático, principalmente por la forma única en que las varias demensiones musicales se interpenetran y correlacionan; el fenómeno del acento, por ejemplo, se puede producir por énfasis, duración, elección de altura, silencio o varios otros medios musicales, simples o combinados. Un enfoque tradicional en estética es separarlos en *sensuales* y *formales*; respondemos con gusto a los valores sensuales porque son, en primer lugar, cualitativos y piden una interpretación subjetiva; tendemos a medir los valores más formales porque son, primariamente, cuantitativos y más abiertos a una verificación objetiva. El presente capítulo se organiza por medio del siguiente esquema:

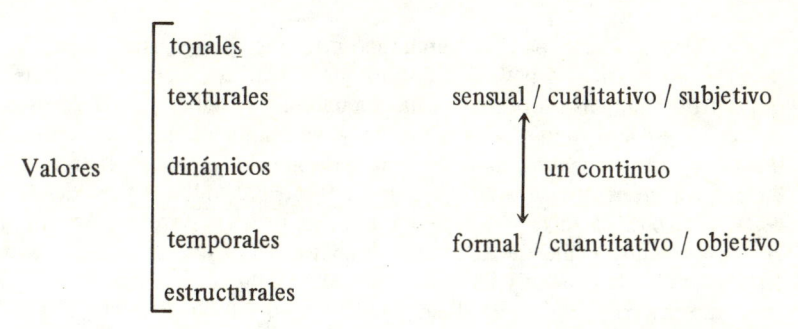

Valores
- tonales
- texturales
- dinámicos
- temporales
- estructurales

sensual / cualitativo / subjetivo

↕ un continuo

formal / cuantitativo / objetivo

Con ciertos valores, nuestra forma de percepción se establece por nuestra actitud, hábito o práctica; con respecto a la textura, la mente musical entrenada puede desentrañar los hilos contrapuntísticos de una fuga de Bach y percibir de un modo estructural en tanto que es más probable que un oyente menos acostumbrado perciba la tela enmarañada como pura superficie tonal y responda de manera sensual. Algunos de los valores que citemos serán regionales, localizados en una sola parte de una obra musical; otros serán penetrantes o atraerán de una manera intermitente. En consecuencia, el esquema se resiste a una organización prolija de la parte más pequeña hasta el todo. Agregamos, también, una categoría especial de valores dinámicos (por ejemplo clímax, crecimiento) que parece no pertenecer con claridad a ninguno de los dos reinos, formal y sensual. En nuestro esquema no se detallan los valores armónicos, aunque los efectos armónicos están incluidos en los valores tonales y dinámicos. Y, por fin, muchos de los valores se expresan como antítesis, como oposición entre extremos polares (por ejemplo, lírico y dramático); debe ser evidente que ambos polos son relativos y que también ellos se encuentran en un continuo aunque se los exprese en un lenguaje de alternativas.

Por cierto, el catálogo no es exhaustivo y no he buscado dedicarle la misma atención a todos los valores. Muchos de ellos ya se han mencionado en relación con determinados períodos históricos. Los valores que esbozo (que quede claro) son los de la sociedad musical occidental como se reflejan en el repertorio frecuente de conciertos escrito entre el año 1700 y alrededor de 1950. Se debe considerar a algunos de ellos entre los valores más elementales de la experiencia humana y, como tales, se los puede discernir en todas las músicas del mundo. El capítulo 10 explorará cómo se corporizan y perciben estos valores y otros más en dos culturas musicales del Asia, pero este capítulo se refiere a la tradición de la civilización occidental. Los objetivos de esta exposición son: proporcionar un marco de referencia para los valores de la música y estimular a los lectores a investigar en aquellos complejos de valores que les interesan o atraen. Por fin, pueden servir colectivamente como base para juicios de valor musicales, descansando sobre una mezcla informe de consenso cultural y preferencias personales.

Valores tonales

Silencio. Puede parecer paradójico asignarle valor musical específico a un período de silencio pero el contexto que rodea a los silencios musicales influye profundamente sobre la forma en que se los percibe.[1] Los descansos no suelen ser espacios muertos en la música y determinados silencios están investidos con extraordinarias cantidades de tensión o liberación de energía física. Pueden ser interruptivos o no, medidos con estrictez o libres y pueden ir desde la mera puntuación hasta separaciones significativas entre secciones o movimientos. Uno de los silencios más dramáticos y tensos en la música se da justo antes de la cadencia final del coro del "Aleluya" de Händel en *El Mesías*; una interrupción no medida y repentina del flujo musical que efectúa una transición abrupta hacia el ritmo más lento de los últimos dos compases. Otro silencio-clímax que marca el compás acentuado de medida 280 en el primer movimiento de la Sinfonía *Heroica* de Beethoven, reemplaza el acento bajo esperado y de algún modo descarga las energías acumuladas durante los compases previos de conflicto y desarrollo rítmicos intensos.

Tono. Pocas veces somos conscientes de los sutiles detalles de un tono musical simple hasta que nuestra percepción se dirige hacia algún tono expuesto en particular, que podemos separar de su contexto, en contraste con algunos géneros de la música asiática (es notable el repertorio de *shakuhachi* japonés)[2] en los que la atención se centra en los matices múltiples de los tonos simples. Un tono musical, en nuestra experiencia común, puede parecer más una pieza del tipo de un impresor, una unidad abstracta que está combinada en una gran cantidad de esquemas significativos; pero en una inspección más detallada los tonos adquieren cualidades bien particulares. Un tono musical no se asemeja tanto a una pieza de tipografía cuanto a un carácter de la caligrafía china; dirigir nuestra atención hacia sus detalles revela propiedades de

---

[1] Véase el capítulo 3 y la lista de referencias en el nº 11 de ese capítulo.
[2] Una flauta de bambú llevada por sacerdotes ambulantes (ex samurais) durante el período Edo; William P. Malm, *Japanese Music and Musical Instruments*, págs. 151-64, describe al instrumento y su repertorio.

ataque, distensión, integridad, aliento, vibrato y otros matices sutiles que recompensan bien el esfuerzo. La cantidad de tonos que nuestras mentes procesan en una experiencia musical, aun cuando ésta sea breve, hace imposible que derrochemos nuestra atención ante cada tono que oímos; podemos lograrlo en parte cuando escuchamos líneas melódicas simples como en *Syrinx* de Debussy o *Density 21.5* de Edgard Varèse, ambas para flauta sola. Pero este centro intenso sobre el tono particular también puede obstruir la ilusión de continuidad que el compositor buscaba crear. De modo que el valor principal del tono simple es como un toque de luz, una percepción momentánea de la belleza en aislamiento que puede sacudirnos con más fuerza al comienzo o al final de un fragmento de música, en especial cuando se permite que su efecto penetre.

Cada uno de nosotros puede hacer catálogos de tonos individuales que sobresalen en nuestra experiencia musical. El mío incluye el La de trompeta que se mantiene al comienzo de la Obertura de *Rienzi* de Wagner, el primer Do sostenido del solo de flauta al comienzo del *Preludio para la siesta de un fauno* de Debussy, el Do alto para fagot con que comienza el ballet *La consagración de la Primavera* de Stravinsky, el último Sol sostenido grave para clarinete bajo de las *Variaciones*[3] del mismo compositor y el largo y sostenido *Mi* bemol con pedal al comienzo del preludio orquestal de *Oro del Rin* de Wagner.[4] Estos no son simples; en el caso del tono de trompeta de *Rienzi* no es el "ser trompeta" ni el "ser La" ni la exaltación y desaparición del tono, sino la combinación única de los tres. Mi conciencia de este tono incluye todavía la falla ocasional cuando el trompetista no ataca el tono limpiamente.

Acorde. Las sonoridades individuales y los acordes suelen ofrecer propiedades sensuales muy específicas, a veces en aislamiento y otras por su contexto. Citaré sólo dos de los acordes musicales más celebrados: primero, el acorde de apertura de la *Sinfonía de los salmos* de Stravinsky, que no requiere contexto para que se lo reconozca debido a su registro, artificio y "voz" distintivos; por eso la obra misma es una de las tantas composiciones que puede reconocer al instante cualquiera que la conozca.[5] El acorde más famoso de "Tristán" en el segundo compás del Preludio de *Tristán e Isolda* de Wagner depende más de su contexto: la intersección de dos motivos melódicos, la ambigüedad tonal y rítmica del primer compás y la impredecible resolución, así como también depende de la estructura interválica y del registro para cuer-

---

[3] Esto es cierto por razones peculiares y altamente técnicas; esta altura simple es la consecuencia inevitable y la reducción final de la serie precedente de acordes, ejemplo sorprendente de relaciones musicales que resultan totalmente convincentes en su rigor intelectual aun más allá de la comprensión auditiva de hasta el más experto de los oyentes. Véase Claudio Spies, "Notes on Stravinsky's Variations", *Perspectivas of New Music* 4 (1965): 66-70, especialmente ej. 6.

[4] Véase capítulo 7.

[5] El acorde es una tríada de staccato en Mi menor, escrito para instrumentos de viento, arpa, piano y cuerdas bajas; se violan las "reglas" tradicionales al enfatizar la tercera del acorde (la altura Sol) y por el estrecho espaciamiento en la parte superior e inferior del acorde.

nos y maderas. El valor del acorde en cuestión es una fusión compleja de su ambigüedad, inestabilidad, color instrumental heterogéneo y flujo y reflujo dinámicos, como de las alturas reales.

Timbre. Cualidad tonal o "color", como lo produce la configuración de la onda sonora, la presencia y la intensidad relativa de los armónicos y otros hechos acústicos semejantes. Se debe reconocer al timbre entre los valores sensuales más importantes de la música y el placer que sentimos en los varios sonidos instrumentales y los colores característicos de la voz humana se debe colocar entre los máximos placeres de la música. Propondré varias subcategorías para el valor tímbrico, según el siguiente esquema:

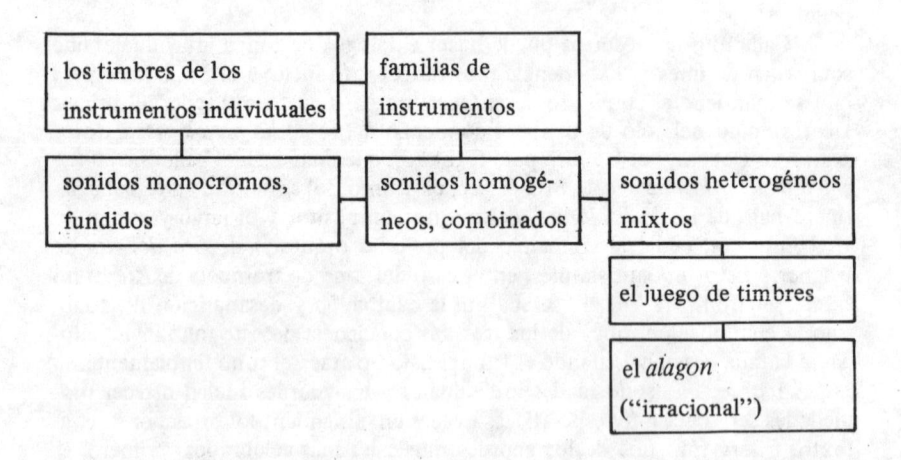

los timbres de los instrumentos individuales	familias de instrumentos	
sonidos monocromos, fundidos	sonidos homogéneos, combinados	sonidos heterogéneos mixtos
		el juego de timbres
		el *alagon* ("irracional")

Entre los timbres distintivos individuales y familiares se pueden destacar los siguientes: los dos registros diferentes del clarinete, la resonancia de las cuerdas abiertas de la familia de los violines, la cualidad oscura peculiar de la cuerda más baja del violín, el armónico inusual del espectro de campanas, los sonidos de bronce "dulces" del corno francés y la tuba en contraste con el tono más preciso de las trompetas y trombones,[6] el contraste entre flauta y oboe en el espectro tonal,[7] la llamada voz de pecho de la contralto y el brillante "anillo" de notas altas en la voz masculina.

Los sonidos combinados pueden ser uniformes, combinados o mezclados (simultánea y/o sucesivamente) y cada uno es, a su modo, fuente de valor (unidad o diversidad). Ninguna voz o instrumento puede ascender en forma regular a todo lo largo de su registro pero una escala tonal modulada con sua-

---

[6] Richard Wagner fue el primer compositor en expandir estas dos "familias" de instrumentos de bronce en coros completos cubriendo toda la gama desde soprano hasta contrabajo, en especial en *El anillo de los nibelungos.*

[7] La flauta tiene una fundamental fuerte pero virtualmente ningún armónico, mientras que el espectro de armónicos más complejo del oboe presenta un primer armónico extremadamente fuerte y parciales superiores prominentes.

vidad es un ideal al que aspira la mayor parte de los intérpretes. Y la noción de "igualdad" tonal es un prerrequisito importante si hemos de percibir una melodía de un matiz simple de sonido. Los timbres de los instrumentos orquestales de cuerda son muy similares y se funden en obras tales como la *Música funeral* de Witold Lutoslawski (para Bela Bartók) en una red uniforme de sonido monocromático. El timbre complejo del órgano de tubos completo presenta un caso bastante especial e ilustra cómo una rica mezcla de sonidos diversos en extremo también se percibirá como monocroma. La yuxtaposición de los timbres contrastantes es uno de los valores originales de la música escrita para la orquesta moderna: los colores de los instrumentos individuales y sus propiedades familiares quedan demostrados en *Young Person's Guide to the Orchestra* de Benjamin Britten; el sonido característico de la cuerda (punteada), la madera y los coros de bronces de la orquesta se caracterizan en el scherzo de la Cuarta Sinfonía de Tchaicovsky; y el 2° movimiento del Concierto para orquesta de Bartók, titulado *Giuoco delle coppie* ("El juego de los pares") se organiza, en lo formal, en una serie de dúos (fagotes, oboes, clarinetes, flautas y trompetas con sordina), cada uno de ellos asociado con determinado intervalo musical. Se debe notar que la sección de maderas común de una orquesta es una conjunción en extremo heterogénea de timbres y, de manera semejante, el quinteto de vientos (flauta, oboe, clarinete, fagote y corno francés) contrasta con los timbres homogéneos de un cuarteto de cuerdas.

Los sonidos heterogéneos son, en mi opinión, fuente de valores musicales muy especiales. *Le marteau sans maître* (para flauta alta, vibráfono, viola, guitarra y voz alto) de Pierre Boulez, demuestra un "juego" placentero e impredecible de timbres mezclados, una superficie sensual demasiado compleja para descomponerla en sus partes. Esto se acerca al valor musical que me gusta pensar como irracional; densas masas de sonido que percibimos como una textura y un volumen simples. Puedo sugerir cuatro instancias del *alogon* en la música: la introducción de la Segunda parte de *La consagración de la Primavera* de Stravinsky comienza con pozos de sonido oscuros y misteriosos que describen un humor de sacrificio inminente y la llegada de la noche primigenia en la Rusia pagana. En el Preludio de *Sueño de una noche de verano* de Britten, el mundo de las hadas se evoca por medio de *glissandi* "irracionales" de las cuerdas, que transmiten el sonido de lo "sobrenatural". Gunthe Schuller, en *The Twittering Machine* (en *Seven Studies on Themes of Paul Klee*) ha construido un divertido análogo musical respecto del celebrado pájaro mecánico animado de Klee. Y el episodio del rebaño de ovejas en *Don Quijote* de Richard Strauss, que en principio fue muy criticado por ser evidentemente hiperpictórico, cobra hoy nuevo significado por la forma en la que Strauss anticipa algunas de las tendencias en el estilo musical desde 1950.

Estas selecciones demuestran una característica importante de la percepción musical. Cuando el nivel de complejidad excede a nuestra capacidad de procesar los sonidos individuales, nuestra percepción se sobrecarga y responde de manera irracional. Sugiero que estos tres modos de percepción tímbrica (1. el registro sistemático de los sonidos individuales; 2. la percepción fundida; y 3. la percepción sobrecargada) son potencialmente placenteros dentro de determinados límites, establecidos por la práctica y las preferencias individuales.

Color armónico. El papel de la armonía en la música es demasiado complejo como para resumirlo aquí, por lo que apenas podemos señalar algunas de sus propiedades estructurales: su capacidad para definir un centro tonal y sugerir movimiento hacia el objetivo, para apoyar y dar forma a la frase melódica, para producir la agradable alternancia entre tensión y distensión a través de sus propiedades de disonancia y consonancia; todo esto obtenido mediante la progresión de acordes. Pero determinados efectos armónicos nos pueden llevar a responder de una manera sensual, en especial cuando la dimensión armónica es inestable y cambiante (como en el Preludio de *Lohengrin* de Wagner o los dos primeros de los Tres Nocturnos de Debussy).

Las propiedades afectivas de las claves mayores y menores (por ejemplo, las mayores interpretadas como felices y exuberantes; las menores, como tristes y patéticas) pertenecen, con seguridad, a los valores sensuales de la música, aunque su status es una cuestión muy controvertida. Parece no haber casi disensión acerca del hecho de que la generalidad del público hace una ecuación semejante como parte rutinaria de su experiencia musical. Parece claro que estas asociaciones son respuestas aprendidas que de ningún modo se pueden considerar entre los valores a priori o universales de la música. Leonard Meyer opina convincentemente que el afecto que se percibe en las claves menores es un producto del conjunto de propiedades relacionadas del modo menor: cromatismo, ambigüedad, inestabilidad, tendencia a usar *tempi* más lentos que en el mayor y lo que él llama carácter "desviado" del modo (opuesto al carácter "normativo" del modo mayor).[8] Sean cuales fueren las razones, estas cualidades afectivas han formado nuestra experiencia musical colectiva durante cientos de años y no se las puede desechar con ligereza.

Pero el valor que le adscribimos a las varias claves va mucho más allá de esta simple antítesis emocional entre mayor y menor. Pídasele a cualquier músico que compare las cualidades del Sol mayor (cuatro sostenidos) con el Sol bemol mayor (tres bemoles) y los resultados serán muy similares; se suele describir a las claves con sostenidos como *brillantes, altas e intensas*, mientras que se describe a las que tienen bemoles como *plenas, dulces, bajas* y *suaves*. Y semejantes asociaciones se comunican de un modo inconsciente en la ejecución a través de la elección del *tempo*, la articulación, el carácter rítmico y otros indicios semejantes. Los oyentes pueden no ser capaces de identificar la clave pero recogerán con presteza las señales del ejecutante y responderán según ellas.

El proceso comienza con el compositor, que (conscientemente o no) moldea el carácter de su música de acuerdo con el concepto que tiene de la clave que ha elegido. Es bien sabido que Mozart recurría siempre a determinadas claves cuando buscaba un tipo de expresión específico; Si menor, en su

[8] Leonard B. Meyer, *Emotion and Meaning in Music,* págs. 222-29.

práctica, significaba música cromática, emocional, relativamente lenta y patética, en tanto que Do menor era más dinámica, afirmativa, hasta tempestuosa. Consideraba al Mi bemol mayor como una clave adecuada para el ritual majestuoso, como en los ritos simbólicos de *La Flauta mágica*, y su versión de esta clave caía con fuerza sobre los instrumentos de viento (en especial pares de clarinetes, oboes, fagotes y cornos franceses) en terceras y sextas paralelas, texturas acórdicas y una velocidad no más que moderada.[9] Hay (o había, en los tiempos de Mozart) razones técnicas para la "brillantez" del Do y el Re mayores, ya que éstas eran las claves más convenientes para las trompetas. Algunas otras claves, como el Si bemol y el Fa mayor, parecen haber sido relativamente neutras para él.

Cada compositor tiene sus preferencias y asociaciones peculiares para las distintas claves; no caprichos, sino introspecciones enterradas en su inconsciente, que son resultado de la experiencia musical previa, recuerdos de piezas específicas y conocimiento de lo que será fácil o difícil de ejecutar en determinado instrumento. El concepto de Beethoven del Do menor (como se lo oye en la 5a. Sinfonía, la sonata *Patética* y muchas otras obras) influyó sobre la versión de Brahms de la misma clave en su 1a. sinfonía; pero el Concierto para piano en Do menor de Mozart, K. 491, escrito cuando Beethoven sólo tenía dieciséis años de edad, revela que el concepto de éste se moldeó en parte por su experiencia previa. Y las marchas fúnebres de las Variaciones para piano, op. 34, de Beethoven y su Sinfonía *Heroica* demuestran que se pueden transferir asociaciones musicales específicas de una pieza a otra. De este modo, la música de los siglos XVIII y XIX ha establecido un lazo por lo menos parcial entre la clave y el "carácter" musical y este conocimiento forma parte de nuestra tradición musical; un depósito de significado musical y virtualmente un "inconsciente colectivo" que los compositores adquieren junto con su práctica técnica.

Valores texturales

Al hablar de textura nos referimos al "tejido" de la música, ya sea que la concibamos/percibamos como una superficie estética o como la urdimbre (altura, eje vertical, simultaneidad) y trama (tiempo, eje horizontal, secuencia) de la fábrica musical. Ya que la palabra *textura*, en el uso común, considera al tiempo como una de sus dos dimensiones mayores, es inútil tratar de evitar ciertos valores que incluyen con claridad a lo temporal en la música.

Simple/complejo. La percepción de la música como simple o compleja debe estar entre las respuestas más elementales y subjetivas a la música. Nuestra opinión de que algo es simple o complejo se relaciona con nuestra escala personal de valores y tales juicios sólo se verifican en instancias obvias en ex-

---

[9] Véase Alfred Einstein, *Mozart: His Character, His Work* (London: Oxford University Press, 1945) en especial págs. 157-63.

tremo o cuando comparamos una complejidad mayor con otra menor. Al hablar de complejo, podemos querer referirnos a cualquiera de los siguientes casos: demasiada información, profusión de distintos tipos de datos sensibles, falta de esquema de organización, ambigüedad, inestabilidad o ausencia de un objetivo aparente. Se suele juzgar a lo que no resulta familiar como más complejo que aquello que sí resulta conocido. Podemos interpretar a la complejidad como un exceso de datos incluidos en una dimensión o un plano simples (una melodía demasiado elaborada, ambigua, digresiva o desorganizada) o la interacción de varias dimensiones musicales. La mente busca instintivamente reducir la complejidad percibida, centrándose en un hilo único, imponiendo esquemas y jerarquías a los datos sensibles o fusionando esos datos en una "superficie" unificada. Pero cada persona tiene sus propios límites, más allá de los cuales no irá voluntariamente. Una vez superados esos límites, se piensa que lo complejo es caótico. Con estas reflexiones en mente, es instructivo oír la representación convincente en el aspecto musical (aunque pasada de moda) que Haydn hace del caos en la introducción orquestal a su oratorio *La creación*. Muchos compositores recientes han empezado a explorar de manera sistemática a lo muy complejo en la música en forma de piezas de "masa de sonido"; entre ellos, son destacables Penderecki, Lutoslawski, Ligeti y Xenakis. En el otro extremo de la escala simple/complejo, curiosamente, parece no haber límites para nuestro deleite por los efectos musicales más simples, distintos de aquellos que, por su repetición prolongada, transgreden los límites de nuestra paciencia.

Suave/áspero. Respondemos a lo que percibimos como una superficie musical de la misma forma en que reaccionamos ante cualquier superficie (textural, una pared o una estatua de mármol). Lo que oímos como "suave" en música resulta de los sonidos ligados (*legato*), conectados, donde las transiciones ineludibles entre los tonos están minimizadas, a veces, por el deslizamiento entre alturas al que los italianos llaman *portamento*, que es, literalmente, un transporte de un tono de una altura a la siguiente, que estructura una de las ficciones más caras a la música: la ilusión del flujo continuo. La aspereza o texturación en música es producto de la articulación en *staccato*, ataques de notas (donde algunos elementos de sonido extraño están siempre presentes), acentos, puntuación rítmica, descansos que interrumpen el flujo musical, yuxtaposición de timbres contrastantes; de hecho, cualquier cosa que dé la noción de discontinuidad. A lo largo de la historia de la música occidental han variado las preferencias por la naturaleza de la superficie musical según el gusto de la época; el gusto barroco y el clásico favorecieron una superficie más texturada, pero las preferencias románticas estuvieron del lado de un flujo de sonido más suave. En nuestro siglo XX el péndulo ha regresado a una elección por las superficies musicales más texturadas, más articuladas. Es fácil citar ejemplos; para las texturas suaves, una ejecución al piano de *Traumerei* de Robert Schumann, las vocales suaves prolongadas de un aria italiana o el *Adagio para cuerdas* de Samuel Barber; para las texturas más ásperas, cualquier composición para clavicordio, los vientos en *staccato* del *scherzo* de Mendelssohn de la música incidental para *Sueño de una noche de verano*, cualquier *pizzicato* para cuerdas o las consonantes más explosivas que se pueden oír en las canciones rusas y alemanas.

Delgado/denso. Se pueden comentar brevemente otros valores texturales. Delgado/denso se refiere a la cantidad de sonidos simultáneos y su distribución relativa sobre el espectro de altura de grave a agudo. La densidad musical va desde una línea de sólo texturas de más de cincuenta partes, como en el *Treno por las víctimas de Hiroshima* de Penderecki, pero la mayoría de las texturas musicales se acercan más al extremo delgado de la escala. Son raras las composiciones como el motete para cuarenta voces de Thomas Tallis llamado *Spen in alium*. Hay una relación recíproca importante entre la cantidad de partes y la actividad melódica dentro de una parte: las texturas musicales le dejan espacio y requieren actividad melódica, en tanto que las más gruesas tienen un efecto inhibitorio sobre la línea individual. Disfrutamos con ambos extremos de la escala; la masa de una textura densa como en la Serenata, K. 361, de Mozart, para trece instrumentos de viento, y la textura delgada de una sonata trío de Corelli o Telemann. Las texturas densas se modelaron, por lo general, después de la distribución de series armónicas, por ejemplo, con intervalos mayores en lo más bajo y progresivamente menores hacia lo alto, ya que es más difícil percibir con claridad los espacios más cerrados en los registros bajos.

Economía/saturación. A primera vista, esta antítesis parece una variante de las escalas de simple/complejo o de delgado/denso, pero quiero decir algo junto a las líneas de los estilos contrastantes de compositores como Gabriel Fauré (simple, severo) y Richard Strauss o Gustav Mahler (exuberantes). Algunos compositores parecen tener una afinidad natural con el empleo profuso del medio; efectos orquestales coloridos, una gama dinámica amplia, un espectro de alturas completo, profusión de temas y por lo general un elevado nivel de actividad rítmica; otros hacen un uso más conservador de sus recursos musicales. La Sinfonía Nº 8 de Mahler *(Sinfonía de los mil)* y el *Réquiem* de Fauré se encuentran en los extremos opuestos de este continuo.

Orientación. Hacia lo vertical/acórdico o lo horizontal/lineal. En las texturas orientadas hacia lo vertical (homofónico, "de voz igual") los tonos son dependientes (en cierto sentido), ya que se mueven juntos en acordes o se subordinan a la línea melódica. En las texturas orientadas a lo horizontal (contrapuntístico), las voces demuestran una independencia mayor y se entretejen entre ellas. Las preferencias de orientación suelen estar entre las características más distintivas de los períodos de estilo en la historia de la música y un cambio en la orientación básica suele ir acompañado o produce cambios mayores en las otras dimensiones de la música; por ejemplo, el comienzo del Barroco (ca. 1600) estuvo señalado por un repentino cambio de la orientación horizontal/lineal por la vertical/acórdica y seguido por muchos otros desarrollos radicales en el estilo musical.

Centro/interjuego. Por medio de esta antítesis me refiero al contraste entre la música en la que nuestra atención se centra en la actividad musical que tiene lugar a lo largo de un plano único (una melodía, una progresión de acordes o un solo instrumental prominente) y la música en la que el lugar de la actividad se desplaza (del agudo al grave, de un instrumento a otro, en forma de diálogo o conversación múltiple que nos obliga a desplazar nuestra atención hacia atrás o hacia adelante). Ejemplos típicos de esto incluyen al diálogo dramático entre las cuerdas bajas y las altas al comienzo de la 5ª Sinfonía de Shostakovitch, el interjuego entre los dos violines solistas y la orquesta en el Concierto en Re menor de J. S. Bach (BWV 1043) o el intercambio de material entre los instrumentos de viento solos en la sección de desarrollo de una sinfonía de Mozart o Beethoven.

Confusión. Uno de los valores musicales primarios es el sentido de confusión que resulta del entretejido contrapuntístico de melodías, al cual podemos responder primero dividiendo nuestra atención y luego interpretando los hilos enmarañados como superficie cuando su complejidad se hace demasiado grande como para permitirnos seguir cada línea a la vez. En el Concierto Brandeburgués Nº 2 de Bach, los cuatro instrumentos solistas (trompeta, flauta, oboe y violín) permanecen claramente separados por sus timbres heterogéneos aun cuando cada uno envuelve y es envuelto por los demás. Otros ejemplos notables de entretejido contrapuntístico incluyen el famoso pasaje del quíntuple contrapunto invertible de la coda del primer movimiento de la Sinfonía *Júpiter*, K. 551, de Mozart, y el no menos complejo desarrollo del primer movimiento de la 2ª Sinfonía de Brahms.[10]

Figuración. Es la organización de la música en esquemas. A veces, éstos son esquemas temáticos, pero suelen ser sólo decorativos, geométricos, y funcionar como esquemas de fondo en un empapelado de pared. Los usos de la figuración son múltiples; decorar una línea melódica, proporcionar un fondo o un acompañamiento texturados agradables para las melodías (como en las escalas y arpegios ligeros asignados al solista en un concierto para piano de Mozart), proveer movimiento rítmico y continuidad (como en las figuraciones de violín de un concierto de Vivaldi), completar el fondo armónico esbozando acordes (como en el Preludio en Do mayor del Libro *I* de *El clave bien atemperado* de Bach), desarrollar motivos musicales por repetición y secuencia y a veces como estructura pura, abstracta (como en la música atemática de Erik Satie), análogo musical al cubismo de las artes visuales.

Valores dinámicos

Con esta expresión me refiero a lo que creo que Susanne Langer pensaba cuando escribió que "las estructuras tonales que llamamos 'música' mantienen una estrecha semejanza lógica con las formas del sentimiento humano; formas de crecimiento y atenuación, flujo y almacenamiento, conflicto y resolución, arresto, terrible excitación, calma o activación sutil y lapso nebulosos..."[11] Junto con los valores tradicionales temporales/rítmicos, estas "for-

---
[10] Véase en especial el pasaje que comienza en el compás 204 del 1er. movimiento de la Segunda Sinfonía de Brahms.
[11] Susanne K. Langer, *Feeling and Form*, pág. 27.

mas" representan lo que muchos creen que son los aspectos más visibles de la música; movimiento, cambio y proceso. Los músicos suelen usar el término *dinámica* en un sentido más técnico, para referirse al nivel del volumen de la música y al muy importante contraste y las modulaciones entre los varios niveles de intensidad, y el uso actual no es incoherente con esta posición: en muchos de los valores citados más adelante el efecto se obtiene por medio de una correlación entre movimiento e intensidad.

Clímax. El proceso de construcción y que alcanza un alto punto musical, obtenido por alguno de los siguientes medios, o por todos ellos: aumento de la velocidad, aumento del volumen, comprensión de los esquemas y hechos musicales, engrosamiento textural, aumento de la frecuencia de los puntos de ataque musicales y muchos otros indicios (musicales) que señalan el clímax inminente, ya sea una explosión repentina o una construcción larga y gradual. Los oyentes occidentales han adquirido un paladar ahíto para los clímax, como resultado de obras, tales como la *Obertura 1812* de Tchaicovsky, que se ha convertido en parte regular de las celebraciones del día de la Independencia de los Estados Unidos de América, con cañones y fuegos artificiales. La ubicación y la intensidad relativa de los clímax en una obra musical es una cuestión que interesa tanto al compositor cuanto al ejecutante, ya sean planeados como conjuntos de picos equivalentes en lo estructural o como clímax únicos y monumentales. Nuestras expectativas del clímax están condicionadas, sin duda alguna, por las nociones culturales de tiempo y teleología; en la tradición occidental, el clímax es más una propiedad de los finales que de los comienzos (aunque los finales no siempre implican un clímax) y hay pocas obras que alcancen su punto cumbre en un momento temprano y luego decaigan gradualmente.

Los anticlímax son igualmente efectivos en música; momentos de intensidad y concentración silenciadas en los que la atención máxima se concentra en la mínima actividad musical, como sucede, por ejemplo, en esos emocionantes momentos de los actos finales de las óperas de Verdi (con frecuencia, escenas de muerte) en los que la línea melódica parece oscilar en un conjunto de frases suaves, libres en lo rítmico, o el cuarteto vocal canónico "Mir ist so wunderbar" del acto I de *Fidelio* de Beethoven, donde toda la acción dramática queda suspendida, mientras los cuatro personajes expresan sus respectivas emociones.

Los clímax y los senderos musicales que conducen a ellos pueden ser racionales o irracionales, por ejemplo, logrados por medio de las propiedades estructurales tradicionales de la música o en una forma más naturalista y dramática. Un ejemplo elemental de semejantes clímax racionales es el famoso crescendo de Rossini que se oye en las oberturas de óperas como *La gazza ladra, La Cenerentola* y *Semiramide*. Se repiten frases regulares, periódicas, con texturas que gradualmente se van engrosando, el volumen aumenta y se agregan cada vez más instrumentos hasta llegar al pico; en este punto las cuerdas tocan un trémolo apoyadas por escalas rápidas de trombón que sirven para prolongar el clímax hasta la cadencia final. La escena de tormenta del comienzo de *Otelo* de Verdi ilustra un clímax más "irracional" que sigue a un texto meteorológico realista: rayos y relámpagos, repentinos intervalos de calma, mares encolerizados, repentinos disparos de cañón y gritos dramáticos. Es más difícil lograr el descenso luego de un clímax; tales pasajes suelen ser abruptos y rara vez se extienden en grandes longitudes.

Semes expresivas. No hay duda de que dentro de un segmento limitado de una cultura musical es posible estructurar y comunicar formas específicas de significado expresivo; semes según el término de Eero Tarasti.[12] Algunos de los semes comunes en la tradición occidental no sólo incluirán a lo lírico y lo dramático sino también a lo trágico, lo épico, lo heroico, lo cómico, lo sagrado, lo cataclísmico, lo apoteótico y quizás hasta también los estereotipos de personalidad tradicionales, como el melancólico, el sanguíneo, el colérico y el flemático.[13] Como ejemplo de lo lírico y lo dramático, los lectores pueden comparar los comienzos de dos conciertos para piano de Mozart: K. 488 en La Mayor (lírico) y K. 491 en Do menor (dramático). Tales semes pueden ser parte de la experiencia humana universal pero su significado no se comunica de manera automática a un integrante de una cultura extrema por medio de la música sola; mientras todos los seres humanos experimentan cosas tales como tensión, el paso del tiempo, movimiento, sentimientos de crecimiento y decaimiento, orientación hacia y extensión en el espacio circundante, esquemas rítmicos familiares y acentos de expresión, repetición rítmica, ambigüedad, expectativa y cosas por el estilo, su valor cultural y su escala relativa de intensidad diferirán mucho y estarán representados en una tradición musical en formas únicas a la cultura progenitora. Pero dentro de la sociedad musical occidental se ha establecido con firmeza una cantidad determinada de semes básicos que hace virtualmente imposible que inclusive un miembro desinformado de esa sociedad confunda su significado. Aun cuando estos semes aparecen en la música abstracta (una sinfonía o una sonata) podemos responder del modo apropiado, por nuestra familiaridad con la misma forma de expresión en la música con texto, título específico, abiertamente programático o que posee alguna otra clave extrínseca al significado implicado en la música.

Unas pocas reflexiones adicionales: la cantidad de semes es limitada, restringida a ciertas cualidades más elementales de la expresión humana. Sus características musicales distintivas son más fáciles de equiparar con las respuestas físicas reales (tensión, pulso, presión sanguínea, fatiga, respiración, excitación) que con las emociones que asociamos con estas respuestas; la conducta física y, por lo tanto, las asociaciones que semejante conducta despierta, se desencadenan ante una conducta musical análoga. Pero parece haber pocas posibilidades de formular un conjunto de reglas musicales específicas que, en cualquier condición, produzca la misma respuesta precisa. Un seme es el resultado de un grupo de conductas musicales específicas *más* las asociaciones

---

[12] Eero Tarasti, *Myth and Music,* págs 71-129.
[13] Para versiones musicales de los "cuatro humores" tradicionales, véase la Sinfonía n° 2 de Carl Nielsen (1902) y *Theme and Four Variations* de Paul Hindemith (1947).

evocadas en los miembros de nuestra sociedad; de aquí que el sentimiento de lo sacro en la escena de Cáliz Sagrado en el Acto I de *Parsifal* de Wagner se comunica por medio del *tempo* lento, el temperamento solemne y el material musical que conjura recuerdos de la música religiosa de comunión. Para un devoto hindú de Krishna, semejante seme carecería de significado si no se le explicara.

Tensión/distensión. Es una de las respuestas fisiológicas más elementales. Se puede argumentar que el más importante de todos los ritmos subyacentes de la música es el binario de *alternancia:* entre el sonido y el silencio, lo fuerte y lo débil, el flujo y el reflujo, la sístole y la diástole, la estabilidad y la inestabilidad, la ambigüedad y la certeza, la acción y el reposo, la rigidez y la libertad. Semejante ritmo binario se actúa en todos los niveles jerárquicos de la música; podemos conocer conscientemente ritmos mayores, pero las tensiones y distensiones subcutáneas con las que respondemos a la superficie musical pueden pasar inadvertidas, registradas sólo por reacciones musculares inconscientes y las fibras nerviosas correspondientes en el cerebro. Aquí tratamos una vez más sobre los resultados del condicionamiento cultural: toda la gente experimenta tensión, pero podemos interpretarla de distintas maneras, respondiendo de modo único a ella y reaccionando según distintas escalas de tensión. La tensión que un oyente occidental advierte en los estilos tradicionales del canto japonés tendrá un significado distinto para el cantante y su auditorio usual.

La música occidental es una jerarquía compleja de niveles estructurales, cada uno con sus propias periodicidades y alternancias de tensión y relajación, creadas por esquemas de relaciones de acentos, duraciones y alturas (consonancia y disonancia). Cualquier perturbación en el flujo predecible de estos ritmos se puede experimentar como afecto. La tensión en la música puede ser el resultado de la disonancia, la inestabilidad (ambos implican la necesidad de resolver, en consonancia y/o estabilidad) la ambigüedad, la complejidad, la desviación, la implicancia; la distensión llega con forma de consonancia, estabilidad, certeza o referencia, simplicidad o reconocimiento de la estructura, regreso a la normativa, cumplimiento de la expectativa. Como ejemplos de tensión en la música, sugiero la pausa dramática cerca del fin de *Don Juan* de Richard Strauss, la construcción de la disonancia justo antes de la coda silenciosa de la *Sinfonía de los salmos* de Stravinsky, las ambigüedades armónicas en la instroducción lenta del cuarteto *Disonante* de Mozart, K. 465, el comienzo del último movimiento de la Novena Sinfonía de Beethoven y el efecto a nivel de superficie de la figura de suspensión en la música del Barroco.

Crecimiento / caída. Sentimientos de aumento, ímpetu, mantenimiento de la identidad, extensión, ampliación, asimilación, y continuidad, en tanto se oponen a los sentimientos de disminución, pérdida del ímpetu, abreviación, discontinuidad, pérdida de centro y disolución. Se ha aplicado a menudo la metáfora del desarrollo orgánico en la literatura estética reciente, al ver al arte, y en particular a la música, como un análogo del proceso vital: la evolución de un todo musical coherente a partir de la sustancia melódica seminal, cada etapa procediendo inevitablemente de la anterior. Barny Childs ha proyectado una "curva narrativa como modelo de nuestras expectativas tradicionales tanto en la vida cuanto en la música; un ascenso gradual hasta el clímax y una caída más veloz:[14]

Como excelentes ejemplos de crecimiento en música, sugiero el preludio orquestal de Tchaicovsky a *La reina de espadas* o el interludio en el Acto III del *Wozzeck* de Alban Berg. Los ejemplos de caída musical o disolución son más raros, pero efectivos; un buen ejemplo es el final del movimiento lento de la Sinfonía *Heroica* de Beethoven.

*Atleticismo.** Puede parecer extraño insertar semejante categoría de valor musical pero sospecho que la gente responde al sentimiento de la actividad atlética y el logro diestro que implica, por supuesto, más que la habilidad de interpretar un 20 % más de notas que cualquier otro en el mismo espacio de tiempo. Es probable que esta respuesta difiera poco de lo de un espectador en un evento atlético; la música y el deporte tienen mucho en común, en especial en la organización de su dimensión temporal pero también, de manera más abstracta, si equiparamos la dimensión musical de la altura con el uso atlético del espacio. Un campo de juego, una pizarra, piezas móviles, encuentros e interacciones, oposiciones y resultados, piezas que se interpenetran, jugadas, líneas y vectores. El atleticismo en la música puede sugerir el sentido de ganar (contra las posibilidades, un cronómetro, un oponente, obstáculos técnicos en apariencia insalvables), de competir (como en el género del concierto) o simplemente un sentido de ejercicio o juego muscular saludable y flexiones rítmicas (como en el concierto para violín del Barroco). Como ejemplo de atleticismo extremo en la ópera, sugiero el aria para tenor "Ecco ridente in cielo", de El barbero de Sevilla de Rossini o cualquier aria para soprano de coloratura.

Como contraparte de este valor, podemos agregarle alto valor musical al sentimiento de simplicidad trascendental proyectado en obras, tales como la Sonata para piano en Mi mayor de Beethoven, op. 109 (la afirmación final del tema en el último movimiento), y el soliloquio de Ascenbach junto al pozo en el acto final de *Muerte en Venecia* de Benjamin Britten. La música tiene muchas formas de sugerir esta visión de la simplicidad ideal: tonalidad clara, sin perturbaciones; centro en una melodía simple con acompañamiento mínimo; movimiento lento, periódico y regular; ausencia de ambigüedad; texturas simples y timbres puros. Todo simboliza un regreso a la simplicidad primordial.

Finales de este tipo se popularizaron en la música de los siglos XIX y XX, con la evocación de un conjunto de asociaciones: regreso al útero, el esta-

---

[14] Barney Childs, "Time and Music", pág. 195; véase también el famoso "Seven Ages of Man" (las siete edades del hombre), monólogo del acto II, escena 7 de *Como gustéis*.

do simple previo a la creación, reunión con lo divino o con la materia indiferenciada, el paraíso, fin de todo dolor y tensión. En general, la noción occidental de final implica una expectativa de un estado más simple y no de uno más complejo.

Ambigüedad. Valor importante en todas las artes pero propiedad especial de la música. La mayor parte de la música se escribe dentro de un sistema, gobernada por conjuntos de probabilidades, reglas, preferencias e implicancias que generan una corriente continua de expectativa en el oyente, que constantemente confronta las realidades de la pieza con las probabilidades del sistema como él lo entiende, interpretando como afecto a las desviaciones de la norma.[15]

No todos los hechos musicales implican tendencias, y en aquellos que las implican, muchas de las implicancias son claras y sin ambigüedades, pero otros hechos musicales originan tendencias ambivalentes o ambiguas; un sentimiento de posibilidades de competencia o un afecto que se resiste a la interpretación. Semejantes ambigüedades musicales son especialmente fuertes en lo muy simple y lo muy complejo. En lo muy simple, la dispersión de los indicios musicales sugiere referencias, conclusiones y resoluciones múltiples; en lo muy complejo, las posibilidades de competencia se anulan entre sí. Los compositores han hecho buen uso de la ambigüedad para muchos propósitos: estructuralmente, para intensificar el efecto de regresar la estabilidad tonal o métrica; tonalmente para obtener modulaciones nuevas e inesperadas; como medio de comunicar un sentido de misterio; como recurso para crear tensión. En la música occidental la ambigüedad suele ser una propiedad de los comienzos y los medios pero raras veces (hasta hace poco) de los finales. No se puede ser más específico sobre la ambigüedad en la música sin tornarse muy técnicos, pero se pueden citar algunos ejemplos: el comienzo del *Parsifal* de Wagner es un ejemplo insuperado de casi total ambigüedad dentro de una línea melódica única, y ya hemos mencionado la ambigüedad armónica en la lenta introducción al cuarteto de Mozart, K. 465. En un sentido, todo nuestro procesamiento de una obra musical es una reinterpretación sucesiva de la ambigüedad percibida; a medida que una pieza se va desarrollando, sus posibilidades disminuyen hasta que la total ambigüedad de los comienzos queda reemplazada por la total certeza de su forma completa.

Valores temporales

La temporalidad en la música ha sido uno de nuestros temas principales[16] y todos los valores musicales (aparte de los sonidos aislados y simultáneos) incluyen lo temporal en alguna medida. Pero nuestra preocupación se basa ahora en esos fenómenos musicales que tradicionalmente se han identificado

---

[15] Véase Meyer, *Emotion and Meaning,* pág. 32.
[16] El lector puede querer consultar la exposición sobre el tiempo en el capítulo 3.

con la dimensión del tiempo: ritmo, *tempo* y movimiento. Cada obra musical establece su propia escala temporal (la estructura jerárquica de compases, grupos, frases, proporciones de movimiento) a lo largo de la cual se proyectan los hechos de la obra (el sentido de movimiento o estancamiento, normativo o desviado, etcétera).

Ritmo motor. Quizás el mayor valor temporal básico es el sentido de actividad rítmica regular y vigorosa que oímos en obras, tales como el *Bolero* de Ravel y *Carmina Burana* de Carl Orff, esquemas reiterativos fuertemente acentuados que hacen que los oyentes acompañen con sus pies, tamborileen con sus dedos o tengan alguna clase de respuesta muscular interna para seguir las pulsaciones musicales. Los compositores barrocos como Antonio Vivaldi corporizaban este impulso rítmico motor en sus conciertos para solo y orquesta y desarrollaron el concepto de *tempo giusto* (en italiano, "tiempo correcto") que se enseñó por tradición y se encontró por instinto. El ritmo motor exige tanto repetición cuanto acento recurrente, pero no hace falta que ambos coincidan. Stravinsky, en la 2ª sección del Acto I de *La consagración de la Primavera*, mantiene brillantemente el sentido del impulso rítmico vigoroso, compensado por acentos rítmicos marcadamente irregulares sobre los tiempos débiles. Todos los valores musicales hacen su efecto más fuerte por contraste, y toda una noche de marchas militares pierde su efecto después de unas pocas selecciones; el sentido de iniciar un pasaje de ritmo motor o de liberación de semejante pasaje hipnótico es más fuerte que su continuación.

Proporción. Rápido/lento, *tempo*. La escala temporal de una obra musical consiste en una cantidad de proporciones o periodicidades entrelazadas, la proporción de pulsación, la de acentos, la de las unidades regulares más cortas de actividad superficial (llamada "referente de densidad" por los etnomusicólogos),[17] las proporciones de esquemas, de frases, la proporción en que se suceden los hechos a lo largo de esta escala temporal y otras periodicidades mayores. Nuestra vida diaria es, de modo similar, una jerarquía de proporciones entrelazadas: la proporción de las manecillas del reloj, el programa diario de obligaciones, nuestras necesidades biológicas y los ciclos fisiológicos diurnos, las proporciones de pulso y respiración, la proporción de hechos cotidianos que ocurren a lo largo de nuestra escala de tiempo y la puntúan y otras por el estilo. Tendemos a interpretar nuestra música y nuestras vidas como un pasaje teleológico a través de una jerarquía de ciclos temporales, pero ésta traiciona nuestra identidad como integrantes de la sociedad occidental.

El *tempo* no es un juicio absoluto, sino una relación entre alguna proporción seleccionada arbitrariamente en la música (por lo general la que identificamos como *compás*) y nuestra noción de lo que queremos decir con términos como *rápido, moderado, lento* y varios matices a lo largo de la escala. Los juicios individuales pueden variar mucho; un compositor puede con-

---

[17] Véase Mantle Hood, *The Ethnomusicologist* (Nueva York: McGraw-Hill, 1971) págs. 114-16.

cebir a su música en compases principales lentos, con el espacio interviniente lleno de texturas esquematizadas de actividad de superficie; el oyente se puede centrar en la proporción de superficie e interpretar la música como "rápida", lo cual, en cierto sentido, es verdad. Por lo general se acepta que se interpreta a los *tempi* como "moderados" cuando son paralelos a la velocidad del pulso, "rápidos" cuando exceden esta velocidad en un grado significativo y "lentos" cuando se retrasan con respecto a ella. Los *tempi* suelen hallarse en un estado de fluctuación y rara vez mantienen proporción alguna con la precisión mecánica; se interpreta a la velocidad creciente como excitación y a la decreciente como disminución de la tensión. El *tempo* firme del ritmo motor se percibe como constante, pero el *tempo rubato* variable de un nocturno de Chopin (que a veces se retrasa y otras avanza con ímpetu respecto de la proporción básica con las desviaciones artísticas) es también un efecto musical atractivo y una fuente de valor.

Jerarquía. En el capítulo 3 destacamos la naturaleza jerárquica de la escala temporal en la música occidental. Uno no suele ser más consciente de esta jerarquía de lo consciente que es de la jerarquía de los niveles tipográficos de un mapa, pero las periodicidades más largas en los niveles mayores de la jerarquía musical son tan difíciles de ver como la palabra *Canadá* extendida sobre un mapa de Norteamérica, con sus letras separadas por nombres de pueblos, ciudades y provincias. La *Fantasy on the Dargason* de Gustav Holst, de su Suite en Fa para banda militar, es una brillante demostración de los distintos niveles arquitectónicos de la música; al escuchar esta obra, la atención se ve obligada a cambiar de la veloz melodía del comienzo de la melodía de "Greensleeves" interpretada en un *tempo* más lento; cada una de las dos melodías se articula en un nivel distinto en lo jerárquico y las medidas del anterior se convierten en los compases del posterior.

Logogénico/melogénico. Son términos acuñados por Curt Sachs, que literalmente significan "nacido de palabra" y "nacido de melodía".[18] El tiempo musical tiene sus propias características intrínsecas pero a veces emplea los esquemas temporales del lenguaje, como en los recitativos de ópera y en los varios estilos de canto sacro. El tiempo del lenguaje es más irregular, más constante en *tempo* y más uniforme en jerarquía que el tiempo de la música, que es más regular, caracterizado por una mayor variedad de tempi y una jerarquía más exagerada. La proporción de lenguaje se determina en parte por las características del idioma (por ejemplo, el ritmo del italiano es mucho más veloz que el del alemán o el ruso) y el significado transmitido por el lenguaje se pierde a menos que el hablante siga la norma. Hablar dos veces más rápido o más lento puede hacer que el oyente pierda el significado, pero la música emplea aumentos y disminuciones de 4:1 y 8:1 en el *tempo*. La jerarquía de lenguaje se puede representar como sílaba-palabra-oración, pero la jerarquía, hasta de la más simple de las piezas musicales, podría con facilidad ser doblemente precipitada; varios niveles de subdivisiones/divisiones de tiempos/tiempos/compases/frases/agrupamientos de frases. Como ejemplos de ritmo logo-

---

[18] Curt Sachs, *The Rise of Music in the Ancient World*, págs. 41-43.

génico, sugiero un pasaje de recitativo *secco* de *Don Giovanni* de Mozart o los ritmos de lenguaje más naturalistas de *Riders to the Sea* de Vaughan Williams; como ejemplo de ritmo melogénico, un aria de Mozart bastará.

Libre/estricto. Es el grado de control temporal (aparente). En la tradición occidental se considera al sentido preciso del tiempo como normativo, con la libertad temporal como una desviación agradablemente expresiva, cosa poco sorpresiva en un arte que destaca a los músicos que tocaban en grupos y solían acompañar a la danza. La necesidad práctica se ha convertido en una fuente de valor artístico. Pero, a la vez, hemos llegado a valorar la aparente espontaneidad y libertad que inferimos en las fantasías, toccatas, preludios, cadencias, recitativos, etcétera. A veces parecería que las piezas se improvisaran en el lugar, y podemos considerarlas más como procesos que como objetos. En una escala menor, los compositores han insertado, con frecuencia, semejantes momentos de libertad relativa entre secciones más estrictas de una pieza, como interludios o transiciones. Y aun dentro de una sección relativamente estricta hay muchas oportunidades para la libertad: sutiles modificaciones del *tempo* (algunas prescritas, otras no), *fermate* (del italiano, "sostenidas") y otras desviaciones menores del ritmo firme de tiempos y acentos. De hecho, es característica de muchos ejecutantes sin experiencia su tendencia a tocar con una regularidad mecánica perturbadora.

Pero alguna música es realmente libre, sólo con un mínimo control del flujo temporal, en especial en algunas regiones de Asia y en el repertorio solista. En otras ocasiones, el sentido de libertad es ilusorio; el ambiguo comienzo del *Parsifal* de Wagner está bajo un control temporal completo pero el compositor procuró intencionalmente evitar cualquier implicancia de organización métrica estricta. El pasaje del tiempo musical libre al estricto ha evolucionado en un importante arquetipo formal en el mundo de la música, en la forma de pieza lenta, organizada libremente y seguida por una pieza más rápida, organizada de manera más estricta, como en el recitativo y el aria de las operas del siglo XVIII, el preludio y la fuga para teclado del Barroco, la introducción lenta y el primer movimiento con forma de sonata de la sinfonía clásica o el *alap* y *tanam* de la India.[19] En semejantes piezas, sentimos primero una música de *devenir*, luego una de *ser*.

Movimiento/estancamiento. Damos por sentado que la música tiene movimiento, ya que, por supuesto, lo tiene. Los cuerpos sonoros vibran, las ondas sonoras se mueven hacia el oyente, cuyos aparatos auditivos y sistema nervioso central se mueven en respuesta, pero la ilusión de movimiento en la música es algo distinto. El movimiento que identificamos en la música no es un concepto simple, aunque así pueda parecerlo al principio; incluye las ideas de continuidad, la proporción de recurrencia regular, la identidad de un tema, la proporción aparente de pasaje a través del tiempo, la dirección hacia un objetivo futuro, nuestra propia maduración temporal en el transcurso de una obra musical y la diferencia de proporción entre nuestros propios cambios de esta-

---

[19] Para una exposición más completa del arquetipo libre/estricto, véase Lewis Rowell. "The Creation of Audible Time", págs. 204-9.

do y los que se perciben en la música. Parte de la confusión surge de la imposibilidad de definir con precisión nuestros términos y nuestra suposición de que el movimiento se produce por todos los tipos de cambio. Nuestro ejemplo de movimiento más simple es la *locomoción,* cambio de lugar, y la música proporciona en realidad muchos ejemplos de locomoción. Su esquema de vibración se mueve a través del espacio, como lo he señalado, hacia el oyente, un tema puede moverse de instrumento a instrumento o de un registro más agudo a otro más grave. Pero estos movimientos, aunque tienen lugar en el tiempo, son primariamente espaciales y no temporales. Otros hechos musicales que nos conmueven como móviles se pueden describir como un cambio de estado o de cualidad pero es cuestionable que el tiempo, en tales casos, sea algo más que el campo en el que se dan tales cambios.

Creo que por lo general queremos decir cuando hablamos de movimiento musical de una suerte de movimiento *vehicular,* similar al del progreso de un ferrocarril a lo largo de las vías; el movimiento puede ser intermitente o tener una proporción variable o constante, pero percibimos una identidad musical continua que pasa por nuestro campo auditivo. Si aceptamos la paradoja de que el vehículo está, él mismo, en un proceso de cambio virtualmente constante, la analogía se hace más apropiada.[20] Para complicar la cuestión, la escala temporal de la obra entera (aunque sólo una porción de ella se revela a nuestra audición en cualquier momento) se establece y modifica por medio de los estados sucesivos del vehículo. Estas reflexiones apenas sugieren la complejidad del problema filosófico implícito al tratar de definir el movimiento en la música, pero por lo menos pueden servir para introducir la idea de que se puede interpretar al "flujo" de música como movimiento o estancamiento.

Consideramos al movimiento como normativo para la música; las sucesiones lógicas de tonos, acordes y frases que generan y resuelven las tendencias, sugieren y completan implicancias, impulsan identidades musicales (temas, motivos, gestos) a varias proporciones y las dirigen hacia un objetivo futuro. Podemos volver atrás los temas, invertir el orden de hileras dodecafónicas, retrogradar los esquemas rítmicos e invertir el orden de hechos musicales y secciones formales pero no tenemos modelos sobre los cuales basar el sentido de un flujo del tiempo hacia atrás. Quizá podamos interpretar una serie de hechos cortos y repetitivos como un pasaje continuo a través del mismo período de tiempo (con el tiempo puesto, por así decirlo, lado a lado) pero creo que es más probable que interpretemos cualquier partida semejante de la teleología tradicional de la música como algo estático: un continuo presente, el mítico "eterno retorno",[21] la atemporalidad,[22] la rendición del yo en estados de

---

[20] David Epstein desarrolla esta excelente analogía en su estudio "On Musical Continuity" págs. 181-82.

[21] Me refiero aquí al concepto de Mircea Eliade del tiempo primordial (*in illo tempore*) como lo expone en *The Myth of the Eternal Return,* traducido al inglés por Willard R. Trask, Bollingen Series 46 (Princeton: Princeton University Press, 1954).

[22] "Tiempo vertical" como lo describe Jonathan D. Kramer, "New Temporalities in Music", págs. 549-52.

conciencia extendidos u otros modelos de tiempo suspendidos. Los ejemplos de música estática comenzaron a aparecer en el siglo XIX y se han hecho más frecuentes desde 1950. Su denominador común es la continuidad sin objetivo, vehículo identificable o articulación de estructura. Es claro que la música que evita la estructura temática y/o las propiedades implicativas de tonalidad es más fácil de percibir como estática; la música tonal y temática es móvil por definición. Los siguientes tipos de música implican tal tipo de atemporalidad; la música con repetición extensiva, la música hipnótica y la que emplea continuas ondas de sonido, las piezas de sonido masivo, la música que no es jerárquica, la que se ordena de manera azarosa, las piezas minimalistas, la música ambigua en extremo, los clímax extendidos y la música del fluir de la conciencia con un amplio uso de la cita y la alusión a otras obras.[23] Otra paradoja es que la excesiva movilidad en la música puede hacer que nos desorientemos y percibamos a esta música como si fuera estática. En lo profundo, comprendemos que la esencia de la música es la vibración y que la vibración de los tonos y hechos musicales sostenidos es análoga a la energía palpitante de una célula viva; el movimiento no dirigido se interpreta como oscilación celular sonora, vibrante, a menudo placentera, pero que no es (en nuestra interpretación) movimiento en el sentido tradicional de la música.

Conflicto y desviación. Disfrutamos de cierta cantidad de interferencia placentera a los esquemas temporales normativos de nuestra música. La música que sigue servilmente el curso normal y observa los acentos predecibles pocas veces resulta interesante durante mucho tiempo, a menos que el interés surja como resultado de otras dimensiones de la música; timbres atractivos, una melodía apremiante u otras cosas por el estilo. El fenómeno al que llamamos síncopa (un desplazamiento de los acentos normativos) no es sino un ejemplo. El establecimiento de la escala temporal en una obra musical exige la fijación de puntos acentuales predecibles y periódicos, similares a las marcas de los centímetros en una regla y las marcas más pequeñas que indican los milímetros. Toda música que tenga algún interés rítmico se desvía de esta escala en alguna medida. Una desviación menor puede escapar a nuestra atención pero las desviaciones mayores se perciben como afecto. La gama de conflicto musical abarca desde la simple interacción de dos esquemas de fondo simultáneos (por ejemplo, dos contra tres) hasta la interacción compleja de dos o más temas en un pasaje de desarrollo sinfónico. La música puede inclusive corporizar el conflicto entre lo racional y lo irracional; los ritmos irracionales de un tamborilero africano superpuesto libremente sobre el fondo rítmico más complejo pero racional del ensamble.

El tiempo musical ha sido, por tradición, un tiempo sincronizado, común, pero algunos compositores recientes (Lutoslawski, Carter) han comenzado a explorar las posibilidades de la música no sincronizada y las líneas temporales múltiples dentro de la misma composición. En consecuencia, el conflicto musical puede ser localizado o penetrante, incluir dos componentes

[23] Véase capítulo 11.

o muchos; puede sugerir líneas musicales múltiples y no relacionadas o puede fundirse (en nuestra percepción) en una *gestalt* única y compleja. Establecer: la escala temporal en cualquier posición es fijar una norma. Uno puede desviarse de la proporción básica *(tempo)*, de la orientación temporal general (en una cadencia, un recitativo o en otro pasaje de tiempo más libre) o de la escala de acentos (como en la síncopa). Es obvio que existe una oportunidad de desviación de ese tipo (de hecho, es una necesidad) a medida que una composición pasa por sus sucesivas etapas: de la concepción del compositor, a través de su forma anotada y la ejecución del intérprete, hasta la percepción del oyente. A pesar de las súplicas de algunos compositores por la interpretación fiel de su música, es inevitable que ocurran ciertas desviaciones.

Valores estructurales

La palabra *estructura* es tal vez una de las que más uso abusivo se ha hecho en nuestro idioma. Al referirnos a la estructura de la música, solemos agrupar al descuido varios significados para los que los griegos habían desarrollado términos especializados, por ejemplo *schema* (forma o diseño externo), *taxis* (esquema y orden interno), *morphe* (forma como opuesta al contenido; el término más general para referirse a la forma) y *eidos* (principio causal, forma esencial).[24] Nuestros comentarios previos no han evitado la mención de algunos aspectos de la estructura, en especial en lo que respecta a problemas como el de la orientación estructural, el centro/interjuego, las proporciones temporales y la jerarquía. Todo ello es muy importante en cualquier consideración de la estructura de la música. El orden en el que hemos tratado los valores de la música y la taxonomía se ha preparado en una progresión que va desde los fenómenos que hacen impacto inmediato por medio de la sensacion diáfana hasta aquellos que requieren reflexión e interpretación. A medida que progresábamos en los valores más sensuales a los más estructurales el énfasis se iba desplazando de lo subjetivo a lo verificable; se pueden debatir la belleza, la significación y el significado de la estructura, pero no se puede discutir su existencia.

Principio causal. Es la idea que hace que una pieza sea como es, la visión del compositor de la totalidad.[25] Hay muchas obras musicales, cuya estructura es tan simple que consisten en un único pensamiento unitario, un bloque coherente de música. Pero en obras más complicadas es sorprendente ver qué pocos principios estructurales se han desarrollado que sean diferentes en esencia. Hay, más obviamente, innumerables variaciones sobre estos principios básicos. Sugiero cinco principios específicos que invaden el repertorio musical, descritos aquí en términos deliberadamente explícitos:

[24] Para mayor apoyo sobre estas distinciones, véase Lewis Rowell, "Aristoxenus on Rhythm", págs. 68-69.

[25] Me gusta especialmente el tratamiento que Paul Weiss hace de este problema ("el prospecto") en *The World of Art*.

estrófico, una cantidad no especificada de repeticiones exactas de un módulo musical, principio derivado de los versos y estancias de la poesía formal y obviamente apropiado para las canciones;

variación, una acumulación de revisiones sucesivas (por lo general, elaboraciones) de un módulo musical, como en un tema con variaciones;

girder (en inglés, "viga maestra"), una obra musical organizada en torno de (a veces *por encima de*) una línea musical única que da apoyo a la estructura de la misma forma en que una viga de acero encajonada soporta un pilar de concreto; un nombre más técnico para este principio es *cantus firmus* (canto llano), técnica empleada en los motetes medievales y en los preludios corales barrocos.

mosaico, una obra unida por la yuxtaposición de módulos musicales contrastantes, como en el rondó y las formas menores; sus dos valores primarios son el contraste y la repetición.

orgánico, una obra musical que se desarrolla a partir de alguna sustancia seminal en la forma de un organismo viviente, presentando propiedades como crecimiento, desarrollo, ambigüedad, tensión, complejidad creciente, clímax y quizá también caída. Esta categoría incluye tipos estructurales mayores, tales como la fuga y la forma sonata.

Varios de estos principios forman híbridos de éxito, como la variación y el *girder* en formas, tales como el *ground,* la *passacaglia* y la chacona; el mosaico y el orgánico en el tipo de rondó preferido de Beethoven, como en los últimos movimientos de su 3er. concierto para piano y su concierto para violín. Las breves descripciones presentadas antes han evitado, de modo deliberado, las cuestiones de tonalidad y estructura tonal pero es más que obvio que a estas formas se les puede dar una dimensión adicional que depende del grado de coherencia y/o de contraste tonal. Las formas estróficas tienden a evitar el contraste tonal, las formas de variación y girder lo minimizan en tanto que las formas de mosaico y orgánicas suelen emplear cadenas tonales (de claves relacionadas y distantes) y contrastes como parte principal de su estrategia formal.

Funciones estructurales, los papeles distintivos de los varios componentes formales de la música, cada uno caracterizado por un propósito formal específico y tácticas o conductas tonales/temáticas distintivas. Las funciones estructurales identificadas aquí se toman del repertorio musical que se extiende entre los años 1.700 y 1950; determinadas funciones estructurales, bien distintas, parecen estar surgiendo en la música compuesta en los últimos treinta años, pero es demasiado pronto para aislarlas con seguridad. Se puede describir a la función de cualquier componente de la estructura musical según su propósito (comienzo, afirmación, transición) y su conducta, tanto en lo tonal (estable, inestable) cuanto en lo temático (presentación, fragmentación, recombinación):

- *Comienzos,* varias formas convencionales de comenzar una pieza, con los siguientes objetivos tácticos: establecer la escala temporal de la composición, superar la inercia del silencio del marco, darle centro tonal y fijar el campo tonal, prever el objetivo, el nivel de energía y el peso acentual de la composición y otros temas semejantes. Se pueden distinguir cuatro estrategias comunes: *emergencia,* una suerte de creación musical *ex nihilo* (la Novena Sinfonía de Beethoven, 1); *arrastre,* llevar al oyente a la creación de tiempo musical sin ceremonia alguna (el Concierto para violín de Mendelssohn, 1); *afirmación,* comenzar la composición con un gesto dramático "mayor que la vida" (el *Don Juan* de Strauss); y *duración,* comenzar con una duración musical extendida e inarticulada (la Obertura *Egmont* de Beethoven). Las introducciones y los prefacios musicales de varios tipos son bastante comunes en la música de este período y suelen ser más lentos y de organización menos estricta que la sección que sigue.[26]

- *Finales,* formas convencionales de lograr un cierre musical con un sentido apropiado de finalidad, unidades terminales esquematizadas que resumen, refuerzan o dispersan las energías y tendencias tonales y rítmicas acumuladas en el curso de la obra. Las estrategias típicas de final incluyen la *repetición hiperbólica* por medio de cuerdas percutidas e intensidad rítmica (5ª Sinfonía de Beethoven, 4); *apoteosis,* una coda extendida y continua *(Sinfonía de los salmos* de Stravinsky); *duración* (obertura de *Sueño de una noche de verano* de Mendelssohn); disolución en un caos *(*Sinfonía *Heroica* de Beethoven, 2) y *regreso al comienzo (Peter Grimes* de Britten). Los finales, como los comienzos, tienden a ser retóricos; la mayor parte de las piezas terminan, pero pocas veces ese final es real. La reinstalación tonal es, por lo general, una propiedad de los finales de la música tonal, con muy pocas excepciones. No es extraño que se le den múltiples finales a una pieza.
- *Afirmaciones,* presentaciones temáticas, que incluyen también la transposición de un tema afirmado a otra clave, registro o instrumento.
- *Transiciones* y varios tipos de conjunciones musicales entre temas, secciones o cualquier otra unidad estructural. Hay dos tipos importantes: transiciones graduales, puntuales de refuerzo, que imponen un sentido de conexión entre un módulo y otro; e interludios/episodios, que sirven para separar más que para unir. Las transiciones suelen ser bastante inestables en su tonalidad pero los interludios pueden ser estables. Ambos tipos pueden usar material de la sección previa o de la siguiente o pueden estar hechos con un material totalmente distinto. Cuanto mayor y más orgánica sea la estructura, más probable será que emplee secciones de transición extensas.
- *Acercamientos,* pasajes inestables que crean tensión y dirigen la atención hacia el comienzo de una sección siguiente, dejando implícita la

---

[26] Los comienzos musicales se discuten más extensamente en Rowell, "The Creation of Audible Time".

llegada inminente a un punto estructural importante. Los acercamientos pueden presentar un largo acorde de preparación para la clave por venir o traer armonía en torno del punto de llegada apropiado, por medio de algún proceso continuo, tal como una secuencia armónica. Las características de un acercamiento incluyen la continuidad de proceso, tensión, preparación, implicancia y dirección a un objetivo.

- *Prolongaciones,* pasajes cuyo propósito principal es continuar el estilo y el sentido de la sección musical previa, ya sea extendiendo el dominio de la nota tónica o de la clave (a menudo por medio de un punto pedal) o prolongando la misma textura musical, sustancia temática y actividad rítmica. No es una repetición ni una variación sino una excrecencia de lo que lo precedió. Las prolongaciones son, con frecuencia, menos temáticas que las secciones cuyo efecto prolongan; aunque suelen ser semejantes en sus formas de acercamiento, miran más hacia atrás que hacia adelante.

- *Desarrollos,* pasajes que fragmentan y analizan material expuesto antes, presentando inestabilidad tonal, presentaciones temáticas en claves nuevas, conflicto e interacción, contrastes dramáticos y ambigüedad.

- *Combinaciones,* pasajes que sintetizan y combinan material antes expuesto, de forma sucesiva (impulsando motivos cortos en una línea melódica continua) o simultánea (como en la repetición de la obertura de Wagner a *Los maestros cantores de Nüremberg*).

- *Repeticiones,* el regreso de material previo, en especial cerca del fin de una obra y en la tonalidad original (en la recapitulación de virtualmente cualquier 1er. movimiento sinfónico de Haydn, Mozart o Beethoven). El sentido de reconocimiento que se produce por una repetición es uno de los valores estructurales más poderosos de la música.

Tema. Mucha música se organiza en estratos claros de figura y fondo, y acompañamiento o fondo musical más suave. La música temática se puede equiparar a la pintura o a la escultura representativas; se pueden exponer los quiparar a la pintura o a la escultura representativas; se pueden exponer los temas, reexponerlos, trasponerlos, variarlos, desarrollarlos, combinarlos y por fin reafirmarlos; la ambigüedad progresiva, la pérdida de identidad y la recuperación de la identidad y/o del contexto son valores melódicos importantes que suceden en la mayor parte de las obras del período en estudio. Se suele emplear a la música atemática en las introducciones, episodios, conclusiones o en otras secciones que enfaticen la continuidad rítmica, la inestabilidad o la textura ligera y diáfana. Lo que se suele tomar como música atemática es en verdad música en la que los elementos temáticos están oscurecidos por confusión de textura, falta de presentación clara en una línea musical prominente o en texturas contrapuntísticas donde la actividad temática se distribuya a todo lo largo de todas las partes. Sin embargo, hay ejemplos de música realmente atemática que confía en esquemas de superficie repetitivos para provocar la ilusión de estancamiento musical y presenta al fondo como sujeto (como en muchas de las piezas para piano de Erik Satie).

Melodía. Deliberadamente he evitado este tópico tan controvertido hasta ahora, prefiriendo no arriesgarme a especificar las características de lo que muchos oyentes creen que es la prueba final de una composición; si contiene o no un hilo de continuidad temática que (según sus preferencias) valga la pena no soltar. Los libros que aconsejan cómo escuchar música insisten en que el oyente inexperimentado se aferre al hilo melódico principal, el cual puede no ser un mal consejo *a menos que* el oyente pueda inferir de ello que la prominencia y carácter de una melodía son el criterio primario para juzgar una pieza. Para muchos oyentes, la *melodía* se iguala simplemente con los valores de *canción* o *tonada* y así se la debe juzgar. Pero los estilos melódicos cambian con casi tanta frecuencia como las longitudes de las faldas femeninas e inclusive en el siglo XIX podemos detectar una variedad de estilos melódicos distintos. Una línea melódica ornada, chopiniana; un cuasi-recitativo con esquemas rítmicos de ámbito estrecho y semejantes al lenguaje; un tipo de melodía más instrumental con un rango más amplio, saltos, escalas y figuras instrumentales idiomáticas, y un tipo de línea que oscila en torno de alturas únicas y se distingue por su contexto y fondo armónico más que por su melodiosidad.

Los valores principales de la melodía probablemente incluyan a los siguientes: *exposición*, el surgimiento de una línea musical; *forma*, las curvas y contornos distintivos, el rango y la naturaleza de los incrementos melódicos (pasos, saltos); *periodicidad*, cómo se articula una melodía por pausas de aliento regulares o irregulares, cesuras, cadencias, frases, esquemas de rima, como el proceso por el que se desenvuelve en el tiempo (la afirmación y el desarrollo de fragmentos motivadores, líneas largas continuas y cosas por el estilo); *tonalidad*, el aspecto referencial de la melodía, su centro interno sobre una altura y una escala central; e *implicancia*, la creación de tendencias y la desilusión o cumplimiento de las expectativas del oyente.

Nadie puede decir qué hace que una melodía sea "buena", aunque las melodías por demás complejas como las excesivamente simplistas pueden conmovernos como ser insatisfactorias. Nuestras preferencias melódicas, como las rítmicas, se forman en la temprana infancia y (más que cualquier otro valor musical) son productos del condicionamiento cultural. Es difícil escapar a las experiencias tempranas que nos enseñan que la melodía "debería ser" más lírica, como una canción, claramente tonal, no ambigua, periódica y con contornos graciosos. Las melodías más melladas, atonales, ambiguas, no implicativas, motívicas e instrumentalmente concebidas de Schoenberg, Hindemith, Stravinsky y Webern recompensan (en muchos casos) los esfuerzos de los estudiantes experimentados de música contemporánea pero enfrentan un gran obstáculo al tratar de ganar los corazones de los muchos cuyos valores musicales se han desarrollado mediante la exposición a modelos melódicos más simples y tradicionales.

Variación, la elaboración y/o revisión (y en ocasiones la simplificación) de sustancia musical previa, uno de los procesos más penetrantes en la música de todos los tiempos y lugares, actuando sobre uno de los valores musicales más elementales: el sentido de *identidad*. " Identidad preservada en medio del cambio" es quizá la definición más amplia de variación; *contraste* significa pérdida de la identidad o establecimiento de otra identidad. Es imposible decir en qué punto la repetición se convierte en variación (cuándo la cantidad de cambio inescapable requiere interpretación como cambio significativo) o cuando la variación se convierte en contraste (cuándo se pierde finalmente la identidad frágil en medio de las complejidades del cambio). Me aventuro a sugerir que la popularidad de la variación en la música del mundo se debe a su simbolismo psíquico; la preservación, el desarrollo y la reinstalación de la identidad del yo durante el paso por la vida. La variación se compromete con un valor musical asociado el interjuego de *estructura* y *decoración*. La música es de por sí un arte decorativo aunque la cantidad y la clase de decoración varía con el estilo y el período.

Tonalidad, la propiedad referente de la música que establece y actúa sobre la fidelidad de alturas a un tono de referencia (la "tónica"), una escala y a veces toda una red de relaciones de altura. No me refiero sólo a un punto referente fijo, sino al proceso que determina las propiedades implicativas de todos los tonos musicales. La tonalidad en la música es más fácil de oír que de describir; su efecto auditivo está programado en toda experiencia humana de la música.

Grupos de valores

Nuestra enumeración de los valores musicales precedentes puede sugerir que son fenómenos separados que se perciben y juzgan de a uno por vez pero, por supuesto, no es éste el caso. A veces podemos conocer un proceso o un efecto musical simples que eclipsan todos los otros aspectos de una obra musical pero con más frecuencia el impacto de una composición es el resultado de un interjuego de muchas cualidades musicales (a veces cada una refuerza a la otra, a veces se contradicen). Las obras de éxito en los muchos y variados géneros y formas presentan sus propios conjuntos de valores distintivos, que intento aislar en las próximas páginas. Llamo "racimos de valores" a cuatro de los diseños musicales mayores; tema con variaciones, fuga, forma-sonata y concierto. Algunos de estos valores pueden tener una aplicación mucho más amplia (quizás hasta universal), pero me gustaría aclarar que en este contexto se trata de valores del período estilístico dentro del que estas formas se desarrollaron y el resultado de cierta cantidad de decisiones y preferencias personales de los compositores que escribieron en estas formas y por eso crearon modelos para los compositores posteriores.

Tema con variaciones (como en las Variaciones *Diabelli* de Beethoven o en sus Variaciones para piano, op. 35), uno de los planes formales más populares de la historia de la música desde el Renacimiento, que destaca estos valores:

- *Identidad preservada en medio del cambio,* en que ciertas características del tema (melodía, bajo, progresión armónica, estructura de frase) se retienen en las sucesivas variaciones, produciendo así unidad en la variedad.
- *Decoración,* la elaboración del tema en formas coherentes con el estilo y las preferencias prevalecientes.
- *Ingenuidad,* en que la habilidad del compositor al crear nuevas variaciones está constantemente en exhibición y se convierte en uno de los objetivos principales de la pieza.
- *Amplificación,* en la que características del tema están sujetas a una ampliación progresiva.
- *Profusión,* gusto por la abundancia de tratamiento nuevos e interesantes en cada variación del tema. Algunas piezas se admiran por su economía de medios y justeza de organización, pero no variaciones.
- *Acumulación,* en la que las variaciones son una estructura paratáctica (no sintáctica), y hacen su efecto por un proceso aditivo.[27]

  Integridad, las obras músicales de mayor éxito nos convencen de que han obtenido una cierta *gestalt* y están en verdad completas. En las variaciones no hay límite para las posibilidades que se puedan inventar, pero el compositor usualmente se las arregla para hallar cierres convincentes, ya sea agotando a su auditorio o por una suerte de procedimiento de suma que señala el cierre inminente.
- *Jerarquía limitada,* se puede subdividir al tema mismo y cada una de sus variaciones en los niveles jerárquicos usuales (secciones, frases, compases, tiempos, divisiones y subdivisiones de tiempos) pero pocas veces hay nivel más alto que la totalidad de la obra. La estructura de un tema con variaciones es modular; y aun si los módulos (variaciones) no tienen la misma longitud, se los percibe, en cierto sentido, como iguales en que su proporción de longitud a los puntos sobresalientes del tema es constante: mitad de camino en el tema es mitad de camino en el tema, ya se lo logre en diez segundos o en cuatro minutos. Raras veces hay estructuras profundas en las obras de tema con variaciones; la atención se centra en el detalle de superficie.
- *Temporalidad,* el tiempo de un tema con variaciones a secuencial, constante (por las razones antes expuestas), cíclico (ya que cada variación vuelve a empezar), modular, direccional aunque no especialmente teleológico, ya que no hay objetivo particular a la vista ni punto especial alguno por el que se espere llegar a un objetivo.
- *Estancamiento tonal,* las variaciones suelen no depender de las claves contrastantes y de las relaciones de claves para su estructura general; la

---

[27] Aunque, por supuesto, se pueden superponer varios diseños sintácticos sobre un conjunto de variaciones, como en el 4° movimiento de la Sinfonía nº 4 de Brahms, que incluye un conjunto de variaciones repetidas.

variedad armónica y la textural se consideran más importantes que la variedad tonal.

- *Fuga* (como en cualquiera de las fugas de J. S. Bach) en los dos libros de *El clave bien atemperado*, un género contrapuntístico para teclado que surgió a fines del Renacimiento y se desarrolló como una de las formas más características del Barroco:
- *Economía,* sacar mucho de poco. Las fugas son composiciones ajustadas en extremo y se suele desarrollar toda la composición a partir de la estructura distintiva interválico/rítmico del sujeto.
- *Inteligencia,* evidente u oculta. Escribir una fuga exige destreza en el contrapunto y habilidad para mantener el progreso inexorable de la obra. Se suelen explotar los recursos aprendidos como el aumento, la disminución y la inversión.
- *Confusión,* un sentimiento agradable de inmersión en un proceso que avanza en medio del tejido complejo de la textura musical.
- *Identidad preservada en medio del cambio,* pero en un sentido distinto que en el tema con variaciones; la identidad en una fuga es una línea musical única (el sujeto) rodeada por un contexto en cambio constante. La identidad del sujeto se afirma de manera intermitente, y desaparece por cortos períodos y luego reaparece.
- *Imitación* entre las varias partes, obligándonos a escuchar de una forma oblicua o diagonal, haciendo una conexión mental entre el mismo hecho musical expuesto de manera sucesiva y superponiéndose en las diferentes partes.
- *Continuidad,* un sentido de movimiento inevitable y perpetuo a un promedio de velocidad regular. La temporalidad de una fuga es, por lo general, inclusive severa, del principio al fin, aunque hay momentos de menor actividad y textura más ligera, que proporcionan descanso. El movimiento que percibimos en una fuga es el resultado de la actividad rítmica constante distribuida entre las varias partes y el ritmo de nivel de superficie de disonancia/consonancia que ayuda a que la obra avance.
- *Interjuego tonal,* en tres etapas sucesivas: exposición en la tonalidad principal, movimiento hacia y entre tonalidades relacionadas y, por fin, reafirmación de la tonalidad principal. A todo lo largo de la fuga se puede oír otro tipo de interjuego tonal; la alternancia de pasajes de tonalidad estable e inestable.
- *Combinación,* la solución de un rompecabezas musical aparente, uniendo varios elementos temáticos en nuevas combinaciones, lo cual se da con mayor frecuencia a medida que la pieza se va acercando a su fin.

Forma sonata (como en el primer movimiento de la sinfonía en Sol menor K. 550, de Mozart, o el de la 4a. Sinfonía de Beethoven), estructura compleja desarrollada durante el período clásico por compositores como Haydn, Mozart y otros:

Argumento, un ciclo dramático de establecimiento (exposición), conflicto (desarrollo) y restauración (reexposición) análogo a uno de los principios estructurales penetrantes en el drama occidental.

Estructura (sintática) paralela, entre la exposición y la reexposición, desviándose por medio de varias extensiones, inserciones, abreviaciones y distintas tácticas tonales.

Diferenciación de funciones estructurales, comienzos y finales múltiples exposiciones diferenciadas de las transiciones, desarrollos, llegadas, retrasos y acercamientos.

Procesamiento del material musical, en especial en la sección de desarrollo, en la fragmentación y combinación de varias formas ingeniosas.

Predecibilidad, la estructura de la forma-sonata sugiere muchas posibilidades para estimular y engañar a la expectativa, confrontando al presente inclusive con el recuerdo del modelo pasado.

Estabilidad e inestabilidad, un ritmo que recorre toda la obra pero en especial en el gran esquema de exposición (estabilidad/inestabilidad contrastadas), desarrollo (mucha inestabilidad) y reexposición (estabilidad recuperada).

Promedios de movimiento variable, correlacionados con niveles de tensión irregulares y áreas alternantes de actividad alta y baja.

Conexión, entre hechos musicales intermitentes o muy separados. Más que cualquiera de los otros planes formales tradicionales, la forma-sonata suele causar efecto por medio de la memoria a largo plazo, la anticipación a largo plazo y los procesos sintácticos complejos. Los hechos consecutivos suelen ser discontinuos pero se justifican por estructuras y procesos jerárquicos de alto nivel.

Concierto (como en un concierto para órgano de Händel o cualquiera de los conciertos para piano de Mozart), género de varios movimientos que se desarrolló durante el Barroco y desde entonces ha mantenido su popularidad:

- *Solo,* presenta un solista o un grupo de solistas y proyecta la personalidad musical del ejecutante.
- *Interjuego,* entre solo y grupo: oposición, alternancia, combinación, melodía proyectada contra un fondo, etcétera.
- *Atleticismo,* presentación de técnica virtuosa, en especial en las cadencias brillantes para solistas.
- *Figuración,* uso prominente de esquemas idiomáticos para el instrumento (o instrumentos) solista (o solistas), produciendo el sentido de lo adecuado entre medio y material.
- *Superposición,* de los valores antes mencionados sobre los esquemas y valores estructurales de otras formas musicales como el rondó, la forma sonata, el tema con variaciones y las formas parciales menores.

Diseño de varios movimientos, ciclos de primeros movimientos moderadamente rápidos y atléticos, segundos movimientos lentos y líricos, finales rápidos y brillantes.

Valores penetrantes

Hay valores mayores que incluyen muchas de las cualidades individuales que hemos identificado en las páginas precedentes. Estoy pensando en las tres normas generales señaladas por Monroe Beardsley como "cánones generales" de crítica: los cánones de unidad, intensidad y complejidad.[28] La mayor parte de los valores de la música (si no todos) apunta, en definitiva, a uno de estos tres objetivos, sirviendo así para intensificar, variar o unificar la obra musical y la experiencia del oyente de ella. Como ejemplos de *unidad*, tenemos a la tonalidad, el ritmo motor, la jerarquía y los varios principios estructurales; de *complejidad*, el interjuego, la confusión, la ambigüedad, la desviación y el conflicto; de *intensidad*, el clímax, el crecimiento, el atleticismo y algunos valores tímbricos.

Uno recuerda de inmediato el conjunto similar de cánones artísticos de Santo Tomás de Aquino (expuesto en el capítulo 6): *perfectio, integritas* (unidad, coherencia, integridad), *proportio, consonantia* (mediante la cual Santo Tomás se refería a la armonía, el equilibrio obtenido entre componentes disímiles), *claritas* (resplandor, intensidad).

Para un autor medieval, "variedad" o "complejidad" significaban complejidad racional y proporcionada; no ambigüedad, confusión, desviación o cualquier medida artística irracional; pero en todos los demás aspectos se pueden igualar ambos esquemas. Este conjunto de valores no sólo parece atemporal sino también universal, no limitado por convenciones de estilo, período, género, medio o cultura. La unidad, la complejidad y la intensidad se pueden obtener por varios medios y presentar en grados variables de una cultura o período a otro, pero casi no se puede discutir su existencia como niveles críticos objetivos.

Una obra de arte (de música), si ha de satisfacer, debe tener la coherencia suficiente como para pasar la prueba de la unidad, la variedad suficiente como para satisfacer el canon de complejidad y el color suficiente como para soportar la demanda de intensidad. Las obras que carecen de unidad son caóticas e incoherentes, las obras sin complejidad resultarán simplistas y aburridas y las que tengan un bajo nivel de intensidad se juzgarán como "grises". Es fácil citar obras de éxito que parecen carecer de alguno de estos aspectos: la música de Charles Ives impone respeto crítico, a pesar de su frecuente falta de unidad; la música hipnótica de Erik Satie y Morton Feldman presenta un nivel muy bajo de complejidad y de intensidad, aunque es discutible que su rango

---

[28] Monroe C. Beardsley, *Aesthetics: Problems in the Philosophy of Criticism*, págs. 466-70.

relativamente reducido de contraste tonal y dinámico tienda a amplificar los contrastes que puedan haber presentes, y muchas miniaturas líricas de la canción romántica tienen poca intensidad. Se pueden racionalizar todas estas "deficiencias", pero prefiero creer que una obra musical puede tener éxito aun violando cualquier valor estético, compensándolo con la diáfana excelencia de sus ideas, su contenido, su estilo, su retórica o su estructura. Pero semejante exigencia no disminuye de ningún modo la importancia de estos valores básicos como normas críticas según las cuales se conformarán la mayor parte de las obras de excelencia. No se pueden prescribir cantidades ideales de unidad, complejidad e intensidad para una composición musical particular, pero se puede y debe citar a la unidad, complejidad e intensidad que la obra presenta como causas objetivas de su valor.

Evaluación

La sección final de este capítulo se refiere a la evaluación y el juicio crítico, proceso que comienza con una percepción, continúa con una afirmación de preferencia (o su carencia) y concluye afirmando una causa para el juicio. Nuestras evaluaciones verbales suelen ser incompletas, pero se pueden deducir las tres etapas con facilidad. Un juicio típico podría ser el siguiente: "Esta música tiene una cualidad dramática que me resulta estimulante y me gusta, ya que disfruto del estímulo en una obra de arte".

Se suele construir la evaluación sobre supuestos excesivamente complicados, en particular cuando se intenta juzgar a una obra como totalidad, equilibrando todas las cualidades que se perciben en ella con los criterios personales y culturales ("standards") que se tienen (a sabiendas o no) y a la vez tratando de eliminar todos los juicios extempóraneos. Como dije antes, este capítulo no es un manual para críticos; una investigación apropiada de los juicios musicales tendría que incluir un estudio mucho más intensivo del lenguaje de la crítica y los tipos de motivos dados para apoyar los juicios críticos. Estas son cuestiones importantes, pero alejan demasiado nuestro tema hacia la estética "aplicada". Los críticos están de acuerdo, por lo general, en que los juicios deben ser tan objetivos como sea posible, deben basarse en la percepción real de los valores de una obra de arte y se deben hacer con la más profunda comprensión de la propia tradición cultural (que incluye una consideración adecuada del peligro de aplicarlos con demasiado rigor). Meyer resume nuestro problema: "El valor se refiere a una cualidad de la experiencia musical. No es inherente al objeto musical en sí ni a la mente del oyente en sí. Antes bien, el valor surge como resultado de un transacción, que ocurre dentro de una tradición objetiva, entre la obra musical y un oyente".[29] Hemos intentado aislar y organizar los valores musicales de una tradición objetiva semejante; el estilo musical en Europa y América entre 1700 y 1950. Se puede incluir a la generalidad de estos valores en uno de los tres cánones generales de *uni-*

---

[29] Leonard B. Meyer, *Music, the Arts, and Ideas*, pág. 34.

dad, *complejidad* e *intensidad*, pero cada uno de ellos influye en nuestra respuesta a la música de una forma muy específica.

Quisiera comentar brevemente algunos lugares comunes de juicio que se suelen invocar:

"Presenta un equilibrio adecuado entre..." (por ejemplo, unidad y variedad, simplicidad y complejidad, fines y medios, las distintas partes, gratificación inmediata y mediata). A la mayoría de nosotros le resultaría difícil disentir con un juicio formulado en términos semejantes, pero pierde, a mi entender, el motivo real detrás del juicio. A menudo se han alabado la moderación y el equilibrio en la estética, pero es difícil que la moderación estimule. Es probable que el logro de tal equilibrio signifique más haber evitado el error que haber logrado el bien. Probablemente se quiera decir que la obra no es demasiado caótica ni demasiado "gris", ni simplista ni demasiado compleja, pero ¿es por eso que en realidad gusta? Creo que no. A menudo se puede apoyar una afirmación semejante por motivos muy específicos.

"Cada uno a su modo", otra frase común que a veces parece una evasión de la crítica responsable. Es cierto que se deben aplicar distintos denominadores en distintos momentos para obras diferentes, pero afirmar que "a su modo" es bella, verdadera o buena es aplicar mal a la filosofía la estética de la canción popular. El occidental que pretende apreciar la música, la danza y el teatro asiáticos en sus propios términos debe comprender que cosas como la unidad, la belleza, la variedad y la intensidad se instrumentan de maneras culturales específicas; en un intento semejante, "cada uno a su modo" es por lo menos un reconocimiento honesto de que la comprensión intercultural exige aprendizaje. Pero aplicar la frase indiscriminadamente en la propia tradición es una incongruencia.

"¡Es bueno, pero no me gusta!" (o, a la inversa: "¡Será malo, pero me gusta!"). Las preferencias individuales son complejas, a menudo caprichosas y en ocasiones perversas. Se dice que Voltaire decía de Dios: "Lo puedo admirar, pero no lo puedo amar". Esta frase puede describir la forma en que un oyente reaccionaría ante la personalidad de un compositor dado. Y, a veces, sencillamente no estamos a la altura de obras maestras, tales como la *Misa Solemne* de Beethoven o la *Pasión según San Mateo* de Bach y preferimos pasar nuestro tiempo con obras que nos exigen menos. No está bastante claro por qué nos pueden gustar obras de las que sabemos o sospechamos que son mediocres o directamente malas; tendemos a crear relaciones con piezas particulares, quizás hasta llegamos a sentir derechos de propiedad o una inversión emocional en ellas, recordando la famosa línea de Touchstone en *Como gustéis*: "Desagradable..., pero mío" (acto V, escena 4). Se pueden matizar estas obras con asociaciones agradables o evaluar su mensaje o su significado simbólico; o el motivo puede ser trivial. El único error, según creo, es confundir la reacción subjetiva con el juicio objetivo.

"Pasó la prueba del tiempo." La supervivencia no le confiere excelencia inmediata a una obra musical. Se conservan piezas mediocres y se han perdido otras buenas de la misma manera en que el bueno puede sufrir y el malo escapar al castigo. Hay fuertes razones que determinan la supervivencia de la mayor parte de las obras musicales que de hecho han sobrevivido, pero ese solo hecho es base insuficiente para obtener el favor crítico. A menudo se escuchan historias sobre la forma en que determinadas obras ganaron el favor eventual a pesar de una abrumadora recepción desfavorable en su primera ejecución (por ejemplo, la ópera *Carmen* de Bizet), pero no hay duda de que otras obras excelentes se han abandonado como consecuencia de circunstancias hostiles.

"Tal persona lo elogió", la doctrina medieval de la *auctoritas*. Marco Aurelio enseñaba cómo evaluar el elogio crítico: "Lo hermoso, en cualquier sentido, tuvo su fuente en la belleza en sí y es completo en sí mismo; el elogio no forma parte de ello. Así que no es mejor ni peor porque se lo elogie".[30] Se puede y se debe tomar en serio a la crítica, pero los juicios no son motivos.

"Es sobrecogedor." Muchas composiciones dan una primera impresión intensa, pero esta impresión no sobrevive en audiciones posteriores, y, a la inversa, muchas obras exigen reiteradas audiciones. Epíteto se refería a esto cuando decía: "No pierdas la cabeza por la fuerza de la impresión, antes di: 'Impresión, espérame un poco. Déjame ver qué eres y qué representas. Déjame probarte'".[31]

"Este scherzo tiene una intensidad demoníaca y colores que brillan con magia." Tipo de afirmación que cae en lo que Beardsley llamaba la "Falacia del efecto emotivo subrepticio".[32] Cuando un crítico emplea un lenguaje colorido como herramienta de persuasión, es un poco clandestino.

Guías para la excelencia en la música: una propuesta

Es hora de sugerir cómo ensamblar los criterios de valor precedentes en un paquete factible sobre el que se puedan basar los juicios musicales objetivos. El siguiente conjunto de guías que propongo, y con el que muchos lectores concordarán sólo en parte, se expone como contribución del músico de los denominadores críticos que ahora existen dentro del consenso cultural de la civilización occidental. Merecen probarse.

El orden propuesto no indica prioridad, ya que es el conjunto total lo que importa. La atracción de una composición particular puede descansar sobre otros valores acerca de los cuales no hay consenso discernible. Y es un ejercicio útil y que no resulta difícil el de citar obras individuales que hayan logrado buen nivel, pese a su violación de uno o más de estos denominadores. Pero si todas las cosas son iguales (y jamás lo son) es más probable que una composición merezca una calificación de

---

[30] *Meditations* 4.20.
[31] Dicourses 2.18.
[32] Beardsley, *Aesthetics*, pág. 477.

excelente si:	*menos que excelente si:*
— resulta a la percepción como una estructura unificada y coherente	— se resiste a la percepción como una estructura unificada y coherente
— su estructura se articula y equilibra con claridad (es proporcionada)	— su estructura es oscura o desproporcionada
— es completa y cumplida	— es incompleta y no cumplida
— es jerárquica	— no es jerárquica
— es centrada, típicamente por algunos medios tonales, de modo que la mente se dirija a través de la estructura distintiva de la obra	— no es centrada
— es perceptiblemente temática	— es atemática
— imparte un sentido de movimiento, continuidad y cambio dinámico	— transmite un sentido de estancamiento
— tiene una superficie texturada	— su superficie no está texturada
— está "saturada" sónicamente, es rica en intensidad y color tonal[33]	— no está saturada
— evita la autocontradicción (por ejemplo, armado de texto pobre, uso torpe del medio, incoherencias inútiles del lenguaje musical)	— es autocontradictoria
— presenta un equilibrio adecuado entre:	— no presenta un equilibrio adecuado entre:

    a) unidad y variedad
    b) simplicidad y complejidad
    c) la expectativa frustrante y la gratificación inmediata de la expectativa[34]
    d) fines y medios

Se entiende, como consecuencia, que la mejor ejecución es la que mejor articula las propiedades de equilibrio y excelencia. Las exigencias de estructura jerárquica, superficie texturada y saturacion tonal parecen ser las que más discusión provocarán, pero sostengo que estos valores *son* parte del consenso cultural aunque no se puede especificar el tipo y grado precisos de jerarquía, textura y saturación. La exigencia de centro es, tal vez, la más confusa, pero se la puede afrontar de varias maneras y no se la debe igualar con la tonalidad,

---

[33] En otras palabras *claritas*. Para una aplicación nueva e imaginativa de los cánones de unidad, complejidad e intensidad, véase Edward T. Cone, "Music: A View from Delft", págs. 57-71.

[34] En su estudio "Some Remarks on Value and Greatness in Music" (*Music, the Arts, and Ideas*, págs. 22-41) Meyer argumenta que se puede plantear una distinción entre "música primitiva" (pop) y "música artística sofisticada" (jazz) sobre la base de si la gratificación de las tendencias musicales es inmediata o retardada.

según su definición tradicional; el centro puede ser el resultado de un conjunto distintivo de timbres, texturas o formas de organización del espectro sonoro, o puede ser un hilo de continuidad, un canal que preserva la orientación mental en medio de la estructura en desarrollo. Quizá la prueba más convincente de que estas guías son una reflexión válida sobre nuestra tradición sea que los compositores de vanguardia de los años recientes han violado todas y cada una de ellas. El consenso ha mostrado signos de desmoronamiento desde Beethoven y con más rapidez desde 1900. Volveremos a este tema en el capítulo final, luego de una revisión de los sistemas de valores y las preferencias musicales de dos culturas asiáticas importantes.

10 Estética comparativa: India y Japón

Alabamos ese Sonido divino, la vida de la conciencia en todos los seres y la bendición suprema, manifiestas en la forma del universo. Por la adoración del sonido, los dioses Brahma, Vishnú y Shiva son verdaderamente alabados, porque son la corporización del sonido.

Sārṅgadeva[1]

Lo que no se ve son las flores (proverbio japonés).

Este capítulo se refiere a las músicas tradicionales y a las filosofías musicales de India y Japón, dos antiguas altas culturas, importantes y contrastantes, del Sur y el Nordeste de Asia. Esta breve introducción a la estética comparativa demostrará una de nuestras premisas básicas: que los valores musicales son productos culturales y no absolutos universales. La vasta diversidad del pensamiento musical asiático no se evidenciará en esta exposición; en especial porque excluye toda consideración sobre las tradiciones islámicas del Asia occidental. Los contrastes entre varias escuelas de pensamiento asiático (en sus opiniones sobre las dimensiones musicales, su ontología y epistemología, sus posiciones con respecto a la naturaleza externa y el mundo interno del cuerpo y la mente humanos, su psicología, géneros, preferencias específicas y el papel de la estética en la vida humana) son tan sorprendentes como los contrastes más predecibles con Occidente. Mi enfoque procederá de lo externo a lo interno, de los fenómenos musicales a los conceptos teóricos y filosóficos subyacentes, de lo descriptivo a lo preceptivo. Comenzaré con algunas descripciones preliminares de las músicas típicas del Japón y la India; luego continuaré con una opinión comparativa sobre las preferencias culturales que han influido en la organización del sonido; luego haré un estudio de algunos conceptos y términos importantes que revelan los valores únicos de la estética japonesa y concluiré con una análisis de las dos bases filosóficas más importantes de la música de la India; las teorías de *rasa* (gusto, sabor) y *nada* (sonido causal).

---

[1] De *Sangita-ratnakara* ("Mina de piedras preciosas de la música") del siglo XIII 1.3: 1-2.

Las citas del epígrafe nos recuerdan que la filosofía del arte habla muchos idiomas y que las creencias y hábitos de pensamiento fundamentales son tan diversos como los idiomas que les dan voz. Desde la perspectiva occidental, el ambiente de la estética asiática no sólo es exótico sino que, a la vez, tiene reminiscencias del pensamiento occidental medieval con sus supuestos metafísicos y sus valores trascendentales. Durante siglos, los filósofos asiáticos han reflexionado sobre muchos de los grandes problemas debatidos por los autores occidentales; la naturaleza de la belleza, la experiencia humana del arte, el ser de la música, la forma de obtener conocimiento musical válido, el propósito del arte, preceptos para su creación, la relación de la música con las demás artes, los valores (sensuales y formales) corporizados en el objeto musical y los valores que apoyan a la cultura progenitora. Pero se han enfocado en formas típicamente asiáticas estos problemas y se los ha discutido con lenguajes surgidos de formas de pensamiento y experiencia distintivamente asiáticos.

¿Qué se puede decir, en general, sobre la filosofía del arte en las altas culturas esotéricas? Primero, que la práctica del arte está informada por un elaborado y antiguo sistema de pensamiento con tópicos y categorías tradicionales y un corpus de teoría artística que representa muchos siglos de análisis y especulación. El arte asiático es preceptivo y se ajusta a una variedad de cánones, modelos y valores tradicionales. La mayor parte de las artes asiáticas destaca el riguroso refinamiento de un espectro limitado. La conciencia del cuerpo humano y su operación son temas comunes en la teoría estética. Se le otorga poco valor a la originalidad, lo individual, la evolución estilística y el desarrollo (en tanto progreso) o a lo "real como se lo percibe"; por el contrario, la mayoría de los autores asiáticos desconfían de las apariencias y advierten contra la percepción "realista". Por eso el simbolismo juega un papel muy importante en la creación y en la percepción del arte y se valoriza el conocimiento intuitivo por sobre la percepción sensible, como lo señala Ananda Coomaraswamy: "Lo que la representación imita es la idea o variedad del objeto, por la cual se la conoce intelectualmente, más que la sustancia del objeto como la perciben los sentidos".[2] Y, en una lograda metáfora, Zeami (1363-1443) invoca una relación similar entre la apariencia y la esencia en el teatro Nō del Japón: "En el arte del Nō hay piel, carne y huesos. La piel es visión, la carne es sonido y los huesos son el alma. O, si consideramos sólo a la música, luego la piel es la voz, la carne es el canto y los huesos son el aliento. Y en la danza la piel es la apariencia, la carne es el gesto y los huesos son el corazón".[3]

Observaciones preliminares

Antes de proceder, los lectores que carezcan de experiencia auditiva en las músicas del Japón y la India harían bien en tener algún encuentro informal

---

[2] Ananda K. Coomaraswamy, "The Theory of Art in Asia", pág. 39.
[3] Zeami (1363-1443), *Shikwado-sho* ("El libro del camino de la flor más alta") 4, citado en Eta Harich-Schneider, *A History of Japanese Music*, pág. 427.

con la riqueza de la música oriental, muy fácil de lograr en la actualidad, por medio de las grabaciones en discos y cintas. De lo contrario, nada los persuadirá de su excelencia ni podrá transmitir sus sabores distintivos. Un encuentro personal con los fenómenos del sonido es el único punto de partida adecuado para una comprensión de la estética musical asiática, y los siguientes comentarios sólo serán inteligibles cuando se puedan reunir recuerdos vividos de la experiencia musical que intento describir.

El tono musical, en la tradición japonesa, es un fenómeno más complejo que en occidente, tanto, que es virtualmente imposible apuntar con especificidad. Las notaciones japonesas son inclusive más esquemáticas que las occidentales y dejan más de los detalles musicales esenciales a la instrucción tradicional cara a cara. Un tono simple mantenido de la voz o una flauta, una vez que atendemos con cuidado, resulta ser un hecho de suma complejidad con matices sutiles, que adelgaza y se engrosa, posee tensión y relajamiento, trémolo, aliento y variaciones de altura y timbre. Los ataques y las liberaciones tonales son complejos de una manera similar, con una variedad de notas de ornamento casi indiscernible. Los oyentes occidentales se sorprenderán ante el tono vocal, en especial en el uso del *falsetto,* los deslizamienos tonales y lo que los conmoverá como un alto grado de tensión. Muchos géneros vocales japoneses son estilos narrativos y por eso están muy influidos por las inflexiones y los ritmos del japonés hablado. El rango de instrumentos incluye flautas, cuerdas punteadas claramente (*koto, biwa, shamisen*) e instrumentos de lengüeta así como un conjunto de tambores, campanas y otros instrumentos de percusión. Los géneros incluyen música para solista y de cámara así como una variedad de ensambles mayores para músicas rituales y teatrales..

Se puede describir mejor a la textura prevaleciente como *heterofónica,* con frecuencia producida por la variación simultánea de la misma línea melódica; este modo de evitar estudiado de la simultaneidad de la misma línea melódica da la ilusión de imágenes tonales múltiples superpuestas. En los ensambles, se prefieren los timbres heterogéneos, promoviendo centros claros y la diferenciación de los varios sonidos. La puntuación rítmica es incisiva, pero los tiempos de ensamble a menudo están delineados para producir un grupo de ataques, otra instancia del aparente desorden y asimetría que es uno de los valores más altos en las artes del Japón. En general, el control temporal es preciso pero invita a la interpretación como "libertad" rítmica por la ausencia de pulso regular (en las secciones más lentas de una composición) y las grandes cantidades de silencio entre eventos. El resultado es una música en la que la respiración y el gesto son modelos importantes para el flujo rítmico y en el cual la nada es parte de la música en la misma medida en que lo es "el algo".

Se trata a las dimensiones de altura y tiempo como continuos, en contraste con las ranuras y estrías escaladas con precisión del espectro sonoro occidental. Los oyentes experimentados se encuentran concentrándose más en menos sonidos y en el fino detalle que antes podrían haber pasado por alto; sus principios de percepción y escala de referencia se han vuelto más centrados y agudos. Pero ningún extraño puede esperar responder a esta música de la misma manera que alguien que esté informado con respecto a ella, en especial en una cultura tan homogénea que los antropólogos la han descrito como una "tribu" virtual. Siglos de condicionamiento cultural en relativo aislamiento han producido un conjunto de hábitos, conductas y respuestas instintivas, preferencias y actitudes que aseguran la comunicación del significado musical dentro del contexto de la sociedad japonesa.

Con respecto a la música de la India, observamos primero que aunque la naturaleza del tono musical no es tan compleja como la que vimos en la práctica japonesa típica, las caraterísticas organizadoras de la música parecen presentar mayores complejidades. El tono vocal es la base de toda la música de la India y los instrumentos hindúes tocan en el mismo estilo "vocal", por ejemplo, alturas deslizantes y ornamentos graciosos. La ornamentación abundante y variada es una característica específica de toda la música de la India. La cualidad vocal en India es un estilo de producción tonal más relajado y libre con una cierta resonancia nasal que muchos instrumentos imitan. La característica tonal más penetrante es el zumbido constante, el mantener una continua saturación de sonido.

La música de la India es de ritmo más activo que la del Japón y se admira el atleticismo. Se puede describir a la textura común simplemente como un instrumento o voz solo, tambor(es) y gaita. Aunque los hindúes piensan en su música como algo unidimensional, los variados timbres de los distintos golpes de tambor (concebidos como "sílabas", con propiedades de altura y ataque) proporcionan un contrapunto a la línea melódica principal. Las notaciones son aun menos específicas que en el Japón y rara vez se las emplea; un maestro enseña las piezas. Gran parte de la música hindú es improvisada pero no en el sentido de "composición espontánea".

Ya que el gurú ha programado las técnicas de improvisación en el estilo del ejecutante, el resultado es una mezcla indefinible de hábito e impulso, tradición e innovación que el ejecutante aplica a uno de un conjunto de arquetipos melódicos apreciados (los *rāgas*), controlados por los esquemas reiteraivos y cíclicos conocidos como *tāla*. Uno de los objetivos principales de la ejecución es la exploración sistemática de las posibilidades que se pueden obtener dentro de las restricciones del *rāga* y el *tāla*.

Preferencias culturales

En esta sección delineo con pleno detalle las preferencias culturales contrastantes que han formado las músicas tradicionales del Japón y la India, con breves notas sobre algunos problemas importantes. Algunas de estas preferencias se relacionan de manera específica con la música y las demás artes, otras son cualidades generales de la experiencia y otras tienen su raíz en la filosofía y la teoría. Ya que las secciones posteriores ahondarán en las teorías del arte de la India con más profundidad, esta discusión se organizará en torno de las preferencias japonesas con las actitudes hindúes correspondientes presentadas para su contraste. Algunos contrastes son tan extremos que el lector debería recordar que ciertas semejanzas culturales importantes han de ser pasadas por alto.

Se deben destacar tres puntos de contraste importantes: primero, la cultura japonesa es intensamente estética, mucho más que la hindú. El gusto estético de la experiencia diaria es una característica penetrante en la vida japonesa; el goce estético en la India parece estar reservado para las obras de arte formales. Segundo, el arte japonés se centra en la nauraleza; aunque los procesos naturales son fuentes de valor en la tradición hindú, la naturaleza como tal no lo es. Y, por fin, tanto los fines del arte cuanto los modos de percepción difieren; el propósito del arte japonés es el conocimiento estético (de la esencia de las cosas), la iluminación, obtenida por medio de la experiencia inmediata y la intuición directa: el camino del Zen. El punto de vista hindú, base de la mayor parte de las doctrinas artísticas hindúes, es que los objetivos gemelos del arte son *ānanda* (bendición) y *moksa* (liberación), obtenidos por medio de la concentración fija, del yoga y la absorción del yo en la experiencia artística. La experiencia japonesa del arte busca entender y estar en unidad con el mundo; la percepción, en la tradición hindú, ofrece un medio de liberación del mundo de la ilusión.

Donald Keene, en un simposio de 1968 sobre "Estética oriental y occidental" sugirió cuatro valores cardinales en el arte japonés: sugestión, irregularidad, simplicidad y fugacidad[4]. Antes de continuar con una lista más larga de preferencias musicales específicas, examinemos cada uno de estos valores.

Sugestión. La obra de arte nunca se hace explícita, nunca "perfeccionada", pero exige imaginación activa de parte del espectador si quiere saborear sus alusiones. Las obras de arte hindúes son afirmaciones explícitas que buscan tratar plenamente con su contenido. "¿Sólo debemos mirar los brotes de cereza cuando están en pleno florecimiento, a la luna cuando está libre de nubes? Añorar la luna mientras se mira la lluvia, bajar las persianas y no ser consciente del paso de la primavera; éstos son aun más profundamente conmovedores. Más vale la pena admirar las ramas con florecer o los jardines cubiertos de flores marchitas" (Kenko).[5]

Irregularidad. El famoso jardín de rocas y arena de *Ryōanji* en Kioto deliberadamente evita las formas de diseño regulares, simétricas y arquitectónicas. La preferencia japonesa por los comienzos y los finales (surgiendo y desestabilizando procesos, como opuesto a la continuidad estabilizada) manifiesta igual impulso. Aunque hay muchas irregularidades en las artes de la India, se prefieren con claridad el equilibrio y la simetría y se expresan en la conciencia y la cosmovisión "centrista" hindúes.

Simplicidad. Esta preferencia se ve en el uso de materiales naturales, el evitar la decoración, los colores opacos, las superficies rugosas simples y el diseño no complicado; todo combinado en la simplicidad estudiada de la ceremonia del té. En contraste, la profusión, los colores vívidos y la ornamentación penetrante están entre los valores más altos del arte hindú.

---

[4] Donald Keene, *"Japanese Aesthetics"*, págs. 293-306.
[5] Kenko, *Essays in Idleness,* pág. 115.

Fugacidad. El conocedor japonés disfruta del conocimiento de que una obra de arte hermosa está hecha para ser frágil y transitoria. Como escribió el poeta Ton'a: "Es sólo después de que la envoltura de seda se ha raído arriba y abajo y la madreperla ha caído de la concha que un rasgo parece hermoso".[6] La filosofía hindú prefiere negar el problema: ya que todo es, por naturaleza, ilusorio y fugaz, el arte lo es en la misma medida. Y no es probable que se cite a la fugacidad como valor en un país donde el calor, el polvo, los monzones y los insectos han causado pérdidas en los grandes monumentos del arte.

Las siguientes preferencias tienen especial relevancia en la música. Por la integridad, incluyo a las más significativas de las mencionadas en las descripciones preliminares, empezando por Japón:

1. Un concepto complejo y dinámico del tono musical, con muchas variables.
2. La restricción.
3. La continuidad como resultado de la tensión mantenida o el silencio (*ma*) y los tonos sostenidos.
4. El tono vocal e instrumental valorizados de la misma manera.
5. Un campo tonal no saturado, con un uso expresivo del silencio.
6. Linealidad y esquemas no repetitivos.
7. Envolturas tonales complejas (comienzos y fines), ataques precisos.
8. Percusión como puntuación, señal y marcador de tiempo.
9. Timbres heterogéneos.
10. Claridad de centro textural.
11. Evitar deliberadamente la simultaneidad, una pseudodesorganización.
12. Particularidad: el goce de la unicidad de las cosas, el sonido individual, el gancho que es un accesorio permanente en todo el teatro *Nō* pero exigido para sólo una obra del repertorio.
13. Sujeto confronta a objeto, una distancia artificial entre el espectador y el objeto de arte.
14. La improvisación no es una característica prominente.
15. El estancamiento como fuente de valor.
16. El sonido valorizado por sí mismo.

Estas preferencias se pueden contrastar una a una con las de la tradición musical de la India:

1. El tono musical sujeto a menos variables.
2. Liberación, simbólica de la importancia dada a la respiración, y al papel de la aspiración en los idiomas hindúes.

---

[6] *Ibídem,* pág. 70.

3. Continuidad por medio de suaves corrientes de sonido y esquemas rítmicos repetitivos.
4. El tono vocal como modelo para la música.
5. Un campo tonal plenamente saturado.
6. Circularidad, repetición y recurrencia.
7. Valor adjudicado a los sonidos *anāhata* (no realizados).
8. Percusión prominente, usada como dimensión tímbrica separada y con frecuencia independiente de la función de mantener el tiempo.
9. *Homogéneo* es una palabra demasiado fuerte, pero el rango tímbrico es estrecho.
10. Oscuridad valorizada sobre la claridad.
11. Se valoriza la concurrencia de sonidos y la confluencia de esquemas.
12. Universalidad: los hindúes son platónicos y les gusta pensar en términos de tipos ideales.
13. Identidad del sujeto y el objeto, fusión psíquica con la obra de arte, el arte como efecto de "doblarse alrededor".[7]
14. La improvisación es una característica distintiva.
15. El movimiento (quizás hasta el movimiento "perpetuo") como fuente de valor.
16. El sonido valorizado por lo que representa.

Esta sección concluye con un breve comentario sobre los arquetipos formales de estas dos músicas. A primera vista, ambas culturas parecen diferir tanto en sus estrategias formales como en sus preferencias tonales; la estructura asimétrica de la mayor parte de la música japonesa parece elusiva para los oídos occidentales, en tanto que la continuidad rítmica y los esquemas repetitivos del *tāla* (en especial cuando están reforzados por los gestos del ejecutante) marcan con claridad la estructura que se desarrolla en una ejecución hindú. A este respecto, se percibe la organización cíclica prevaleciente como una estructura "en cadena", en la que un módulo sigue a otro, idea que viola virtualmente todas las premisas del arte japonés. Pero cuando se examinan los conceptos formales mayores que organizan obras enteras, surgen semejanzas más profundas.

El arquetipo formal más elemental en la música (y el teatro) del Japón es la secuencia *jo* (introducción) - *ha* (dispersión) - *kyū* (apuro hacia la conclusión). Si se parte de la estructura del drama *Nō*, el esquema *jo - ha - kyū* se reconoce en varios niveles estructurales: la obra como totalidad, cada acto y escena individuales, las subescenas, las frases individuales y el hecho musical simple. Por eso es posible que el auditor perceptivo detecte un momento *ha* en una frase *jo* en la sección *kyū* de una escena *ha*, y responda de manera adecuada. Cada miembro de la secuencia tiene sus propias características dis-

---

[7] Véase Richard Lannoy, The Speaking Tree, pág. 279.

tintivas: *jo* se comunica por una energía restringida, un sentido de anticipación y una libertad temporal relativa; *ha*, la consecuencia de *jo*, se suele señalar por una mayor regularidad rítmica y continuidad, así como por un incremento en el *tempo*; *kyū* se anuncia por una creciente densidad de los hechos y un sentido de desenlace. Los escritores japoneses han aplicado una metáfora botánica familiar a estos tres aspectos de la forma: las fases de brote, florecimiento y marchitamiento del ciclo de una planta.

Es común hallar metáforas similares en la literatura de la India, con la música descrita como un desarrollo orgánico de la semilla al tallo, a la hoja, al fruto. En otro nivel, las ideas de surgimiento, acción continua y disolución fueron aportadas por la especulación cosmológica hindú en la que se veía a la creación como un proceso continuo con tres etapas diferenciadas: la creación de las formas a partir de la materia indiferenciada, regida por Brahma; el universo creado mantenido en movimiento ordenado, con la protección de Vishnú; y, por fin, la disolución del mundo en su estado anterior de materia primordial, acompañada por la fiera danza de Shiva. Estas ideas han dejado su marca en la estructura arquetípica de la música hindú; virtualmente toda ejecución comienza con una lenta sección improvisatoria, seguida por una sección más rítmica y regular y terminando con una suerte de proceso que señala el inminente cierre. Y, en una formulación algo distinta, los primeros teóricos hindúes reconocieron estos cuatro aspectos de la forma musical: *sthāyī*, la parte estática o "constante"; *sañcārī*, la parte móvil; *āhārī*, la parte "de recuperación"; *kāpālinī*, la parte coronadora. Parece posible considerar a éstas como manifestaciones de una forma arquetípica única, expresada en formas significativas para cada cultura; una progresión desde el surgimiento gradual hasta el proceso rítmico de conclusión.

El lenguaje de la estética japonesa

Si hubiera que seleccionar una lista de las palabras clave de la teoría estética occidental, seguramente se incluirían las siguientes: *belleza, unidad, variedad, armonía, forma, color, intensidad, expresión, simetría* y *proporción*. Aunque los análisis lingüísticos pueden desentrañar los significados y las asociaciones ocultos para algunos de estos términos (como en el caso de *claritas*),[8] la lista de palabras no deja de ser una colección de términos relativamente formalistas y abstractos. En contraste, muchas de las palabras clave de la estética japonesa son básicamente afectivas y se las usa como metáforas. He aquí una breve lista.

Yugen, belleza, misterio, profundo, remoto, simbolismo;
shibui, astringente, de gusto sobrio, exageradamente modesto, refinamiento;
sabi, oxidado, desolado, simple, yermo, viejo, deslucido;

[8] Véase capítulo 6.

aware, pena suave, agradable melancolía, conciencia emotiva de la belleza, patético;
miyabi, refinado;
en, encantador.

Es fácil exagerar la significatividad de semejante lista de palabras y suponer que el discurso estético japonés está confinado al lenguaje cualitativo y subjetivo. No es ése el caso. Pero éstas son palabras que con más frecuencia se analizan y aplican en la crítica tradicional japonesa; por eso, debería ser seguro suponer que representan ideales importantes en la cultura japonesa.

Yūgen trata sobre la tensión de la ambigüedad y la indefinición corporizada en el idioma japonés y alabada en la cultura japonesa. Ya que el idioma no distingue entre singular y plural ni entre lo definido y lo indefinido, el famoso *haiku* de Bashō sobre el "cuervo posado en la rama" deja para el lector la decisión de si el autor se refería a uno o más cuervos. Algo está claro: el arte explícito no revela o sugiere *yūgen*. Si la obra de arte es demasiado perfecta, demasiado completa en sí misma, no deja lugar para esta cualidad.

El monje Shōtetsu, del siglo XV, escribió una de las descripciones más famosas de *yūgen*:

> La mente puede aprender el *yūgen*, pero no lo puede expresar en palabras. La visión de una delgada nube que vela la luna o la niebla otoñal y cubre las hojas escarlata en una ladera pueden sugerir su cualidad. Si se pregunta en qué lugar de estas visiones está el *yūgen*, no hay respuesta; y no es sorprendente que un hombre que no entienda esta verdad pueda preferir la visión de un cielo perfectamente claro y sin nubes. Es imposible explicar dónde radica el interés o la naturaleza destacable del *yūgen*.[9]

Como canon universal de belleza, el *yūgen* tiene sus peligros. Corre el riesgo de sobrecargar al objeto de arte con una cantidad de significados más pesada de lo que el objeto pueda justificar. También puede desviar nuestra atención de las características de presentación de la obra de arte en sí. Como valor estético, probablemente sólo pueda funcionar dentro de un amplio acuerdo sobre los principios estéticos y de una sociedad en la que se haya cultivado la respuesta estética mediante un largo condicionamiento cultural.

Shibui y *sabi* se combinan para formar la base estética para la ceremonia del té:

> La casa de té está desnuda al extremo y casi falta de color. Si se arregla una flor en un jarrón, suele ser un brote simple y pequeño de un matiz suave o blanco. Los utensilios para el té no son de porcelana fina sino de cerámica vulgar, con frecuencia de un marrón opaco o negro y de forma imperfecta. La pava puede estar un poco oxidada. Sin embargo,

---

[9] *Shōtetsu Monogatari* (1430) citado en Ryusaku Tsunoda, William Theodore de Bary y Donald Keene, compiladores, *Sources of Japanese Tradition,* pág. 285.

de estos objetos no recibimos una impresión de tristeza o estado ruinoso sino de serena armonía y paz, y al observar la ceremonia podemos sentir una insinuación del *yūgen*.[10]

Sabi es un término casi antiestético, un rechazo de todo un espectro de valores artísticos alabados por otras culturas. Es difícil entender de qué modo toda la sociedad japonesa llegó a valorizar esta cualidad; las clases superiores pueden, tal vez, disfrutar del cultivo estudiado (y caro) de la simplicidad decorosa en medio de ambientes descoloridos e infecundos; las clases más bajas están destinadas a habitar en medio del *sabi* sin disfrutarlo y las clases medias semejan ser un mercado pobre. Pero, de algún modo, el ideal del *sabi* toca una cuerda de reacción en la cultura japonesa y se armoniza con las demás cualidades estéticas.

Aware es uno de los términos más antiguos de la estética japonesa, y la cualidad de pena suave que significa invade a toda la literatura japonesa y las obras de arte representativo, infudiéndoles un cierto *ethos* característico. El significado de la palabra se ha alterado sutilmente con los años; en sus orígenes era una exclamación de un goce sorprendido, un reconocimiento de la cualidad esencial de algo; luego se tiñó con la idea de tristeza; en el uso moderno, su significado se ha convertido en *despreciable* o *patético*. Implica una conciencia sensitiva de las inevitabilidades de la vida, de los frutos de guinda caídos de Kenkō.

Miyabi (refinado) es otro término coherente con este grupo de valores; se refiere a los silenciosos placeres del conocedor en la sociedad cortesana Heian, aislado de los hechos groseros de la realidad externa. En realidad, hay otro aspecto de las artes en el Japón (los templos deslumbrantes en Nikko, las vulgaridades de las escenas de burdel en el drama Kabuki) pero estos contrastes enfatizan mucho más esas cualidades de exagerada modestia y refinamiento que son el legado original del Japón al mundo del arte.

¿Qué tiene que ver todo esto con la música? Varias ideas me vienen a la mente: primero, que los adornos visuales de la música japonesa sugieren el *yūgen*, por ejemplo, en la decoración de los instrumentos (la borla dentro de la flauta que ni siquiera el ejecutante ve, el arreglo simbólico de los puentes movibles del *koto* como una bandada de pájaros) y las costumbres ceremoniales, así como también lo sugiere el contenido programático y pictórico de gran parte del repertorio musical. Más importante aún, la textura extraordinariamente abierta y espaciosa que rodea a los hechos musicales de un contexto de silencio, resistiendo la expectativa el oyente, evoca al *yūgen*. En semejante estética del estancamiento, se debe buscar el significado musical en la reverberación y la implicancia del hecho individual y la frase aislada más que en la forma en que se conectan los hechos musicales.

Shibui, en su significado literal, puede decir algo sobre el concepto japonés del sonido musical: "astringente" es una palabra adecuada para describir la superficie tonal "rugosa" tan apreciada en la música japonesa; en la produc-

---

[10] Tsunoda, de Bay y Keene, *Sources of Japanese Tradition*, pág. 87.

ción vocal, el crujido caracterítico de las cuerdas del *koto,* el grosero golpe del plectro sobre el *shamishen* y los timbres heterogéneos del ensamble *gagaku.* El sonido ideal en la musica japonesa es más descarnado, agudo y abrasivo que el concepto del siglo XIX del sonido suave, vibrante y opulento que se prefería (y aún se prefiere) en occidente, tanto en la práctica vocal cuanto en la instrumental. Y en tanto los ejecutantes occidentales tratan de maximizar el "centro" del tono, la práctica japonesa parece enfatizar los elementos de ruido que están presentes en el ataque tonal. En su significado derivado ("refinamiento deficientemente expuesto"), el *shibui* alienta a los oyentes a dirigir su atención concentrada hacia los mínimos detalles de un sonido musical angostando así su centro y permitiéndoles percibir sobre una escala más fina.

La influencia del *sabi* se refleja en la ausencia casi absoluta de retórica en la música japonesa, la economía y escasez de la textura musical y quizá también en la tendencia del japonés a resistirse a cualquier innovación en la ejecución de los repertorios tradicionales, alentando de esta manera a su veneración como colecciones de objetos antiguos y amados. Y si la música japonesa parece, a veces, acercarse a una condición de silencio más que de sonido, eso también es coherente con el ideal del *sabi.*

La teoría del *rasa*

El teatro musical ha promovido algunas de las propuestas mayores en la historia de la estética. Cada una de las tres piedras angulares de la antigua teoría dramática (la *Poética* de Aristóteles, el *Natyaśastra* de Bharata y los varios tratados de Zeami sobre el teatro *Nō*) se dirigía a un tipo de drama en el que la música jugaba un papel prominente. En esta sección examinaremos la contribución principal del teatro hindú a la teoría estética: la teoría del *rasa.*

Rasa (literalmente "savia, jugo, esencia") se suele traducir como *gusto* o *sabor,* pero lo usaremos sin traducir para evitar la reducción de toda una gama de significados. Es un término altamente técnico en la estética hindú.

Rasa, como se describe en la literatura de la India, se emplea para referirse a un cierto tono emocional penetrante que baña a la obra de arte y es la base para la experiencia estética del espectador. El poeta, el actor, el músico y el espectador son participantes activos en la creación y el degustamiento de esta unidad emocional, que es el objetivo de la ejecución. Igualar *rasa* con "humor, temperamento", es reducir el concepto a un *clisé.*

Los filósofos hindúes han discutido la teoría estética de un modo más sistemático que los autores japoneses. La teoría del *rasa* se debatió y analizó con amplitud hasta su formulación definitiva en los escritos del estudioso Kashmiri del siglo XI, Abhinavagupta.[11] La mayoría de los autores hindúes posteriores han considerado autorizada a su exposición de la teoría, y es fun-

---

[11] Para datos biográficos y fondo filosófico, véase Kanti Chandra Pandey, *Abhinavagupta:* para las teorías estéticas de Abhinavagupta y, en particular, la teoría del *rasa,* véase *Comparative Aesthetics,* 1:151-256, del mismo autor.

damentalmente su versión la que sirve de base a la presente posición. Como la mayoría de los conceptos en la filosofía hindú, el *rasa* abre un océano de potenciales complicaciones e invita a la exploración en infinito detalle por medio de una gran variedad de términos sánscritos técnicos, distinguidos por finos matices de significado. Sólo podemos presentar un mínimo bosquejo de este complejo tema, y expondremos exclusivamente los términos esenciales.

Así como una tradición hindú reconoce seis sabores básicos (dulce, ácido, salado, agrio, amargo y astringente, con sesenta y tres subclasificaciones), la teoría del *rasa* identifica ocho emociones básicas asentadas con firmeza en el inconsciente, dormidas pero listas para que las despierte la experiencia del arte. Son: lo erótico *(śṛṅgāra)*, lo heroico *(vīra)*, lo disgustante *(bībhatsa)*, lo furioso *(ravdra)*, lo cómico *(hāsya)*, lo temible *(bhayānaka)*, lo patético *(karuna)*, lo maravilloso *(adbhuta)* y algunos autores agregan un noveno *rasa:* lo pacífico *(santa)*.

A menudo el orden difiere, pero la generalidad de los autores concuerdan en que los primeros cuatro son los rasas mayores y los demás son dependientes. Los occidentales se suelen sorprender al encontrar que se eleva el displacer al grado de emoción mayor, pero no comprenden la profundidad del concepto de polución en el pensamiento tradicional hindú. La mayor parte de las obras del repertorio caen en uno de los dos primeros *rasas*, es decir, *sakuntalā* (lo erótico) y "el pequeño carretón de barro" (lo heroico).

Bhāva es la palabra sánscrita general para referirse al *afecto, emoción* y *estado mental;* también es la base para la siguiente serie de términos técnicos: *vibhāvas*, estímulos, determinantes de la experiencia estética; *anubhāvas*, respuestas, los estados físicos resultantes, cambios "miméticos" que se dan en el espectador; *vyabhicāribhāvas*, las emociones vacilantes, pasajeras, que acompañan a los varios estados básicos; y *sthāyibhāvas*, las emociones permanentes.

Así como los teóricos del *Affektenlehre* analizaron cada uno de los afectos en sus pasiones componentes,[12] los autores hindúes disfrutaron confeccionando largas listas con las emociones pasajeras y las reacciones físicas que acompañan y se refieren a cada uno de los estados básicos. Están pensadas como señales para el espectador alerta. Pero el proceso por el que se comunica el *rasa* es más que un simple estímulo y respuesta. El *rasa* no es una causa mecánica ni una expresión de la emoción sino una manifestación del estado emocional subyacente por medio de la presentación dramática. El espectador debe lograrlo a través de una reconstrucción activa, y la emoción que así logra es totalmente distinta a la emoción de la vida diaria. La experiencia estética, desde el punto de vista hindú, es un proceso por el que uno se libera de las limitaciones de una manera gradual. La experiencia normal de la emoción está siempre asociada con la conciencia del yo y el apego a otras personas y/o condiciones limitantes de nuestra vida. Una experiencia nueva, en un sentido especial, "nos saca de nosotros mismos"; en el teatro nos emocionamos por las personas y hechos que hay en el escenario, algo liberado de las

---

[12] Véase capítulo 6, Nº 44.

limitaciones comunes del tiempo y el espacio pero todavía apegado a los personajes del drama.

En la siguiente etapa, al participar y reconstruir el tono emocional penetrante de la obra, llegamos a una satisfacción estética que se separa de las personas y hechos de la obra a una conciencia más destilada de una emoción que todos los presentes comparten, más allá de sus propias limitaciones. Por fin, si el proceso "funciona", el espectador logra un cierto estado emocional purificado y universalizado (quizá *sānta rasa*) que neutraliza al *rasa* específico de la obra. Semejante estado de bendición y absorción es llamado *ānanda* y es una suerte de identificación con la conciencia universal y una liberación de todas las limitaciones del yo, el tiempo, el espacio, los deseos y las circunstancias. Aunque Aristóteles no habría compartido los supuestos metafísicos sobre los que se basa esta teoría, habría estado de acuerdo en que ésta es una muy buena definición de la que él llamó *katharsis*.

En una crítica perspicaz, Eliot Deutsch opina que el *rasa* no es subjetivo ni objetivo (categorías que no se excluyen entre sí en el pensamiento hindú) y concluye que

> la teoría del *rasa* es correcta, ya que uno de los factores que distingue con claridad a una obra de arte como un contenido estructurado respecto de una mera colección o suma de elementos es la forma en que un tono sensible satisface a la obra y le da unidad. Y si éste es el caso, como sostiene Susanne K. Langer, que "el arte es la creación de formas simbólicas del sentimiento humano", entonces ese tono sensible que unifica a la obra se debe basar, a la vez, en las estructuras del sentimiento categóricas más profundas; debe ser transpersonal y universal; en síntesis, debe ser el *rasa*.[13]

Abhinavagupta esbozó las características del espectador ideal; debe poseer un gusto innato, el potencial para responder al *rasa* y, lo más importante, debe tener *sahrdayatva* (literalmente, la capacidad de "tener un corazón común" con el drama), empatía; el poder de visualizar una imagen estética, imaginación; un cierto trasfondo intelectual; el hábito contemplativo, la voluntad de ver más allá de las limitaciones de la experiencia inmediata; condiciones psicofísicas adecuadas, es decir, la libertad del dolor, el deseo o la ansiedad personal y la capacidad para identificar.[14]

Abhinavagupta identificó cinco niveles de experiencia estética: percepción sensible, imaginación, reconocimiento de la emoción, universalización y, por fin, satisfacción trascendental *(ānanda)*.[15] También hizo una lista de siete impedimentos para la experiencia estética y los medios para superarlos en una ejecución de éxito:

---

[13] Eliot Deutsch, "Reflections on Some Aspects of the Theory of *Rasa*", en *Studies in Comparative Aesthetics*, pág. 16.
[14] Pandey, *Comparative Aesthetics*, 1:162-165.
[15] *Ibídem*, págs. 166-78.

Impedimento	Eliminado mediante
1. Incapacidad para percibir el significado, falta de verosimilitud.	— Empatía y asociaciones tradicionales.
2. Limitaciones subjetivas de tiempo y espacio.	— Arte teatral y música.
3. Limitaciones objetivas de tiempo y espacio.	— Arte teatral y música.
4. Influencia de las alegrías y penas personales.	— Autoolvido.
5. Estímulo insuficiente.	— Actuación, intensidad y presentación.
6. Subordinación de la idea principal.	— Enfasis.
7. Presentación dudosa.	— El contexto total: la situación, los cambios miméticos, las emociones transitorias.[16]

Planteamos tres preguntas: ¿La teoría del *rasa* se aplica, además de al teatro, a la música? ¿Se ha desarrollado en una teoría general del significado dentro de la cultura hindú? ¿Es una descripción válida de la experiencia universal del arte y en consecuencia merece una aplicación más amplia? La respuesta a las tres preguntas es: "Sí, pero..."

La teoría del *rasa* es, sin duda, la base para el nexo entre la música y la emoción en el pensamiento hindú posterior, aunque el catálogo original de ocho (o nueve) etapas se haya ampliado y fragmentado. Como teoría general del significado musical, es casi axiomático en la cultura hindú. La conexión obvia se da entre el *rāga* y el *rasa*, y muchos autores han discutido una base objetiva para la correlación de tipos de escala específicos con sentimientos específicos. Pero la ligazón es compleja y tenue.

Los músicos hindúes están de acuerdo en una cantidad de aspectos: una ejecución competente requiere tanto unidad musical cuanto emocional. Cada *rāga* se asocia con ciertas cualidades emocionales, por ejemplo, anhelo tierno o serena alegría. También se les ha asignado, a los *rāgas*, horas específicas del día y determinadas estaciones del año, tradición cada vez más ignorada en la práctica moderna. La famosa serie de pinturas *Rāgamāla*, que describe el contenido emocional de varios *rāgas*, proporciona evidencia iconográfica. Como resultado, la elección del *rāga* resume un rico conjunto de asociaciones.

El más prominente de los antiguos *rasas* era *śrngāra* (lo erótico). Se lo llamaba el *rasaraja* (el "rey entre los *rasas*") y algunos autores hindúes han opinado (de modo no muy convincente) que se puede considerar a todos los demás *rasas* como aspectos del *śrngāra*. Está más allá de toda disputa que el

---

[16] *Ibídem*, págs. 178-80.
[17] Véase Klaus Ebeling, *Ragamala Painting* (Basilea y Nueva Delhi: Ravi Kumar, 1973).

śṛngāra es, de modo similar, un *rasa* dominante en la práctica moderna, ya sea sólo o mezclado con la cualidad emocional del *bhakti* (devoción religiosa). El nexo entre lo devocional y lo sensual tiene los más profundos lazos con la cultura hindú, como lo sabe cualquiera que haya visto las esculturas del templo erótico de Khajuraho. Dadas las raíces religiosas del arte hindú, uno se extraña ante la ausencia de *bhakti* del círculo original de los *rasas*. Y, según Sambamoorthy, el actual repertorio incluye más composiciones de *rasas* śṛngāra y *bhakti* que cualquiera de los otros.[18]

La música vocal en la tradición hindú es excesivamente específica en su contenido emocional, lo cual no resulta sorprendente a la vista de las claves evidentes en cualquier texto, y es más que obvio que se pueden combinar muy bien el texto y el *rāga*. La interpretación vocal hindú está saturada de expresión emocional, que se comunica por una serie de claves: texto, *rāga* (que incluye todas las asociaciones tradicionales), expresión facial y gesto. Pero la ejecución instrumental es otra cosa. Aunque ciertos *rāgas* buscan transmitir un contenido emocional muy específico, se dice que muchos otros demuestran la cualidad más general de *rāga Bhāva* (afecto). Y la mayor parte de las improvisaciones terminan en un humor elevado de exuberancia atlética en donde el centro parece haberse desviado del sentimiento emocional original a la ejecución misma.

El consenso de la sociedad hindú es que la ejecución musical comunica un mensaje emocional del intérprete al oyente. A pesar de todos los argumentos a favor de una base objetiva para esta comunicación, parece claro que se basa sobre conductas y respuestas aprendidas y es un producto del condicionamiento cultural. Quizá todas las teorías del significado musical (comunicación, expresión, imitación, representación) sean válidas en este contexto. Las teorías formalistas del significado musical violan las premisas del arte hindú; el significado en la música hindú es referencial y se refiere a la emoción. El ser de la música es simbólico: la sustancia musical es la ilusión, la sombra o el reflejo de la emoción fundamental. El conocimiento musical es el conocimiento de lo que la música representa. Y este tipo de conocimiento, desde la perspectiva hindú, no sólo conlleva goce, sino también liberación.

¿Cuán universalmente válida es la idea de *rasa*? La teoría misma es más importante que la lista específica de estados emocionales, a los que se debe considerar como variables. En un sentido, se puede argumentar que la mayor parte de las obras de arte se unifican por un cierto tono emocional coherente y una unidad de percepción, por ejemplo, el tono de combate épico mantenido que invade *Moby Dick*, la melancolía lírica del *Lago de los cisnes*, la fantasía romántica de *La tempestad*, la frustrada añoranza de *Tristán e Isolda* o la indignación grotesca del *Guernica*. Pero esto no es muy preciso. La comunicación de la emoción exige un espectador (o auditor) competente, una variedad de claves (títulos, texto, asociaciones visuales y otras) y, en el caso

---

[18] P. Sambamoorthy, *South Indian Music*, 2ª edición, 6 volúmenes (Madras: Indian Music Publishing House, 1963), 5: 167.

de la música, algo de consenso sobre las propiedades musicales apropiadas para el significado deseado. Y es sólo en este punto final en donde la generalidad de las teorías referencialistas occidentales del significado musical se han convertido en algo rodeado por una especie de cerco.

La teoría hindú del sonido (Nāda)

La filosofía hindú de la música se basa en supuestos metafísicos, muchos de los cuales quedan explícitos en la cita que se encuentra al comienzo de este capítulo; el sonido se iguala con la conciencia universal, la estructura del universo, el proceso cósmico de la creación, y se corporiza en la divina trinidad que componen Brahma, Vishnú y Shiva. El pasaje continúa así:

> El Alma Universal, queriendo hablar, aviva la mente. La mente sacude al fuego constante en el cuerpo y ese fuego sacude al viento. Luego, ese viento constante en la región de Brahma, elevándose por los senderos ascendentes, manifesta al sonido sucesivamente en el *navel*, el corazón, la garganta, la cabeza y la boca.
> *Nāda* (sonido), ocupando estas cinco posiciones, asume, respectivamente, estos cinco nombres: muy sutil, sutil, manifiesto, no manifiesto y artificial. *Nāda* se llama así porque la sílaba NA es sinónimo de aliento *(prāna)* y la sílaba DA significa fuego; en consecuencia, *nāda* es la conjunción del aliento y el fuego.[19]

Por eso, el sonido musical es una manifestación de la corriente continua de sonido universal que corre por lo profundo del cuerpo humano. El aliento esencial de la vida *(prāna)* lo lleva, la energía calórica lo actúa y toma parte en el poder metafísico de *Vāc* (elocuencia), tratada como deidad en los himnos védicos. A medida que el sonido va emergiendo a través de los canales corporales, descubre resonancia de cada uno de los *cakras* (registros, concentraciones del aire vital) del cuerpo. El sonido puro, interno, es sutil, espiritual, indiferenciado, no manifiesto y eterno; el sonido expresado es grosero, material, diferenciado (en sílabas, notas y duraciones individuales), manifiesto y particular.

Los filósofos hindúes reconocieron sutiles gradaciones del proceso por el que se libera el sonido musical; a partir del inconsciente, comprendido como intención en la mente consciente, brotando desde el estrado interior del sonido, manifestándose en la garganta, formando en lenguaje articulado por los órganos de la expresión (paladar, lengua, labios) y emergiendo en el aire como sonido grosero, diferenciado. Con esto como fondo, es fácil entender la unión de la música y la fonética articulatoria en el género literario hindú temprano conocido como *śikṣā*.[20] Se suele comparar el proceso de emanación

---

[19] *Sangrta-ratnakara* 1.3:3-6.
[20] Véase Lewis Rowell, "A Siksa for the Twiceborn", en especial págs. 72-75.

musical con las fases evolutivas sucesivas de la vida vegetal; ausencia total de diferenciación, semilla, brote, formación de hojas, tipos diferenciados de hojas y formas externas.

Imbuido de esta filosofía, el músico hindú consideraba a cada emisión de sonido (especialmente el sonido vocal) como una acción sagrada y como un medio de "embarque" en el sonido universal. Su improvisación inicial en tiempo libre *(ālāp)* simboliza la liberación de sonido de su fuente interna y su delineación de las alturas y los registros individuales del *rāga* continúa la división de su expresión en unidades más groseras. El proceso de división y externalización se completa cuando el ritmo del *tāla* es puesto en movimiento por el tamborilero. Al final de la ejecución, muchos músicos hindúes revierten conscientemente este proceso, permitiendo que el sonido se hunda en el zumbido continuo y atemporal que se ha mantenido durante la ejecución.

La teoría del *nāda* demuestra con qué fuerza se puede ver influida la música de una cultura por su filosofía. La mayor parte de las filosofías hindués son monistas y ven a la materia, la vida y la mente como partes de un continuo, sin diferenciar con precisión aspectos de la existencia. A pesar de su adicción a las categorías lógicas y los análisis críticos, la mente hindú coloca el valor más alto sobre aquel que es continuo (más que dividido) y universal (opuesto a lo individual y particular). El flujo de música representa el fluir de todas las cosas, el proceso continuo de creación y disolución y el juego deportivo *(lilā)* de formas que interpretamos como la realidad externa. Pero todo esto es ilusión *(māyā)*. Al golpear la fuente interna del sonido puro y la absorción fija en el proceso musical, tanto el ejecutante cuanto el oyente pueden escapar a su aferramiento a las cosas materiales y lograr la condición de *moksa*: liberación.

El resultado de la experiencia musical se describe con elocuencia en el *Vijnanabhairava Tantra:* "Para el yogui cuyo espíritu logra un estado unificado en la bendición uniforme engendrada por el goce de objetos como la música, tiene lugar una absorción y un anclaje de la mente en esa bendición. Donde hay un flujo continuo y largo de sonidos de instrumentos encordados, uno se libera de otros objetos de cognición y se funde en esa última y verdadera de la forma de ese Ser Supremo (Brahman)".[21]

La teoría también nos recuerda la importancia del cuerpo humano como modelo para la música en las culturas asiáticas. Ante la ausencia de notaciones precisas y otras objetivizaciones externas de la música y condicionada por las filosofías tradicionales, la cultura musical de la India mide la altura y las duraciones por el cuerpo y sobre él. Los movimientos de las manos acompañan los varios tiempos y expresan la estructura y las energías de los distintos *talas;* se emplean otros gestos para referirse a las alturas y a los centros tonales del canto samavédico; el aliento sirve como modelo para la frase musical y como fuente de tensión, así como de vehículo primario para el sonido musical. Desde la perspectiva asiática, el sonido musical no es algo externo, como cuando uno se sienta al piano y activa un mecanismo productor de sonido.

[21] Theodore de Barry y otros, *Sources of Indian Tradition*, pág. 274.

Es algo interno que se saca a la superficie, un proceso con el que uno se puede poner a tono; es, por fin, una identificación.

Observamos la filosofía de la música en las culturas asiáticas con algo más que una curiosidad informal por lo exótico. Durante muchos años se han estado infiltrando principios de la estética asiática en el pensamiento y la cultura occidentales; a un extremo tal que casi ningún compositor puede afirmar no haber sido afectado. Las categorías asiáticas tradicionales de pensamiento resisten la traducción directa al idioma y la experiencia occidentales; y hasta los músicos occidentales más perceptivos encuentran barreras culturales que no pueden superar. Pero cualquier resumen del pensamiento musical del siglo XX debe considerar, entre sus corrientes, a la síntesis en evolución del pensamiento oriental y occidental y sus implicancias de largo alcance para la música. Volveremos a este problema en el capítulo final.

11 Cloto y Atropo

> Alrededor del huso y a distancias iguales se hallan sentadas tres mujeres, cada una de ellas en su trono. Son las Moiras, hijas de la Necesidad, vestidas de blanco... Láquesis, Cloto y Atropo ajustan sus voces al acorde de las Sirenas; Láquesis canta las cosas pasadas, Cloto las cosas presentes y Atropo canta las cosas por venir. (Platón)[1]

La mayor parte de nuestra investigación ha caído dentro de la jurisdicción de Láquesis; es hora de explorar los dominios de Cloto y Atropo. En la mitología griega, Cloto (la hilandera) desarrolla el hilo de lino de la vida de su huso, con la guía de Láquesis (la medidora) mientras Atropo ("la que no se puede apartar") se prepara para cortar el hilo.[2] El mito de las tres Moiras (las *Moerae*), como la mayor parte de los mitos, tiene sus raíces en una comprensión profunda. A medida que el presente se desenvuelve, lo medimos por el pasado, aun en el conocimiento cierto de que el futuro traerá cambios y discontinuidades inevitables e impredecibles. Y así es con la música.

Este capítulo trata sobre la Nueva Música y sus implicancias para la filosofía. Por *Nueva Música* sólo me refiero a aquello que es nuevo en la música, categoría más amplia y útil que lo que implican las etiquetas de *experimental* o *avant-garde*. La nueva música es (siempre lo ha sido) una incitación al debate encendido y la parcialidad. Pero no se satisfaría ningún buen propósito probando las posiciones adversas familiares enfrentadas, música "vieja" y "nueva", ya que esto no necesita filosofía.

Este capítulo es una exploración de los tres temas principales: el individuo y su papel en la sociedad musical, el material musical y su organización. Comenzaremos por las cuestiones más conservadoras y humanísticas (que han recibido bastante atención de parte de los filósofos) y luego seguiremos con elementos técnicos y posiciones radicalizadas (a través del testimonio de compositores). Parece adecuado cuestionar la autoridad con la que habla un compositor, ya que a menudo escuchamos sus expresiones como una guía para

---

[1] *La República* (traducida al inglés por Paul Shorey) 10.617b-617c.
[2] Robert Graves, *The Greek Myths*, 2 volts. (Nueva York: Braziller, 1959). 1:48-49.

evaluar sus obras. No hay dudá de que un compositor puede proporcionar información privilegiada sobre su propia música, en particular sobre la forma en que ésta llegó a existir. Por otra parte, los compositores no son más inmunes que el resto a la adoración de "ídolos" y con frecuencia han sido víctimas de la necesidad de realizar interpretaciones crípticas y profecías. No se puede desechar con ligereza su testimonio, pero tampoco se lo debe considerar oracular.

Es demasiado pronto para evaluar las contribuciones de la filosofía formal con relación a la Nueva Música. Los filósofos practican el hábito admirable de discutir desde los principios, y los principios que subyacen a las tendencias musicales de este siglo están emergiendo gradualmente de entre una jungla de descripciones técnicas, teorías, retórica crítica, especulaciones estéticas y jerga de moda. Necesitan una definición más clara. Como de costumbre, el mejor camino es el de intentar ordenar las corrientes de ideas, aislar los temas importantes y plantear las preguntas relevantes con la mayor precisión posible.

Hay muchos motivos evidentes para el estado confuso del pensamiento musical: el vuelco virtualmente completo del conjunto de valores musicales sostenido en el siglo XIX, los arrolladores cambios sociales y políticos de este siglo, el surgimiento y resquebrajamiento del mercado masivo para la música, el comercialismo, el desarrollo de tecnologías avanzadas, la explosión informativa y un clima favorable para la experimentación. Una nueva corriente de pensamiento importante refleja el desarrollo de las ciencias sociales como disciplinas eruditas, dando como resultado estudios que aplican a la música los principios y los métodos de la psicología, la sociología, la ciencia política, la semiótica y la lingüística estructural. Todos ellos contienen enfoques potencialmente productivos para la música, tanto para la del pasado cuanto para la nueva.

Dos condiciones presentes proporcionan el contexto inevitable para cualquier investigación musical: el desarrollo cada vez más acelerado del lenguaje musical y la ausencia total de consenso sobre los valores musicales.

El individuo y la sociedad

Cuando Platón expresó, en *La República* (y en especial en el Libro III), que la función primaria de la música era educar al ciudadano para que se convirtiera en un miembro ideal de la sociedad, apenas podía haber previsto todas las consecuencias de su propuesta. La idea misma fue ampliamente aceptada por las civilizaciones de la antigüedad, las sagas de la antigua China prescribían a la música ritual como refuerzo simbólico de la armonía que abarcaba a la sociedad, sus regentes y el mundo de la naturaleza externa.[3] La promoción de la música como instrumento de la política estatal ha sido y sigue siendo

---

[3] Walter Kaufmann, *Musical References in the Chinese Classics*, págs. 32-47.

una de las cuestiones mayores de la filosofía de la música, que plantea importantes preguntas sobre la autoridad, el libre albedrío y el significado. Esta práctica, que ha prevalecido en general en sociedades e instituciones "controladas", ha provocado un amplio debate, aunque las posiciones se han expresado, con frecuencia, en términos que Platón habría encontrado de muy mal gusto.

Se suele explicar a la politización de la música en el siglo XX como una reacción contra "el arte por el arte", movimiento popular en el siglo pasado, cuya premisa principal era que la única obligación del artista era para con el arte mismo. La contrapropuesta, en su forma más simple, es que el propósito del arte es reflexionar, afirmar y promover los ideales más elevados de la sociedad; el arte que está alejado o separado de la sociedad que lo ha nutrido degenera en mero *formalismo*, palabra codificada por los soviéticos como signo del mal arte. El impacto de las doctrinas marxistas-leninistas sobre la música en la Unión Soviética proporciona los ejemplos más claros de esta filosofía en acción, aunque, con la misma justificación, se podría citar el status de la música en el Tercer Reich de Hitler, las consecuencias musicales de las enseñanzas maoístas en la China moderna y la reacción de la música eclesiástica católica ante algunos de los pronunciamientos papales a comienzos de este siglo.

Hay una ambivalencia tradicional en la actitud soviética hacia la música y las demás artes. Los filósofos han visto a la música, por lo general, con una mezcla de admiración y sospecha, alabando la capacidad de la música para promover el bienestar general de la sociedad y, sin embargo, temen que sus propiedades sensuales puedan seducir a los ciudadanos para que no cumplan con sus deberes, como el propio Lenín dijo una vez: "No puedo escuchar música con demasiada frecuencia. Me afecta los nervios, me hace querer decir estupideces y acaricia las mentes de aquellos que podrían crear semejante belleza viviendo en este vil infierno".[4]

Antes de la revolución de octubre de 1917, G. V. Plekhanov aconsejaba la estética marxista a un auditorio cada vez más receptivo, y los grandes debates internos de las décadas de 1920 y 1930 establecieron el principio del Realismo Socialista como principal pilar estético del pensamiento soviético, aplicado primero a la literatura y a las artes visuales y pronto extendido a la música. En el *Estatuto de los escritores de la Unión Soviética,* Andrei Zhdanov, vocero principal de Stalin en los temas estéticos, planteó la definición básica: "El Realismo Socialista es el método fundamental de la literatura y la crítica soviéticas; exige una representación verdadera e históricamente concreta de la realidad en su evolución revolucionaria de parte del artista. Además debe contribuir a la transformación ideológica y la educación de los trabajadores en el espíritu del socialismo".[5]

---

[4] Citado por Theodore H. Van Laue en *Why Lenin? Why Stalin?* (Nueva York: Lippincott, 1971), pág. 90.

[5] Citado por Monroe C. Beardsley en *Aesthetics from Classical Greece to the Present,* pág. 360.

Es fácil estructurar el realismo en las artes representativas de la literatura y la pintura, pero no tanto en el arte abstracto de la música. Pero había a mano una solución brillante: la provocativa teoría de. la entonación, tal como la formuló el compositor y crítico Boris Asafiev (1884-1949). Hubo otros intentos de atribuir los medios de la expresión musical a las entonaciones inherentes al lenguaje de la gente (en particular aquellos incluidos en los repertorios de canciones folklóricas), pero ninguno tan profundo y sistemático como el de Asafiev:

> El realismo soviético exige que los compositores soviéticos escriban música basada en entonaciones musicales, es decir, significados entonados que se supone que son los transportadores de la significación ideológica del nacionalismo ruso y la realidad soviética... Las recolecciones, impresiones y fragmentos musicales se entretejen con las experiencias, los sentimientos y las aspiraciones vitales, penetrando en la vida artística y las tradiciones de los pueblos... El trasfondo de las grandes composiciones es un mundo de la música como actividad de conciencia pública; interjecciones musicales, entonaciones rítmicas, fragmentos de motivos populares, giros armónicos y extractos de impresiones musicales de una época.[6]

El pensamiento marxista destaca que el arte es en esencia un instrumento para la educación y el cambio social progresivo. El artista tiene una responsabilidad ideológica hacia la sociedad: reflejar lo que es bueno, ayudar a transformar lo que es malo, educar e inspirar a los auditorios en formas coherentes con los objetivos más elevados de la sociedad. Es curioso que una de las defensas más elocuentes de la posición soviética haya sido escrita por Joseph Goebbels, ministro de propaganda de Hitler:[7]

> El arte no sólo debe ser bueno; debe estar condicionado por las necesidades del pueblo o, para expresarlo mejor, sólo un arte que surge del alma integral del pueblo puede ser, al fin, bueno y significativo para el pueblo para el que fue creado. El arte, en un sentido absoluto, como lo sabe la democracia liberal, no tiene derecho a existir. Cualquier intento de promover un arte semejante podría, al final, hacer que la gente perdiera su relación íntima con el arte y que el artista se aislara de las fuerzas en movimiento de su época, encerrado en las cámaras asfixiantes del "arte por el arte". El arte debe ser bueno, pero más allá de ello debe ser consciente de su responsabilidad, competente, cercano a la gente y de espíritu combativo.

Referencias parecidas al papel militante del arte en la lucha de clases son características típicas de la retórica estética soviética de la "plancha de

---

[6] Como lo resume James Bakst en *A History of Russian-Soviet Music*, págs. 286-7.
[7] En una carta abierta al director Wilhelm Furtwängler, *Berliner Lokalanseiger*, 11 de abril de 1933.

caldera": "Las posiciones soviéticas sobre el arte le indican a éste su lugar en la vida de la gente y determinan lo que debería ser el tema. Las fuerzas sociales reaccionarias en retroceso exigen del arte belleza "pura" y sueños abstractos. Por otra parte, las fuerzas sociales ascendentes y nuevas, en su desarrollo, consideran al arte un participante en la batalla terrenal...[8]

Tanto Prokofiev cuanto Shostakovitch se enfrentaron a duras críticas en las décadas de 1930 y 1940 y ambos, al fin, se retractaron de los errores a los que los había conducido el "formalismo". Existe una fuerte tendencia hacia la "culpa y arrepentimiento" en el carácter ruso que vuelve más creíble a semejantes confesiones artísticas. Aquí hay extractos de una declaración de Dmitri Shostakovitch en apoyo a la resolución de 1948 del Comité Central del Partido Comunista de toda la Unión:

> Cuando miramos el camino recorrido por nuestro arte se nos hace claro que cada vez que el Partido corrige los errores de un artista creativo y señala las desviaciones de su obra o condena con severidad a cierta tendencia del arte soviético, siempre redunda en resultados beneficiosos para este arte y para los artistas individuales... La ausencia, en mis obras, de la interpretación del arte popular, ese gran espíritu por el que vive nuestro pueblo, ha sido señalada con soberbia claridad y definición por el Comité Central del Partido Comunista de toda la Unión... El trabajo (arduo, creativo, alegre) en las nuevas composiciones que se harán camino hacia el corazón del pueblo soviético, que serán comprensibles para ellos y que estarán orgánicamente conectadas con el arte del pueblo, desarrolladas y enriquecidas por las grandes tradiciones del clasicismo ruso; ésta será una respuesta adecuada...[9]

En el conjunto de guías adoptadas por el Segundo Congreso Internacional de compositores y musicólogos realizado en Praga en mayo de 1948 se esbozó el curso futuro de la música soviética:

> Una solución de éxito para la crisis de la música contemporánea parece posible con las siguientes condiciones:
> 1) Si los compositores renuncian en su arte a las tendencias al subjetivismo extremo; entonces su música expresará ideas y aspiraciones grandes, nuevas y progresivas de las masas populares y los ideales de la vida contemporánea.
> 2) Si los artistas creativos se dirigen de manera decidida hacia la cultura nacional de sus tierras y se vuelven sus verdaderos defensores contra las tendencias cosmopolitas de la vida contemporánea, ya que el verda-

---

[8] Nikolai Shamata, "On Tastes in Art (The Soviet View)", en *Aesthetics Today*, editado por Morris Philipson, pág. 28.
[9] Nicolas Slonimsky, compilador y traductor, *Music Since 1900*, págs. 1370-1.

dero internacionalismo en música sólo se logra sobre la base de un reforzamiento de la cultura nacional.

3) Si la atención de los compositores se dirige primero hacia las formas musicales más concretas en su contenido, en particular las óperas, oratorios, cantatas, canciones, coros de misas, etcétera.

4) Si los compositores y los críticos musicales se convierten en trabajadores activos y prácticos de la educación musical de sus pueblos.[10]

Concluyo esta sección con algunas reflexiones personales, en parte para refutar y en parte para enfatizar la importancia de algunos de los problemas que se han planteado en el curso de la exposición. Hemos dedicado tanta atención a la política de la música no por la excelencia intrínseca de la música producida con la influencia de la ideología soviética, sino porque esa ideología ha reavivado el interés en algunas de las cuestiones más elementales de la filosofía de la música. Nadie que se tome el trabajo de pensar con seriedad sobre su papel dentro de la sociedad musical puede ignorar lo que es fundamental: si sus decisiones como compositor individual, intérprete o docente deben estar guiadas por las necesidades de su sociedad o si ellas dependen sólo de sí mismo.

Es demasiado fácil y hasta burdo burlarse del arte "tractor" soviético, sus ballets revolucionarios y sus suites de canciones folklóricas. Es innegable que el resultado del Realismo Socialista ha sido la producción de mucho arte de mala calidad, pero éste ha florecido en todas partes con sistemas políticos muy diversos.

Entre los logros positivos se pueden contar a los siguientes: el apoyo estatal a los compositores e intérpretes, los altos niveles de interpretación, la competencia técnica de parte del compositor, la preservación de las tradiciones musicales regionales únicas de la Unión Soviética, un programa de educación musical de éxito, el goce difundido de las artes y el mantenimiento de una tradición floreciente de ópera y ballet. En el lado negativo podemos señalar un clima intelectual hostil a la experimentación y a la evolución libre del estilo musical así como un cuerpo de crítica pomposo y pesado que valoriza más el contenido mensaje que la música misma.

Ninguna presentación externa, por simpática e imparcial que sea, puede hacer completa justicia a la posición estética soviética, en particular con respecto a algunos de los argumentos más sutiles. Tampoco debe esperar sentirse convencido por un resumen del argumento principal, sin contar con todo el contexto del pensamiento marxista, aquel que carezca de un conocimiento de primera mano de las condiciones reales existentes en las partes del mundo que el Realismo Socialista busca mejorar. La escasez de traducciones competentes ha impuesto una desafortunada barrera lingüística entre la URSS y el mundo occidental, incrementando de manera considerable la posibilidad de malentendidos.

---

[10] *Ibídem*, págs. 1378-9.

La calidad del discurso filosófico siempre sufre en proporción directa al empleo de palabras clave, slogans, frases fáciles de recordar y recursos similares de retórica persuasiva. Etiquetas como *formalismo, subjetivismo y Realismo Socialista* (pese a su atractivo popular y su efectividad en la argumentación) han tendido a disminuir el nivel de calidad del debate.

La ubicación de la música con la política estatal, ahora y en toda la historia, tiene consecuencias predecibles: ortodoxia y estilo conservador. Con seguridad no hay motivos para que sea deseable (o no) que el estilo musical evolucione o permanezca invariable; la brecha que se ha abierto en occidente entre el compositor y el público se debe más a una cuestión de *proporción* de cambio que a una cuestión de cambio en sí. Pero las condiciones políticas que inhiben el desarrollo del lenguaje musical e incentivan el conformismo han tenido efectos insidiosos. Parece incoherente que aquellos que argumentan que la sociedad debe mantener un estado revolucionario constante nieguen el mismo impulso renovador en su música.

La frase final de la carta de Goebbles es una prescripción específica para el arte que resulta admirable. Pocos disentirían con él en que el arte debe ser competente, aunque no siempre es fácil definir la "competencia". Pero una reputación más considerada podría señalar que el arte que busca ser "combativo" y es "autoconsciente de sus responsabilidades" tiene más posibilidades de que se lo valorice por su mensaje que por sus propiedades intrínsecas y el arte que se mantiene "cerca del pueblo" tiende a atraer el denominador común más bajo del gusto musical.

Estas consideraciones plantean la pregunta general de la "separación": ¿el valor final de la música depende de las teorías sociopolíticas y su utilidad para promover los fines sociales deseados y posee valor independiente? Prefiero creer en la segunda posibilidad. La posición soviética plantea un peligro real para la música abstracta, implicando que sólo la música que transmite un mensaje concreto y extramusical puede servir a su propósito social. Esto también rechaza la existencia independiente de la música.

Si hay un increíble potencial para el uso social de la música, hay un potencial igual para su abuso. Mi lista de abusos posibles de la música incluiría todas las técnicas dirigidas a la persuasión masiva y el control de la mente, la trivialización de la música en un ambiente continuo y amorfo, el empleo de la música como narcótico o anestésico (aparte de los usos terapéuticos legítimos), la intrusión de la música en la esfera privada de la propia vida y la determinación del gusto musical y los niveles por las técnicas de realimentación diseñadas para manipular y complacer a un mercado masivo. Siguen habiendo preguntas legítimas sobre la música como arte individual o colectivo. Se ha practicado con frecuencia la música dentro de un contexto social, pero las decisiones específicas (aunque influidas por las preferencias grupales) han quedado a cargo, por lo general, de los individuos. Sólo últimamente, en la República Popular China, se ha hecho práctica la composición de música a cargo de un grupo. La teoría del "Gran Hombre" de la historia de la música es sin duda una declaración exagerada, aunque es difícil negar que los monumentos más grandes en la historia de la música occidental han surgido como consecuencia de decisiones individuales.

Intercambio de roles

Se suele pensar que los roles individuales dentro de la matriz de la sociedad musical tradicional no son ambiguos.[11] La fórmula común del siglo XIX, que aún hoy es modelo en la práctica pública de conciertos, consistía en que el compositor prescribe, el intérprete ejecuta (o interpreta) y el oyente percibe; una hipersimplificación de una relación mucho más compleja pero adecuada para nuestro punto. Notamos varias tendencias interesantes en la música moderna que ubican a miembros de la "tríada social" en papeles no familiares.

El compositor como ejecutante. Esto es más una reversión de un papel anterior que una novedad. Antes del 1800, los compositores eran casi siempre ejecutantes activos y, de una manera o de otra, siempre tenían que ver con la ejecución de su propia música. La dicotomía entre el compositor de la torre de marfil y el virtuoso es básicamente una creación del siglo romántico. Pero hay giros nuevos. En algunos casos el compositor asume ahora un control pleno sobre el ejecutante y elimina por completo la necesidad de un ejecutante o intérprete, como en alguna música electrónica o de computadora, que se puede grabar de manera directa o en cinta magnética. Así, la composición y la ejecución se han fundido en una función de laboratorio única.

En otros casos el compositor toma partido para darle forma a los hechos musicales durante la ejecución (como director, colaborador o incluso como "actor"), ya sea porque la partitura musical no exige gran habilidad técnica o porque tiene la suficiente flexibilidad como para permitirle decidir los hechos en el curso de la ejecución. Muchos compositores son diestros intérpretes y siguen funcionando en el doble papel típico de la sociedad musical de los siglos XVII y XVIII.

El ejecutante como compositor. Ejecución y composición no son funciones tan separadas como se podría suponer: en las culturas (India, el jazz) y épocas musicales (el Barroco) que han mantenido una tradición de improvisación se puede describir con más precisión a los ejecutantes como "compositores espontáneos". Pero, más que esto, la ejecución musical siempre ha implicado mucho más que la ejecución precisa de un conjunto de directivas, aunque elaboradas.

Cualquiera que dude de esto no tiene más que comparar dos versiones grabadas de la misma composición. Inclusive compositores como Gustav Mahler y Alban Berg, que llenaban sus partituras con suplementos verbales para la notación común, fueron incapaces de hacer algo más que minimizar la posibilidad de desviación de su visión interior. Cualquier compositor o ejecutante estará dispuesto a admitir que nuestra notación es, en esencia, demasia-

---

[11] Véase capítulo 3.

do inexacta para especificar más que un esbozo del intento del compositor, hasta que la tradición, la instrucción, la imitación y el instinto lo completan.

Pero, recientemente, algunos compositores han buscado aumentar el papel del ejecutante en su música y capitalizar su aptitud para la improvisación. Un compositor así puede verse a sí mismo como "planificador" o "diseñador" de un conjunto de condiciones en las cuales algo sorprendente y hermoso (quizás algo imprevisto) podría emerger. Los manuscritos para este tipo de música pueden ser mínimos, hasta tal punto que la Oficina de la Propiedad Intelectual de los Estados Unidos ha rehusado otorgarles protección de derechos intelectuales.[12] La pieza real puede ser más una proyección de la personalidad del ejecutante que del intento del compositor, o tal vez ése era precisamente el intento del compositor.

Esto sugiere algunas cuestiones problemáticas. ¿Quién debe recibir el elogio (o la crítica) por la pieza, el compositor o el intérprete? ¿A quién se le debe pagar por ella? Si una composición existe de una forma mínima y difiere mucho en cada ejecución, ¿es la misma obra? ¿Cuánto debe diferir antes de convertirse en otra pieza? ¿Cómo puede la crítica tratarla como una entidad?

El auditorio como ejecutante. La música no ha sido siempre un entretenimiento de espectador. En muchas culturas musicales no occidentales y en la tradición de la música de cámara aficionada, los papeles del ejecutante y el oyente son inseparables. La idea de un auditorio masivo pasivo es otra creación del siglo XIX y una ficción en la que se han nutrido muchas concepciones erróneas sobre la naturaleza de la percepción musical. Y, en siglos anteriores, la gran tradición de la música coral sagrada, la danza general al final de un ballet cortesano, el canto madrigalista en la Inglaterra isabelina y otras músicas que exigían que la participación del auditorio evidenciara que el papel del público musical no ha sido siempre pasivo.

Sin embargo, últimamente, algunos compositores han querido incluir de una manera más íntima al espectador en el proceso musical cambiando la configuración del espacio de ejecución como para envolver al auditorio, asignándoles varios roles de participación (canto, percusión, ruido) o bien dejándole algunas decisiones con respecto a la ejecución.

El auditorio como compositor. En una obra "extrema", como la famosa 4' 33" (de silencio) de John Cage, la música es (en una interpretación posible) la creciente conciencia y resistencia del auditorio ante el silencio controlado, el sonido de la propia respiración, sentimientos de incomodidad, toses, risitas, irritación creciente y cosas así. Nada puede ser menos satisfactorio que una ejecución en la que todo el auditorio sabe qué esperar y se sienta en un ama-

---

[12] Sobre la base de que "las ideas, planes, métodos, sistemas, etcétera" no están sujetos a derechos de propiedad intelectual como las obras musicales en la Clase E; para que se la registre en la clase E como obra musical, la copia debe contener una cantidad mínima de expresión musical original fijada en una forma concreta y definida (notaciones u otras expresiones escritas visibles que representen una sucesión de sonidos musicales) – Circular 96H, Oficina de Propiedad Intelectual, Biblioteca del Congreso.

[13] Como en *Audience Pieces* de Ben Vautier, descritas en Michael Nyman, *Experimental Music*, pág. 71.

ble silencio. Quizás un propósito igual motivó *Vieux Sequins et Vieilles Cuirasses* de Erick Satie, en la que el pasaje final, de ocho tiempos, se debe repetir 380 veces, y la aún más fatigosa *Vexations,* que prescribe 840 repeticiones de un módulo muy suave y lento de 52 tiempos.

En estos intercambios de papel, muchos de los cuales están reconocidamente pensados más como una demostración filosófica que como música formal, se puede detectar lo que parece ser una tendencia saludable; hacia un concepto holístico de la música en el que las funciones de creación, ejecución y percepción no se mantengan separadas de forma artificial.

Material

Romain Rolland, en su novela *Juan Cristóbal* (1904-1912), describió la lucha de su héroe compositor contra las limitaciones de la forma y la sustancia musical tradicionales:

> La dificultad comenzó cuando él trató de echar sus ideas en los moldes musicales comunes; hizo el descubrimiento de que ninguno de los moldes anteriores se adecuaba a ellos; si quería fijar sus visiones con fidelidad, tenía que comenzar por olvidar toda la música que había oído, toda la que había escrito, hacer tabla rasa con todo el formalismo que había aprendido, con la técnica tradicional, arrojar al cesto de los desperdicios esas muletas de impotencia, esa cama, todo preparado para la haraganería de aquellos que, escapando de la fatiga de pensar por sí mismos, reposan en los pensamientos de otros.[14]

Un comienzo nuevo, "tabla rasa" (la famosa *tabula rasa* de Locke),[15] éstas han sido imágenes atractivas para muchos compositores jóvenes que enfrentan el prospecto desilusionador de escribir en un idioma todavía imperfectamente comprendido o cuya gramática y sintaxis encuentran hostil o restrictiva para su pensamiento. Pero, ¿se debe regir la "tabla" con líneas de pentagramas musicales? ¿O debe estar, en realidad, en blanco? ¿Debe estar predeterminado de alguna manera lo que uno escribe? ¿O se debe uno molestar por una tabla en primer lugar?

Un artista necesita material en bruto, una sustancia sobre la cual actuar. El poeta debe comenzar con palabras; tiene una amplia variedad, pero sus elecciones retienen los significados y connotaciones determinados de su idioma. ¿Cuáles son las palabras del compositor (y en qué medida están determinadas)? ¿Cuán "bruto" es su material en bruto? Es probablemente una noción romántica la de sugerir, como lo hace Rolland, que los sonidos que un

---

[14] Traducido por Edgard Varése y citado en su conferencia de 1939 "Music as an Art-Science", en Elliot Schwartz y Barney Childs, comps., *Contemporary Composerrs on Contemporary Music,* pág. 201.

[15] Véase capítulo 6, N° 36.

compositor imagina podrían ser de algún modo independientes de su experiencia previa, como si su inconsciente pudiera de alguna forma purgarse de sus contenidos. Y parece inevitable que el acto de imaginar y prescribir sonidos específicos deba estar precedido por un programa de preselección elaborado (aunque ampliamente inconsciente), basado en una cantidad de supuestos: qué sonidos considera apropiados, hermosos o útiles el compositor (o su tradición); su relación potencial entre ellos, expresada en términos de un "sistema" funcional o como contenido temático; qué clase de *gestalt* pueden formar por fin, y quizás inclusive la cuestión más mundana de qué sonidos son interpretables. Ningún compositor puede argumentar familiaridad con toda la gama de material acústico existente ni considerar a toda esta gama propiada para la música; algunos, por ejemplo, excluirán aquellos sonidos cuyos esquemas vibratorios sean no periódicos, como el ruido.

La respuesta de Edgard Varèse a estas preguntas fue inequívoca: "El material en bruto de la música es el sonido". Y en una conferencia de 1939 requería una máquina que la daría al compositor pleno acceso a su material acústico:

> He aquí las ventajas que anticipo en una máquina semejante: liberación del sistema arbitrario y paralizante modificado a gusto; posibilidad de obtener cualquier cantidad de ciclos o, si aún se lo desea, de subdivisiones de la octava y en consecuencia la formación de cualquier escala que se pretenda; un insospechado rango en los registros altos y bajos; nuevos esplendores armónicos obtenibles por el uso de combinaciones armónicas hoy imposibles; la posibilidad de obtener cualquier diferenciación de timbre, de combinaciones de sonidos; nuevas dinámicas mucho más allá de la actual orquesta de fuerza humana; un sentido de la proyección sonora en el espacio por medio de la emisión de sonido en cualquier parte de la sala o en su totalidad...[16]

Varèse vivió lo suficiente como para componer una máquina semejante y los resultados fueron bellísimos. Pero no todos los compositores piensan que las limitaciones son "paralizantes" ni los inhibe la "arbitrariedad" del sistema musical tradicional. Cuando se le preguntó a Igor Stravinsky qué pensaba de los nuevos medios y los nuevos recursos, dijo: "No estoy convencido de lo que hace falta son mayores recursos. Me parece que las posibilidades ya tienen la riqueza suficiente, o hasta demasiada. La escasez de recursos no detendrá a un buen artista, ya que los recursos están el hombre mismo y el tiempo los renueva día a día. La llamada crisis de medios es interior".[17]

He aquí algunas de las formas en que la música actual refleja la necesidad de recursos de sonido adicionales:

---

[16] Varèse, "Music as an Art-Science", en Scwartz y Childs, *Contemporary Composers on Contemporary music*, págs. 200-201.

[17] Igor Stravinsky y Robert Craft, *Dialogues and a Diary*, págs. 68-69.

1) la demanda de un espectro de sonido tan completo como sea posible, con respecto al rango (alto/bajo), la continuidad (*glissandi*, disponibilidad de sonido en "fragmentos" menores de los que los principios humanos de discriminación de altura y tiempo nos permiten discernir), densidad (grupos tonales, masas de sonidos, ritmos cruzados) y variedad de timbres;

2) tecnología electrónica; generación y síntesis de tonos, técnicas de registro de sonidos (en disco y cinta magnetofónica), aplicaciones en computación.

3) la invención de nuevos instrumentos, el empleo de instrumentos tradicionales según formas no tradicionales y el uso de "no instrumentos";

4) sonidos vocales nuevos, empleo abstracto del material fonético, nuevos estilos de declamación musical (como el *Sprechstimme*),[18]

5) desconocimiento de la distinción tradicional entre sonidos musicales y ruido;

6) sonidos naturales (canciones de aves, ballenas) y ambientales;

7) escalas, ritmos e instrumentos no occidentales;

8) transformaciones de música preexistente: cita, alusión, adopción, parodia y otros tipos de "música sobre la música",[19]

9) ordenamientos especiales alterados, contextos o ambientes musicales alterados, mezclas varias de música con danza, literatura, teatro o incluso arquitectura.

Tenemos la ventaja de la retrospectiva: muchas de estas tendencias son evidentes en la música desde comienzos del siglo XIX y la urgencia por liberarse de las "limitaciones" es una consecuencia obvia de la estética del Romanticismo. También se está aclarando que algunos compositores prefieren no reconocer a la música como una categoría de sonido independiente, es decir, separable de todo el contexto de sonido ambiental.

Nuestra labor consiste, ahora, en plantear algunas de las preguntas estéticas implícitas en estas tendencias a la selección del material sonoro, apoyando algunas con citas relevantes y exponiendo otras con brevedad. Para mantener la perspectiva adecuada, es buena idea tener en cuenta que nuestra concentración en el material sonoro tiende a oscurecer la preferencia estadística abrumadora por la selección de sonido tradicional. Si estas preguntas se extienden en la estética de la música experimental es porque el *establishment experimental* (con John Cage como su vocero más elocuente) ha articulado

---

[18] Un estilo de producción vocal intermedio entre la expresión y la canción, usado con gran efecto en la ópera *Wozzeck* de Alban Berg y en otras obras dramáticas de Berg y Schoenberg.

[19] Expresión atribuida a Rudolf Kolisch y aplicada despectivamente a la música de Stravinsky por Theodor Adorno en *Philosophy of Modern Music*, págs. 182-84.

con gran claridad temas importantes para la filosofía de la música, temas que no desaparecerán.

Algunas de las siguientes preguntas están hechas desde el punto de vista del compositor y comienzan con la palabra *debería*. No se las debe tomar en el sentido de imperativos morales: la filosofía es un medio de producir el cambio por la persuasión y no por la legislación. Su significado, cuando un compositor quiere averiguarlo, puede variar desde el relativamente neutral "¿será éste el caso?" hasta uno basado sobre ciertos supuestos estéticos: "¿Será productivo en lo artístico si...?"

¿Se puede (se debería) separar a los sonidos de las ideas acerca de ellos? En otras palabras, ¿se puede considerar a los sonidos como algo sin significado desviado de cualquier contenido simbólico? Cage expone semejante punto de vista:

> Imagino que como la música contemporánea sigue cambiando en la forma en que yo la estoy cambiando, lo que se hará será liberar cada vez más completamente a los sonidos de las ideas abstractas sobre ellos y cada vez con más precisión para dejarlos ser, en lo físico, sólo ellos mismos. Esto significa, a mi entender: sabiendo cada vez más no lo que creo que es un sonido sino lo que en realidad es en todos sus detalles acústicos y luego permitiendo que ese sonido exista por sí mismo, cambiando en un medio sonoro cambiante.[20]

Y Morton Feldman agrega: "Sólo 'soltando' los elementos tradicionalmente usados para construir una pieza musical podrán existir los sonidos en sí mismos, no como símbolos o recuerdos que fueron, para empezar, recuerdos de otra música".[21]

Estas afirmaciones sugieren problemas complejos y merecen seria consideración. Cada especificación de un sonido abstracto, cada mediación por la mente o un instrumento, impone significado simbólico a ese sonido y es dudoso que cualquier compositor u oyente pueda desechar esta sucesión de significado. Por otra parte, el valor de considerar a los sonidos como objetos aislables se funda en la actitud que implica: actitud en la que los oídos y mentes están más abiertos al sabor de las propiedades únicas de los sonidos, que incluye los sonidos en torno de nosotros y los de la música formal. Apreciar más la claridad del sonido debe ser uno de los objetivos principales de la experiencia musical.

Por otra parte, la música consiste en relaciones, previstas por el compositor y percibidas (aunque a menudo de manera subconsciente) por el oyente. Algunos dirán (en mi opinión, con razón) que es tarea del compositor no *permitir* que los sonidos existan sino *hacer* que existan, guiados por su poder imaginativo superior y su conocimiento de lo que es posible y potencialmente agradable dentro del reino de lo audible. Así como el color rojo o (más preci-

---

[20] Citado en Nyman, *Experimental Music*, pág. 42.
[21] *Ibídem*.

samente) una pincelada púrpura en el pigmento oleoso es inevitablemente un recuerdo de una pincelada similar, el mismo matiz o la categoría de la "rojez" misma, algunos afirmarán que se debe percibir a los sonidos, inexorablemente, como recuerdos de otros sonidos, algunos vívidos y específicos y otros más generales. Desde este punto de vista, toda decisión musical (inclusive a veces las decisiones que uno deja que otro tome) conlleva determinados significados, ya sea que el sonido lo produzca un arco de violín sobre una cuerda extendida o un trozo de hielo raspado sobre una superficie metálica. Esto nos lleva a una segunda pregunta:

¿Qué significados o valores específicos tienen para nosotros los sonidos particulares? Podemos considerar "naturales" o "musicales" a ciertos sonidos, basados en la experiencia previa. Podemos hallar que los sonidos de la voz humana son agradables y/o significativos en lo intrínseco y es improbable que podamos percibir sonidos humanos sin retener alguna idea de su origen humano. Varios sonidos instrumentales pueden llevar significados igualmente específicos, algunos de ellos recuerdos y asociaciones personales; otros, asociaciones más generales (como para el sonido de la flauta) que parecen ser parte de la experiencia cultural común de la especie humana.[22] El método de producción de sonido y las varias propiedades tonales influyen en nuestra reacción ante un sonido, es decir, uno no puede sino reaccionar con tensión ante un sonido con un impacto alto o un sonido muy breve. Se le otorga valor negativo a ciertos sonidos, como el del flato, y se puede reaccionar de modo negativo cuando se ve o se oye un instrumento tradicional golpeado con un mazo o raspado con una lima. Muchos oyentes consideran que el tono electrónico es "artificial", en tanto que otros, que se han educado con los sonidos amplificados de los instrumentos electrónicos y los sintetizadores, pueden otorgarle valor positivo al mismo sonido. Stravinsky fue muy rechazado por sus tempranos esfuerzos en el campo de la música electrónica, y una vez dijo: "No veo por qué un medio tan rico en posibilidades sonoras deba ser tan pobre".[23]

Significados como éstos pueden ponerse en el camino de la música y representan obstáculos reales para el goce estético. Pero no parece realista negar su influencia en muchos compositores y en la mayoría de los oyentes, si no en todos. La tecnología de la grabación ha hecho una gran contribución a la separación del sonido y el significado, pero se podría decir que el sonido adquiere un significado igualmente específico en su nuevo medio acústico.

¿Son todos los sonidos igualmente hermosos? ¿Puede un sonido ser bello en sí mismo o necesita de un contexto? ¿Cuáles son los denominadores que prevalecen para la belleza? A pesar de la actual falta de consenso, parece obvio que el concepto de belleza tonal del siglo XIX (un tono suave, opulento, vibrante, intensamente rico) ha perdido parte de su fuerza. Y, en su lugar, oímos un desplazamiento en la dirección de sonidos más delgados, más afilados, precisamente engastados, lo que entiendo que está más cercano a los valores tonales de la música barroca tanto como una reacción predecible contra

---

[22] Véase capítulo 5.
[23] Stravinsky y Craft, *Memories and Commentaries,* pág. 100.

las preferencias tonales del último siglo. Pero, a la vez, se debe admitir que ciertos géneros (en especial la ópera) han mostrado ser resistentes a estas tendencias, y que grandes segmentos de la sociedad musical sostienen los valores tonales del Romanticismo con tanta tenacidad como siempre. Podemos preguntar, con legitimidad, qué causas para la preferencia se pueden aplicar a la profusión de sonidos electrónicos y ambientales en la música actual, que no sean (como siempre) nuestros instintos y experiencia. Desechar la cuestión con "cada uno a su modo" parece una evasión. Sugiero que un nuevo conjunto de valores tonales se está uniendo de manera gradual en medio de lo que parece ser el caos de la variedad sin límite aparente. Nunca se pueden declarar estos valores por consenso, pero se los está demostrando en la actualidad y (cuando Atropo lo permita) los reconoceremos por lo que son.

¿La naturaleza del material sonoro determina en alguna forma a la organización de la música? En una palabra, ¿los sonidos son *causales*? ¿Hasta qué punto la selección (o preselección) de un compositor determina su organización? La causación es un concepto tan difícil en música como lo es en la filosofía. Las elecciones musicales suelen causar otras elecciones, en especial dentro de un estilo establecido; la dificultad surge cuando uno trata de angostar la sucesión de causa y efecto en una secuencia específica de 1:1 y afirma que una causa específica única lleva a un efecto específico único. Hasta el punto en que la música tonal tradicional permite al oyente sentir expectativa y predecir la resolución de tendencias, así se demuestra la causación.

Permítaseme presentar unas pocas instancias obvias. Parece claro que las propiedades respectivas de las escalas diatónicas y cromáticas han tenido implicaciones causales, la primera tendiente a estimular el centro tonal y la diferenciación de estructura de altura y la segunda excluyendo virtualmente a ambos. Las consideraciones prácticas también pueden ser causales; los sonidos de cuerdas de arco se pueden sostener más tiempo que los sonidos de vientos y se pueden sostener los sonidos electrónicos de una forma indefinida. Es virtualmente imposible escribir música lírica con sonidos breves y *staccato*. Y el compositor hábil sabe que debe prever las consecuencias mentales y musculares que los sonidos que él prescriba tendrán en sus ejecutantes; es decir, un acento pesado exigirá algún tiempo de recuperación y conviene que una nota difícil de alcanzar esté precedida por un tiempo de preparación. Para muchos compositores, las implicancias tradicionales del material sonoro operarán de una manera causal, en tanto que otros compositores buscarán elegir sonidos y medios de producción de sonido que estén relativamente libres de tales implicancias. Sea cual fuere el caso, para cuando un compositor ha adquirido un "estilo", suele haber una relación clara entre su material y lo que hace con él.

He retrasado la respuesta a la pregunta con la que comencé esta sección, ya que sigue con naturalidad a la precedente: *¿Hasta qué punto debe estar sujeto a límites el material sonoro?* La cuestión contiene muchos subinterrogantes provocativos: ¿Se debe "regir" y cubrir el material sonoro con escalas de altura y tiempo: ¿Los espectros de altura y tiempo deben ser estriados o continuos? ¿Semejante preselección del material es una disciplina que el compositor observa como preludio necesario a su actividad o, como decía Varèse, un medio de parálisis?[24] ¿La economía de medios es un criterio estético válido o importa (a la larga) sin un compositor elige a partir de un conjunto pequeño y preseleccionado de posibilidades de todos los sonidos disponibles en el mundo? Podemos admirar la economía; pero, ¿debe influir en nuestro juicio? Lippman presenta un punto de vista tradicional cuando habla de una fuerza destructiva de los valores musicales,

> que está conectada con la tecnología electrónica, es la multiplicación de materiales y medios estéticos; de compuestos artísticos, de escalas de altura y de tipos de sonido en los que la altura no es importante o está ausente... Aquí se pasan por alto dos condiciones de valor artístico; una es la restricción esencial que convierte a la materia en material y proporciona un marco de limitación; la otra (que se conecta con la artificialidad relativa del material nuevo) es la relación esencial con el pasado que da significado al presente y al futuro.[25]

La distinción que Lippman establece entre "materia" y "material" va al centro de la cuestión. John Cage, en su ensayo *Rhythm, etc.*, se opone a todo "marco de limitación" citando en particular los efectos determinados de los instrumentos tradicionales: "Debemos prescindir por completo de los instrumentos y acostumbrarnos a trabajar con herramientas. Entonces, si Dios quiere, tendremos parte del trabajo hecho. También se lo puede decir de este modo: encontrar formas de usar los instrumentos como si fueran herramientas, es decir, para que no dejen huellas. Esto es precisamente lo que son nuestros grabadores, amplificadores, micrófonos, altavoces y células fotoeléctricas: objetos para usar que no necesariamente determinan la naturaleza de lo que se hace..."[26] En tanto que el punto de Cage queda bien claro, la distinción entre instrumentos y "herramientas" no es por entero convincente parece claro ahora que las técnicas de transformación de sonido de la primitiva tecnología electrónica han tenido más de un efecto determinado sobre la música reciente de lo que hasta ahora se ha comprendido.[27]

¿La selección de material (y, por supuesto, también su organización) *debe tener en cuenta las limitaciones de la percepción humana?* ¿Todavía se dirige la música a la gente? Si es así, ¿puede existir valor alguno en ignorar los principios de la percepción humana o en mofarse de las leyes de la percepción auditiva? No exige muchos datos el superar la propia capacidad de procesarlo. Es evidente que se puede considerar a la composición musical una actividad privada, y en ese caso el compositor tiene todos los motivos para buscar su

---

[24] Véase N° 16.
[25] Edward A. Lippman, *A Humanistic Philosophy of Music*, pág. 350.
[26] John Cage, "Rhythm etc.", pág. 197.
[27] Señalamiento de Jonathan D. Kramer en "New Temporalities in Music", págs. 543-44, elaborado en un artículo llamado "The Impact of Technology on Musical Time" presentado en un simposio sobre "Chronos and Mnemosyne: Time in Literature and the Arts", Universidad de California del Sur, 3 de abril de 1982.

propia satisfacción sobre todas las consideraciones prácticas semejantes. En su ensayo *"Who cares if you listen?"*, Milton Babbit aboga por el caso de una "música especializada":

> Me atrevo a sugerir que el compositor se haría un servicio inmediato y final a su música y también a sí mismo por el retiro total, resuelto y voluntario de este mundo público a uno de ejecución privada y medios electrónicos, con su muy real posibilidad de eliminación completa de los aspectos públicos y sociales de composición musical. Haciéndolo así, la separación entre los dominios se definiría más allá de cualquier posibilidad de confusión de categorías, y el compositor estaría libre para llevar una vida privada, de logros profesionales, opuesta a una vida pública, de falta de compromiso profesional y exhibicionista... Semejante vida privada es lo que la universidad le proporciona al estudioso y al científico.[28]

¿Se debe considerar a la música permanente o desechable? La cuestión de la permanencia es central para la filosofía de la música. La dicotomía entre la transitoriedad del proceso musical y la permanencia del producto musical ha evolucionado en un tema común en la literatura occidental. Hasta hace bastante poco, sin embargo, los análisis estéticos han tendido a centrarse en el objeto musical, sus cualidades como "objeto", otorgándole así el status de un virtual objeto de museo. Una estética más nueva enfatiza a la música como proceso, un concepto más en armonía con la generalidad de las músicas folklóricas y tradicionales del mundo no occidental.

No elaboraré aquí las importantes distinciones entre la música como producto y la música como proceso que no sea notar ciertas implicancias para la sustancia musical; hay en juego conceptos como el status de los sonidos musicales, la forma en que se los puede preservar y el grado hasta el cual una composición (o una ejecución individual de ella) se puede especificar. La tradición intelectual europea occidental ha asumido que los sonidos musicales constituyen una categoría especial. Si no se sostiene que ése es el caso, luego la música se puede componer con sonidos comunes, "encontrados", como el arte visual que emplea objetos "encontrados". Y, para avanzar un paso más en esta línea de razonamiento, se puede considerar a la propia música como un proceso de "desecho" que no existe de modo fijo, sino que cambia de una ejecución a otra. Si ése es el caso, ¿no es incoherente (quizás hasta opuesto al proceso) hacer un registro de tal ejecución? John Cage expresó que el registro de semejante obra "no vale más que una postal; proporciona un conocimiento de algo que ocurrió, en tanto que la acción era un desconocimiento de algo que aún no había ocurrido".[29]

---

[28] En Schwartz y Childs, *Contemporary Composers on Contemporary Music*, página 249.

[29] John Cage, "Composition as Process", en *Silence*, pág. 39.

La filosofía de la música se ocupa con propiedad del ser de la música (producto o proceso), su permanencia y su especificación, ya que el compositor prefiere elegir del material sonoro tradicional y preseleccionado o de cualquier otra materia acústica que considere apropiada, y ya sea que especifique su obra en detalles elaborados y deje una gran cantidad de elecciones para el intérprete. Al pesar sus contribuciones respectivas no podemos evitar ciertos temas: ¿cuál es el mínimo irreductible para la composición (una idea, un plan, un libreto, un programa detallado completo), cuán fija es y cómo se realiza en sus múltiples versiones de interpretación?

Me gustaría señalar que las siete preguntas precedentes no son una variedad azarosa ni trivial. Hemos considerado, a su vez: los problemas de aislamiento, significado, valor, causación, ser, conocimiento y permanencia; todos ellos temas cruciales en la filosofía de la música. Juntos demuestran que los compositores de música experimental han desafiado los supuestos tradicionales de la música artística occidental. Como resumen de la estética alternativa más moderna, he aquí, supuestos que Barney Child afirma como ya no válidos:

— la idea de "obra maestra";
— la permanencia como valor estético;
— el proceso como útil al producto que realiza;
— el ordenamiento no azaroso jerárquico sistematizado;
— la validez estética como parcialmente dependiente de la toma de decisiones extensiva y cuidadosa;
— la "responsabilidad" del artista;
— el valor estético de la historicidad y la validez de la sucesión histórica;
— el énfasis en lo lógico, lo racional y lo analizable;
— la forma más elevada de respuesta estética como sentimientos de profundidad, temor y cosas por el estilo.[30]

Organización

Adrián Leverkühn, que fue presentado en un capítulo anterior como el compositor héroe de la novela *Doctor Fausto* de Thomas Mann, asistía a las conferencias de Kolonat Nonnenmacher sobre filosofía griega antigua en la Universidad de Halle, en preparación para el primer examen de teología, y escribía música con la influencia del cuadrado mágico que había colgado sobre su piano alquilado:

> En la pared sobre el piano había un diagrama aritmético sostenido con alfileres, algo que él había encontrado en un negocio de venta de objetos de segunda mano: uno de los llamados cuadrados mágicos,

---

[30] Barney Childs, "Time and Music", pág. 197.

como el que aparece en *Melancolía* de Durero junto con el reloj de arena, el círculo, la balanza, el poliedro y otros símbolos.

En éste, tanto como en aquél, la figura se dividía en dieciséis campos marcados con números arábigos, de manera tal que... la suma de estos numerales, de cualquier forma que uno los sumara, horizontal, vertical o diagonalmente, siempre daría treinta y cuatro.[31]

Veinte años después de la aparición del *Doctor Fausto*, la publicación de los ensayos de Anton Webern (1926-1945) reveló que a éste le había interesado de manera semejante, un famoso cuadro latino.[32]

```
S   A   T   O   R
A   R   E   P   O
T   E   N   E   T
O   P   E   R   A
R   O   T   A   S
```

La coincidencia no es una trivialidad. Tanto para Mann cuanto para Webern y otros compositores seriales, el cuadrado mágico era un fuerte símbolo de orden y rigor en la música; el control de las dimensiones horizontal y vertical por el principio y la cuantificación de la sustancia musical, ambos con profundas implicancias en el proceso compositivo (según las palabras de Mann, "el cálculo elevado a misterio"[33]). Prestatario compulsivo de personas e ideas, Mann empleó a Arnold Schoenberg como modelo para el carácter de Adrián Leverkühn, y le permitió a éste "inventar" el sistema de composición dodecafónico de Schoenberg.[34] Este principio serial, en el que las doce notas de la escala cromática aparecen en un orden predeterminado, se aplicó primero a la altura pero luego se extendió (en otros compositores) al control de otras di-

---

[31] Thomas Mann, *Doctor Faustus*, pág. 92.

[32] Véase David Cohen, "Anton Webern and The Magic Square", *Perspectives of New Music* 13 (1974): 213-15; Dimitri A. Borgmann, *Language on Vacation* (Nueva York: Scribner's, 1965), pág. 208; y Anton von Webern, *Sketches (1926-1945)*, edición facsimilar (Nueva York: Carl Fischer, 1968), lámina 34. La traducción literal del críptico adagio es: "El sembrador Arepo mantiene el trabajo girando". Véase el post scriptum de Willi Reich a *The Path to the New Music* de Anton Webern (Bryn Mawr, Pa.: Theodore Presser, 1963), pág. 57.

[33] *Doctor Faustus*, pág. 379.

[34] Mann lo hizo para gran irritación de Schoenberg; véase el intercambio de correspondencia en *Saturday Review of Literature*, 1 de enero de 1949, y las cartas siguientes en *Letters of Thomas Mann*, traducidas al inglés por Richard y Clara Winston, 2 vols. (Nueva York: Knopf, 1970).

mensiones musicales. Ha demostrado ser el principio organizador más influyente en la música de este siglo.

La música, en algún sentido, ha completado el círculo. Este enfoque invoca la antigua idea de la música como disciplina matemática y símbolo del orden y la armonía universales. Mann establece explícitamente la conexión entre los experimentos de Adrián en el cálculo musical y la inspiración de las brillantes conferencias de Nonnenmacher sobre

> esta temprana concepción cosmológica de un espíritu austero y pío (Pitágoras), que elevó su pasión fundamental, la matemática, la proporción abstracta, el número, al principio del origen y la existencia del mundo; que, oponiéndose a la naturaleza toda como un iniciado, dedicado, se dirigió a ella primero con un gran gesto como "Cosmos", como orden y armonía, como el sistema interválico de las esferas que suenan más allá del alcance de los sentidos. El número y la relación entre números constituyendo un concepto de ser y de valor moral de amplio espectro; era muy impresionante cómo lo bello, lo exacto, lo moral, aquí confluían de manera solemne para abarcar la idea de autoridad que animaba al orden pitagórico...[35]

El cuadrado de palabras contenía una riqueza de contenido simbólico similar para Webern, aunque en un nivel menos cósmico y más práctico.

Representaba su pasión por la estructura palindrómica (tendencia evidente en la mayor parte de su música posterior):

$$\longrightarrow$$
SATOR AREPO TENET OPERA ROTAS
$$\longleftarrow$$

tanto cuanto las relaciones recíprocas entre las cuatro formas básicas de una serie tonal:

```
            ────── conjunto primario ──────→
          ↑   S   A   T   O   R           ↑
          |   A   R   E   P   O           |
    inversión T   E   N   E   T      inversión
          |   O   P   E   R   A      retrógrada
          ↓   R   O   T   A   S           ↓
            ←────── retrógrada ──────
```

---

[35] *Doctor Faustus*, pág. 93.

y la matriz completa que incluye todas las transposiciones posibles de las cuatro formas de filas básicas.[36] Los bocetos para su Concierto op. 24 muestran la forma en que Webern empleaba el cuadrado de palabras como modelo para la construcción triacórdica única de su hilera dodecafónica,[37] que, a su vez, es responsable de gran parte del rigor y la fineza que los analistas han encontrado en esta composición.

Se puede plantear de dos maneras la cuestión general de la organización de la música en el siglo XX, una forma extrema y otra más moderada. En la extrema: *¿Preferimos concebir a la música como una red de relaciones formales elegantes* (la posición serialista) *o como una serie encantadora de hechos de sonido discretos* (la posición minimalista)? ¿La belleza se encuentra en las relaciones o en los sonidos individuales?

Para un compositor tradicional este problema no existe; para él, la cuestión es: *¿Hasta qué punto, y por qué medios, se debe organizar una composición?* Si una pieza debe aparecer ante el oyente como algo unitario, éste espera responder a relaciones o reconocerlas, o por lo menos que se lo persuada de que éstas existen; concebidas de manera sistemática y consciente por el compositor o como resultado tradicional del aspecto (mayormente) inconsciente del proceso de composición o impuestas sobre los sonidos por parte de nuestra mente perceptiva que rechaza el desorden aparente.

Si el cuadrado mágico es el símbolo de la organización, los dados (en latín, *alea*) simbolizan la posibilidad y la indeterminación. Se ha contrapuesto en muchas discusiones sobre la música última a la música serial con la aleatoria y a menudo se han discutido sus respectivas virtudes con el tipo de retórica usualmente reservado para cuestiones morales. Los compositores que optan por las posiciones extremas de organización máxima o mínima lo hacen como consecuencia práctica de su concepción filosófica de la música (como armonía universal o entropía universal) y en pleno conocimiento de que se están dirigiendo a un auditorio limitado y no compitiendo contra compositores más tradicionales por el afecto del público musical.[38] Para apreciar la posición de los que abogan por un orden riguroso en su música es esencial comprender que muchos compositores hallan la misma satisfacción intensa en el juego del intelecto que genera un rico tapiz de relaciones musicales que el matemático toma para construir un teoremoa complejo. Los defensores de la indefinición escriben con un entusiasmo contagioso acerca de la espontaneidad que se puede lograr eliminando los elementos de búsqueda arbitraria, subjetiva y personal de la composición de música. John Cage concluía de esta forma una conferencia sobre "Música experimental" en 1957:

---

[36] Véase Gary E. Wittlich, "Sets and Ordering Procedures in Twentieth-Century Music", en *Aspects of Twentieth-Century Music,* Gary E. Wittlich, editor coordinador (Englewood Cliffs, N. J.: Prentice-Hall, 1975), págs. 392-93.

[37] Weber, *Sketches (1926-1945)*, lámina 34.

[38] Como lo expresó Alvin Toffler hace unos años en su popular *Future Shock,* es cuestionable la actual validez del concepto de "audiencia masiva".

¿Y cuál es el propósito de escribir música? Uno es, por supuesto, el de no ocuparse de los propósitos, sino de los sonidos. O la respuesta puede tomar la forma de una paradoja: una falta de propósitos como propósito o un juego sin propósito. Este juego, sin embargo, es una afirmación de vida y no un intento de ordenar el caos o de sugerir mejoras a la creación sino sencillamente una forma de despertarse a la misma vida que se está viviendo, que es tan excelsa una vez que uno quita de en medio a su mente y sus deseos y la deja actuar a su arbitrio.[39]

En refutación, los que proponen el orden pueden decir que la música no es una afirmación de la vida ni una forma de despertarse a los entornos acústicos, sino más bien la creación de esquemas sonoros bellos y significativos. Algunos son más atractivos, más conmovedores, más lógicamente convincentes que otros, y corresponde al compositor su elección.

La cuestión de la organización en la música plantea varios problemas colaterales provocativos. Tomamos dos que parecen especialmente importantes:

¿Debe ser evidente el orden de una obra musical? (¿Debemos ser capaces de *oírlo*?

y

¿La coherencia musical requiere alguna especie de centro de altura, por ejemplo, la tonalidad?

A menudo se desecha a la música serial (y a toda la música de organización ajustada de cualquier período histórico. Un motete isorrítmico medieval o una fuga de Bach) por considerársela fría y cerebral, ya que el proceso de composición incluye cálculo. La acusación se basa, en parte, en supuestos románticos (que la música proviene del corazón y no del cerebro)[40] y se puede decir que semejantes críticas genéticas caen en la "falacia intencional" y son irrelevantes para los resultados. Los problemas reales en este caso son la complejidad, la falta de redundancia y la no familiaridad estilística; todos ellos representan obstáculos genuinos para la percepción. El sentido de orden es uno de los principales placeres de la música, pero debe quedar claro que nunca se puede oír *todo* el orden que el análisis puede revelar en una obra musical. Ni siquiera el compositor puede prever todas las consecuencias de su obra y se suele sorprender cuando se le señalan relaciones insospechadas en su música. En un capítulo anterior cité el famoso fragmento de Heráclito. "La armonía oculta es superior a la evidente". Y cuando se le preguntó si esperaba que se oyera el orden en su música, Adrián Leverkühn contestó: "Si por 'oír' usted entiende la comprensión precisa y detallada de los medios por los que se logra

---

[39] John Cage, "Experimental Music", en *Silence,* pág. 12.
[40] Véase la cita de Wagner en el capítulo 7.

el orden más elevado y estricto, como el de los planetas, un orden y una legalidad cósmicos, no, de esta forma no querría que se oyera. Pero uno querría y quiere oír este orden, y su percepción brindaría una satisfacción estética desconocida".[41]

El principio de tonalidad, en una u otra forma, ha sido el agente principal de coherencia a todo lo largo de la historia de la música; en forma de modalidad escalar hasta alrededor del año 1600; seguido por un gran período de armonía, la tonalidad acórdica (es decir, el sistema de claves mayores y menores) que no está acabada para nada; y, en este siglo, una versión atenuada del principio que retiene la preminencia de una altura central (la *tónica*) pero ha descartado la red de apoyo de las relaciones e implicancias tonales. Hay infinidad de motivos para creer que la tonalidad descansa sobre instintos fuertes y universales, ya que es una propiedad de todas las músicas conocidas del mundo.

La tonalidad es algo que siente con fuerza el oyente que ha sido condicionado para responder a la "versión" peculiar que prevalece en su tradición, pero sus efectos auditivos no son fáciles de describir. Para ilustrar la variedad del concepto, presentamos una sinopsis de algunas de las metáforas que se han propuesto. Las metáforas tradicionales incluyen: *foco* (o centro) como en óptica; *regreso a casa*, como en las palomas; *atracción*, como en magnética; *vectorización*, como en las aproximaciones de aeropuerto; y *punto de fuga*, como en perspectiva. Etiquetas más modernas y abastractas son las de *centricidad, prioridad* y *referencialidad*.

Un sistema tonal completo presenta estas propiedades: 1) una altura "tónica": prioridad, centricidad, estabilidad, finalidad; 2) una jerarquía de apoyo (de tonos o acordes) con funciones específicas; 3) direccionalidad: hacia, desde, neutral; 4) sucesiones autorizadas y desautorizadas, senderos aprobados; con la posibilidad de: 5) movimiento hacia centros tonales de competencia (modulación), que incluye intercambio de funciones; 6) ambigüedad de función, y 7) funciones secundarias con sus propias relaciones satélite.

Estas propiedades se estructuraron primero en las relaciones melódicas entre tonos simples y luego, en un logro más destacable, se transfirieron a las relaciones armónicas más complejas, entre acordes. El movimiento tonal (de tonos simples y de acordes) se da en varios ejes relacionados: "lejos" a "cerca" a "aquí", débil a fuerte, inestable a estable, implícito a confirmado. A los integrantes de un sistema tonal se les asigna rango y función, como a los integrantes de cualquier sociedad. De hecho, existe una soberbia analogía hindú que atrapa con pureza la idea de "función" tonal en términos de las relaciones y obligaciones mutuas de la sociedad feudal:

— el regente: la tónica como objetivo y estabilidad última;
— sus generales y ministros: los tonos fuertes, prominentes y estables;
— sus vasallos: los tonos débiles, neutrales y/o inestables, y
— sus enemigos: los tonos extraños o remotos.

[41] *Doctor Faustus,* pág. 192.

La tonalidad, como el feudalismo, no se creó en una noche. El sentido de legalidad tonal se ha desarrollado a un ritmo geológico en milenios. En las músicas denominadas primitivas la tonalidad suele aparecer en la forma de un conjunto limitado de tonos que se arraciman en torno de un "tono" nuclear. En las músicas más cultivadas del mundo no occidental, las escalas resultantes suelen servir como matrices para variaciones improvisadas (el principio de *maquam*). Quizá sea innecesario señalar que no hay motivos para que se le asigne prioridad a una altura por encima de otra o que se exhiba cualquier "tendencia" aparte de la influencia de ciertos instintos humanos básicos; ir desde un comienzo, a través de un medio y hasta un fin, desviarse de la estabilidad y retornar a ella y acercarse a tonos fuertes y estables por el menor intervalo permitido.

Perle señala algunas de las ambigüedades implícitas en la discusión del status de la tonalidad en la música del siglo XX: "Los desarrollos musicales contemporáneos han evidenciado que la estructura acórdica no genera necesariamente un centro tonal, que se puede hacer funcionar a las formaciones armónicas no acórdicas como elementos referenciales y que la suposición de un complejo dodecafónico no impide la existencia de centros tonales".[43] Y así como la música dodecafónica puede ser tonal, la música atonal puede presentar ciertas propiedades referenciales. En suma, cualquier propiedad de tensión, atracción, estabilidad, movimiento dirigido, prioridad, centricidad o referencialidad que se encuentre en la música atonal es resultado de las decisiones del compositor y las propiedades de la obra individual (o, si es coherente, de su estilo) y no propiedades inherentes al sistema.

Para continuar con la analogía de una sociedad: la mayor parte de la música tonal del siglo XX (por ejemplo, la de Stravinsky o Bartók), aunque puede retener, y con frecuencia lo hace, ciertos elementos de la tonalidad tradicional, sugiere un modelo de sociedad en la que todos sus integrantes tienen iguales posibilidades de acceso a un regente fuerte, con pocas (o ninguna) funciones especializadas y obligaciones recíprocas. En contraste con este modelo, se puede comparar a la música atonal con una sociedad sin clases en la que todos sus integrantes cumplen todas las funciones, la obligación es una consecuencia de la posición asignada y en la que el regente (si lo hay) es *primus inter pares*. En teoría, si no en la práctica, esto suena como un parlamento electo.

Siempre es apropiado dudar, por modestia, antes de proclamar al fin de "la civilización tal como la conocemos", pero la posibilidad de la música atonal sólo ha existido durante una fracción infinitesimal de la historia humana. Sin embargo, muchísimos compositores han estado escribiendo música atonal durante la mayor parte de este siglo y sus esfuerzos han demostrado (quizá no a todos) que se puede lograr unidad en la música sin la ayuda de un centro tonal o las relaciones más específicas de tonalidad armónica tradi-

---

[42] Mukund Lath, *A Study of "Dattilam"*, pág. 233.
[43] George Perle, *Serial Composition and Atonality*, pág. 8.

cional. Aún queda abierta la pregunta de si la experiencia musical del oyente en general se verá al fin condicionada hasta el punto de que éste pueda responder con afecto a la nueva música.

Nuevos modelos. Para muchos compositores, elegir un modelo formal es una de las primeras y más cruciales decisiones previas a la composición. Puede ir desde una vaga idea hasta un concepto detallado y puede ser seria o trivial. Puede servir tan sólo como estímulo para lograr que su imaginación creativa se desencadene o puede guiarlo paso a paso por el camino. En los años recientes se han explorado muchos modelos nuevos para la estructura musical; quizá la mejor generalización que se pueda hacer sobre ellos sea la de decir que son extramusicales. Se puede argumentar que la mayor parte de los esquemas musicales tradicionales (estrófico, rondó, variaciones y otros) se basaba originariamente en modelos extrínsecos a la música, pero, con el tiempo, cada uno de estos modelos pasó a depender de las fuerzas y tendencias de la tonalidad. No hay motivos, por supuesto, para que un compositor necesite aplicar los esquemas tradicionales según formas tradicionales: llenar una vieja vasija con contenidos nuevos suele ser una forma de éxito para demostrar la vitalidad de una estructura familiar y mantener lo que ambos compositores creen que es una relación esencial con el pasado. Presentamos una variedad de modelos estructurales nuevos, algunos con el testimonio de sus compositores; no se ha intentado ubicarlos en un orden que refleje su significatividad o popularidad. Es aún demasiado temprano para predecir qué potencial tienen los varios modelos nuevos para el futuro; algunos podrán florecer, otros quedarán como curiosidades. Tomados como grupo (todavía incompleto) demuestran la variedad de lo que en la actualidad se define como música.

1. El *collage,* un ensamble calidoscópico de material diverso, que a menudo incluye extractos de otra música. Este modelo releja la influencia de las artes visuales (objetos "encontrados"), del montaje cinematográfico y de la novela del fluir de la conciencia. Quizá también exista un modelo interno: la imaginería asociativa del estado de sueño o los contenidos del inconsciente artístico antes de que se organice conscientemente el enjambre de ideas y connotaciones por medio del intelecto censor y la voluntad. Esta técnica, cuyos pioneros fueron Charles Ives en los Estados Unidos y Claude Debussy (en menor grado) en Francia, ha surgido como una de las corrientes importantes de la música contemporánea, en particular en la música de George Rochberg. Como ejemplo del modelo, el 2º movimiento de la Sinfonía nº 4 de Ives.

El modelo del "fluir de la conciencia", con sus discontinuidades, *flashbacks* y asociaciones, fue el que empleó Elliott Carter en su Primer Cuarteto (1951), aunque de una forma ligeramente distinta:

> El filme *Le sang d'un poète* de Jean Cocteau fue el que propuso el plan general, en el que toda la acción onírica se enmarca en una toma de movimiento lento interrumpido de una alta chimenea de ladrillos en un lote vacío que es dinamitado. Cuando la chimenea comienza a caerse a pedazos, la toma se interrumpe y toda la película sigue, después de lo cual la toma de la chimenea regresa al punto en el que terminó... En el

comienzo de este cuarteto se emplea una continuidad interrumpida similar, con una cadencia para cello solo que se sigue con el 1er. violín solo al final.[44]

2. El modelo de juego que, por lo general, presenta improvisación gobernada por un conjunto de reglas predeterminadas. Como ejemplo, *Duel* de Iannis Xenakis (1959), obra para dos directores y dos orquestas, que incluye tácticas, probabilidades y logros.[45]

3. El laberinto, como lo describió Pierre Boulez:

Para mí, la noción del laberinto en una obra de arte es más bien como la idea de Kafka en su cuento *La madriguera*. Cada uno crea su propio laberinto... Uno lo construye de la misma forma que un animal subterráneo construye esta madriguera tan bien descrita por Kafka: constantemente se desplazan las fuentes para que todo pueda seguir en secreto y siempre se eligen nuevas rutas para despistar. De manera semejante, la obra debe proporcionar una cierta cantidad de rutas posibles... con la posibilidad de jugar un papel de cambio o desviación en el último momento.[46]

El laberinto no es una noción nueva en la música: J. S. Bach, Heinichen y otros compositores del siglo XVIII construyeron laberintos armónicos, piezas de demostración que modulan sistemáticamente a través de la escala de claves y vuelven al punto de partida. Para un equivalente del siglo XX, véase el arioso que aparece en el *Praeludium* y el *Postludium* del *Ludus Tonalis* (1943) de Paul Hindemith; y para otra versión interesante del modelo del laberinto, véase el ballet *The Minotaur* (1947) de Elliott.

4. Estructura de cristal, modelo que Edgard Varèse favoreció para su música y describió así: "Hay una idea, la base de una estructura interna, expandida y partida en formas distintas o grupos de sonido en constante cambio de forma, dirección y velocidad, atraídas y rechazadas por fuerzas variadas. La forma de la obra es consecuencia de esta interacción. Las formas musicales posibles son tan limitadas como las formas exteriores de los cristales".[47]

5. Parodia, no en el sentido de caricatura sino en el renacentista. Un parafraseo de compositores existentes o la simulación de un estilo histórico, como en *Pulcinella* (Pergolesi), *Le baiser de la fée* (Tchaicovsky), las Variaciones corales sobre Von Himmelhoch (J. S. Bach), la Misa (el estilo de Guillaume de Machaut) y el concierto "Dumbarton Oaks" (estilo barroco) de Igor Stravinsky. En *Music, the Arts, and Ideas* Meyer ha delineado distinciones cuidadosas entre parafraseo, préstamo recibido, simulación y modelado.[48]

---

[44] Elliott Carter, *The Writings of Elliott Carter*, págs. 276-77.
[45] Analizado en Iannis Xenakis, *Formalized Music*, págs. 113-22.
[46] Pierre Boulez, "Sonate, que me veux-tu?", págs. 34-35.
[47] Edgard Varèse, "The Liberation of Sound", en Schwartz y Childs, *Contemporary Composers on Contemporary Music*, pág. 203.
[48] Leonard B. Meyer, *Music, the Arts, and Ideas*, págs. 195-208.

6. Actuación, una *conversazione* musical entre distintas "personalidades", procedimiento usado por Elliott Carter en su 2° Cuarteto (1959):

> Hasta cierto punto, los instrumentos rerpresentan papeles asignados, ya que cada uno inventa con bastante coherencia su material a partir de su propia actitud expresiva y su propio repertorio de velocidades e intervalos musicales. En cierto sentido, cada instrumento es como un personaje en una ópera, hecho en primer lugar de "cuartetos"... Los individuos de este grupo se relacionan entre sí por lo que metafóricamente se pueden llamar tres formas de respuesta: discípulos, compañeros y rivales...[49]

7. El modelo espacial, como la obra maestra de Charles Ives *The Unanswered Question* (1908), una de las primeras composiciones modernas en la que el despliegue espacial de los ejecutantes (un solo de trompeta, cuatro flautas y un conjunto de cuerdas) y la independencia de cada uno con respecto a los demás sirve como idea organizadora principal de la obra.[50]

8. El modelo cosmológico, como en *Sicut Umbra* de Luigi Dallapiccola, en la que los contornos de las ideas musicales siguen los esbozos de varias constelaciones.

9. El modelo del absurdo, manifestado en actividades dadaístas como interpretar sin ropas, despedirse de las patas de un gran piano, arrojar pasteles, saltar en tinas de agua y otras bufonadas.

10. El modelo fonético, que emplea los sonidos de la voz humana y las características sintácticas del lenguaje como base de la estructura. Véanse obras como *Sequenza III* (1965) de Luciano Berio, *Aria* (1958) de John Cage, *Nuits* (1968) de Iannis Xenakis y *Stimmung* (1968) de Karlheinz Stockhausen.

11. El modelo ambiental, como en *Listen* (1966) de Max Neuhaus, en la que "se pone en un ómnibus a un auditorio que espera un concierto o una conferencia convencionales, se estampan sus palmas con la palabras *listen* (escucha) y se los lleva hacia y alrededor de un ambiente sonoro existente como una usina energética o un sistema de trenes subterráneso".[51]

12. El modelo Muzak, como en la propuesta de Erik Satie de una *musique d'ameublement* ("música de amoblamiento") para tocarse en los intervalos de los conciertos: "Les rogamos no darle ninguna importancia y actuar durante el intervalo como si la música no existiera... Queremos establecer una música diseñada para satisfacer necesidades 'útiles'. El arte no tiene parte en semejantes necesidades. La música de amoblamiento crea una vibración; no tiene otro objetivo; cumple el mismo papel que la luz y el calor: comodidad en todas sus formas".[52]

---

[49] *The Writings of Elliott Carter,* pág. 278.
[50] Para un análisis esclarecedor de la tendencia hacia el pensamiento espacial en la música del siglo XX, véase George Rochberg, "The New Image of Music", págs. 1-10.
[51] Nyman, *Experimental Music,* págs. 88-89.
[52] Citado en *ibidem,* pág. 31; véase también John Cage, "Erik Satie", en *Silence,* págs. 76-82.

13. El modelo matemático, del que se pueden construir infinitas versiones. Jòseph Schillinger, en *The Schillinger System of Musical Composition* (1941), propuso un conjunto de procedimientos para derivar nuevas escalas, ritmos y estructuras, aplicando varias transformaciones y permutas matemáticas. Su enfoque fue muy popular en su momento, quizá porque George Gershwin fue uno de sus alumnos, pero compositores matemáticos más actuales han creado medios más sofisticados para generar música sobre la base de modelos matemáticos. En una crítica al método de Schillinger, Carter escribió:

> La falacia filosófica básica del punto de vista de Schillinger es el supuesto de que las "correspondencias" entre los modelos del arte y los del mundo natural se pueden transferir de una manera mecánica de uno al otro por medio de la geometría o los números... Viene de un pitagorismo que está muy fuera de lugar como consideración primaria en la música artística. Este sistema se ha empleado con éxito en aquellos lugares en los que los compositores ya estaban bien entrenados como para distinguir los resultados musicales de los que no lo eran.[53]

14. El modelo estadístico, descrito por Pierre Boulez con la analogía elegante de un "movimiento browniano", los movimientos azarosos de partículas suspendidas en un gas o fluido a medida que se las bombardea con moléculas del medio, cuya masa permanece inalterada.[54] En las versiones musicales de este modelo (las llamadas obras para masas de sonido) la masa de sonido permanece constante inclusive si la posición de cualquiera de las alturas individuales es indeterminada. La composición con masas de sonido densas se ha convertido en una corriente de gran importancia en la música reciente, como en el *Treno por las víctimas de Hiroshima* (1960) de Krzysztof Penderecki, *Jeux vénitiens* (1961) de Witold Lutoslawski y *Atmospheres* (1962) de György Ligeti. Xenakis acuñó la expresión *música casual* para su versión del modelo, regida por las leyes de la probabilidad: "Los eventos sónicos se hacen a partir de miles de sonidos aislados, ... Este hecho masivo se articula y forma un modelo plástico de tiempo, que sigue leyes aleatorias y fortuitas... Son las leyes del pasaje del orden completo al desorden total en una forma continua o explosiva".[55]

15. El modelo arquitectónico, como en *Concret P-H* de Xenakis, escrito para la Exposición de Bruselas de 1958 y modelado sobre la estructura del pabellón Philips de Le Corbusier. *P-H* se refiere a los contornos "paraboloides hiperbólicos" internos del pabellón, que el arquitecto asemejó caprichosamente a la forma del estómago de una vaca. Esta obra y su acompañante, el controvertido *Poème electronique* de Edgard Varèse, se canalizaron y transmitieron por medio de 400 altavoces que cubrían las superficies internas del

---

[53] *The Writings of Elliott Carter*, págs. 120-21.
[54] *Boulez on Music Today*, pág. 67.
[55] Xenakis, *Formalized Music*, pág. 9.

pabellón. Xenakis eligió la descarga de carbón ardiente como su fuente de sonido y describió el efecto de la música como "líneas sonoras moviéndose en complejos de punto a punto en el espacio, como dardos arrojados de todas partes".[56]

16. El modelo de repetición ("música de trance" o "música de proceso"), como el de *Come Out* (1966) de Steve Reich, *A Rainbow in Curved Air* (1969) de Terry Riley y *Music with Changing Parts* (1971) de Phil Glass; y antes en el *Bolero* (1928) de Ravel. La música ha tolerado (quizás hasta exigido) tradicionalmente más repetición que cualquiera de las otras artes temporales. La característica distintiva de este modelo es que la repetición continua e hipnótica se ha convertido en el agente principal de la estructura musical, y con frecuencia sugiere la influencia de la música hindú y otras no occidentales. Ya que la repetición en sí es un mero recurso, los modelos reales pueden ser los siguientes: el *mantra* (encantamiento ritual), un estado de trance, conciencia expandida inducida por drogas (un continuo "ahora"), la vibración celular pulsante de los organismos más bajos y la idea de una regresión a un estado evolutivo anterior a la visión isabelina de la música continua y la danza en el cielo.[57]

¿*Ut pictura poesis?*[58] ¿Una obra musical es en verdad como una pintura o un poema? Ni siquiera la magia del compositor puede traducir ideas directamente en música. Sólo puede planear esquemas análogos, movimientos, densidades, conexiones, formas e interacciones. Entender cómo se las arregla una obra musical para comprender un modelo externo puede satisfacer la curiosidad personal, pero falla como base para la crítica. Si alguna de las composiciones citadas nos convence de que es una obra de excelencia, lo hace por cumplir con nuestros criterios de excelencia y no por la destreza para modelar del compositor.

Lo que parece más importante es el conjunto de actitudes filosóficas que demuestran los dieciséis modelos. Hemos visto a la música concebida como *objeto*, acentuando sus cualidades tradicionales como "cosa", permanencia y estructura; como *proceso*, enfatizando sus propiedades dinámicas: cambio, movimiento y energía; como *estado*, la música en forma de puro "ser" con unidad y estancamiento como características principales; como *situación*, la interacción espontánea de las personalidades actuantes; y como *campo*, un terreno o dominio circunscrito en el que ocurren los hechos, sólo regido por las leyes de la probabilidad.[59] Quizás en el futuro aparezcan modelos que sugieran otras posibilidades.

Ciertos modelos parecen haber sido elegidos más como demostraciones filosóficas que como "música" en cualquiera de los sentidos generalmente aceptados de la palabra; en especial los puntos nº 9, 11 y 12. Varios implican

---

[56] Notas de cubierta de disco, Nonesuch H-71246.
[57] Véase capítulo 5 y en especial Nº 28.
[58] Véase capítulo 3.
[59] He expuesto estas cinco posibilidades en "The Creation of Audible Time", págs. 200-201 y ejemplos específicos sugeridos en pág. 209, Nº 8.

que la música es cada vez menos el producto voluntario de una inteligencia simple, imaginativa, selectiva, conformadora, y cada vez más el incierto resultado de un conjunto de circunstancias o decisiones colectivas. Tomados como grupo, los modelos revelan una variación mayor en el pensamiento metafórico sobre la música, alejándose las metáforas vegetativo/orgánicas populares durante el siglo XIX y hacia lo abstracto/inorgánico y lo personal/interactivo. La música, según estas metáforas, ya no se debe comparar con la maduración de un árbol o toda una vida humana; más bien, se la debe asemejar a los procesos físicos del universo inanimado o los encuentros y contingencias impredecibles que contribuyen al sentido de tensión existencial en la vida contemporánea.

Temporalidad. La idea del tiempo en la música occidental tradicional se enraíza en muchos supuestos relacionados: que la música es un arte de movimiento dirigido; que es teleológica (apunta a un objetivo futuro) y por ello irreversible; que presenta continuidad acumulativa; que se ubica a lo largo de una escala jerárquica de compases y periodicidades; que comienza de una forma clara y decisiva, procede a través de partes relacionadas y termina con un sentido de finalidad y cumplimiento; que sigue una línea temporal simple que pasa gradualmente de nuestro futuro, a través de nuestro presente, a nuestro pasado; que su estructura ideal sugiere una interpretación narrativa de la dinámica de la vida humana;[60] que le permite al oyente experimentar expectativa y percibir por medio de predicción y retrodicción; que sus propiedades incluyen la causalidad, las relaciones sintácticas y connotaciones que piden y premian las referencias cruzadas entre hechos musicales que están separados en el tiempo. El tiempo de la música, en esta interpretación, es singular, lógico, predecible, continuo y (sobre todo) lineal. Semejante descripción se aplica por igual a una fuga de Bach, un cuarteto de Mozart o una ópera de Verdi, en esta sección final presento testimonios conflictivos sobre estos supuestos, con breves comentarios.

Nada podría ser más ajeno a la temporalidad tradicional de la música que una estética que le adjudica importancia capital al momento presente, favorece la discontinuidad por sobre la continuidad y niega la visión teleológica de la música, separando al momento de la percepción tanto de su pasado cuanto de su futuro, Rochberg esboza la base filosófica para semejante estética "particularista".

> El modo filosófico predominante de nuestro tiempo es, reconocidamente, el existencialismo, una visión de la vida que sostiene que el momento presente es el punto nodal de la existencia. Es en el presente donde la existencia es real, más vital; antes de que pueda haber esencia debe haber existencia. La forma de sentir la propia existencia es cargando cada momento presente con contenido y significado. El presente es realidad. Esta visión, aunque claramente occidental en su origen, originada

---

[60] Véase capítulo 9 y en especial Nº 14.

en el pensamiento de Nietzsche, Kierkegaard, Heidegger, Jaspers y otros, encuentra fuertes reverberancias en el budismo Zen oriental, que también sostiene que el momento presente es la realidad suprema.

No es nada extraño, entonces, que los compositores de música casual en particular se vean arrastrados al Zen y dejen implícita una tendencia existencialista en su actitud ante la música; es decir, ver a la música como la ocurrencia de hechos impredecibles, cada momento de sonido o silencio libre de conexiones formales con el momento anterior o el posterior, audible sólo como sensación presente... En esta forma de música existencial, el presente borra el pasado, no permitiendo revocación o regreso, y promete que no habrá futuro, ya que acontecer presente es suficiente para sí mismo, sin necesitar hecho futuro para que se lo comprenda... Todo lo que puede esperar hacer el oyente es atrapar cada hecho así como atrapa la sucesión de hechos informes de la vida, esperando deducir algún orden significativo. En el caso de la música casual esto es muy poco probable, y, desde el punto de vista de los compositores de tal música, altamente indeseable...[61]

John Cage dice lo que, en su opinión, es deseable: "Lo más inteligente es abrir de inmediato los propios oídos y oír repentinamente un sonido antes de pensar que se tiene una posibilidad de convertirlo en algo lógico, abstracto o simbólico".[62]

La discontinuidad es una conducta característica en las artes contemporáneas, que se manifiesta en formas tan diversas como el contraste en *staccato* de registros extremos en la música de Anton Webern, los recuerdos en *flashback* de Proust, la caótica yuxtaposición de citas en *The Waste Land* de T. S. Eliot, la narrativa del fluir de la conciencia en *Retrato del artista adolescente* y *Ulises* de Joyce, los rápidos "cortes" posibilitados por empalmes en la cinta magnética de grabación, el montaje de imágenes filmadas superpuestas en la cinematografía, los *no sequiturs* del "teatro del absurdo", así como las discontinuidades visuales agudas del cubismo analítico y sintético. Aunque semejantes técnicas requieren que se las interprete como desorden, su significación real es que el orden se afirma por medios *no lineales*. Las implicancias de esta revolución en la sintaxis artística no han sido todavía comprendidas en plenitud.

No todos los artistas están preparados para aceptar las consecuencias de esta nueva orientación a la estructura musical. Como escribió Igor Stravinsky hace unos años:

El tiempo es, también, una medida física para mí, y en la música debo sentir un aquí y allí físicos y no sólo un ahora, lo cual implica movimiento desde y hacia. No siempre percibo este sentido del movimiento o ubicación en, digamos, *Structures* de Boulez o en esos fascinantes pla-

[61] George Rochberg, "Duration in Music", págs. 60-62.
[62] Nyman, *Experimental Music,* pág. 1.

nes de Stockhausen... y aunque cada elemento en esas piezas puede estar organizado para generar movimiento, el resultado suele parecerme como la esencia de lo estático. Una serie temporal bien puede postular una nueva parábola sobre tiempo, pero eso no es igual a una experiencia del tiempo, la cual es para mí un lenguaje dinámico a través del tiempo.[63]

Y, en otra ocasión: "Además reconozco una necesidad de ir de un comienzo a un fin a través de partes relacionadas. Quizás en simpatía con la movilidad disminuida de mi cuerpo, mi mente ya no parece tener deseos ni capacidad para saltar de los momentos 'presentes' aislados a otros momentos también 'presentes'".[64]

Meyer ha llamado la atención sobre los problemas de la percepción y el análisis de la música que se proyecta como una serie de hechos discretos, para los que acuñó la expresión particularismo trascendental:

> Cuando... la atención sólo se dirige a la unicidad de las cosas, entonces todos y cada uno de los atributos de un objeto o hecho son igualmente significativos y necesarios. No puede haber grados de conectividad entre hechos o dentro de ellos... Un hecho que no tiene redundancias es su propia descripción simple... Ya que en tal mundo no redundante no se puede describir a los objetos de arte en términos más simples, la crítica consiste, necesariamente, en: a) una lista por ítems de los atributos de la obra artística; b) una "traducción" de semejante lista en un análogo poético verbal; c) un resumen de las "reglas" implícitas en la construcción de la obra; o d) una exposición... sobre la significación cultural ideológica de la obra artística, más que un análisis de sus relaciones y significados internos.[65]

Las nuevas tendencias en el concepto temporal y la estructura de la música plantean cuestiones importantes para la psicología de la percepción; en particular, si la experiencia de la música se percibe como antes en términos de las dos series temporales tradicionales (serie A: antes/después; serie B: pasado/presente/futuro) o se interpreta como el estancamiento de un perpetuo "ahora". William James describió al presente sensible no como el "filo de un cuchillo" sino como una "ensillada" que parece extender los límites de nuestra conciencia del momento presente, quizás hasta la duración de un motivo, gesto o frase.[66] Varios estudios de psicólogos gestálticos han mostrado que la tendencia a imponer esquemas sobre los datos sensibles aparentemente

---

[63] Stravisnky y Craft, *Dialogues and a Diary*, págs. 127-28.
[64] *Stravinsky y Craft, Retrospectives and Conclusions*, págs. 76-77.
[65] Meyer, *Music, the Arts, and Ideas*, págs. 164-65.
[66] William James, *The Principles of Psychology*, "The Perception of Time", capítulo 15 en *The Human Experience of Time*, compilado y editado por Charles M. Sherover, págs. 370-74.

inconexos es una característica tanto de nuestra percepción visual cuanto de la auditiva. Una conclusión parece inevitable: que las leyes de la percepción limitan nuestra capacidad de oír discretamente.

Varios estudios provocativos han examinado el concepto de temporalidad en la música más reciente, en particular los de Childs, Kramer y Stockhausen[67]. De sus investigaciones, y especialmente confiando en la elegante formulación que Kramer hace del problema, planteamos una pregunta que puede ayudar a clarificar la diversidad de temporalidades en la nueva música: *¿se puede describir mejor a la organización temporal de una obra musical (o de una sección de ella) como un tiempo simple (lineal), dos o más tiempos simultáneos, atemporal o un momento de tiempo después de otro?*

1. El mundo teleológico del tiempo lineal, en el que la música se concibe y percibe como movimiento dirigido, es nuestro modelo más familiar, como en la mayor parte de la música de Bartók, Berg, Britten, Copland, Hindemith, Prokofiev y Schoenberg. Muchos de los supuestos tradicionales sobre el tiempo mantienen su validez para este repertorio, en particular en las obras organizadas según el principio de tonalidad.

2. La música que separa en líneas temporales múltiples y no sincronizadas, como en el 2do. y el 3er. cuarteto de Elliott Carter y en el Cuarteto (1964) de Witold Lutoslawski, sugiere la existencia de tiempos simultáneos. Las imágenes múltiples superpuestas del cubismo (como el *Desnudo bajando una escalera* de Marcel Duchamp, 1911) y las yuxtaposiciones espaciales fantásticas de Marc Chagall, exhiben tendencias paralelas en las artes visuales.[68]

3. La mayor parte de la música aleatoria y particularista, música que es altamente repetitiva, la mayor parte de las piezas de sonido masivo y otras obras que presentan las técnicas de estancamiento musical esbozadas en el capítulo 9, implican un estado de atemporalidad.[69]

4. Stockhausen y Kramer han hablado de "tiempo del momento", música consistente en un conjunto de módulos discretos y autocontenidos, como en *Sinfonías de instrumentos de viento* de Stravinsky y *Klavierstück XI* de Stockhausen. Según Kramer, los atributos del tiempo del momento incluyen: a) ausencia de conductas de comienzo y fin; b) conexión mínima de secciones; c) el orden de las secciones parece arbitrario y no determinado por una lógica global; y d) la estructura de la obra se define por las proporciones relativas (como el número y el orden) de los "momentos".[70]

[67] Barney Childs, "Time and Music: A Composer's View", págs. 194-219; Jonathan, Dr. Kramer, "New Temporalities in Music", págs. 539-56; Karlheinz Stockhausen, "...how time passes...", págs. 10-40.

[68] Los lectores familiarizados con el excelente artículo de Kramer "New Temporalities in Music" notarán que empleamos aquí una terminología diferente: Kramer emplea la expresión *tiempo múltiple* para una versión reordenada o "dislocada" del tiempo lineal, como en su artículo "Multiple and Non-Linear Time in Beethoven's Opus 135", *Perspectives of New Music* 11 (1973): 122-45.

[69] Véase capítulo 9 y en especial N° 22.

[70] Kramer, "New Temporalities", págs. 546-49.

Para clarificar las distinciones entre estos modos temporales, puede ser útil proponer ejemplos de la música de un compositor, y parece particularmente adecuado citar de las obras de Igor Stravinsky, generalmente reconocido como el compositor sobresaliente de este siglo; como ejemplos del tiempo lineal tradicional, *Petrouchka* (1911) y muchas de las obras neoclásicas posteriores; como *Pulcinella* (1920) o el *Dúo concertante* (1932); en la introducción sincronizada libremente de *La consagración de la primavera* (1913), representación musical del caos de la creación primordial, los instrumentos dan la ilusión de líneas temporales independientes[71] en la coda lenta y serena del 3er. movimiento de la *Sinfonía de los salmos* (1930), prolongada sobre un *basso ostinato* hipnótico de tres notas, el tiempo parece detenerse casi literalmente, y sugiere un estado de ser más que un proceso de devenir y, finalmente, aunque, como lo señala Kramer, la *Sinfonía de instrumentos de viento* (1920) es claramente el mejor ejemplo de tiempo del momento en su catálogo de obras. Hay fuertes sugerencias de este modo de temporalidad en la segunda de sus Tres Piezas para Cuarteto de Cuerdas (1914) y en *The Wedding* (1917).

Para demostrar que las raíces de los nuevos modos temporales se pueden rastrear en el siglo XIX (quizás incluso hasta llegar a Beethoven), he aquí un conjunto de ejemplos de la música de Richard Wagner. Como ejemplos de tiempo lineal tradicional, se pueden citar los preludios al Acto III de *Lohengrin* y al Acto I de *Tristán e Isolda*. Para ilustrar el fenómeno de los tiempos múltiples simultáneos, sugiero la escena final del Acto I de *Los maestros cantores de Nüremberg;* aunque las líneas rítmicas independientes están sincronizadas dentro de la estructura del metro prevaleciente, el control es mínimo,[72] El preludio a *Parsifal* es tan ambiguo en lo rítmico que es virtualmente atemporal y los largos silencios entre los hechos contribuyen a la ilusión general de estancamiento. Y el preludio a *El oro del Rin* es totalmente estático tanto en lo que respecta a la armonía cuanto a la tonalidad, y consiste en 136 compases de un acorde mayor sostenido en Mi menor sin articulaciones del flujo temporal aparte del firme crecimiento en textura y volumen. Los pasajes que implican inclusive un modo rudimentario de tiempo del momento son más difíciles de ubicar, pero sugiero que la tendencia a encapsular el flujo musical se puede oír en algunos de los largos monólogos narrativos del ciclo del *Anillo* de la música funeral de Siegfried de *Die Gotterdämmerung*, organizados en un mosaico dramático y musical por las series de *leitmotifs*. Wagner quería que la secuencia de hechos musicales fuera tan lineal como los hechos dramáticos que representaba, pero los ritmos, las energías y los contornos dramáticos individuales distintivos de los motivos sucesivos sugieren la posibili-

---

[71] Se puede oír el mismo efecto, aunque por motivos muy distintos, en la pieza orquestal *Variations* (1964), a la memoria de Aldous Huxley.

[72] Para un ejemplo temprano de tiempo múltiple, véase el final del Acto I de *Don Giovanni* de Mozart, la famosa escena en la que las dos bandas compiten por nuestra atención con el minué tocado por la orquesta del foso principal, y las tres tocando en metros diferentes. Alban Berg parodió brillantemente esta escena en el Acto II, escena 4, de *Wozzeck*.

dad de los "momentos" más discretos y autosuficientes que se escuchan en la música reciente. No estoy sugiriendo que todos los cambios en la modalidad temporal de la nueva música se deban atribuir a la influencia de Wagner, pero parece obvio que estos cambios no son creaciones absolutas del siglo XX.

Schuldt ha resumido la variedad de tiempos musicales:
La música puede ser impulsada por el tiempo o puede ser estática, un número de momentos separados. Puede desarrollarse como proceso vital o puede ser cíclica, volviendo sin cambios a su punto de partida. Puede dirigirse constantemente hacia un objetivo o ser laberíntica y de final abierto. Puede ser fuertemente física en sus acentos y acción o suprimir toda regularidad de pulsación, liberando a la mente del cuerpo. Puede moverse en el tiempo dinámico de Newton, en el espacio-tiempo de cuatro dimensiones de Einstein o en el tiempo sin apuro del Oriente.[73]

Perspectiva y retrospectiva

Los cambios observados en la organización temporal de la música no sólo sugieren nuevas rutas para la exploración futura sino también un posible marco de ideas con el que podemos interpretar el pasado último; así como las distintas etapas de la evolución de la tonalidad han proporcionado una base para la identificación e interpretación de las tendencias de largo alcance en la historia de la música, de igual manera la estructura temporal en evolución de la música proporciona una base conceptual para determinar la sucesión y acelerar la proliferación de estilos desde el año 1800. Se puede describir el curso estilístico de la música de los últimos dos siglos no sólo como un debilitamiento y rechazo de la tonalidad como principio fundamental de organización, sino también como génesis y desarrollo de un nuevo conjunto de modos temporales, que con el tiempo podrá resultar un conjunto influyente de matrices musicales como los modos, las escalas y las claves de la tonalidad tradicional.

La idea de la música (y la música es una "idea" en la misma medida en que lo es cualquier otra cosa) ya no es una idea simple a la que se puede suscribir cualquier cultura, sino un conjunto de ideas alternativas, cada una apoyada por sus propios supuestos, profetas, escrituras y valores. Pensar el propio camino a través de la confusión de palabras e ideologías conflictivas exige más que la guía de la crítica competente (filosofía "aplicada"); exige la ayuda de un cuerpo de pensamiento básico sobre la naturaleza de la música (filosofía "pura"). La provisión es desilusionadoramente escasa.

Comencé dudando en definir a la música, sabiendo que postular una definición operativa demasiado conveniente habría alentado al lector a validar o desafiar un concepto particular de la música en lugar de la mucho más impor-

---

[73] Agnes Crawford Schuldt, "The Voices of Time in Music", pág. 549.

tante tarea de reconocimiento e inspección, con una mente abierta, de todas las dimensiones de la idea de la música (antigua, medieval, romántica, asiática, moderna) en toda su increíble variedad. Mirando hacia atrás en esta diversidad, mi preferencia sigue siendo la de decir: "Dejemos que *música* quiera decir cualquiera de las cosas que normalmente se denominan *música*".

Los productos de la Nueva Música han rechazado, en una u otra ocasión, a la generalidad de los conceptos tradicionales (si no a todos ellos) sobre el ser, el conocimiento y el valor musicales, con frecuencia por medio de "demostraciones" brillantes, vacilaciones de la mente que obligan a los oyentes a rever sus suposiciones sobre la música. Aún no se avizora consenso alguno acerca de los valores, pero me aventuro a sugerir que los signos de una eventual clarificación de la confusión presente serán muy obvios en retrospectiva. Prefiero pensar que estamos pasando por un período muy importante de selección de las ideas, de cuestionamiento de los supuestos y prueba de los valores, lo cual, con el tiempo, llevará a un nuevo consenso (que admito que, en la actualidad, parece improbable) o a la consolidación de un conjunto de sistemas de valores paralelos, que pueden tener mucho en común o no. El punto hasta el cual la música seguirá siendo un arte que se puede compartir dentro de un amplio contexto social dependerá del consenso (o de su ausencia) que surja; lo que parece seguro es que tanto la música cuanto la idea de la música seguirán evolucionando, quizás en direcciones muy inesperadas, agregando nuevas dimensiones y separando otras, en un desarrollo persistente de lo que con seguridad es una de las creaciones más antiguas, complejas, profundas y sensibles del intelecto humano.

Referencias Bibliográficas

Adorno, Theodor W.: *Philosophy of Modern Music,* Nueva York, Seabury Press, 1973.
Anderson, Warren D.: *Ethos and Education in Greek Music: The Evidence of Poetry and Philosophy,* Cambridge, Harvard University Press, 1966.
Artz, Frederick B.: *From Renaissance to Romanticism: Trends in Style in Art, Literature, and Music, 1300-1830,* Chicago. University of Chicago Press, 1962.
Augustinus, Aurelius: *St. Augustine's "De Musica": A Synopsis,* W. F. Jackson Knight, 1949. Reimpresión, Westport, Conn. Hyperion Press, 1979.
Bake, Arnold: "The Music of India." En *Ancient and Oriental Music,* compilada por Egon Wellesz, págs. 195-227, New Oxford History of Music, vol. 1, Londres: Oxford University Press, 1957.
Bakst, James: *A History of Russian-Soviet Music,* Nueva York, Dodd, Mead, 1962.
Beardsley, Monroe C.: *Aesthetics: Problems in the Philosophy of Criticism,* Nueva York, Harcourt, Brace and World, 1958.
——— : *Aesthetics from Classical Greece to the Present: A Short History,* 1966. Reimpresión, University, Ala., University of Alabama Press, 1975.
——— : "Theories of Beauty Since the Mid-Nineteenth Century", en *Dictionary of the History of Ideas: Studies of Selected Pivotal Ideas.* Philip P. Wiener (comp.), vol. 1, págs. 207-14. Nueva York, Charles Scribner's Sons, 1968.
Beckwith, John y Kasemets, Udo (comps.): *The Moden Composer and His World,* Toronto, University of Toronto Press, 1961.
Berenson, Bernard: *Aesthetics and History,* 1948. Reimpresión, Garden City, N.Y., Doubleday, Anchor Books, 1953.
Blacker, Carmen y Loewe, Michael (comps.): *Ancient Cosmologies,* Londres, George Allen and Unwin, 1975.

Blume, Friedrich: *Classic and Romantic Music: A Comprehensive Survey*, Nueva York, W. W. Norton, 1970.
——— : *Renaissance and Baroque Music: A Comprehensive Survey*, Nueva York, W. W. Norton, 1967.
Boretz, Benjamin y Cone, Edward T. (comps.): *Perspectives on Contemporary Music Theory*, Nueva York, W. W. Norton, 1972.
Boulez, Pierre: "Alea", *Perspectives of New Music* 3 (1964): 42-53.
———: *Boulez on Music Today*. Cambridge, Harvard University Press, 1971.
———: "Sonate, que me veux-tu?", *Perspectives of New Music* 1 (1963): 32-44.
Brinton, Crane: "Romanticism", *The Encyclopedia of Philosophy*, vol. 7, págs. 206-9, Nueva York, Macmillan, 1967.
Bukofzer, Manfred: "Speculative Thinking in Medieval Music", *Speculum* 17 (1942): 165-80.
Bullough, Edward: "Psychical Distance as a Factor in Art and an Aesthetic Principle", *British Journal of Psychology* 5 (1912): 87-98. Reimpreso en *The Problems of Aesthetics*, comp. por Eliseo Vivas y Murray Krieger, págs. 396-405. Nueva York, Holt, Rinehart and Winston, 1960.
Burke, Edmund: *A Philosophical Enquiry into the Origin of our Ideas of the Sublime and the Beautiful* (1757), Nueva York, Columbia University Press, 1958.
Burkert, Walter: *Lore and Science in Ancient Pythagoreanism*, Cambridge, Harvard University Press, 1972.
Butler, Christopher: *Number Symbolism*, Nueva York, Barnes and Noble, 1970.
Cage, John. "Rhythm, etc.", en *Module, Proportion, Symmetry, Rhythm*, compilado por György Kepes, págs. 194-203, Nueva York, Braziller, 1966.
———: *Silence*. Middletown, Conn., Wesleyan University Press, 1961.
Cannon, Beekman C.; Johnson, Alvin H. y Waite, William G.: *The Art of Music*, Nueva York, Crowell, 1960.
Carnegy, Patrick: *Faust as Musician: A Study of Thomas Mann's Novel "Doctor Faustus"*, Nueva York, New Directions, 1973.
Carpenter, Patricia: "The Musical Object", con respuestas de Leo Treitler, Rudolf Arneheim, Ruth Halle Rowen, Edward T. Cone, Bernard Stambler y David Burrows, *Current Musicology* 5 (1967): 56-116.
Carter, Elliott: *The Wrtitings of Elliott Carter: An American Composer Looks at Modern Music*, compilado y con anotaciones de Else Stone y Kurt Stone, Bloomington, Indiana University Press, 1977.
Chávez, Carlos: *Musical Thought*, Cambridge, Harvard University Press, 1961.
Childs, Barney: "Time and Music: A Composer's View", *Perspectives of New Music* 15 (1977): 194-219.
Coker, Wilson: *Music and Meaning: A Theoretical Introduction to Musical Aesthetics*, Nueva York, The Free Press, 1972.
Cone, Edward T.: *The Composer's Voice*, Berkeley y Los Angeles, University of California Press, 1974.
——— : "Music: A View from Delft", en *Perspectives on Contemporary Music Theory*, compilado por Benjamin Boretz y Edward T. Cone, págs. 57-71, Nueva York, W. W. Norton, 1972.
——— : *Musical Form and Musical Performance*, Nueva York, W. W. Norton, 1968.
Coomaraswamy, Ananda K.: "The Theory of Art in Asia", en *Aesthetics*

Today, compilado por Morris Philipson, págs. 33-63, Nueva York, World Publishing Co., 1961.
Dahlhaus, Carl: *Esthetics of Music*, Cambridge, Cambridge University Press, 1982.
de Bary, Wm. Theodore; Hay, Stephen N.; Weiler, Royal y Yarrow, Andrew (comps.): *Sources of Indian Tradition*, Nueva York, Columbia University Press, 1958.
Deutsch, Eliot: *Studies in Comparative Aesthetics*, Monographs of the Society for Asian and Comparative Philosophy 2, Honolulú, University Press of Hawaii, 1975.
—— : (comp.): "Symposium on Aesthetics East and West", *Philosophy East and West* 19 (July 1969).
Dieckmann, Herbert: "Theories of Beauty to the Mid-Nineteenth Century", en *Dictionary of the History of Ideas: Studies of Selected Pivotal Ideas*, compilado por P. Wiener, vol. 1, págs. 195-206, Nueva York, Charles Scribner's Sons, 1968.
Einstein, Alfred: *Music in the Romantic Era*, Nueva York, W. W. Norton, 1947.
Ellinwood, Leonard: "Ars musica", *Speculum* 20 (1945): 290-99.
Epperson, Gordon: *The Musical Symbol: A Study of the Philosophic Theory of Music*, Ames. Iowa State University Press, 1967.
Epstein, David: "On Musical Continuity", en *The Study of Time 4*, compilado por J. T. Fraser, N. Lawrence y D. Park, págs. 180-97, Nueva York, Springer-Verlag, 1981.
Finney, Gretchen Ludke: *Musical Backgrounds for English Literature: 1580-1650*, New Brunswick, N.J., Rutgers University Press, s.f.
Fraser, J. T.: *Of Time, Passion, and Knowledge: Reflections on the Strategy of Existence*, Nueva York, Braziller, 1975.
—— : (comp.): *The Voices of Time: A Cooperative Survey of Man's Views of Time as Expressed by the Sciences and by the Humanities*, Amherst, University of Massachusetts Press, 1981, 2da. ed.
Frye, Northrop: *Anatomy of Criticism*. Princeton, Princeton University Press, 1957.
Graham, John: "Ut pictura poesis", en *Dictionary of the History of Ideas: Studies of Selected Pivotal Ideas*, compilado por Philip P. Wiener, vol. 4, págs. 465-76, Nueva York, Charles Scribner's Sons, 1968.
Hanslick, Eduard: *The Beautiful in Music* (1854), Nueva York, Liberal Arts Press, 1957.
Harich-Schneider, Eta: *A History of Japanese Music*, Londres, Oxford University Press, 1973.
Hegel, G. W. F.: *The Philosophy of Fine Art* (1835), 4 vols., Londres, G. Bell, 1920.
Hindemith, Paul: *A Composer's World: Horizons and Limitations*, Cambridge, Harvard University Press, 1952.
Hofstadter, Albert y Kuhns, Richard (comps.): *Philosophies of Art and Beauty: Selected Readings in Aesthetics from Plato to Heidegger*, Chicago, University of Chicago Press, 1964.
Hollander, John: *The Untuning of the Sky: Ideas of Music in English Poetry, 1500-1700*, 1961. Reimpresión, Nueva York, W. W. Norton, 1970.
Hopper, Vincent Foster: *Medieval Number Symbolism: Its Sources, Meaning, and Influence on Thought and Expression*, 1938. Reimpresión Nueva York, Cooper Square Publishers, 1969.

Hospers, John: *Understanding the Arts,* Englewood Cliffs, N.J., Prentice-Hall, 1982.
Hume, David: "Of the Standard of Taste", en *Essays and Treatises on Several Subjects,* págs. 134-46, Londres, A. Millar, 1758.
Jones, W. T.: *The Romantic Syndrome,* La Haya, Nijhoff, 1961.
Kant, Immanuel: *Critique of Judgment* (1790), Nueva York, Hafner, 1951. [Hay versión castellana: *Crítica del juicio,* Madrid, Espasa-Calpe, 1981].
——: *Critique of Pure Reason* (1781), Londres, Macmillan, 1929.
Kaufmann, Walter: *Musical References in the Chinese Classics,* Detroit Monographs in Musicology 5, Detroit, Information Coordinators, 1976.
Keene, Donald: "Japanese Aesthetics", con respuestas de Earle Ernst, Harold E. McCarthy, Stephen C. Pepper y V. H. Viglielmo, *Philosophy East and West* 19 (1969): 293-326.
Kenkō: *Essays in Idleness: The "Tsurezuregusa" of Kenkō,* Nueva York, Columbia University Press, 1967.
Kivy, Peter: *The Corded Shell: Reflections on Musical Expression,* Princeton, Princeton University Press, 1980.
Kramer, Jonathan D.: "New Temporalities in Music", *Critical Inquiry* 7 (1981): 539-56.
Krebs, Stanley D.: *Soviet Composers and the Development of Soviet Music,* Nueva York, W. W. Norton, 1970.
Langer, Susanne K.: *Feeling and Form: A Theory of Art (Developed from Philosophy in a New Key),* Nueva York, Charles Scribner's Sons, 1953.
——: (comp.): *Reflections on Art: A Source Book of Writings by Artists, Critics, and Philosophers,* Baltimore, Johns Hopkins Press, 1958.
Lannoy, Richard: *The Speaking Tree: A Study of Indian Culture and Society,* Londres, Oxford University Press, 1971.
Lath, Mukund: *A Study of "Dattilam": A Treatise on the Sacred Music of Ancient India,* Nueva Delhi, Impex India, 1978.
Le Huray, Peter y Day, James (comps.): *Music and Aesthetics in the Eighteenth and Early-Nineteenth Centuries,* Cambridge Readings in the Literature of Music, Cambridge, Cambridge University Press, 1981.
Lippman, Edward A.: *A Humanistic Philosophy of Music,* Nueva York, Nueva York University Press, 1977.
——: *Musical Thought in Ancient Greece,* Nueva York, Columbia University Press, 1964.
Locke, John: *An Essay Concerning Human Understanding* (1690), compilado por Alexander Campbell Fraser, 2 vols., Oxford, Clarendon Press, 1894. [Hay versión castellana: *Ensayo sobre el entendimiento humano,* Madrid, Aguilar, 1961.]
Malm, William P.: *Japanese Music and Musical Instruments,* Rutland, Vt., Tuttle, 1959.
Mann, Thomas: *Doctor Faustus: The Life of the German Composer Adrian Leverkühn as Told by a Friend,* Nueva York, Knopf, 1948. [Hay versión castellana: *Doctor Fausto,* Barcelona, Seix-Barral, 1984.]
Margolis, Joseph (comp.): *Philosophy Looks at the Arts: Contemporary Readings in Aesthetics,* Rev. ed. Philadelphia, Temple University Press, 1978.
Meyer, Leonard B.: *Emotion and Meaning in Music,* Chicago, University of Chicago Press, 1956.
——: *Music the Arts, and Ideas: Patterns and Predictions in Twentieth-Century Culture,* Chicago, University of Chicago Press, 1967.

Meyer-Baer, Kathi: *Music of the Spheres and the Dance of Death: Studies in Musical Iconology*, Princeton, Princeton University Press, 1970.
———: "Psychologic and Ontologic Ideas in Augustine's *De musica*", *Journal of Aesthetics and Art Criticism* 11 (1953): 224-30.
———: "Saints of Music", *Musica Disciplina* 9 (1955): 11-33.
Michaelides, Solon: *The Music of Ancient Greece: An Encyclopaedia*. Londres, Faber and Faber, 1978.
Michelis, P. A.: "Aesthetic Distance and the Charm of Contemporary Art", *Journal of Aesthetics and Art Criticism* 18 (1959): 1-45.
Moore, Charles A. (comp.): *The Indian Mind: Essential of Indian Philosophy and Culture*, Honolulú, East-West Center Press, 1967.
———: (comp.): *The Japanese Mind: Essentials of Japanese Philosophy and Culture*, Honolulú, East-Wset Center Press, 1967.
Morgan, Robert P.: "Musical Time/Musical Space", *Critial Inquiry* 6 (1980): 527-38.
Murray, Henry A. (comp.): *Myth and Mythmaking*, Nueva York, Braziller, 1960.
Nahm, Milton C. (comp.): *Readings in Philosophy of Art and Aesthetics*, Englewood Cliffs, N.J. Prentice-Hall, 1975.
Nicolson, Marjorie Hope: "Sublime in External Nature", en *Dictionary of the History of Ideas: Studies of Selected Pivotal Ideas*. Philip P. Wiener (comp.), vol. 4, págs. 333-37, Nueva York, Charles Scribner's Sons, 1968.
Nyman, Michael: *Experimental Music: Cage and Beyond*, Nueva York, Schirmer Books, 1974.
Opper, Jacob: *Science and the Arts: A Study in Relationships from 1600-1900*. Rutherford, N.J., Fairleigh Dickinson University Press, 1973.
Ortega y Gasset, José. *The Dehumanization of Art and Other Writings on Art and Culture*, Garden City, N.Y., Doubleday, Anchor Books, 1956. [Versión original: *La deshumanización del arte*, Madrid, Revista de Occidente, 1925].
Palisca, Claude V.: "Scientific Empircism in Musical Thought", en *Seventeenth-Century Science and the Arts*, comp. por Hedley H. Rhys, págs. 91-137, Princeton, Princeton University Press, 1961.
Pandey, Kanti Chandra: *Abhinavagupta: An Historical and Philosophical Study*. Varanasi, Chowkhamba Sanskrit Series Office, 1963, 2da. ed.
———: *Comparative Aesthetics*, vol. 1, *Indian Aesthetics*, Varanasi, Chowkhamba Sanskrit Series Office, 1959, 2da. ed.
Perl, Carl Johann: "Augustine and Music", *Musical Quarterly* 41 (1955): 496-510.
Perle, George: *Serial Composition and Atonality: An Introduction to the Music of Schoenberg, Berg and Webern*, Berkeley y Los Angeles, University of California Press, 1977, 4ta. ed.
Philipson, Morris (comp.): *Aesthetics Today*, Nueva York, World Publishing Co., 1961.
Platón: *The Collected Dialogues of Plato*, Bollingen Series 71, Princeton, Princeton University Press, 1961.
Portnoy, Julius: *Music in the Life of Man*, Nueva York, Holt, Rinehart and Winston, 1963.
———: *The Philosopher and Music: A Historical Outline*, Nueva York, Humanities Press, 1954.

Radhakrishnan, Sarvepalli y Moore, Charles A.: *A Source Book in Indian Philosophy*, Princeton, Princeton University Press, 1957.
Raghavan, V. y Nagendra (comps.): *An Introduction to Indian Poetics*, Madras, Macmillan, 1970.
Reese, Gustave: *Fourscore Classics of Music Literature*, Nueva York, Liberal Arts Press, 1957.
Reynolds, Roger: *Mind Models: New Forms of Musical Experience*, Nueva York, Praeger, 1975.
Rochberg, George: "Duration in Music", en *The Modern Composer and His World*, compilado por John Beckwith y Udo Kasemets, págs. 56-64, Toronto, University of Toronto Press, 1961.
——: "The New Image of Music", *Perspective of New Music* 2 (1963): 1-10.
——: "The Structure of Time in Music: Traditional and Contemporary Ramifications and Consequences", en *The Study of Time 2* compilado por J. T. Fraser y N. Lawrence, págs. 136-49, Nueva York, Springer-Verlag, 1975.
Rowell, Lewis: "Aristoxenus on Rhythm", *Journal of Music Theory* 23 (1979): 63-79.
——: "The Creation of Audible Time: How Musics Begin", en *The Study of Time 4* compilado por J. T. Fraser, N. Lawrence y D. Park, págs. 198-210, Nueva York, Springer-Verlag, 1981.
——: "The Lessons of *Faustus*", *College Music Symposium* 21, n° 2 (1981): 54-70.
——: "A *Siksā* for the Twiceborn", *Asian Music* 9, n° 1 (1977): 72-94.
——: "The Subconscious Language of Musical Time", *Music Theory Spectrum* 1 (1979): 96-106.
Rusell, Bertrand: *A History of Western Philosophy*, Nueva York, Simon and Schuster, 1945. [Hay versión castellana: *Historia de la filosofía occidental*, Madrid, Espasa-Calpe, 1978].
——: *The Problems of Philosophy*, 1912, reimpresión, Londres, Oxford University Press, 1972.
——: *Wisdom of the West*, Londres, Rathbone, 1959.
Sachs, Curt: *The Commonwealth of Art: Style in the Fine Arts, Music, and the Dance*, Nueva York, W. W. Norton, 1946.
——: *The Rise of Music in the Ancient World-East and West*, Nueva York, W. W. Norton, 1943.
Sārṅgadeva: *"Saṅgīta-ratnākara" of Śārṅgadeva*, vol. 1. Delhi, Motilal Banarsidass, 1978.
Schopenhauer, Arthur: *The World as Will and Idea* (1819), 2 vols. Londres, Kegan Paul, Trench, Trübner, 1896, 4ta. ed.
Schueller, Herbert M. (comp.): "Oriental Aesthetics", número especial de *Journal of Aesthetics and Art Criticism* 24 n° 1 (otoño 1965).
Schuldt, Agnes Crawford: "The Voices of Time in Music", *American Scholar* 45 (1976): 549-59.
Schwartz, Elliott y Childs, Barney (comps.): *Contemporary Composers on Contemporary Music*, Nueva York, Holt, Rinehart and Winston, 1967.
Shaftesbury, Anthony Ashley Cooper, conde de: "The Moralists (1709)", en *Characteristics of Men, Manners, Opinions, Times, etc.*, compilado por J. M. Robertson, vol. 2, Nueva York, Dutton, 1900.
Sharma, Prem Lata: "Traditional Indian Musical Aesthetics", *Journal of the Music Academy, Madras* 34 (1963): 83-98.

Sherover, Charles M. (comp.): *The Human Experience of Time: The Development of Its Philosophie Meaning.* Nueva York, Nueva York University Press, 1975.

Skeris, Robert A.: ΧΡΩΜΑ ΘΕΟΥ : *On the Origins and Theological Interpretation of the Musical Imagery used by the Ecclesiastical Writers of the First Three Centuries, with Special Reference to the Image of Orpheus,* Altötting, Verlag Alfred Coppenrath, 1976.

Slonimsky, Nicolas (comp.): *Music Since 1900,* Nueva York, Charles Scribner's Sons, 1971, 4ta. ed.

Spitzer, Leo: "Classical and Christian Ideas of World Harmony", en 2 partes *Traditio* 2 (1944): 409-64; 3 (1945): 307-64.

Stockhausen, Karlheinz: "...how time passes...", *Die Reihe* 3 (1959): 10-40.

Strauss, Walter A.: *Descent and Return: The Orphic Theme in Modern Literature,* Cambridge, Harvard University Press, 1971.

Stravinsky, Igor: *Poetics of Music in the Form of Six Lessons,* 1947. Reimpreso, Nueva York, Vintage Books, 1956.

Stravinsky, Igor y Craft, Robert: *Conversations with Igor Stravinsky,* 1959. Reimpreso, Berkeley y Los Angeles: University of California Press, 1980.

———: *Dialogues and a Diary,* Londres, Faber and Faber, 1968.

———: *Expositions and Developments,* 1962. Berkeley y Los Angeles, University of California Press, 1981.

———: *Memories and Commentaries,* 1960. Reimpreso Berkeley y Los Angeles, University of California Press, 1981.

———: *Retrospectives and Conclusions,* Nueva York, Knopf, 1969.

———: *Themes and Episodes,* Nueva York, Knopf, 1966.

Strunk, Oliver (comp.): *Source Readings in Music History: From Classical Antiquity through the Romantic Era,* Nueva York, W. W. Norton, 1950.

Stuckenschmidt, H. H.: *Twentieth Century Music,* Nueva York, McGraw-Hill, 1969.

Tarasti, Eero: *Myth and Music: A Semiotic Approach to the Aesthetics of Myth in Music, especially that of Wagner, Sibelius, and Stravinsky,* La Haya, Mouton, 1979.

Tatarkiewicz, Wadysaw: "Classification of the Arts", en *Dictionary of the History of Ideas: Studies of Selected Pivotal Ideas,* Philip P. Wiener (comp.), chief, vol. 1, págs. 456-62. Nueva York, Charles Scribner's Sons, 1968.

———: "Form in the History of Aesthetics", en *Dictionary of the History of Ideas: Studies of Selected Pivotal Ideas,* Philip P. Wiener (comp.), vol. 2, págs. 216-25, Nueva York, Charles Scribner's Sons, 1968.

———: *History of Aesthetics,* 3 vols. Vol. 1: *Ancient Aesthetics,* compilado por J. Harrell, 1962. Reimpreso, La Haya, Mouton, 1970. Vol. 2: *Medieval Aesthetics,* compilado por C. Barrett, 1962. Mouton, 1970. Vol. 3: *Modern Aesthetics,* compilado por D. Petsch, 1967. Reimpreso, La Haya, Mouton, 1974.

———: "Mimesis", en *Dictionary of the History of Ideas: Studies of Selected Pivotal Ideas.* Philip P. Wiener (comp.), vol. 3, págs. 225-30, Nueva York, Charles Scribner's Sons, 1968.

Taylor, Henry Osborn: *The Medieval Mind: A History of the Development of Thought and Emotion in the Middle Ages,* 2 vols., Cambridge, Harvard University Press, 1959, 4ta. ed.

Tillman, Frank A. y Cahn, Steven M. (comps.): *Philosophy of Art and Aesthetics: From Plato to Wittgenstein*, Nueva York, Harper and Row, 1969.

Tillyard, E. M. W.: *The Elizabethan World Picture*. Reimpreso, Nueva York, Random House, Vintage Books, s./f.

Tsunoda, Ryusaku; de Bary, Wm. Theodore; y Keene, Donald (comps.): *Sources of Japanese Tradition*. Records of Civilization: Sources and Studies 54. Nueva York, Columbia University Press, 1958.

Vivas, Eliseo y Krieger, Murray (comps.): *The Problems of Aesthetics: A Book of Readings*, Nueva York, Holt, Rinehart and Winston, 1960.

Walker, D. P.: *Spiritual and Demonic Magic: From Ficino to Campanella*. Studies of the Warburg Institute, vol. 22, compilado por G. Bing, 1958. Reimpreso, Nendeln/Liechtenstein, Kraus, 1969.

Webern, Anton: *The Path to the New Music*, compilado por Willi Reich, Bryn Mawr, Pa., Theodore Presser, 1963. [Hay versión castellana: *El camino de la nueva música*, Barcelona, Bosch, 1982.].

Weiss, Paul: *Nine Basic Arts*, Carbondale, Southern Illinois University Press, 1961.

———: *The World of Art*, Carbondale, Southern Illinois University Press, 1961.

Whitrow, G. J.: *The Natural Philosophy of Time*, Oxford, Clarendon Press, 1980, 2da. ed.

Williams, Bernard: "Rationalism." *The Encyclopedia of Philosophy*. Paul Edwards (comp.), vol. 7, págs. 69-75, Nueva York, Macmillan, 1967.

Xenakis, Iannis: *Formalized Music: Thought and Mathematics in Composition*, Bloomington, Indiana University Press, 1971.

Zimmer, Heinrich: *Philosophies of India*, compilado por Joseph Campbell, Bollingen Series 26. 1951. Reimpreso, Princeton, Princeton University Press, 1969.

Zuckerkandl, Victor: *Sound and Symbol: Music and the External World*, Bollingen Series 44, Princeton, Princeton University Press, 1956.